# Melissa Foster

# Vereinte Herzen

## Die Bradens in Peaceful Harbor

## Die Autorin

Melissa Foster ist eine preisgekrönte *New-York-Times-* und *USA-Today*-Bestsellerautorin. Ihre Bücher werden vom *USA-Today-Bücherblog*, vom *Hagerstown Magazin*, von *The Patriot* und vielen anderen Printmedien empfohlen. Melissa hat mehrere Wandgemälde für das *Hospital for Sick Children*, eine Kinderklinik in Washington, D. C., gemalt.

Besuchen Sie Melissa auf ihrer Website oder chatten Sie mit ihr in den sozialen Netzwerken. Sie diskutiert gern mit Lesezirkeln und Bücherclubs über ihre Romane und freut sich über Einladungen. Melissas Bücher sind bei den meisten Online-Buchhändlern als Taschenbuch und E-Book erhältlich.

www.MelissaFoster.com

# Melissa Foster

# Vereinte Herzen

## Die Bradens in Peaceful Harbor

LOVE IN BLOOM – HERZEN IM AUFBRUCH

Aus dem Amerikanischen von Anna Wichmann

Die Originalausgabe erschien erstmals 2016 unter dem Titel
»Crushing on Love – The Bradens at Peaceful Harbor« bei World Literary Press,
MD, USA.

Deutsche Erstveröffentlichung
2019 bei World Literary Press, MD, USA
© 2016 der Originalausgabe: Melissa Foster
© 2019 der deutschsprachigen Ausgabe: Melissa Foster
Lektorat: Judith Zimmer, Hamburg
Umschlaggestaltung: Natasha Brown

ISBN: 978-1948868372

*Für Alix Bruce, großartiges Mitglied meines Fanklubs
Weil verschwitzte, Axt schwingende Männer mit nacktem
Oberkörper zu viele heiße Gespräche entfachen, als dass es
unerwähnt bleiben könnte.*

# Vorwort

Zwischen Steve und Shannon geht es auf ausgesprochen erotische und verspielte Weise heiß her. Sie haben mir beim Schreiben eindeutig den Ton vorgegeben und ich ließ mich von ihnen auf diesen wilden Ritt entführen. Nun hoffe ich, dass Sie die beiden ebenso lieben werden, wie ich es tue!

Abonnieren Sie meinen Newsletter, um über Neuerscheinungen auf dem Laufenden zu bleiben:
www.MelissaFoster.com/Newsletter_German

»Die Bradens« ist eine preisgekrönte Serie von Liebesromanen, die sowohl einzeln als auch als Teil der Reihe »Love in Bloom – Herzen im Aufbruch« gelesen werden können. Auch in zukünftigen Büchern tauchen immer wieder schon bekannte Figuren auf, sodass Sie keine Verlobung, Hochzeit oder Geburt verpassen. Eine vollständige Liste aller Titel finden Sie am Ende dieses Buches.

Weitere Informationen zur Reihe finden Sie online unter:
www.MelissaFoster.com/Herzen-im-Aufbruch

*Melissa Foster*

# Eins

Steve Johnson zog sich das durchgeschwitzte T-Shirt aus und griff nach seiner Wasserflasche. Es ging doch nichts über einen Lauf vor dem Morgengrauen, erst recht nach einer Nacht, in der man schlecht geschlafen hatte. Er ließ die leere Flasche und das T-Shirt auf den Stufen seines rustikalen Holzhauses zurück und überquerte den Hof, um am Hackklotz noch die restliche Anspannung loszuwerden. Normalerweise reichte ein Sechsmeilenlauf durch das unwegsame Gelände in den Bergen von Colorado, um ihn auf andere Gedanken zu bringen, aber nicht an diesem Morgen.

Die Sonne schien ihm auf die Schultern, als er ein Stück Holz mittig auf den Baumstumpf legte, der ihm als Hackklotz diente, und versuchte, nicht an den Grund dafür zu denken, dass er letzte Nacht nicht hatte schlafen können. Tief atmete er den Duft der Natur und die Ruhe ein. Er kannte jedes Geräusch und jeden Geruch der Gegend, konnte jedes Tier und jede Pflanze im Wald bestimmen und das Wetter präzise vorhersagen. Sein Körper war so gut an die Berge angepasst, als wäre er ein Teil von ihnen.

Er hob die Axt hoch über die Schulter, während sich die Gedanken, die er zu verdrängen suchte, wie hartnäckige Diebe erneut einen Weg in seinen Kopf bahnten, und zerteilte das Holzstück. Das laute Knacken, das durch den Wald – und seinen Kopf – hallte, ließ den Grund für sein Unbehagen jedoch wieder deutlich in den Vordergrund treten. Shannon Braden war zurück – und sie war letzte Nacht an Cal Hayden geschmiegt auf dessen Pferd nach Hause gekommen.

Steve knirschte mit den Zähnen und griff nach dem nächsten Holzblock.

Die kluge, heiße Shannon, die redete wie ein Wasserfall. Er kannte sie seit Jahren. Seine Schwester Jade war mit Shannons Cousin zweiten Grades Rex verheiratet. Shannon hatte vor einiger Zeit wegen eines Forschungsprojekts über Rotfüchse mehrere Wochen in den Bergen verbracht und auf der Ranch ihres Onkels in Weston gewohnt, aber Steve wusste, dass die Firma, für die sie arbeitete, nun die leer stehende Hütte gleich um die Ecke gemietet hatte. Dort sollte sie während der restlichen Laufzeit des Projekts wohnen. Er schwang die Axt und dachte an die Wochen, in denen sie sein friedliches Leben durcheinandergebracht hatte mit ihrer Lebensfreude und nicht enden wollenden Gesprächen – die größtenteils einseitig verlaufen waren, was sie nicht zu stören schien. Ihn auch nicht, wie er sich eingestehen musste. Es war immer heiß, Shannon reden zu hören, um welches Thema es auch ging. Sie hatte seine Gedanken gefesselt wie keine Frau vor ihr, was mal wieder typisch war. Denn Steve stand nicht auf bedeutungslose Affären, und Shannon lebte in Peaceful Harbor in Maryland, er jedoch in den Bergen, womit Shannon Braden eindeutig in die Tabu-Kategorie fiel.

Die letzten Wochen, in denen sie für die Hochzeit ihres Bruders nach Hause zurückgekehrt war, ließen sich nur als ruhig bezeichnen, und die Tatsache, dass Steve das nicht nur aufgefallen war, sondern es ihm auch missfallen hatte, warf ihn ein bisschen aus der Bahn.

Er dachte erneut an den vergangenen Abend zurück. Etwa zwei Stunden nach seiner Ankunft war Cal den Berg wieder hinuntergeritten. Während Steve die Axt schwang, fragte er sich, ob Shannon wohl letzte Nacht ein privates Forschungsprojekt mit dem Cowboy Cal begonnen hatte.

Er legte das nächste Holzstück auf den Block, sagte sich, dass es ihn verdammt noch mal nichts anging, was diese Frau so trieb, und schlug so fest zu, dass die Scheite nach beiden Seiten wegflogen. Das nächste Stück Holz, der nächste Schlag. So arbeitete er sich die Anspannung aus dem Leib, während die Sonne gen Zenit wanderte und der kühle Frühlingsmorgen angenehmer wurde.

Ein Vogelschwarm stieg aus den Baumwipfeln auf. Steve hielt mitten im Schlag inne und ein Lächeln umspielte seine Lippen. *Shannon.* Er zerteilte das nächste Holzstück und versuchte, seinen beschleunigten Herzschlag bei dem Gedanken daran, dass sie in sein Leben zurückkehrte, zu ignorieren.

Der süße Klang ihres Summens drang an seine Ohren und ihm lief ein wohliger Schauder den Rücken herunter. Er hörte das Rascheln von Blättern und grinste noch breiter. Himmel, er musste sich wirklich zusammenreißen.

»Hallo, Mann aus den Bergen.«

Nur mit Mühe und Not konnte er sich das alberne Lächeln verkneifen und es durch ein hoffentlich weniger lüsternes ersetzen, als er sich zu der viel zu fröhlichen und unglaublich scharfen Brünetten umdrehte. Shannon hatte sich das Haar zu einem lässigen Knoten hochgesteckt, aber einige dunkle Locken fielen ihr über die Schultern. Sie hielt in jeder Hand eine dampfende Kaffeetasse. Ihr pinkfarbenes T-Shirt schmiegte sich an ihre Brüste, und er musste auch das auf die Liste der Dinge schreiben, auf die er trotz aller gegenteiliger Bemühungen reagierte. Sein Körper hatte dummerweise nicht begriffen, dass diese Frau tabu für ihn war. Es war ihm sehr viel leichter gefallen, ihre Gegenwart zu ertragen, als sie noch im Haus ihres Onkels gewohnt hatte. Immerhin hatte sie da wenigstens bei jeder Begegnung einen BH getragen.

Er senkte den Blick, um sie nicht anzustarren, aber ihre flanellene Pyjamahose saß tief auf ihren Hüften und ließ einen schmalen Streifen glatter Haut direkt unterhalb ihres Bauchnabels erkennen. Großer Gott, diese Frau war einfach umwerfend. Sicherheitshalber starrte er ihre Lederstiefel an. Damit konnte er nichts falsch machen, Stiefel waren nun mal nicht sexy. Leuchtend pinkfarbene Schnürsenkel baumelten locker auf dem dunklen Leder, und ihre Hose bauschte sich auf den Stiefeln, sodass auch hier Haut aufblitzte. Steve stellte sich vor, wie sie die nackten Füße in die Stiefel gesteckt hatte, um mit ihrem umwerfenden Lächeln im Gesicht aus der Tür zu stürmen. Irgendetwas stimmte offenbar nicht mit ihm, denn er fand selbst dieses Bild sexy.

»Die solltest du lieber zubinden.« Er fuhr sich mit einer Hand durchs Haar und knirschte mit den Zähnen, denn sein ganzer Körper stand komplett unter Strom.

»Alles klar, *Mr. Sicherheitsbeauftragter*. Du hast mir auch gefehlt.« Sie drückte ihm mit einem scheuen Lächeln eine Tasse in die Hand. »So, wie du ihn magst: schwarz wie die Nacht.«

Sie war viel zu süß, viel zu freundlich und viel zu kurze Zeit hier für jemanden wie ihn.

Er nahm die Tasse entgegen. »Danke, Butterfly.« Der Spitzname kam ihm ohne Nachdenken über die Lippen, genau wie damals, als sie das erste Mal in seine Welt geflattert kam wie ein Schmetterling, seinen Körper in Aufruhr versetzt hatte und wieder davongeschwirrt war. Überrascht stellte er fest, dass er es vermisst hatte, das Kosewort auszusprechen, während sie fort gewesen war.

»Gern geschehen, Grizz.«

*Grizz.* Mann, selbst das hatte ihm gefehlt. Ihr Blick ruhte auf seiner nackten Brust und verweilte dort lange genug, dass er ihn noch etwas tiefer spürte. *Viel tiefer.* Sie bekam rote Wangen und richtete ihre wunderschönen haselnussbraunen Augen auf seine Axt – die in seiner Hand, nicht die in seiner Hose.

»Bereitest du dich auf kalte Nächte vor oder willst du zum Serienmörder werden?«

*Mit dir in meinem Bett hätte ich nichts gegen kalte Nächte.* Wie aufs Stichwort reagierte sein Körper und erinnerte ihn daran, dass er schon viel zu lange nicht mehr mit einer Frau zusammen gewesen war.

»So interessant das Leben eines Serienmörders auch sein mag, ist es vermutlich nichts für mich.«

»Das denke ich auch. Da müsstest du mit Menschen in Kontakt treten.«

»Dein freches Mundwerk hat mir gefehlt«, spottete er. Ihr Mundwerk, oder vielmehr ihre vollen Lippen, beschäftigten ihn schon, seitdem sie sich auf Rex' und Jades Hochzeit vor einigen Monaten wiedergetroffen hatten. Aber da sie nur so lange bleiben würde, bis ihr Projekt abgeschlossen war, würde es auch beim Spott bleiben.

»Ich hab dich gestern mit Cal ankommen gehört. Wie lange bleibst du?« Dabei hatte er sie nicht nur gehört, sondern war hinausgegangen, um herauszufinden, wer angeritten kam. So hatte er sie hinter Cal sitzen sehen, die Arme um ihn geschlungen, als sie am Aussichtspunkt vorbeigekommen waren.

Die beiden hatten im Mondlicht ausgesehen wie das Motiv einer kitschigen Ansichtskarte.

»Ein paar Wochen. Viereinhalb, vermute ich. So ungefähr jedenfalls.« Sie streckte sich und reckte einen Arm, wobei sie noch mehr Haut in der Bauchgegend entblößte.

*Folter. Reine, wundervolle Folter.*

»Du hättest mich anrufen können, damit ich dich abhole.« Er wandte den Blick ab und staunte über sich selbst. *Du hättest mich anrufen können?* Er hatte doch gar nichts gegen Cal. Der war ein netter Kerl und einer der angesehensten Pferdetrainer der Gegend. Außerdem konnte es ihm ganz egal sein, mit wem Shannon ihre Zeit verbrachte. Zugegeben, sie war heiß und clever und er mochte ihre freche Art, aber er mochte sein Leben genau so, wie es jetzt war. Das Letzte, was er brauchte, war ein geselliger Mensch wie sie, der Lärm und Chaos mit sich brachte und ihm vorschreiben wollte, was er zu tun oder wie er zu leben hatte.

»Ich weiß.« Sie scharrte mit einem Fuß über den Boden. »Treat und Max kamen nachmittags vorbei und haben mich mit zu Onkel Hal und meinen Cousins genommen. Cal war auch dort und bot an, mich zurückzufahren. Er wohnt ja in Preston. Erst als wir bei ihm zu Hause angekommen waren, schlug er vor, dass wir reiten. Außerdem weiß ich doch, dass du nur ungern in die Stadt kommst.«

Na super, jetzt musste er sie sich auch noch auf Cals großer Pferderanch vorstellen.

Er trank seinen Kaffee aus und gab ihr die Tasse zurück. »Danke. Der war genau richtig.« Dann legte er das nächste Holzstück auf den Hackklotz. »Du solltest dir gut überlegen, wen du mit in deine Hütte nimmst«, sagte er, während er ihr den Rücken zugewandt hatte.

»Und ich dachte, ich hätte meine überfürsorglichen Brüder zu Hause gelassen.« Sie seufzte. »Cal stellt wohl kaum eine Gefahr da. Er kennt Rex schon ewig.«

Steve legte sich die Axt auf die Schulter und überlegte, was er darauf erwidern sollte. Schließlich sollte sie ihn nicht als einen großen Bruder ansehen, außerdem kannte er Cal auch schon seit einer Ewigkeit. Cal war kein Mann, der eine Frau ausnutzen würde, was Steves Magen jedoch nicht daran hinderte, sich beim Gedanken an die beiden zusammenzuziehen.

»Er ist ein *Freund*, Steve.« Sie kniff die Augen zusammen, als er die Axt herunternahm. »Jetzt tu nicht so, als hättest du noch nie eine Frau mit in deine Hütte genommen.«

Er warf ihr einen vielsagenden Blick zu, der ihr zu verstehen gab, dass er das *auf gar keinen Fall* tun würde. Dafür war ihm seine Privatsphäre viel zu wichtig.

Ihr fiel die Kinnlade herunter. »Was? Ist dir denn nie langweilig? Bist du nie einsam?«

»Eigentlich nicht«, antwortete er und schwang die Axt. Das war eine gottverdammte Lüge, jedenfalls seitdem Shannon in sein Leben geflattert war und dafür gesorgt hatte, dass Gefühle in ihm aufstiegen, die er bis dato erfolgreich hatte ignorieren können.

»Warum nicht? Das ist doch nicht normal.« Sie leerte ihre Tasse und stellte sie neben seine auf den Boden, während er das Holz spaltete und zum nächsten griff. »Was machst du, wenn du Lust bekommst?«

Er lachte leise auf. »Fragst du mich das im Ernst, Stadtmädchen?«

»Ich würde Peaceful Harbor nicht gerade als Stadt bezeichnen. Es ist eher ein Städtchen am Meer – und du hast meine Frage nicht beantwortet.«

»Das könnte daran liegen, dass du Fragen stellst, die du lieber nicht stellen solltest.« Bei diesen Worten spaltete er das nächste Holzstück.

Sie grinste. »Schau mal einer an: So ein großer, starker Mann hat Angst, über Sex zu reden.«

»Was ist denn los mit dir?« Er stellte die Axt ab und stützte sich auf den Griff. Bevor Shannon nach Hause gefahren war, hatte er immer mit einem strategisch platzierten *Hmm-mmm* durchkommen können. »Ich meine, mich zu erinnern, dass du bei deinem letzten Aufenthalt auf dem Berg nicht so an meinem Sexleben interessiert gewesen wärst.«

Ihr Blick wanderte über ihn hinweg, und er war sich nicht sicher, ob sie seinen Körper abschätzte oder bewunderte.

»Keine Ahnung«, erwiderte sie mit schelmischem Grinsen. »Du stehst da wie ein Holzfäller mit deinen eins ... siebenundachtzig?«

»Eins neunzig«, korrigierte er sie und seufzte.

»Genau. Eins neunzig, nackter Oberkörper, verschwitzt, muskulös, zerzaustes Haar.« Sie gestikulierte mit erhobenen Händen, wobei ihr T-Shirt hochrutschte. »Du hast dich vermutlich seit einer Ewigkeit nicht rasiert und könntest einer der Kerle auf dem Pinterest-Board ›Richtig heiße Kerle‹ sein. Ein Mann, der so aussieht, *kann* einfach nicht ohne Sex leben.« Sie zuckte mit den Achseln und bekam gerötete Wangen. »Und da habe ich mich gefragt ...«

»Wie wäre es, wenn du das bleiben lässt?« *Denn wenn du noch länger über mein Sexleben redest, will ich dich daran teilhaben lassen, in allen nur denkbaren Varianten.* »Pinterest? Was zum Geier ist Pinterest?«

Sie riss fassungslos die Augen auf. »Ich hatte ganz vergessen, dass du rein gar nichts über die *wirkliche* Welt weißt. Pinterest ist diese großartige Social-Media-Seite …«

»Vergiss es. Das ist so weit von der wirklichen Welt entfernt wie nur möglich. Heutzutage geben sich die Menschen damit zufrieden, in einem Zimmer zu sitzen, auf Bildschirme zu starren und sich mit Leuten zu unterhalten, die sie gar nicht kennen, anstatt einfach ihr Leben zu genießen. Körper sollen sich *bewegen*, Butterfly. Das Wetter muss man *erleben*. Würden sich die Menschen eher wie Tiere benehmen, dann wäre die Welt ein besserer Ort.«

Als er Verletztheit in ihren Augen aufflackern sah, bereute er seine Worte sofort wieder. Manchmal vergaß er, dass er nicht der Einzige war, der seinen eigenen Lebensstil für den richtigen hielt. Schnell versuchte er, das Thema zu wechseln.

»Warum bist du eigentlich so früh schon hier?«, erkundigte er sich.

»Die Firma hat mir ein neues Projekt angeboten und mein Boss bei meinem richtigen Job hat mich dafür beurlaubt. Dafür bin ich ihm sehr dankbar. Ich werde das Verhalten der Grau- und Rotfüchse vergleichen und bin jetzt erst mal hier, um die Graufüchse zu suchen. Du weißt doch, dass Rotfüchse Randhabitate bevorzugen, während Graufüchse lieber in bewaldetem Bergland leben?« Randhabitate lagen auf der Grenze zwischen zwei Lebensräumen wie Feld und Wald. Sie wartete nicht auf seine Antwort, sondern fuhr mit ihrer Erklärung fort. »In so gut wie jeder Hinsicht ähneln sich ihre Lebensart und ihre Entwicklungsgeschichte, nur dass die Grauen scheuer und etwas kleiner sind und an anderen Stellen ihren Bau errichten. Ich werde sie studieren, um herauszufinden, ob ihre Verhaltensmuster Gründe für ihre Habitatpräferenz erkennen lassen, und ich hatte gehofft, du hättest vielleicht Zeit, mir zu zeigen, wo ich sie finden kann.«

Diese Bitte überraschte ihn. Die Rotfüchse hatte sie wochenlang studiert und ihn nicht ein Mal um Hilfe gebeten.

»Heute klappt das aber nicht, Butterfly.« Sein Tag war bereits verplant. In der vergangenen Woche hatte er einige Mittzwanziger beim Feiern an einem der Felsvorsprünge erwischt und einige von ihnen waren ihm am Vortag erneut aufgefallen. Also musste er eine Runde drehen, um sicherzustellen, dass sie nicht zurück waren und erneut Ärger machten, und er wollte auch weiter bergab seine alten Kumpel Mack und Will Cumberland besuchen. Erst gestern hatte er erfahren, dass die Cumberland-Ranch zum Verkauf stand: gut zweihundert Morgen Land in Weston, angrenzend an den Nationalpark, in dem Steve ein Jahrzehnt lang als Ranger und Naturschutzexperte gearbeitet hatte. Er war in Weston aufgewachsen und lebte nun zwar zwei Städte weiter, aber seine Kleinstadtwurzeln waren noch immer vorhanden. Er wollte versuchen, seine Freunde davon zu überzeugen, das Land dem Nationalpark zuzuschlagen, anstatt es zu verkaufen.

»Wie schade. Ich hatte mich schon so darauf gefreut, von all den verrückten Sachen zu hören, die du während meiner Abwesenheit erlebt hast.« Sie wackelte mit den Augenbrauen, während sie ihn neckte.

Er schüttelte grinsend den Kopf. »Pass da draußen auf dich auf. Ich habe vor Kurzem ein paar feiernde Kids erwischt. Sie sind vermutlich harmlos, aber Männer und Alkohol ... Sei einfach vorsichtig. Hast du das Pfefferspray gefunden, das ich in deiner Hütte deponiert habe?«

»Das warst du?« Sie kniff die Augen zusammen. »Dir ist schon klar, dass ich eine erwachsene Frau bin?«

*Heiliger Strohsack*, und wie ihm das klar war.

Shannon beobachtete, wie Steve die Axt schwang. Er war genauso gebaut wie die Berge, die er so liebte: stark und robust, mit beachtlichen Muskeln, die er ehrlicher, harter Arbeit verdankte. *Reinste Perfektion.* Und diese Haare? *Großer Gott.* Wie es wohl sein musste, hindurchzufahren und ihn zu küssen? All diese harten Muskeln unter seiner Haut zu spüren? Den Mann zu entdecken, der sich hinter der rauen Schale verbarg? Sie sagte sich, dass dies *Wünsche* und keine *Bedürfnisse* waren, auch wenn es sich anders anfühlte. *Die Art von hartnäckigen Wünschen, die eine Frau dazu bringen, ihre Fantasien mit eigener Hand zu befriedigen.*

*Komm wieder runter, Mädel.*

Shannon war selbst überrascht gewesen, wie sehr sie Steve vermisst hatte, als sie für die Hochzeit ihres ältesten Bruders Cole nach Hause zurückgekehrt war. In den Wochen während ihres ersten Aufenthalts hier hatten sie schließlich nur wenige gestohlene Augenblicke miteinander verbracht. Meist hatte sie ihn bei der Arbeit an seiner Ausrüstung oder seiner Hütte unterbrochen, bevor sie abends zur Ranch ihres Onkels nach Weston zurückgekehrt war. Doch er hatte sie mit seiner Leidenschaft für alles, was die Wildnis zu bieten hatte, sowie seinem endlosen Wissen darüber fasziniert. Und er unterschied sich stark von all den anderen Männern, die sie kannte. Sein Aussehen oder materielle Dinge waren ihm völlig egal. Er war ein echter Kerl mit unerschütterlichen Ansichten und Vorstellungen. Irgendwie hatte sie bei ihren beinahe täglichen Unterhaltungen und in den Wochen, in denen sie darauf gehofft hatte, ihn wiederzusehen, eine starke Zuneigung zu ihm entwickelt.

Als man ihr diesen Auftrag *und* die Hütte anbot, hatte sie daher, ohne zu zögern, zugesagt. Steve hatte ihr so sehr gefehlt, dass sie die Anziehungskraft, die er auf sie ausübte, nicht mehr leugnen konnte, und sie wollte herausfinden, ob sich daraus etwas entwickeln würde.

Nun, wo sie hier war, spürte sie bei seinem bloßen Anblick ein Prickeln am ganzen Körper. Dass sie ihn tatsächlich nach seinem Sexleben gefragt hatte – und am liebsten im Boden versunken wäre, sobald ihr diese Frage über die Lippen gekommen war –, ließ eindeutig erkennen, dass sie sich ein wenig am Riemen reißen musste.

Er wischte sich den Schweiß von der Stirn und seine gebräunte Haut schimmerte in der Morgensonne. »Brauchst du etwas aus der Stadt?«, wollte er wissen und legte das nächste Holzstück auf den Hackklotz.

Sie konnte den Blick nicht von seinen bemerkenswerten Bauchmuskeln und der Rundung seines Bizeps abwenden, der sich bei jeder Bewegung wölbte. »Aus der Stadt?«

Er grinste sie schief an und holte ein weiteres Mal mit der Axt zum Schlag aus. »Ja, aus der Stadt. Du weißt schon, von diesem Ort, an dem Leute, die *Pinterest* mögen, leben.«

Sie zwang sich, den Blick abzuwenden und zu den Bäumen hinüberzuschauen, die im Wind schwankten, die Steine zu ihren Füßen zu betrachten, alles, außer ihn anzusehen.

»Ich weiß, was eine Stadt ist. Ich bin nur überrascht, dass du dorthin fahren willst.« Jeder wusste doch, wie ungern Steve seine geliebten Berge verließ.

»Ich hab was zu erledigen.«

In die Stadt zu fahren war schon etwas Besonderes. Anders als ein schneller Abstecher von ihrem Apartment in Peaceful

Harbor zum nächsten Supermarkt dauerte die Fahrt in die Stadt hier dreißig bis fünfundvierzig Minuten, je nachdem, in welche Stadt man wollte. Das hatte sie letzte Nacht gemerkt, als ihr aufgefallen war, dass sie zwei sehr wichtige Dinge vergessen hatte: Pop-Tarts und Toilettenpapier. Die einsame Rolle Toilettenpapier, die sie in der Hütte vorgefunden hatte, würde zwar noch ein paar Tage ausreichen, aber ohne Pop-Tarts würde sie nicht lange überleben. Außerdem konnte sie Steve ja unterwegs vielleicht dazu überreden, in der Abenddämmerung mit ihr nach Graufüchsen Ausschau zu halten. *Perfekt!*

»Kann ich dich begleiten?«, fragte sie hoffnungsvoll. »Ich muss noch ein paar Dinge besorgen.«

»Ich kann sie dir auch mitbringen. Was brauchst du denn?«

Sie biss sich auf die Unterlippe und wollte ihn eigentlich nicht anlügen. Aber wenn sie ihn bat, ihr das mitzubringen, was sie wirklich haben wollte, würde er alleine losfahren und sie müsste auf eigene Faust nach den Habitaten suchen. Jetzt, wo sie sich ausmalte, das später zusammen mit ihrem knackigen Mann aus den Bergen zu tun, hatte sich dieser Gedanke jedoch bereits in ihr festgesetzt.

»Frauenkram. Das möchtest du bestimmt nicht kaufen.« Da war sie raus, die Notlüge. »Darf ich bitte mitfahren?« Sie schenkte ihm ihren besten flehenden Blick. »Ich verspreche auch, dir nicht das Ohr abzukauen.« *Noch eine Lüge!* Offenbar hatte sie keine Kontrolle über das, was aus ihrem Mund kam, erst recht nicht in seiner Nähe.

Er murmelte sich leise etwas in den Bart und lehnte die Axt an den Baumstumpf. »Ich muss aber unzählige Zwischenstopps einlegen.«

Sie machte vor Freude einen Satz und rannte los, um ihn zu umarmen. Dabei rutschte ihr Fuß aus dem Stiefel, sie geriet ins

Stolpern und warf sich ihm förmlich an den Hals. Seine Haut war heiß, sein Körper hart, *und er schien von Sekunde zu Sekunde härter zu werden.* Außerdem roch er nach Mann und Moschus und … sie klammerte sich noch immer an ihn.

Shannon räusperte sich und brachte ein leises »Danke« über die Lippen. Sie stützte sich an seiner Brust ab – *wow!* –, fand ihr Gleichgewicht wieder und schob den Fuß zurück in den Stiefel. »Nur ein weiterer Zwischenstopp. Mehr nicht. Versprochen.«

»Du scheinst es ja kaum erwarten zu können, einkaufen zu gehen.« Er hob die Holzscheite auf, die er gehackt hatte, und stapelte sie auf einem Unterarm, als wären es Zahnstocher.

»Ich freue mich nur, wieder hier zu sein. Vielleicht kannst du mir ja heute Abend helfen, die Habitate ausfindig zu machen? Es ist bestimmt amüsanter, wenn wir sie gemeinsam suchen gehen.«

Er schenkte ihr einen irritierten Blick. »Es ist ziemlich lange her, dass jemand meine Gesellschaft als amüsant bezeichnet hat.«

»Dann gibst du dich mit den falschen Leuten ab. Und ich werte das als Ja.« Sie schnappte sich die Kaffeetassen und konnte nicht aufhören zu grinsen.

»Ich fahre in zwanzig Minuten los.«

»Ich bin ruckzuck wieder da.« Als sie mit federnden Schritten zu ihrer Hütte eilte, hörte sie noch, wie er »ruckzuck« murmelte und leise lachte.

# Zwei

Bevor sie im Truck saßen, hätte Steve das Wort *gefährlich* nie und nimmer auf die süße, überschäumende Shannon bezogen, aber als sie den Berg hinunterfuhren, drang ihm der Duft ihres Parfüms in die Nase. Es war dezent, unaufdringlich und feminin und schien so gar nicht zu der komplizierten Frau zu passen, die seit ihrem Aufbruch in einer Tour plapperte. Trotz ihres ständigen Geredes schwang da eine Aufregung in ihrer Stimme mit, die zusammen mit ihrem verlockenden Geruch bewirkte, dass er sie am liebsten mit einem Kuss zum Schweigen gebracht hätte. *Gefährlich* war somit schnell zum Synonym für *Shannon* geworden.

»Du hättest sehen sollen, wie Cole und Leesa zum Altar gegangen sind. Sie sahen so *wun-der-schön* aus!« Sie seufzte, als wäre sie in einem Wunschtraum gefangen. »Ach, hab ich dir schon erzählt, dass Sam und Faith verlobt sind? Ich kann es selbst kaum glauben. Aber als ich bei meinem Onkel war, habe ich über Skype mitbekommen, wie er ihr den Antrag gemacht hat. Es war so romantisch, und Faith hat geweint, da kamen uns auch allen die Tränen. Nate und Jewel heiraten diesen September. Ist das zu fassen, dass zwei meiner Brüder bald verheiratet sein werden und der dritte verlobt ist? Es kommt einem beinahe so vor, als hätte Eros einfach nur wild mit seinen Pfeilen um sich geschossen.«

Steve kannte ihre Familie, deren Mitglieder einander eng verbunden waren, und er hörte sich auch gern die Neuigkeiten an, obwohl er dadurch ständig daran erinnert wurde, dass Shannon nur vorübergehend hier in Colorado weilte. Würde sie tatsächlich herziehen, dann hätten ihn keine zehn Pferde davon abhalten können, es bei ihr zu versuchen, aber er fühlte sich zu sehr von ihr angezogen, als dass er es wagen konnte, eine Tür zu öffnen, die er vielleicht nicht wieder schließen konnte.

»Hallo?« Shannon berührte ihn am Arm. »Du warst ja gerade ganz woanders. Hast du eben überlegt, wie viele Bäume du noch umarmen musst, oder was?«

»Etwas in der Art.« Er erwiderte ihr Lächeln und warf ihr einen kurzen Seitenblick zu, bevor er auf die Hauptstraße abbog. Sie hatte sich umgezogen und sah in der engen Jeans und dem cranberryroten Sweatshirt einfach heiß aus. Anders als viele andere Frauen passte sie ihre Schuhe nicht an jedes Outfit an und trug auch nicht so viel Make-up, dass sie bemalt aussah. Shannon hatte noch immer die ledernen Wanderstiefel von vorhin an, wobei die rosafarbenen Schnürsenkel jetzt allerdings geknotet waren, und war nur dezent geschminkt, was ihre haselnussbraunen Augen und hohen Wangenknochen umso besser zur Geltung brachte.

*Seit wann achte ich denn auf die Klamotten und das Make-up einer Frau?*

»Du umarmst doch auch gern mal einen Baum«, erwiderte er, um diesen Gedankengang endlich zu beenden.

»Ja, stimmt schon, aber im Augenblick denke ich gerade viel über meine berufliche Zukunft nach.«

»Ich dachte, du magst deinen Job. Und du bist wieder hier,

dann kann es doch gar nicht so schlimm sein.«

Sie kaute auf ihrer Unterlippe herum. »Ja, die Arbeit macht mir schon Spaß, aber ich bin nicht wie du.« Ihr Blick wurde nachdenklich. »Ich brauche Menschen um mich herum.«

»Das geht den meisten Menschen so«, gab er zu. Auch die Tatsache, dass sie sehr unterschiedlich waren, hielt ihn davon ab, sich mit ihr einzulassen. Ihre Familien standen sich viel zu nahe, als dass er eine belanglose Affäre mit Shannon anfangen konnte.

»Ich begreife noch immer nicht, wieso das bei dir anders ist«, erwiderte sie. »Es ist doch nicht normal, dass man ständig nur allein sein will.«

Er musste sich nicht zu ihr umdrehen, sondern spürte auch so, dass sie ihn ansah. Doch das konnte er ihr nicht erklären, zumindest nicht jetzt, daher konzentrierte er sich aufs Fahren. Die Main Street in Weston war an den Wilden Westen angelehnt, und aus diesem Grund gab es dort Pferdestangen vor den Geschäften und altmodische, handgeschnitzte Holzschilder. Für einen Außenseiter mochte das Leben in Weston einfach, ruhig und unbeschwert wirken, aber für Steve sah die Sache anders aus. Es war ganz und gar nicht einfach gewesen, in einer Stadt aufzuwachsen, in der jeder alles über jeden wusste und in der die Leute wegen seines Vaters eine vorgefasste Meinung hatten. Jedenfalls war es ihm immer so vorgekommen.

»Ich bin nicht die ganze Zeit allein, und zufälligerweise mag ich mein Leben so, wie es ist«, erklärte er ihr, wie er es schon hundert Mal zuvor getan hatte. »Wo fahren wir eigentlich hin?«, fragte er dann, um das Thema zu wechseln. »Zum Lebensmittelgeschäft oder dem Eckladen?«

»Oh! Mir ist gerade aufgefallen, dass die Bäckerei ganz in der Nähe ist. Könnten wir *bitte*, bitte dort anhalten? Ich hatte zwar nur um einen Zwischenstopp gebeten, aber es wäre auch nur ein weiterer und ich bin am Verhungern. Macht es dir etwas aus?« Sie sah ihn mit einem derart hoffnungsvollen Blick an, dass sich sein Magen zusammenzog. »Bitte? Saralou macht diese köstlichen Croissants, die mit Schokolade und Früchten gefüllt sind. Komm schon. Wir holen dir auch dein Lieblingsgebäck. Was isst du eigentlich am liebsten?«

Er musste über ihre unaufhörlich hervorsprudelnden Sätze lachen, bog kopfschüttelnd an der nächsten Kreuzung ab und hielt auf die Bäckerei zu. »Gibt es eigentlich irgendetwas, das dir keine Begeisterung entlockt?«

»Keine Ahnung. Sollte es das geben?« Sie legte den Kopf leicht schief und grinste ihn an. »Ich nehme das Leben, wie es kommt, und im Allgemeinen macht es mir großen Spaß. Einige Menschen in meinem Bekanntenkreis sind echte Pessimisten und solche Langweiler. Hoffentlich werde ich nie so wie sie. Ich kann mir nicht vorstellen, immer nur negativ zu sein.«

Er parkte vor der Bäckerei und lehnte sich auf seinem Sitz zurück.

»Kommst du nicht mit rein?«

Shannon war offensichtlich enttäuscht darüber, aber er brauchte einen Augenblick, um wieder einen klaren Kopf zu bekommen. Eigentlich hatte er geglaubt, die Anziehungskraft, die sie auf ihn ausübte, unter Kontrolle zu haben, doch in der Realität war er weit davon entfernt. Sie ging ihm noch immer direkt unter die Haut. In jedem Augenblick, den sie zusammen waren, rang er mit sich, weil er ihr einerseits näherkommen, andererseits aber auf Abstand bleiben wollte.

»Das war deine Idee«, sagte er. »Geh nur rein.«

»Aber du hast mir noch gar nicht gesagt, was du haben willst.« Sie verzog die vollen Lippen zu einem perfekten

Schmollmund, der an die Nieren ging – und seine Entscheidung, auf Distanz zu gehen, bekräftigte.

»Ach, bring mir irgendwas mit.« Er zückte seine Brieftasche. »Brauchst du Geld?«

»Nein, ich brauche dein Geld nicht.« Sie stieg schnaubend aus dem Truck und er schloss die Augen.

Im nächsten Augenblick schrak er zusammen, als seine Wagentür aufgerissen wurde. »Was zum …«

Shannon griff nach seiner Hand und zerrte daran.

»Jetzt bist du schon mal in der Stadt«, erklärte sie mit einer Miene, die grimmige Entschlossenheit widerspiegelte. »Also schwing deinen Hintern aus dem Wagen und tu so, als wärst du ein geselliger Mensch. Wenn ich einen Chauffeur gewollt hätte, dann hätte ich einen angerufen. Anscheinend sind dir da oben auf dem Berg einige Gehirnzellen abgestorben. Ich wollte deine Gesellschaft, du Pappnase.«

»Pappnase?«, wiederholte er und stieg aus. »Du bist doch nicht so süß, wie ich immer dachte.«

»Merkst du es auch endlich.« Sie schenkte ihm ein hochmütiges Lächeln und zog ihn in Richtung Bäckerei.

»Was ist in Maryland mit dir passiert? Hat dich jemand mit Aufdringlichkeit angesteckt?« Er hielt ihr die Tür auf und betrat hinter ihr die Bäckerei. Sofort benebelte das süße Aroma zuckersüßer Leckereien seine Sinne.

»Ist das denn die Möglichkeit? Wen haben wir denn hier?« Saralou Carmell, die Besitzerin der Sweet Sensations Bakery, kam um die Ladentheke herum und umarmte Steve. Er war mit ihrer Tochter auf der Highschool in eine Klasse gegangen. Nachdem sie sich von ihm gelöst hatte, sah Saralou ihn mit einem warmen Lächeln an, das auch ihre blauen Augen erreichte, mit denen sie ihn kritisch musterte. »Du solltest mal zum Friseur gehen, mein Lieber, aber ansonsten bist du so schnucklig wie immer.«

»Danke, Saralou«, sagte er freundlich. »Ich bin noch nicht dazu gekommen. Wie geht es Krista?«

»Großartig. Ihr kleiner Junge ist so niedlich. Hast du das von der Ranch der Cumberlands gehört? Angeblich soll sich dort eine Immobilienfirma umsehen. Als ob die Cumberland-Jungs nicht in letzter Zeit schon genug um die Ohren hätten.«

Steve knirschte mit den Zähnen. Er hatte gehofft, ihm würde noch etwas Zeit bleiben, bevor die Geier auftauchten, aber wem wollte er denn etwas vormachen? Wahrscheinlich wusste schon die halbe Stadt davon. Er sollte wirklich öfter in die Stadt kommen, um auf dem Laufenden zu bleiben. Doch dieser Stadtklatsch war einer der Gründe, aus denen er sich nur ungern hier aufhielt. Und natürlich die Tatsache, dass man sich überall eine Ewigkeit aufhielt, weil sich alle mit einem unterhalten wollten.

Bevor er etwas erwidern konnte, sprach Saralou auch schon weiter. »Jade war gestern früh mit dem kleinen Hal hier. Heiliger Strohsack, dein Neffe ist das Ebenbild seines Daddys, findest du nicht auch?«

»Ja, das ist er«, bestätigte er und lächelte, als er an das niedliche Gesicht des kleinen Hal dachte.

Saralou zwinkerte Shannon zu. »Und Sie, Miss Braden. Ich habe keine Ahnung, wie Sie es geschafft haben, ihn von diesem Berg runterzubekommen, aber da haben Sie eine gute Tat vollbracht, meine Liebe. Was darf's denn sein?«

»Mal sehen …« Shannon beugte sich über die Auslage und fing leise an zu summen. Sie wickelte sich eine Haarsträhne um den Finger und betrachtete die Cupcakes, Croissants, Gebäckstücke und Kuchen. Schließlich hockte sie sich hin, um sich die Kekse auf den unteren Ebenen anzusehen, und fuhr sich dabei mit der Zunge über die Lippen, während sie konzentriert die Augen zusammenkniff.

*Großer Gott.* Das Haar. Die Zunge. Das zufriedene Summen. Er sollte dringend durch diese Tür gehen und erst stehenbleiben, wenn er so weit entfernt war, dass er sie weder sehen noch hören konnte, ja, nicht mal mehr an sie denken musste. Da das allerdings nicht in Frage kam, konnte er nur versuchen, sie zur Eile zu drängen und diese süße Folter irgendwie zu beenden.

Er hockte sich neben sie. »Schwere Entscheidung?«

»Hmm-hm.«

»Du hast vorhin von den Croissants geschwärmt«, rief er ihr in Erinnerung.

»Ich weiß.« Sie summte weiter.

Er deutete auf die Croissants. »Da sind sie doch.«

Sie sah ihn mit ausdrucksloser Miene an. »Kannst du dir wirklich all diese Köstlichkeiten ansehen und eine schnelle Entscheidung treffen? Sieh dir doch nur mal diese Kekse an. Und das pinke Frosting auf den Cupcakes. Bekommst du da nicht sofort Lust, einen Finger reinzustippen und es abzulecken?«

*Du liebe Güte. Dieses* Bild würde er den Rest des Tages nicht mehr loswerden.

»Und erst diese Kuchen«, fuhr sie leicht atemlos fort. »Und die Muffins ...«

Nein. Weder Kuchen noch Muffins oder irgendeine Naturgewalt würden die Vorstellung, wie sich Shannon den Zuckerguss von den Fingern leckte, aus seinem Hirn vertreiben können.

»Irgendwie erstaunt es mich, dass du keine hundertzwanzig

Kilo wiegst.« Er stand nicht auf dünne Mädchen und Shannon hatte an genau den richtigen Stellen Kurven. Das war noch etwas, worüber er lieber nicht länger nachdachte. Aber selbst mit hundertzwanzig Kilo wäre sie noch unwiderstehlich. Es war ihr ganzes Wesen, ihr Temperament und ihre freche, gewitzte Art, mit der sie ihn aus der Reserve lockte und die er so anziehend fand.

Er nahm ihre Hand, stand auf und zog sie mit sich.

»Saralou, wir nehmen ein Schokocroissant, ein Kirschcroissant, einen Blaubeermuffin, einen Cranberrymuffin, einen Keks jeder Sorte und …«, das würde er mit Sicherheit bereuen, »einen dieser Cupcakes mit pinkfarbenem Frosting, bitte.«

Shannon quietschte auf und umarmte ihn erneut. »Danke. Ich wusste, dass du auch etwas haben willst.«

*Du hast ja keine Ahnung, was ich wirklich will.* Er konnte ihren Mund nicht ansehen, ohne sich auszumalen, wie sie damit … *Großer Gott!* Was hatte diese Frau nur an sich, dass er jedes Mal, wenn er sich in ihrer Nähe aufhielt, an Sex denken musste? Unter normalen Umständen schaffte er es problemlos, derartige Gedanken zu verdrängen. Sie grinste ihn an, als hätte sie nicht das Geringste mit seinem Geisteszustand zu tun.

»Die sind nicht für mich«, sagte er, bezahlte und versuchte zu ignorieren, wie Saralou sie beide wohlwollend musterte. *Hier gibt es nichts zu sehen. Guck einfach woanders hin.*

»Das kann ich nicht alles essen«, protestierte Shannon, als sie die Bäckerei verließen. »Und ich habe dich auch nicht mit reingebeten, damit du alles bezahlst. Die Schulden werde ich selbstverständlich begleichen.«

»Du hast mich nicht reingebeten, sondern reingezerrt.« Er öffnete die Beifahrertür, und sobald sie Platz genommen hatte, setzte er sich hinter das Lenkrad und klappte die Schachtel mit den Leckereien auf. »Wenn es nach dir gegangen wäre, hätten wir uns dort den lieben langen Tag über die ganzen Köstlichkeiten unterhalten. Jetzt hast du die Wahl.«

»Aber du weißt doch noch nicht mal, ob ich das alles mag.«

Musste sie ihm denn immer widersprechen? Aufgrund des bevorstehenden Treffens mit den Cumberlands und des verdammten Infernos, das sie in ihm auslöste, war er schon jetzt das reinste Nervenbündel. *Dann kannst du auch gleich aufs Ganze gehen.* »Stimmt, aber ich wusste, dass du den pinken Zuckerguss probieren möchtest.«

»Ist das dein Ernst? Du hast den Cupcake nur gekauft, damit ich den Zuckerguss probieren kann? Du bist soeben zu meinem Lieblingsmann aus den Bergen aufgestiegen. Das war wirklich sehr lieb von dir.« Bei diesen Worten tauchte sie einen Finger in das cremige pinkfarbene Frosting.

»Das würde ich so nicht sagen«, murmelte er und ließ den Motor an.

Sie steckte den Finger in den Mund, schloss die Augen und genoss den süßen Schmelz auf der Zunge. »Hm.«

Als sie die Augen wieder aufschlug, hatte er seinen lodernden Blick auf ihre Lippen gerichtet, zwischen denen noch immer ihr Finger verschwunden war. Ein wölfisches Grinsen umspielte seinen Mund und ihr schoss heiß das Blut in die Wangen.

»Du hast die Schulden gerade beglichen«, sagte er mit so tiefer Stimme, dass ihr noch heißer wurde.

Shannon nahm rasch den Finger aus dem Mund. »Du …«

*Du liebe Güte.* Sie hatte keine Ahnung, wie sie auf *diesen* Blick reagieren sollte. »Ich kann es nicht fassen.«

Er fuhr lachend los. »Hey, du bist diejenige, die mich erst auf die Idee gebracht hat.«

»Ich habe dich auf die Idee gebracht? Das wird ja immer schöner.« Sie fuhr abermals mit dem Finger durch das Frosting und wandte sich ab. »Und ich wollte dich auch noch probieren lassen. Pah.«

Er nahm ihre Hand, und sie mussten beide lachen, als sie versuchte, sich ihm zu entziehen. Während er weiter das Lenkrad festhielt, zog er ihre Hand zu sich heran.

»Wag es ja nicht ...«

Doch er steckte sich bereits ihren Finger in den Mund, leckte und saugte sanft daran, sodass ihr Körper von Hitze überflutet wurde und ihr Lachen zusammen mit jeglichen Gedanken erstarb. Er blieb vor einer Ampel stehen, sah Shannon in die Augen, nahm ihren Finger aus dem Mund und leckte sich die Lippen. Es gelang ihr nur mit Mühe, sich überhaupt noch ans Atmen zu erinnern.

»Du hast vollkommen recht«, sagte er verführerisch. »Das war ein himmlischer Genuss.«

Die Ampel schaltete um und er richtete kichernd den Blick auf die Straße. »Und, wohin fahren wir jetzt?«, fragte er gelassen. »Musst du wirklich was einkaufen oder hattest du nur Lust auf was Süßes?«

Sie schloss endlich den Mund und staunte noch immer darüber, wie wundervoll und sanft sich seine Zunge an ihrem Finger angefühlt hatte, als wollte er ihr Lust bereiten ... *Meinem Finger? Himmel, jetzt drehe ich aber langsam durch.*

Nur mit Mühe schaffte sie es, die Schultern zu straffen, das Kinn anzuheben und sich halbwegs unter Kontrolle zu bekommen. »Du hast ja keine Ahnung, wo mein Finger schon überall gewesen ist.«

»Ach nein?« Er sah sie kurz aus seinen schieferblauen Augen an und schon wieder rollte eine hitzige Woge über sie hinweg. »Ich habe mit eigenen Augen gesehen, wie du ihn dir in den Mund gesteckt hast, bevor ich ihn mir geschnappt habe.«

*Himmel, bist du heiß.*

»Jetzt dreh nicht gleich durch. Ich wollte dich doch nur ein bisschen durcheinanderbringen.« An der Ecke Main und South wurde er langsamer. »Wohin soll ich denn jetzt fahren? Zum Supermarkt oder zum Eckladen?«

*Du willst mich durcheinanderbringen? Na, das gelingt dir aber richtig gut. Mein ganzer Körper prickelt, und ich stand kurz davor, ein neues Höschen zu brauchen.*

»Zum Eckladen.« Sie starrte ihn wütend an, was er jedoch gar nicht zu bemerken schien. Und darüber ärgerte sie sich gleich wieder. Was für ein Spiel spielte er hier mit ihr?

Er parkte vor dem Laden und stieg aus.

»Kommst du mit rein?«, erkundigte sie sich.

»Mir ist plötzlich ganz warm. Da dachte ich, ich hole mir was Kühles zu trinken.« Er legte ihr eine Hand in den Rücken und schob sie durch die Tür. »Keine Sorge, ich sehe dir nicht dabei zu, wie du deinen Frauenkram kaufst.«

Ach, verdammt. Das hatte sie ja völlig vergessen. Jetzt war es allerdings auch egal, da sie ganz bestimmt nicht vorhatte, vor seinen Augen *Frauenkram* zu kaufen. Erst recht nicht nach dem, was eben passiert war. Er sollte schließlich nicht auf den Gedanken kommen, sie hätte ihre Periode. Auf gar keinen Fall. Ihr war es viel lieber, wenn er weiterhin so heiße Sachen dachte.

Sie schnappte sich die Pop-Tarts und das Toilettenpapier, wobei sie bei Letzterem kurz überlegte. Es war zwar nicht gerade sexy, aber nötig. Vielleicht würde er ja denken, sie hätte das mit Frauenkram gemeint. Sie wanderte durch die Gänge und überlegte, was sie kaufen könnte, das sexy wäre. Aber hier gab es noch nicht einmal Lipgloss, und ein Lippenpflegestift kam wohl eher weniger in Frage. Zu schade, dass hier nicht auch sexy Dessous verkauft wurden.

Nachdem sie zehn Minuten lang vergeblich gesucht hatte, gab sie auf und ging mit ihren Waren zur Kasse. Sie entdeckte Steve vor der Tür, wo er sich mit Rachel Gray, der hiesigen Friseurin, unterhielt. Rachel hatte Callie, die Frau von Shannons Cousin Wes, vor ein paar Monaten bei ihrer Hochzeit frisiert. Shannon war der gerade mal eins fünfzig großen Frau mit wunderschönen grünen Augen und prächtigem blondem Haar auf der Hochzeit begegnet. Sie war süß *und* clever und somit eine absolute Traumfrau. Da war es kein Wunder, dass die Männer nur zu gern Wochen warteten, um bei ihr auf dem Stuhl sitzen zu können.

*Und sie flirtet mit Grizz.*

Mit einem Mal kam Eifersucht in ihr auf, obwohl sie gar kein Recht dazu hatte. Sie bezahlte und verließ den Laden.

»Shannon? Ist ja nicht wahr!« Rachel berührte Steves Unterarm und sagte etwas, das Shannon nicht verstehen konnte, bevor sie zu Shannon lief und sie umarmte. »Ich wusste ja gar nicht, dass du wieder in der Stadt bist.«

»Ich werde eine Zeit lang auf dem Berg bleiben und dort noch ein Forschungsprojekt durchführen.«

Steve warf ihr auf dem Weg zu seinem Wagen einen Blick zu, bei dem ihr Blut in Wallung geriet.

»Du Glückspilz«, meinte Rachel. »Es ist so wunderschön da oben. Wollen wir nicht mal ein Mädelstreffen machen, solange du hier bist? Hast du Callies Babybauch schon gesehen? Man sieht es ihr erst seit Kurzem an, und sie ist die niedlichste Schwangere, die ich je gesehen habe!«

»Ich habe sie gestern Abend beim Barbecue bei meinem Onkel getroffen. Sie sieht wirklich unglaublich schön aus und Wes ist überglücklich.« Steve ließ den Motor an, und Shannon wusste, was er ihr damit sagen wollte. »Ich muss jetzt los. Er nimmt mich mit nach Hause.«

»Oh.« In Rachels Augen funkelte es. »Dann bist du ein noch größerer Glückspilz, als ich gedacht habe.« Sie beugte sich vor und senkte die Stimme. »Er hat nicht immer als Einsiedler gelebt. Vielleicht kannst du ihn ja wieder ein bisschen aus der Reserve locken.«

*Das wäre wirklich schön.* Sie hätte Rachel zu gern gefragt, ob dieses Katz-und-Maus-Spiel früher auch schon Steves Art gewesen war. Aber sie verkniff es sich, da sie genau wusste, wie schnell sich Kleinstadttratsch verbreitete.

»Ich kann es versuchen«, erwiderte sie und ging zum Wagen. Sie stellte ihre Einkaufstasche auf den Sitz, stieg ein und fragte sich, was Steve wohl dazu gebracht hatte, sich der Natur zu- und von den Menschen abzuwenden. Bisher war sie davon ausgegangen, dass er die Einsamkeit schon immer geliebt hatte.

Er spähte in ihre Tüte und zog die Pop-Tarts heraus. »Ist das dein Ernst? Ich kaufe dir eine ganze Schachtel feinste Leckereien und du besorgst dir noch diesen Müll?«

Sie nahm ihm die Packung aus der Hand und verstaute sie wieder in der Tüte. »Das ist Powerfood und steigert die Leistungsfähigkeit, und außerdem sind da Shmores drin, was doch sehr gut passt, wo ich gerade in einem Holzhaus wohne.«

»Powerfood.« Er schüttelte grinsend den Kopf und fuhr los. »Und es heißt S'Mores, ohne h.«

»Hab ich doch gesagt. Shmores.«

»S'Mores«, wiederholte er und betonte das M.

»Wie dem auch sei. Ich habe jedenfalls noch nie welche gegessen.«

Er musterte sie mit hochgezogener Braue. »Du hast noch nie S'Mores gegessen? Ich dachte, du kommst aus einer Stadt am Strand?«

»Das tue ich auch. Bei uns gibt es Lagerfeuer und wir rösten darin auch Marshmallows, aber das mit dem Shmores habe ich noch nie gemacht. Und du wirst dich jetzt bestimmt über mich lustig machen, aber ich hatte auch noch nie ein Happy Pack.«

Er lachte wieder auf. »Ein was? Das klingt irgendwie unanständig. Vielleicht kann ich dir ja helfen, die Wissenslücke zu schließen.«

Bei seinem Angebot wurde ihr ganz schwummrig, auch wenn sie wusste, dass er sie wieder nur durcheinanderbringen wollte. Also zwang sie sich, nicht darüber nachzudenken, wie unglaublich es wäre, all die unanständigen Dinge mit ihrem muskelbepackten Mann aus den Bergen zu tun.

»Ein Happy Pack. Du weißt schon, was man bei McDonald's kaufen kann.«

Das entlockte ihm ein weiteres tiefes, sinnliches Lachen. »Du meinst ein Happy Meal? Das für Kinder?«

»Ja, ein Happy Pack. Das mit dem niedlichen Spielzeug.«

Er schüttelte leise lachend den Kopf. »Na, das müssen wir ändern. Es kann doch nicht angehen, dass du keine S'Mores kennst. Und bei McDonald's verpasst du zwar nicht viel, aber ein Happy Meal werden wir dir auch besorgen.«

Sie versuchte, sich nicht zu sehr an dem »wir« festzuhalten, führte aber innerlich einen Freudentanz auf bei der Vorstellung, mehr Zeit mit ihm zu verbringen. Am liebsten hätte sie ihn nach dem gefragt, was Rachel erwähnt hatte. War er früher wirklich geselliger gewesen oder steckte da mehr dahinter? Doch trotz seiner anzüglichen Kommentare und der Tatsache, dass er an ihrem Finger gesaugt hatte – *er hat an meinem Finger gesaugt!* –, ging sie sein Privatleben nichts an.

»Dann schreibe ich Shmores und ein Happy Pack auf meine To-do-Liste.« Sie klappte die Bäckereischachtel auf und hielt sie ihm hin. »Möchtest du was davon?«

Kaum hatte sie die Worte ausgesprochen, schienen seine Augen zu lodern. »Nein danke. Etwas Süßeres als das, was ich zuletzt gekostet habe, kann es gar nicht geben.«

Dieser Mann war wirklich unglaublich, und sie wusste beim besten Willen nicht, wie sie damit umgehen sollte. Sie beäugte das Schokoladencroissant und überlegte, ob sie nicht doch lieber den Cupcake mit dem pinkfarbenen Frosting nehmen sollte. *Ich wollte dich nur durcheinanderbringen.*

Himmel! Shannon zwang sich, nicht länger daran zu denken.

»Und …«, begann sie. »Wo fahren wir jetzt hin?«

Seine Miene wurde schlagartig ernst, und Shannon fragte sich, ob dieser kecke Gesichtsausdruck eben wirklich da gewesen war oder ob sie ihn sich nur eingebildet hatte.

»Zu einem Treffen mit den Cumberlands.«

»Wer ist das?«

»Ihnen gehören zweihundert Morgen Land, das direkt an das Naturschutzgebiet in der Nähe meines Elternhauses grenzt. Sie wollen das Land verkaufen, aber ich will sie davon überzeugen, es stattdessen unter Naturschutz zu stellen.« Der Muskel an seinem Unterkiefer zuckte. »Das könnte eine Weile dauern, und ich bin mir nicht sicher, wie sie darauf reagieren werden. Soll ich dich vorher lieber bei Hal oder irgendwo anders absetzen?«

Nein, sie wollte nicht zu Onkel Hal. Viel lieber wollte sie mehr über Steve erfahren und herausfinden, was ihn in Fahrt brachte. Im Augenblick strahlte er nichts als Aggression aus, und dieser Umschwung hatte sich so schnell ereignet, dass sie ihn unbedingt in Aktion erleben wollte.

»Ich komme gern mit, wenn du nichts dagegen hast.« Sie biss vom Schokocroissant ab und er zog eine Augenbraue hoch. »Das schenkt mir Energie, damit ich dir später Rückendeckung geben kann.«

»Das wirst du garantiert bereuen«, meinte er, während der Ansatz eines Grinsens seine Lippen umspielte, »aber ich habe nichts dagegen, dass du mitkommst. Das Reden musst du aber mir überlassen.«

»Kein Problem. Du redest, und ich stehe daneben, nicke zu deiner Unterstützung und gebe kein Wort von mir. Nicht einen Ton. Darf ich sie wenigstens wütend anstarren oder ...«

Er warf ihr einen schneidenden Blick zu.

Sie stopfte sich das Croissant in den Mund und tat so, als würde sie ihre Lippen versiegeln und abschließen. Er streckte ihr eine Hand hin und wackelte mit den Fingern, woraufhin sie so tat, als würde sie ihm den Schlüssel in die Hand drücken.

Steve schloss die Finger darum. »Danke, Butterfly.«

Danach steckte er den unsichtbaren Schlüssel in seine Brusttasche, während sie sich daran zu erinnern versuchte, wie man eigentlich kaute.

# Drei

Die Cumberland-Ranch lag am Fuß der Berge inmitten von sanft geschwungenem Weideland und kleinen Wäldchen. Dies war eines der schönsten Grundstücke der Gegend. Zwar gab es nach Steves Meinung in ganz Colorado nicht einen Landstrich, den man als hässlich bezeichnen konnte, aber dieses Gebiet gehörte eindeutig zu seinen Lieblingsplätzen. Früher hatte er zusammen mit den beiden ältesten Cumberland-Brüdern Mack und Will jede Ecke des Anwesens erkundet.

»Ist das dein Plan?«, fragte Shannon. »Willst du einfach das Land anstarren und die Besitzer durch die Kraft deiner Gehirnwellen überzeugen, ihre Meinung zu ändern?«

Er zog den Schlüssel aus dem Zündschloss und atmete tief durch, um sich für die Unterhaltung mit seinen beiden ältesten Freunden zu wappnen, auf die er sich nicht im Geringsten freute. Mack und Will hatten vor zwei Jahren ihre Mutter verloren und letzten Winter war auch noch ihr Vater gestorben. Die Eltern hatten Steve immer gut behandelt, fast so, als würde er zur Familie gehören, und er vermisste sie. Seine Freunde trauerten wahrscheinlich noch immer um sie, und er konnte sich gut vorstellen, dass es ihnen nicht gerade leichtfiel, jetzt auch noch das Erbe abzuwickeln. Er wollte ihnen diese schwere

Zeit nicht noch unangenehmer machen, aber es ließen sich immer Argumente dafür finden, keine Stellung zu beziehen. Wenn er auf den richtigen Augenblick wartete, würde es irgendwann zu spät sein.

»Genau das ist das Problem mit euch Stadtbewohnern. Ihr habt es immer eilig, die nächste Sache anzufangen, selbst wenn sich vor eurer Nase etwas viel Verlockenderes befindet.« Er steckte sich den Schlüsselbund in die Hosentasche und versuchte, das ungute Gefühl abzuschütteln, das ihn nicht nur wegen des bevorstehenden Gesprächs mit seinen Freunden beschlich. Er flirtete auch mehr mit Shannon, als er es beabsichtigt hatte, und ihm war bewusst, dass er ihr widersprüchliche Botschaften vermittelte. Aber er hatte im Augenblick zu viel um die Ohren, um klar denken zu können.

Er machte eine ausschweifende Geste, mit der er das wunderschöne Grundstück umfasste. Immer wieder waren im Laufe der Jahre Parzellen in Weston verkauft und Farmen aufgeteilt worden. Es schmerzte ihn, mit ansehen zu müssen, wie die weite Landschaft zerteilt und als Baugrund vergeben wurde, als wäre Land entbehrlich. Allerdings kämpfte er schon seit so langer Zeit in dieser Sache und wusste, dass auch ein einziger Mensch etwas erreichen konnte. Bei einem Grundstück dieser Größe und einem Preis von knapp 2,4 Millionen Dollar würde es jedoch mehr als gute Absichten und ein paar Parolen brauchen, um es den Immobilieninvestoren vorzuenthalten, es sei denn, seine Freunde waren mit seiner Idee einverstanden.

»Ich bin keine Städterin, ich lebe am Strand.« Sie warf ihm einen kurzen Blick zu und schaute dann durch die Windschutzscheibe. »Steigen wir aus?«

»Gleich, Butterfly. Ich nehme nur gerade alles in mich auf. Hier habe ich früher oft mit Mack und Will Cumberland gespielt. Wir haben uns nachts aus dem Haus geschlichen, sind stundenlang auf Bäume geklettert, haben Schlangen und Frösche gesucht und meine Schwester damit erschreckt.« Bei der Erinnerung lachte er auf. »Auf dem Heuboden der Scheune da vorn haben wir uns oft versteckt. Ich höre noch deutlich das Geräusch des großen Scheunentors, das ihr Vater auf der Suche nach uns aufgezogen hat, und ich weiß noch, wie mein Herz raste und wie das Heu duftete, in dem wir uns versteckt haben. Wie mir der Geruch in die Lunge drang, wie er im Hals kratzte und wie ich gegen den Hustenreiz angekämpft habe.« Er rieb sich den Unterarm. »Und ich spüre noch immer, wie es an den Armen und Beinen gepikt hat.«

Endlich öffnete er die Wagentür und erwiderte ihren durchdringenden Blick. »Findet man so was auch auf Pinterest-Boards?« Dann ging er um den Wagen herum, öffnete ihr die Tür und reichte ihr eine Hand, um ihr beim Aussteigen zu helfen.

»Auf Pinterest gibt es Fotos zu allen Themen.«

Sie nahm seine Hand und ließ sich von ihm zum Zaun führen, der die Weiden umgab, wobei er in Richtung der fernen Wälder zu ihrer Linken nickte. »Nachts haben wir uns oft mit unseren Taschenlampen im Wald getroffen. Ich liebe dieses Land, und ich würde nur ungern mit ansehen müssen, wie es in falsche Hände gerät.« Schon damals hatte er sich danach gesehnt, in den Bergen zu leben, und er fragte sich, ob Shannon die Schönheit überhaupt registrierte, die sich hier vor ihnen erstreckte, oder ob sie, wie so viele andere, die nicht hier aufgewachsen waren, nur ein Stück Land sah, das bebaut werden konnte. »Was siehst du da draußen?«

Sie schwieg einen Augenblick. »Ich sehe majestätische Berge, Weiden und Bäume.« Lächelnd senkte sie den Kopf und betrachtete ihre noch immer ineinander verschränkten Hände.

Ihm war gar nicht aufgefallen, dass er ihre Hand noch immer hielt. Schnell ließ er sie los.

Shannon sah ihm in die Augen. »Und ich sehe einen Mann, der sich darin verliert.«

Die Art, mit der sie ihn anschaute, brachte ihn ganz durcheinander. »Ist das was Schlechtes?«

»Nein. Es ist interessant. Fragst du dich nie, ob dir etwas entgeht? Technologische Fortschritte oder dergleichen?«

Er zuckte mit den Achseln. »Die Nachrichten bekomme ich schon mit. Und ich habe selbstverständlich Internet. Aber ich lebe nicht *für* die Nachrichten oder wofür alle anderen auch immer zu leben scheinen. Mir kommt es eher so vor, als würden wir beide in zwei unterschiedlichen Welten leben, Butterfly.«

Sie trat noch einen Schritt näher, sodass ihm der verlockende Duft in die Nase stieg, den er nur zu gut kannte. »Tun wir das? Oder sehen wir dieselbe Welt nur mit anderen Augen?« Bevor er ihr antworten konnte, fügte sie noch hinzu: »Wieso nennst du mich ›Butterfly‹?«

»Ist das nicht offensichtlich?« Er hielt ihrem Blick stand und genoss es, ihre Wangen erröten zu sehen.

»Für mich nicht«, sagte sie auf ihre niedliche Art.

Wenn sie von frech zu süß überging, hatte sie ihn jedes Mal am Haken. »Warum nennst du mich Grizz?«

Sie fuhr ihm lachend mit den Fingern über das Haar und über die Bartstoppeln auf seiner Wange. »Ist das nicht offensichtlich?«

Ihre Hand fühlte sich warm und weich an. Auch wenn sich das gut anfühlte und sein Verlangen, diese Frau in die Arme zu nehmen und endlich zu küssen, beinahe übermächtig wurde, wusste er doch, dass er unbedingt Abstand gewinnen musste. Er legte eine Hand auf ihre und genoss kurz dieses Gefühl, bevor er sich ihr widerstrebend entzog.

»Wir sollten es hinter uns bringen.« Er deutete mit dem Kopf in Richtung Haus.

»Ja.« Sie blinzelte mehrmals, als wäre sie ebenso verwirrt von seinem Verhalten wie er selbst.

Steve zwang sich, den Zauber zu brechen und auf das aus Zedernholz gebaute Haus zuzugehen, in dem er in seiner Jugend so viel Zeit verbracht hatte.

Mit einem Mal kam Mack um die hintere Hausecke und winkte ihnen zu. »Hey, Kumpel! Wir sind hier hinten.«

Steve versuchte, nicht länger darüber nachzudenken, dass er Shannon automatisch eine Hand in den Rücken legte, als sie auf seinen Freund zugingen.

Mack umarmte ihn herzlich. »Du hast mir gefehlt, Mann.« Mit seinen knapp eins neunzig waren sie auf Augenhöhe.

»Du mir auch«, entgegnete Steve. »Wie geht es euch? Was macht Casey?« Casey war Macks und Wills einundzwanzig-jähriger Bruder, ein spät geborener Nachzügler, den dreizehn Jahre von Mack trennten. Als Mack und Steve aufs College gegangen waren, hatte Casey noch im Sandkasten gespielt.

»Casey geht es gut. Er wohnt im Moment bei mir und schlägt sich so durch. Du weißt schon. Wir stecken alle wieder im Trott der Geschäftswelt und versuchen, Dads Erbe abzuwickeln.« Mack war nach dem College aus Weston wegge-zogen, um für eine Softwarefirma zu arbeiten, und lebte jetzt in der Nachbarstadt Allure. Er warf Shannon einen neugierigen Blick zu.

»Das ist Shannon Braden.« Ohne auch nur darüber nachzudenken, legte Steve ihr abermals besitzergreifend eine Hand in den Rücken. »Sie führt oben auf dem Berg ein

Forschungsprojekt durch.«

»Eine Verwandte von Hal?« Mack ließ sein umwerfendes Lächeln aufblitzen. Will und er waren nur ein Jahr auseinander und sie sahen mit ihren tiefliegenden blassblauen Augen, der olivfarbenen Haut und dem pechschwarzen Haar wie Zwillingsbrüder aus. Bei den Frauen waren sie sehr beliebt. Ihre offene Persönlichkeit tat ein Übriges.

»Er ist mein Onkel«, antwortete Shannon und lächelte ihrerseits strahlend.

»Er ist ein guter Mann.« Mack zog sein Handy aus der Hosentasche. »Lass mich kurz Will Bescheid sagen, damit er herkommt. Er ist unten bei der Scheune.« Er tippte rasch eine Nachricht, steckte das Handy wieder weg und zwinkerte Steve zu. »Bestimmt versteckt er sich wieder oben auf dem Heuboden.«

Steve lachte auf. »Das waren noch Zeiten, Mack. Das waren noch Zeiten.«

»Kommt mit. Setzen wir uns.« Er führte sie zur Terrasse. »Möchtet ihr was trinken? Soda? Wasser? Bier?«

»Shannon?« Steve zog ihr einen Stuhl unter dem Glastisch hervor.

»Nein danke.« Sie setzte sich und er nahm neben ihr Platz.

»Ich möchte auch nichts. Danke, dass du heute Zeit für mich hast. Ich weiß ja, dass ihr viel zu tun habt.«

»Du bist wie ein Bruder für uns, Mann.« Mack setzte sich Steve gegenüber. »Für dich würden wir uns immer Zeit nehmen.«

»Du weißt ja nicht, wie viel mir das bedeutet. Mir geht es genauso.« Steve stand wieder auf, als Will den Hügel hinaufkam. Wills Blick fiel sofort auf Shannon, der die Sonne ins schöne Gesicht schien. Steve legte eine Hand auf die

Rückenlehne ihres Stuhls und konnte es selbst kaum fassen, dass er sich einer Frau gegenüber, die nicht seine Freundin war, derart besitzergreifend verhielt.

»Steve!« Will breitete die Arme aus und drückte ihn an sich. »Verdammt, du hast mir gefehlt.«

»Du mir auch, Kumpel.« Er hatte die beiden zuletzt einige Wochen nach dem Tod ihres Vaters gesehen.

»Und wer ist dieses hinreißende Geschöpf?« Will ging neben Shannon auf ein Knie und gab ihr einen Handkuss.

»Steh auf, du Blödmann«, schimpfte Mack. »Siehst du denn nicht, dass sie vergeben ist?«

»Nein, das bin ich nicht«, protestierte Shannon und zog verwirrt die Nase kraus.

Steve konnte sich beim besten Willen nicht mehr daran erinnern, warum er es für eine gute Idee gehalten hatte, sie hierher mitzunehmen, wo er doch genau wusste, dass Will und Mack sich sofort an sie ranwerfen würden.

»Will, Shannon Braden. Shannon, Will Cumberland.« Steve zog Will am Arm wieder auf die Beine. »Braden. Das sollte dir sagen, dass Rex dich quer durch die Stadt prügeln wird, wenn du dich an sie ranmachst.«

Will ließ sich lachend Shannon gegenüber auf einen Stuhl sinken. »Wenn ich mich recht erinnere, hat er so was in der Art mit dir gemacht, weil du meintest, du würdest seine Schwester Savannah nicht von der Bettkante stoßen.«

»Jaja, fang nicht wieder damit an.« Steve rieb sich mit einer Hand über das Gesicht.

»Wirklich?« Shannons Augen funkelten. »Das musst du mir unbedingt erzählen.«

»Nein, muss ich nicht«, entgegnete Steve und hoffte, diese ungemein peinliche Geschichte nie wieder erwähnen zu müssen.

»Rex ist so besitzergreifend«, sagte Shannon. »Ihr solltet ihn mit seinem Baby Hal sehen. Nach Rex' Vater benannt natürlich. Man könnte das Gefühl bekommen, dass Rex das Kind jede Minute, die er nicht mit der Farm beschäftigt ist, in seiner Nähe hat, und auch sonst bleibt er ihm nie lange fern. Einfach hinreißend. Aber bei seinen Nichten und Neffen ist er genauso. Irgendwie klebt immer irgendein Kind an ihm. Mit Rex Bradens Familie legt sich keiner an.« Sie nahm Steves Arm und beugte sich so weit zum ihm herüber, dass er ihren Atem auf seiner Wange spüren konnte. »Du darfst kein Detail auslassen. Hast du dich wenigstens anständig gewehrt?«

»Wow, du lässt aber nicht locker, was?«, meinte Mack grinsend. »In ihren Adern fließt eindeutig Braden-Blut.«

»Danke«, erwiderte Shannon mit stolzem Lächeln.

»Sie ist hartnäckig«, gab Steve zu. »Da wir nicht hier sind, um über alte Zeiten zu reden, kann ich dir das doch auch später erzählen, nicht wahr?« *So in einer Million Jahren.*

»Oh. Ja, klar.« Sie presste die Lippen aufeinander, konnte ihr ansteckendes Lächeln jedoch nicht ganz unterdrücken. Dann raunte sie ihm ins Ohr: »Aber wenn du es mir nicht erzählst, frage ich Rex danach.«

Will und Mack brachen in Gelächter aus.

»Oho, du bist wirklich ein wilder Feger«, meinte Will. »Wie wäre es, wenn wir heute Abend was trinken gehen?«

Mack zog amüsiert die Brauen hoch, während Steve sicher war, dass man ihm die Verärgerung ansehen konnte.

*Wow.* Steve wusste wirklich, wie man sich seine Freunde

aussuchte. Mack und Will waren beide verdammt heiß. Sie sahen aus wie Henry Cavills Doppelgänger und hatten sogar die entsprechenden Grübchen am Kinn. Aber gegen ihren Grizzlymann kamen sie nicht an. Sie warf Steve einen Seitenblick zu, der Will zornig anstarrte, jedoch sofort versuchte, den bedrohlichen Blick durch ausgebreitete Hände und ein halbherziges Lächeln vergessen zu machen.

»Eigentlich hatte ich gehofft, mich heute Abend mit Steve auf die Suche nach passenden Stellen für mein Forschungsprojekt zu machen«, erwiderte sie in der Hoffnung, dass er sie vielleicht doch nicht nur durcheinanderbringen wollte.

»Schon okay«, meinte Steve und schaffte es, sie gleichzeitig zu schockieren und zu verärgern. »Der Berg läuft dir nicht weg.«

Ihre Gedanken kamen abrupt zum Stillstand. Er wollte, dass sie mit Will ausging? Was hatte sein Blick dann zu bedeuten gehabt? Sie hatte doch überhaupt nicht vor, mit Will etwas trinken zu gehen, und verbrachte ihre Zeit lieber mit Steve.

»Dann ist ja alles klar.« Will zückte sein Handy. »Gib deine Nummer ein, Süße. Soll ich dich gegen sieben abholen?«

»Ähm …« Sie warf Steve einen Blick zu, der ihm vermitteln sollte: *Willst du wirklich, dass ich mit ihm ausgehe?*, und: *Bitte sag Nein.*

Er zuckte bloß mit den Achseln.

Was zum Teufel hatte das zu bedeuten? Sie nahm Wills Handy entgegen und gab widerstrebend ihre Telefonnummer ein. »Kannst du mich um neun abholen? Ich würde mich gern noch ein wenig für mein Projekt umschauen.« *Und herausfinden, warum Steve sich so seltsam verhält.*

»Wann immer du willst«. Will steckte sein Handy grinsend wieder ein.

»Ich kann sie auch mit runternehmen, dann musst du nicht

im Dunkeln den Berg hochfahren«, bot Steve an. »Ich muss heute Abend sowieso noch mal in die Stadt.«

»Wirklich?«, fragte Shannon erstaunt. Hatte er eine Verabredung? Sie musste an Rachel denken und wie sie Steve am Arm berührt hatte. Ob sie wohl ausgehen wollten? Aber Rachel hätte das doch bestimmt erwähnt, oder nicht?

Steve nickte und wandte sich wieder an seine Freunde. »Jedenfalls bin ich heute hier, weil ich mit euch über die Ranch reden wollte.«

Himmel, sie hatte ja ganz vergessen, dass dies nicht nur ein Freundschaftsbesuch war. Steve wechselte derart schnell das Thema, dass Shannon sich fragte, ob er sich doch darüber ärgerte, dass Will mit ihr ausgehen wollte. Sein verkrampfter Kiefer und sein steifer Rücken verrieten ihr auf jeden Fall, dass er sie absichtlich nicht ansah, und das tat weh.

»Ich hatte gehofft, ihr würdet in Erwägung ziehen, das Land zum Naturschutzgebiet zu erklären«, teilte Steve seinen Freunden ernst mit.

»Wir haben uns schon gedacht, dass du mit uns darüber reden möchtest«, erwiderte Mack. »Und das ist nichts Persönliches, Steve, aber wir wollen die Ranch, das Land und alles, was dazu gehört, nicht mehr.«

»Ihr wollt es nicht mehr?«, wiederholte Steve verblüfft. »Aber es ist seit Generationen im Besitz eurer Familie.«

»Das ist das Grundstück deines Vaters ebenfalls, mein Freund«, gab Will zu bedenken. »Aber ich wüsste nicht, dass du da irgendwelche Anstalten gemacht hättest.«

Steves schmerzverzerrte Miene bewirkte, dass Shannon am liebsten seine Hand genommen hätte und nicht mehr ganz so wütend auf ihn war, weil er sie praktisch in Wills Arme gedrängt hatte. Seine verkrampfte Haltung lag anscheinend am

Thema dieser Unterhaltung und nicht etwa an der Tatsache, dass Will mit ihr ausgehen wollte.

»In Wahrheit brauchen wir das Geld aus dem Verkauf der Ranch«, gab Mack zu. »Wir behalten das kleine Haus am Stadtrand von Moms Familie und versuchen momentan, es zu vermieten. Aber während du da oben auf dem Berg vom Land lebst, wird die Welt um uns herum von Tag zu Tag teurer, Steve. Ich möchte mich niederlassen und eines Tages Kinder und einen normalen Job haben, anstatt von morgens bis abends auf der Ranch zu schuften und mir wegen der Tiere und der vielen Kosten Sorgen zu machen. Und Casey will seinen Abschluss an der Uni machen. Wir sind einfach nicht wie Mom und Dad mit dem Land verheiratet.«

»Ich hatte ganz vergessen, dass euren Eltern auch das kleine Haus in Stadtnähe gehörte. Schön, dass ihr es behaltet«, sagte Steve. »Und ich verstehe, dass ihr das Geld gut gebrauchen könnt, aber es war einen Versuch wert.«

»Das verstehen wir.« Mack machte ein nachdenkliches Gesicht. »Du solltest wissen, dass sich CRH Enterprises hier umhört.«

Steve sank in seinen Stuhl zurück und wirkte verbittert. »Bitte sagt mir nicht, dass ihr in Erwägung zieht, an sie zu verkaufen. Das ist ein Zusammenschluss von Arschlöchern, die sich einen Scheißdreck für das Land interessieren. Sie werden den Boden schneller aufreißen und hier eine Wohnsiedlung hochziehen, als ihr den Scheck einlösen könnt.«

»Noch haben wir gar nichts gemacht«, versicherte Mack ihm. »Das Grundstück wird erst in sechzig Tagen offiziell auf dem Markt sein, aber unser Makler hat uns erzählt, dass sie hier herumschnüffeln.«

»Könnt ihr mir den Gefallen tun und mich auf dem

Laufenden halten?« Steve stand auf und wirkte überaus angespannt.

Shannon erhob sich ebenfalls. Sie hatte so viele Fragen, doch nachdem sie den Mund bereits einmal aufgemacht und sich ein Date mit dem falschen Mann eingehandelt hatte, schwieg sie jetzt lieber.

»Selbstverständlich«, versprach Mack. »Wir haben nicht vor, Weston übel mitzuspielen, Steve.«

Steve nickte. »Das weiß ich. Ihr müsst tun, was ihr tun müsst. Gebt mir einfach diese sechzig Tage, vielleicht fällt mir in der Zeit ja was ein.«

»Mach dir keine Sorgen, mein Freund.« Will legte Steve eine Hand auf die Schulter. »Ich weiß zwar nicht, was dir vorschwebt, aber wenn du einen Weg findest, das Land unter Naturschutz zu stellen, und wir trotzdem an Kapital kommen, dann sind wir ganz auf deiner Seite. Und der Kommentar wegen der Ranch deines Dads tut mir leid. Aber ich wollte, dass du uns verstehst.«

»Schon gut«, versicherte Steve ihm. »Man sieht sich.«

»Genau. Heute Abend«, rief Will ihm in Erinnerung. »Du bringst Shannon doch den Berg runter?«

Steve warf Shannon einen besitzergreifenden Blick zu, bei dem ihr beinahe das Herz stehengeblieben wäre.

»Ja, klar«, antwortete Steve.

»Cool.« Will grinste Shannon an. »Dann bis heute Abend, Süße.«

»Könntest du mir gleich noch eine Nachricht schicken?«, bat Shannon Will. »Dann habe ich deine Nummer, falls ich mich verspäten sollte.« Sie wollte die Sache nicht noch komplizierter machen, indem sie Will gleich hier sagte, dass sie nicht mit ihm ausgehen wollte, aber sie hatte vor, dieses Date schnellstmöglich abzusagen. Am Vorabend hatte sie sich bereits zwei Stunden lang mit Cal unterhalten und dabei eigentlich nur mit einem ganz bestimmten anderen Mann reden wollen. Und der sah sie im Augenblick an, als wüsste er nicht, ob er sie für sich beanspruchen oder zum Teufel jagen sollte.

Die Rückfahrt verlief angespannt. Steve sah aus, als wäre ihm eine Laus über die Leber gelaufen. Shannon wusste, dass er sich Sorgen machte, weil sich dieser Investor für das Land interessierte, und versuchte, ihn aufzuheitern.

Sie öffnete die Bäckereischachtel, fuhr mit dem Finger durch das Frosting und hielt es ihm hin. »Kann ich dich für eine süße Verführung begeistern?«

Er sah sie mit seinen wunderschönen, gepeinigt wirkenden Augen an und zwang sich ein gequältes Lächeln ab, aber sie konnte dennoch die Dunkelheit in seinem Inneren erkennen.

»Ach, komm schon. Zucker macht alles besser. Koste einfach mal.« Sie hielt ihm den Finger vor den Mund. »Du weißt doch, dass du es willst.«

»Shannon«, warnte er sie mit heiserer Stimme.

Sie berührte seine Lippen, was ihm ein leises Lachen entlockte. »Na los. Mach den Mund auf. Aber nicht wieder dran saugen.«

Er nahm ihre Hand, steckte sich ihren Finger in den Mund und saugte noch fester daran als zuvor. Dabei liebkoste er ihren Finger wieder mit der Zunge, was einen Hitzestrahl bis in ihre Mitte sandte. Sie presste die Lippen fest aufeinander, um kein lustvolles Stöhnen von sich zu geben, und räusperte sich, um ihre Reaktion zu verbergen.

»Besser?« Ihre Stimme brach merklich.

»Ein wenig«, gab er nicht mehr ganz so verärgert zu.

»Möchtest du darüber reden?«

»Über das Frosting? Auf jeden Fall«, erwiderte er. »Der Cupcake bleibt heute Abend auf jeden Fall in meiner Obhut und kommt nicht einmal in die Nähe von Wills Mund.«

»Ich meinte das Land!« Sie lachte auf, aber ihr Magen machte einen Satz bei dem Anflug von Eifersucht, den er gerade eingestanden hatte.

»Oh.« Er starrte mit ernster Miene auf die Straße. »Nein.«

»Wieso nicht? Und warum interessiert es dich, ob ich mit Will ausgehe?«

Sein angespannter Gesichtsausdruck blieb unleserlich.

»Steve«, drängte sie ihn.

Er blickte stur nach vorn.

»Mann«, stieß sie verzweifelt aus. »Du benimmst dich echt kindisch.«

»Aber ich kann dir versichern, dass ich durch und durch Mann bin.«

Sie verdrehte die Augen. »Du willst doch gar nicht mit mir ausgehen, es könnte dir also völlig egal sein.«

Er bedachte sie nur mit einem ausdruckslosen Blick.

»Wie du willst.« Sie fragte sich, ob er auch nur ahnte, wie verrückt er sie machte, oder ob er sich wegen des Grundstücks so viele Gedanken machte, dass er es nicht einmal bemerkte. »Warum willst du nicht über das Land reden? Es ist doch offensichtlich, dass dir die Sache zu schaffen macht.«

»Weil ich keine Antwort habe.«

»Aus genau diesem Grund sollten wir darüber reden«, fuhr sie ihn an. »So was tun Freunde nämlich, musst du wissen. Sie reden über Probleme und finden gemeinsam eine Lösung.«

Den Rest der Fahrt herrschte angespanntes Schweigen. Bei seiner Hütte angekommen, half er ihr beim Aussteigen, und sie hielt seine Hand fest.

»Rede mit mir«, drängte sie ihn.

»Ich muss noch meine Runden drehen und nach den Unruhestiftern sehen.« Er entzog ihr seine Hand und holte ihren Einkauf und die Bäckereischachtel aus dem Wagen. »Ich bringe das zu deiner Hütte.«

»Ich kann das auch allein tragen.«

Doch er war bereits losmarschiert und ließ ihr keine andere Wahl, als neben ihm herzulaufen. Was für eine Nervensäge! Sie folgten dem schmalen Pfad durch den Wald und gingen zwischen Felsen und Bäumen hindurch, bis das einfache Holzhäuschen in Sicht kam, neben dem der Jeep parkte, den sie sich gemietet hatte. Ihre Hütte war deutlich kleiner als Steves, auf der Veranda fanden gerade so zwei Personen Platz. Sie schloss die Tür auf, wobei sie sich seiner Nähe überdeutlich bewusst war, und er folgte ihr ins gemütliche Wohnzimmer. An der hinteren Wand stand ein beigefarbenes Sofa und daneben ein Beistelltisch, und damit war der Raum auch schon fast ausgefüllt. In der winzigen Küche gab es einen Herd und darüber eine Mikrowelle, daneben ein Waschbecken und gerade genug Platz für eine Kaffeemaschine und zwei Teller – oder eine Einkaufstasche und eine Bäckereischachtel. Hoffte sie jedenfalls. Gegenüber der Küchentür war der Kühlschrank in einem Alkoven neben dem Badezimmer untergebracht und auf der anderen Seite des Bads führte eine schmale Treppe nach oben zum Schlafzimmer direkt über der Küche. Es war so schon beengt in der Hütte und Steves breite Schultern ließen den Raum noch kleiner wirken.

»Du kannst alles auf die Arbeitsplatte stellen«, sagte sie. »Verrätst du mir jetzt auch, warum du mich die ganze Zeit anschweigst?«

»Entschuldige, dass ich mich wie ein Arschloch verhalte.« Er sah sich um, und sie hätte zu gern gewusst, was er gerade dachte. Dann ging er zum Beistelltisch und nahm das gerahmte Foto ihrer Familie in die Hand, das sie dort aufgestellt hatte. Ein Lächeln umspielte seine Lippen.

»Vermisst du sie, wenn du so weit weg bist?«, erkundigte er sich.

»Eigentlich die ganze Zeit. Sie fehlen mir sogar, wenn ich zu Hause in meinem Apartment bin, und ich weiß selbst, wie bescheuert sich das anhört. Aber wenn man in einer Großfamilie aufwächst, ist man daran gewöhnt, dass es ständig laut ist, dass immer Leute um einen herum sind und dass über alles geredet wird, weil jeder immerzu helfen und an Entscheidungen teilhaben will.« Sie lehnte sich an die Küchenspüle und dachte an ihre Familie. Bevor sie wegen des ersten Forschungsprojekts nach Colorado gekommen war, hatte sich Shannon ruhelos gefühlt und war sich in ihrer kleinen Heimatstadt und unter den wachsamen Augen ihrer vier älteren Brüder eingeengt vorgekommen. Herauszufinden, was sie vom Leben wollte – abgesehen von dem, was die, die sie liebten, sich für sie wünschten –, war ihr sehr schwergefallen. Ihre ältere Schwester Tempest hatte ihr dann geraten, den Auftrag anzunehmen und nach Colorado zu gehen, um dort zu sich selbst zu finden. Sie hatte geglaubt, sie würde in der Forschung ihre Erfüllung finden, doch in der vielen Zeit allein auf dem Berg hatte sie vor allem festgestellt, dass es nicht reichte, die Arbeit zu lieben. Soziale Interaktion machte Shannon nicht nur Spaß, sie brauchte sie vielmehr. Außerdem erwartete sie irgendwie mehr von ihrem Job. Sie wollte etwas Bedeutsames tun. Wie genau das im Endeffekt aussehen sollte, wusste sie nicht, aber sie hatte jedenfalls erkannt, dass sie nicht mehr allein Forschungsprojekte durchziehen wollte.

Steve stellte das Foto wieder zurück und wurde ernst. »Und ich habe durch mein Schweigen nur dafür gesorgt, dass du dich noch einsamer fühlst. Bitte entschuldige. Aber ich musste die ganze Zeit an das Land denken.«

Dieser Mann war so kompliziert – heiß, kalt, stoisch, feinfühlig. In Shannons Augen machte ihn das nur noch faszinierender. Einige Menschen waren wie ein offenes Buch, und zu denen gehörten sie und ihre Mutter, während man Steve immer wieder überlisten musste, damit man eine neue Seite aufschlagen konnte, genau wie ihren Vater oder ihre Brüder Sam und Nate. Tempest sagte immer, dass das die interessantesten Menschen wären. *Die, die am tiefsten lieben.*

»Du weißt doch, dass mein Cousin Treat sich mit Investitionen und Immobilien auskennt«, meinte sie. »Vielleicht solltest du mal mit ihm darüber reden.«

»Der Streit zwischen meiner Familie und deinem Onkel Hal hat mich gelehrt, keine Geschäfte mit Menschen zu machen, die mir etwas bedeuten«, erklärte er.

»Das ist eine ganz schön bescheuerte Regel.« Sie wusste, dass Steves Vater und ihr Onkel Hal früher zusammen Land gekauft hatten, aber dann hatte sein Vater irgendwie Hals Vertrauen missbraucht, woraufhin sich eine vierzigjährige Fehde zwischen den beiden Familien entwickelte. Zwar kannte sie nicht alle Details der Versöhnung, aber sie wusste, dass Rex' und Jades Beziehung damit zu tun gehabt hatte. Nachdem Frieden geschlossen worden war, hatten Rex und Jade das Land gekauft, wegen dem sich die beiden Männer zerstritten hatten, und sich darauf ein Haus gebaut.

»Ja, nicht wahr?« Er schüttelte den Kopf. »Bescheuert, aber wichtig.«

»Was hast du für Alternativen?« Sie wusste nicht, wie viel

Steve verdiente, aber sie konnte sich nicht vorstellen, dass es ausreichen würde, um das Grundstück zu kaufen.

Er zuckte mit den Achseln. »Ich werde mit ein paar Leuten sprechen und versuchen, sie davon zu überzeugen, das Land zu kaufen und dem Naturschutz zu überschreiben.«

»Vielleicht fällt mir ja noch etwas ein.«

Er musterte sie.

»Was ist?« Sie war gut darin, die Probleme anderer Leute zu lösen. Nur mit ihren eigenen kam sie nicht klar.

»Nichts. Du bist nur so völlig anders als alle, die ich kenne.« Er griff in die Schachtel und schnappte sich den Cupcake. »Den nehme ich mit.«

Sie folgte ihm zur Tür. »Du willst meinen Cupcake ernsthaft als Geisel nehmen? Das sagt eine ganze Menge über einen derart schweigsamen Mann aus.«

Er trat näher an sie heran. So nah, dass seine Brust die ihre berührte, wenn er einatmete.

»Was genau sagt es denn aus?«

»Dass du möglicherweise gegen meine Verabredung mit Will bist.« Sie erkannte ihre belegte Stimme kaum wieder.

Er kniff die Augen zusammen und hob den Cupcake mit einem teuflischen Lächeln an. »Oder es bedeutet einfach, dass ich auf pinkes Frosting stehe.«

So leicht würde sie ihn nicht vom Haken lassen. »Ich glaube, es bedeutet, du magst mich.«

»Ach, wirklich?« Sein Blick wanderte vom Cupcake zu ihrem Mund und verweilte dort so lange, dass ihre Lippen erwartungsvoll kribbelten.

*Küss mich.*

»Ja«, flüsterte sie.

Steve rührte sich nicht. Er blinzelte nicht einmal. Er machte rein gar nichts, dabei sehnte sich ihr ganzer Körper nach seiner Berührung. Schweigend zog er eine Augenbraue hoch. *Verdammt noch mal!* Kein Mann hatte je eine solche Wirkung auf sie ausgeübt. Sie musste den Blick abwenden, bevor sie ihm noch den Kuss raubte, nach dem sie sich so verzweifelt sehnte.

»Soll ich nachher rüberkommen?«, stieß sie schließlich hervor.

Seine Augen wurden noch dunkler.

»Damit wir nach Habitaten suchen können«, setzte sie hastig hinzu und er grinste. *Mann!* Er spielte schon wieder mit ihr!

»Dann bis nachher, Butterfly.«

Sie schaute ihm auf den perfekten Hintern, als er wegging. Wenn sie herausfinden wollte, wie sie diesen Mann für sich gewinnen konnte, musste sie sich etwas einfallen lassen.

# Vier

Nachdem er seine Pflichten erledigt hatte, rief Steve einige Leute an, von denen er glaubte, sie könnten sich für das Land der Cumberlands interessieren. Er wusste, dass es ein Schuss ins Blaue war, aber er wollte zumindest alles in seiner Macht Stehende versuchen. Als Shannon zu ihm kam und ihn bat, mit ihr auf den Berg zu gehen, verhielt sie sich zu süß – *Wenn du mitkommst, begleite ich dich morgen, wenn du über den ganzen Berg wanderst und tust, was immer ein Grizzlymann wie du so macht* – und zu hartnäckig – *Grizz, ich weiß, dass du die niedlichen kleinen Füchse sehen möchtest. Du kannst mir nicht weismachen, du würdest heute nicht gern noch mal auf den Berg gehen. Dafür tust du es einfach zu gern –*, als dass er sich hätte weigern können.

In den vergangenen zwei Stunden hatten sie nach Fuchsbauen Ausschau gehalten, und sie warf mit Ideen um sich, wie man ihm helfen konnte, das Cumberland-Grundstück zu retten. Während ihn diese Angelegenheit zunehmend frustrierte, ging sie die Sache ausgesprochen enthusiastisch an.

»Es gibt unzählige gemeinnützige Organisationen, die dir garantiert helfen können, das Geld aufzubringen«, sagte sie und machte einen Bogen um einen Felsblock. »Was ist mit

Privatinvestoren? Es muss doch auch viele Philanthropen geben, die sich für den Naturschutz interessieren. Ich wette, mit einer kurzen Google-Suche haben wir schnell eine ganze Liste zusammen.«

Seiner Meinung nach war diese Frau eine Anomalie. Scharfsinnig und lebhaft lief sie neben ihm her, zeigte auf Tierspuren, Exkremente und Markierungen an Bäumen, um gleichzeitig vor Vorschlägen, wie man das Land retten konnte, überzusprudeln. Je mehr Zeit sie miteinander verbrachten, desto schwerer fiel es ihm, auf Distanz zu bleiben.

»Ich habe ein paar Anrufe gemacht und die Fühler ausgestreckt.« Er blickte zum dunkler werdenden Himmel hinauf und sein Magen zog sich zusammen. »Sollen wir nicht lieber zurückgehen, damit du dich für deine Verabredung fertigmachen kannst?«

»Noch nicht.« Sie duckte sich unter einem Zweig hindurch. Einige Haarsträhnen blieben daran hängen, und sie sog die Luft ein und verharrte wie erstarrt.

»Ich helfe dir.« Steve fing sofort an, ihr Haar vom Ast zu lösen. Fliederduft ging von den seidigen Strähnen aus. Ohne nachzudenken sagte er: »Dein Haar duftet nach Frühling.«

»Aha. Soll ich dir mal was richtig Heißes verraten, Mann aus den Bergen?«, neckte sie ihn. »Das Shampoo ist bio.«

»Dir ist hoffentlich klar, dass ich dir für diese Bemerkung an den Haaren ziehen müsste?« Das hätte er auch zu gern getan, aber in seiner Vorstellung war sie dabei nackt und kniete vor ihm. Oder lag in seinem Bett. Oder lehnte sich gleich hier an einen Baum …

»Pass auf, was du sagst. Man kann nie wissen, worauf eine Frau so steht.«

Na super. Jetzt hatte er eine Erektion.

Um sich abzulenken, was nicht gerade leicht war, so wie sie vorgebeugt dastand, erwiderte er: »Du solltest dir einen Zopf binden, wenn du hier draußen rumläufst.« *Damit ich nicht auf dumme Gedanken komme.*

Sie pikte ihn in den Bauch. »Wieso hast du das nicht schon vor einer Stunde gesagt?«

»Du hast wochenlang hier draußen gearbeitet. Wie hast du dein Haar denn da getragen?« Er löste die letzte Strähne. »So, das hätten wir.«

»Danke.« Sie richtete sich auf und fuhr sich mit den Fingern durchs Haar. »Jetzt, wo du es sagst, fällt mir wieder ein, dass ich damals immer einen Zopf hatte.« Ihr Blick wanderte an seinem Körper herunter. »Du lenkst mich eben ganz schön ab.«

Das gefiel ihm natürlich, aber sie war an diesem Abend mit einem anderen Mann verabredet, und das war ganz allein seine eigene Schuld. Er hätte es verhindern können.

»Vielleicht bist du auch nur zu aufgeregt wegen der Verabredung heute Abend und kannst dich nicht richtig konzentrieren.« Sein Magen zog sich schmerzhaft zusammen bei dem Gedanken daran, dass Shannon mit Will ausgehen würde, aber er konnte es sich nicht erlauben, sich noch mehr mit ihr einzulassen.

»Wohl kaum«, meinte sie und holte ihn in die Gegenwart zurück. »Bist du dir sicher, dass es hier Graufüchse gibt?«

Er hatte sie in dieses Gebiet geführt, weil er genau wusste, dass direkt voraus, gleich hinter einigen dichten Bäumen, ein Fuchsbau lag, doch er wollte sie nicht vorwarnen, weil er sich auf ihre Reaktion freute. Als er an diesem Morgen auf der Suche nach den feiernden Kids unterwegs gewesen war, hatte er auch gleich nach den Füchsen gesehen und hocherfreut festgestellt, dass alle Baue in diesem Jahr wieder besetzt waren.

Shannon ging an einigen Bäumen vorbei und drehte sich mit strahlendem Lächeln zu Steve um, während sie auf Exkremente auf dem Boden deutete, die eindeutig von Füchsen stammten. Die Sonne ging gerade hinter ihr unter und tauchte sie in orangefarbenes Licht.

»Dieser ganze Berg ist Fuchsterritorium«, sagte er und konnte den Blick gar nicht von ihr abwenden.

Sie holte ein Notizbuch aus der Tasche und machte sich daran, das Gebiet zu skizzieren und sich einiges zu notieren. Der Abend ließ eine gewisse Friedlichkeit auf dem Berg einkehren, während sich die tagaktiven Tiere zur Ruhe begaben und der nachtaktiven Tierwelt Platz machten. Die Luft wurde kühler und ersetzte den an Vanille und Buttertoffee erinnernden Geruch der Gelbkieferborke durch intensivere, erdige Aromen.

»Hey«, sagte sie. »Du siehst aus, als wärst du mit deinen Gedanken ganz woanders.«

»Nein. Ich bin ganz hier bei dir.« Ihm war völlig schleierhaft, wie man sich hier in den Bergen aufhalten konnte, ohne sich in der Natur zu verlieren.

»Wie wäre es mit Crowdfunding?« Sie machte einen großen Schritt über einen herabgefallenen Ast, und er hielt ihren Arm fest, um sie zu stützen.

»Mit was?«

»Crowdfunding. Davon musst du doch schon gehört haben. Man stellt ein Projekt online und macht es bei Gruppen bekannt, von denen man annimmt, dass sie sich daran beteiligen möchten.« Shannon ging langsam durch das Unterholz und hielt den Blick auf den Boden gerichtet. »Auch sehr viele kleine Spenden können im Endeffekt eine große Summe ergeben. Ich habe von einer Familie gelesen, die zweihunderttausend Dollar für die Operation ihrer Tochter bekommen hat. Man kann mit

Crowdfunding alles Mögliche finanzieren: von einem neuen Wagen über ein Musikvideo oder den Kauf eines Grundstücks bis hin zum Bezahlen von Rechnungen, wenn man einen Unfall hatte oder gerade eine schwere Zeit durchmacht.«

»Online betteln. Nein, vielen Dank auch.«

Sie warf ihm einen zornigen Blick zu. »So ist das doch gar nicht. Es wird nicht als Betteln aufgefasst. Die Leute wollen eben helfen.«

»Für so naiv hätte ich dich gar nicht gehalten, Stadtmädchen.«

»Wenn du mit naiv meinst, dass ich von anderen nicht immer das Schlimmste denke, dann kann man mich vermutlich als naiv bezeichnen. Aber da draußen gibt es so viele gute Menschen. Wie die, mit denen du bereits Kontakt aufgenommen hast.«

»Das sind Leute, die ich kenne und denen ich vertraue, keine Fremden.«

»Dann vertraust du nur Menschen, denen du mal begegnet bist?« Sie machte noch einen Schritt und blieb dann wie angewurzelt stehen. Im nächsten Augenblick hielt sie sich einen Finger an die Lippen und deutete auf einen Welpen – ein Fuchsjunges –, der gerade die Nase aus einem hohlen Baumstamm streckte. Shannon zog die Schultern hoch und erschauderte vor Freude. Sie hatte ja keine Ahnung, wie sich ihre beglückte Reaktion auf ihn auswirkte. Für ihn war es das beste Vorspiel, das die Natur zu bieten hatte.

Sie beobachteten, wie der Welpe den Kopf ganz herausstreckte und dann wieder im dunklen Bau verschwand. Einige Sekunden später tauchten zwei Welpen auf. Ihr Fell verfärbte sich hinter den Ohren und an den Beinen bereits rötlich, während der Rest noch grau war und sich um die kleinen dunklen Augen weiße Flecken abzeichneten.

Shannon drückte Steves Hand und sagte lautlos: »Großer Gott! So niedlich!«

Es waren in der Tat niedliche kleine Kreaturen, allerdings sahen sie bei Weitem nicht so niedlich aus wie Shannon, die im Dickicht vor Aufregung kaum an sich halten konnte. Sie sahen zu, wie die Welpen die Köpfe aus dem Loch steckten, schnupperten und sich wieder in den Bau zurückzogen. Als es dunkel wurde, brachen sie so leise, wie sie nur konnten, auf, um die Tiere nicht unnötig zu erschrecken.

Auf dem Weg den Berg hinunter klammerte sich Shannon in der zunehmenden Dunkelheit an Steves Arm.

»Hast du gesehen, wie putzig sie waren? Was denkst du, acht oder neun Wochen alt? Ich wüsste zu gern, wie viele Welpen es sind. Mit etwa fünf Wochen fangen sie an, mit der Fähe, das ist die Mutter, kurze Ausflüge aus dem Bau zu machen. Dann nehmen sie auch schon feste Nahrung zu sich. Wenn wir noch mehr Baue finden, können wir uns überlegen, wo man sie am besten beobachten kann.«

Sie redete so schnell, dass er sich fragte, ob sie überhaupt merkte, wie sie »wir« sagte.

»Wusstest du, dass weibliche Graufüchse acht Zitzen haben und Rotfüchse nur sechs? Ich finde das sehr interessant. Du nicht auch?« Sie wartete seine Antwort nicht ab, sondern sprach sofort weiter. Steve störte sich nicht daran. Es gab ohnehin nichts, was sie ihm über die Tiere erzählen konnte, was er nicht längst wusste, aber er hörte ihr dennoch gern zu. »Sie sind außerdem monogam. Ihr ganzes Leben lang. Hast du das gewusst? Natürlich weißt du das. Haben sie letztes Jahr im gleichen Bau gelebt? Kannst du mir das sagen? Gehen wir jetzt zum nächsten Bau?«

Sie verfiel in eine weitere einseitige Diskussion darüber, dass der Mensch in Bezug auf die Monogamie eine Menge von den Füchsen lernen konnte, und machte keine Anzeichen, so bald den Mund halten zu wollen. Steve wusste, dass er sie zu ihrem Date bringen sollte, aber für einen Sekundenbruchteil überlegte er, ob er das Thema einfach nicht anschneiden sollte, damit sie sich so in ihrer Begeisterung verlor, dass sie die Zeit und die Verabredung vergaß. Aber Will war sein Freund, außerdem wäre das sehr egoistisch. Damit würde er sowohl Will als auch Shannon wehtun, und deshalb blieb er stehen und legte ihr sanft eine Hand an die Wange.

Sie sah ihn mit funkelnden Augen an und zog die Mundwinkel hoch. »Entschuldige. Ich plappere schon wieder.«

Mit dem Mondlicht im Rücken und diesem hinreißenden, aufgeregten Blick sah sie so wunderschön aus, dass er sich fragte, wie er den Abend überleben sollte, wenn er doch wusste, dass sie mit Will zusammen sein würde.

»Du bist begeistert«, korrigierte er sie und war sich ihrer Hand auf seinem Unterarm überdeutlich bewusst. »Es gibt einen Unterschied zwischen Begeisterung und sinnlosem Geplapper.«

»Das sagst du nur, damit ich mich nicht schlecht fühle.« Sie ließ den Kopf sinken, sodass ihr das Haar ins Gesicht fiel.

Er strich ihr eine Strähne hinters Ohr, damit er sie weiter ansehen konnte. Als sie den Kopf hob, war die Begeisterung verschwunden und durch etwas anderes ersetzt worden, das dunkler und verlockender wirkte. Sie legte die Finger fester um seinen Arm. Der Drang, sich vorzubeugen und sie zu küssen, war so stark, dass seine Muskeln vor Anstrengung brannten, weil er sich dagegen wehrte. Doch er schlief nicht einfach so mit einer Frau, und er wusste auch, dass »einfach so« mit Shannon nicht möglich sein würde. Sie ließ etwas Dunkles tief in seinem Inneren auflodern. Etwas, das er noch bei keiner anderen gespürt hatte. Jede Minute in Shannons Nähe musste er um seine Selbstbeherrschung kämpfen, und das fiel ihm zunehmend schwerer. Wenn er sie küsste, berührte, zuließ, dass er das mit ihr tat, was er sich ersehnte, dann würden seine Gefühle für sie nur noch stärker werden. Und er war davon überzeugt, dass ihn dann nichts mehr retten konnte, dass er dann endgültig den Kopf verlieren würde. Wenn das geschah, war sein Herz ebenso in Gefahr wie das ihre.

Sie leckte sich die Lippen, was seiner Entschlossenheit einen heftigen Dämpfer versetzte. Er knirschte mit den Zähnen und rang mit sich.

»Shannon«, stieß er endlich hervor.

Sie kamen einander unwillkürlich näher, bis sich ihre Oberschenkel berührten. Das war falsch. Sie hatte eine Verabredung und er wollte sie zu seinem Freund bringen. Aber er spürte, dass sie ihn begehrte, und wurde wie eine Motte vom Licht davon angezogen. Dabei wäre es klüger, sich zurückzuziehen, doch das wollte er gar nicht. Als er gerade die Arme um sie legen wollte, schossen ihm ihre Worte durch den Kopf. *Ich bin nicht wie du. Ich brauche Menschen um mich herum.*

Diese Erinnerung ließ alles andere in Vergessenheit geraten und er trat widerstrebend einen Schritt zurück. »Es wird dunkel.«

Sie rückte abermals näher. »Ja.«

Ihr Flüstern klang eher wie eine Einladung als wie die Erkenntnis, dass die Sonne bald untergegangen sein würde, und, verdammt noch mal, er hätte sie zu gern angenommen. Aber er konnte niemals der Mann sein, den sie brauchte. Eine

Beziehung zwischen ihnen war aussichtslos und er bewegte sich schon jetzt auf einem gefährlich schmalen Grat. Es kostete ihn seine ganze Willenskraft, das Richtige zu tun.

»Wir sollten zurückgehen. Du bist verabredet.« Er wich noch weiter zurück, aber sie nahm seinen Arm und hielt ihn fest.

Dann sah sie ihn unter ihren langen, dichten Wimpern hindurch an. »Ich habe ihm abgesagt.«

Steve runzelte verwirrt die Stirn, und sein umwölkter Blick ließ Shannons Herz noch viel schneller schlagen, als es das ohnehin schon tat.

»Wieso denn?«

Das war eindeutig nicht die Reaktion, die sie sich erhofft hatte.

»Weil ich nicht mit ihm ausgehen möchte. Ich habe nie wirklich zugestimmt. Er ging sofort davon aus, dass ich einverstanden bin, und du hast nur dagesessen, als wäre es dir völlig egal.«

Er entzog ihr seinen Arm. »Ich wünschte, du hättest das nicht getan. Will ist ein netter Kerl. Er hätte dich gut behandelt und ihr hättet einen schönen Abend gehabt.«

»Du hast mir anscheinend nicht zugehört. Ich wollte nicht mit ihm ausgehen.«

Er sah sie mit demselben schmerzverzerrten Gesichtsausdruck an, den sie auch zuvor schon gesehen hatte, bei Wills Bemerkung, dass Steve nicht mit seinem Vater zusammenarbeiten wollte. Dann fuhr er sich mit einer Hand durchs Haar und wandte sich ab. Hatte sie ihn etwa völlig falsch eingeschätzt? War sein Benehmen an diesem Tag wirklich nicht ernst gemeint gewesen?

»Wir sollten gehen«, knurrte er.

»Warte.« Sie brauchte Antworten und griff nach seiner Hand, woraufhin er sofort erstarrte. »Wolltest du wirklich, dass ich mit ihm ausgehe?«

Er entzog ihr seine Hand nicht, aber seine ernste Miene bewirkte, dass es ihr kalt den Rücken herunterlief.

»Was ich will, ist unwichtig.«

*Unwichtig?* »Ich kann dir nicht folgen. Du benimmst dich heute schon den ganzen Tag völlig widersprüchlich. In einem Augenblick saugst du an meinem Finger, um mir im nächsten zu raten, mit deinem Freund auszugehen. Ich weiß wirklich nicht, wo du stehst.«

»Wo ich stehe?« Er trat näher an sie heran. »Ich stehe hier auf diesem Berg. Da, wo ich immer stehen werde.«

Sie verschränkte die Arme und ärgerte sich über seine Zurückweisung. »Jetzt reicht es langsam, Steve. Wir spielen dieses Spiel jetzt seit Rex' und Jades Hochzeit, und das war vor Monaten.«

»Ich spiele keine Spiele«, fuhr er sie an.

Sie reckte das Kinn in die Luft und sah ihm trotzig in die Augen. »Als was würdest du es dann bezeichnen? Du hast meinen Cupcake als Geisel genommen, Herrgott noch mal, und ob du es nun zugeben willst oder nicht, du hast eindeutig mit mir geflirtet.«

»Wieso muss ich der Sache überhaupt einen Namen geben?« Er wandte sich ab und strich sich abermals durchs Haar. Shannon begriff, dass es ein nervöser Tick war. Aber wenn er nervös war, musste das auch etwas bedeuten.

»Das musst du nicht, aber …«

Er drehte sich wieder zu ihr um. »Aber?«

»Aber … Ich weiß es doch auch nicht. Jetzt komme ich mir ganz dumm vor, weil ich das Thema angeschnitten habe.«

Sein Blick wurde sanfter und er fluchte leise. »Du musst dir deswegen doch nicht dumm vorkommen. Ich mag dich.« Er nahm ihre Hand und zog sie näher an sich heran. »Aber ich respektiere dich auch.«

»Aber …?«

»Wir benutzen dieses Wort ziemlich oft, was?« Er musste grinsen. »*Aber* du bist ein geselliger Schmetterling und ich mag meine Einsamkeit. Es ist völlig unwichtig, ob du mir gefällst oder ob ich dich unglaublich sexy finde. Daraus kann sich einfach nichts entwickeln, daher wäre es klüger, wenn wir uns gar nicht erst damit rumquälen.«

Sie trat näher an ihn heran und schob ihm einen Finger in den Hosenbund. »Du findest mich unglaublich sexy?«

»Shannon«, warnte er sie und legte eine Hand auf ihre, um sie von seiner Hose zu lösen, was ihm jedoch nicht gelang.

»Darum wolltest du, dass ich mit Will ausgehe, nicht wahr? Damit ich gar nicht erst auf den Gedanken komme, dich zu fragen. Damit ich für dich tabu bin.«

Er erwiderte nichts, legte die Hand jedoch fester um ihre.

»Damit du mich nicht länger begehrst.« Sie trat noch näher an ihn heran. »Weil du niemals mit der Freundin eines Freundes flirten würdest. So etwas tut Steve Johnson nicht.«

»Nur damit du es weißt, wenn du mit Will zusammen wärst, würde mich das nicht davon abhalten, dich zu begehren. Ich wäre zwar sauer, wüsste aber wenigstens, dass ich dich von nichts abhalte.«

»Wovon denn?«

»Von dem Leben, das du dir wünschst. Dem Leben, das du verdienst.« Seine Züge sahen hart und angespannt aus. »Hör auf damit, Shannon. Es darf nicht sein.«

»Wieso nicht?«

»Weil es keine Zukunftsaussichten hat.«

Sie hörte seine Worte. Sie verarbeitete sie sogar und sie stand auch nicht auf Affären, aber ihr Herz war derart für Steve entbrannt, dass sie auf keinen Fall die Chance verlieren wollte, ihm näher zu kommen.

»Müssen denn alle Beziehungen Zukunftsaussichten haben?« Das war eine dumme Frage, weil sie genau wusste, dass nicht jeder Mensch auf eine Beziehung aus war, die bis ans Lebensende hielt, aber sie wollte auch nicht jeden Menschen, sondern nur ihn.

Er schloss kurz die Augen, und als er sie wieder aufschlug, wirkte er noch gequälter.

»Das fragst du den Falschen.« Sein Blick wanderte von ihren Augen zu ihrem Mund und sein ganzer Körper schien sich auszudehnen. Er schnitt eine Grimasse, und als sie schon glaubte, er würde sich abwenden, legte er auf einmal einen Arm um sie und zog sie an sich.

Seine widersprüchlichen Botschaften bewirkten, dass ihr ganz heiß wurde. Er sah sie an, als wollte er sie verschlingen, knirschte jedoch gleichzeitig mit den Zähnen, als hätte er einen Feind vor sich. Schwer atmend und mit zum Zerreißen gespannten Nerven zwang sie sich, die Angst, abgewiesen zu werden, zu ignorieren und ein letztes Mal zu versuchen, ihn auf die dunkle Seite zu locken.

»Also«, sagte sie mit zittriger Stimme, »damit ich das richtig verstehe: Du fühlst dich zu mir hingezogen, aber weil wir unterschiedliche Dinge mögen, dürfen wir uns nicht …«, sie leckte sich die Lippen und spürte, wie sein Körper sich anspannte, »küssen?«

Er öffnete leicht den Mund und verengte die Augen.

»Wir dürfen uns nicht …«, sie legte ihm eine Hand auf die Brust, »berühren?«

»Shannon«, stieß er mit heiserer Stimme hervor. »Ich versuche hier, das Richtige zu tun.«

Wie kam es nur, dass jeder Mann, den sie begehrte und der das Richtige tun wollte, letzten Endes das Falsche tat – genau wie er jetzt?

»Du bildest dir ein, du würdest das Richtige tun, aber du bringst da einiges durcheinander, Grizz. Das hier, die Art, wie du mich umarmst, das ist das Richtige.« Unwillkürlich kamen sie einander noch etwas näher. Er spreizte die langen Finger auf ihrem Rücken und ihr wurde ganz heiß.

»Verdammt, Shannon. Begreifst du es denn nicht?« Er drückte die Wange gegen ihre, sodass seine Bartstoppeln über ihre Haut schabten und sein Atem über ihr Ohr strich. »Das ist nicht falsch. Ganz und gar nicht.«

Als er die Lippen auf ihre Wange drückte, schloss sie die Augen, und er ließ sie weiter über ihren Unterkiefer und ihren Mund wandern. Dabei drückte er das Becken vor, sodass sie seine Erektion spüren konnte.

»Spürst du, was du allein mit deiner Stimme, einer einzigen Berührung und deinen umwerfenden Augen mit mir anstellst?«

Sie konnte nichts erwidern, konnte kaum noch an etwas anderes denken als das Gefühl, seine Hände auf ihrem Körper zu spüren und die Kraft und Frustration in seiner Stimme zu hören. Himmel, wie sehr sie sich danach sehnte, einfach in seine Arme zu sinken.

»Du weißt ganz genau, dass ich dich am liebsten gleich hier

auf den Boden legen und jeden Zentimeter deines Körpers berühren möchte. Ich will deine Lust schmecken, deine Ängste vertreiben, herausfinden, wo du verletzlich bist und was dich erregt.« Wieder strich er mit den Lippen über ihren Mund, ihre Wange, ihr anderes Ohr. »Selbst, wenn wir nicht zusammen sind, kann ich nur daran denken, wie es sein muss, in dir zu sein.«

*Ja, ja, ja. Großer Gott, ja.*

Er rückte von ihr ab und sie sah ihn wieder an. Ihre Knie wurden bei dem Verlangen, das sie in seinen Augen wahrnahm, ganz weich. Doch dann nahm er die Hände weg, und sie hörte, wie sie ein Wimmern ausstieß. Er legte ihr die Hände an die Wangen und zwang sie sanft, ihm ihre ganze Aufmerksamkeit zu schenken. Und wie er die hatte! Sie spannte in Erwartung seines Kusses den ganzen Körper an.

»Du hast ja keine Ahnung, wie sehr ich dich begehre. Ich wusste es ja selbst nicht einmal. Zwar habe ich die ganze Zeit versucht, es zu leugnen, aber tatsächlich sehne ich mich schon seit Jades Hochzeit nach dir.«

Hoffnung keimte in ihr auf.

Er fuhr ihr mit dem Daumen über die Lippen. »Mann, wie ich dein freches Mundwerk liebe. Aber in wenigen Wochen wirst du in dein echtes Leben zurückkehren, während ich weiter hier auf diesem Berg bleibe.« Er hielt kurz inne und seine Worte sanken bleischwer in ihr Bewusstsein. »Tut mir leid, Butterfly, aber so egoistisch bin ich nicht.«

Er verschränkte die Finger mit ihren und führte sie von der Stelle weg, von der sie geglaubt hatte, sie würden sich dort zum ersten Mal küssen. Die Stelle, an der sie all ihre Hoffnung und ein Stück ihres Herzens verloren hatte.

Lange Zeit sagte keiner von ihnen ein Wort. Als ihr Gehirn

endlich wieder die Arbeit aufnahm, machte sich Wut anstelle der Fassungslosigkeit breit. Sie konnte das Schweigen nicht länger ertragen. »Und das war's?«

»Im Grunde genommen schon.« Er hob ihre verschränkten Hände und half ihr über einen Stein hinweg.

»Versteh das jetzt nicht falsch, aber du bist ein ziemlicher Idiot.«

Er lachte auf. »Man hat mir schon schlimmere Namen an den Kopf geworfen.«

»Mal ganz im Ernst, die meisten Männer wären da eben über mich hergefallen.«

Steve wurde etwas langsamer und mahlte mit dem Kiefer, blieb jedoch nicht stehen.

*Oh Mann!* »Die meisten Männer würden es auch als Segen ansehen, dass sie mich nicht ewig am Hals haben werden.«

»Sobald du gesehen hast, wie ich lebe, hätte dir doch klar sein müssen, dass ich nicht wie die meisten Männer bin. Außerdem habe ich vermutlich die richtige Entscheidung getroffen, wenn du eine dieser Frauen bist, die mit einem Kerl ins Bett gehen würden, dem sie am nächsten Morgen scheißegal sind.«

»Was? Ich bin nicht … So habe ich das nicht gemeint.« Sie schob einen Ast zur Seite und trampelte mehrere Zweige platt.

»Vielleicht solltest du deine Worte dann sorgfältiger wählen.« Er führte sie um einen Hain aus Pappeln herum, und sie wusste, dass ihre Hütte ganz in der Nähe war. Aber sie wollte nicht, dass der Abend so endete. Das war schlimmer als alles, was er zuvor gesagt hatte. Zuvor war sie sich noch nicht im Klaren darüber gewesen, ob er sie mochte, aber jetzt wusste sie nicht nur, dass er es tat, sondern auch, dass er mit Absicht auf Distanz zu ihr blieb.

»Ich habe damit nur sagen wollen, dass die meisten Männer mich wenigstens geküsst hätten.«

Er murmelte etwas Unverständliches, bevor er sagte: »Du hättest mit Will ausgehen können und deinen Kuss bekommen.«

»Ich *will* aber nicht Will küssen, sondern dich, du Blödmann.«

Plötzlich blieb er stehen und zog sie so ruckartig an sich, dass sie gegen seine Brust prallte. »Es ist wirklich erstaunlich, dass du mit deiner Art, Komplimente zu machen, überhaupt mal bei einem Mann angekommen bist.«

»Geht dir denn gar nichts nahe?«

»Doch, eine ganz bestimmte freche Brünette geht mir sogar mehr als nahe.«

Sie presste die Lippen aufeinander und nahm ihren ganzen Mut zusammen. »Und warum küsst du mich dann nicht?«

Er strich mit den Fingern sanft über ihre Wangen, aber sein Blick spiegelte wildes Verlangen wider. Dieser Mann war ein wandelnder Widerspruch.

»Du bist eine wunderschöne Frau, Shannon«, sagte er leise. »Du bist klug, verführerisch und verspielt auf eine Art und Weise, die ich nicht gewohnt bin und die mich so heiß macht, dass ich fast den Verstand verliere.«

Abermals machte sich Hoffnung in ihr breit, und sie wagte es erneut, sich daran festzuhalten.

»Aber für eine Frau, die glaubt, die *meisten* Männer durchschaut zu haben, hast du nicht die geringste Ahnung, was in *diesem hier* vor sich geht.«

# Fünf

Es fiel Shannon unfassbar schwer, am nächsten Morgen nicht bei Steve vorbeizuschauen, aber sie musste erst einen klaren Kopf bekommen und begreifen, was das zwischen ihnen war. Oder vielmehr nicht war. Und so verbrachte sie den ganzen Tag damit, abwechselnd wegen der Abfuhr peinlich berührt zu sein und erregt von all den sinnlichen Dingen, die er gesagt hatte. Sie versuchte, sich auf ihr Forschungsprojekt zu konzentrieren, aber ihre Gedanken kehrten immer wieder zu dem Augenblick zurück, in dem sie in seinen Armen gelegen hatte, und zu seinem begierigen Blick, als er ihr all diese verführerischen Dinge gesagt hatte. Auch Stunden später, nachdem sie den halben Berg abgeklappert und Daten gesammelt hatte, konnte sie es noch nicht verstehen. Aber sie war Forscherin, und sie wollte verdammt sein, wenn sie ihn nicht auch irgendwann durchschaute.

Als sie Feierabend machte, war sie so weit, sich geschlagen zu geben. Ihr wollte nur eine Methode einfallen, wie sie diesen Mann, den sie derart begehrte, begreifen konnte, und zwar mit der Hilfe ihrer Freundinnen. Zwei Telefonate und eine halbe Stunde später war sie in ihrem niedlichsten Outfit auf dem Weg ins Buckley's, einer hiesigen Bar.

Summend fuhr sie die schmale Bergstraße entlang. *Wag es ja nicht, zu seiner Hütte hinüberzusehen. Guck nicht hin. Fahr einfach vorbei.*

Steves Truck parkte auf der Auffahrt, die Motorhaube war offen und er spähte in den Motorraum. Der Stoff seiner Jeans spannte sich über seinem perfekten Hintern. Er richtete sich auf, als ihr Jeep näher kam, und ihr stockte der Atem. Warum musste er mit nacktem Oberkörper da stehen? Konnte er denn keine Winterjacke tragen? Oder, besser noch, einen Ganzkörperanzug?

Er schlenderte in Richtung Straße und sie musste wohl oder übel anhalten. Schon steckte er den Kopf durch das offene Fenster und musterte ihren Minirock. »Hallo, Butterfly. Wo willst du denn hin, dass du dich so hübsch gemacht hast?«

Sie spürte, wie ihre Knie weich wurden. *Hör auf damit!*

Schon jetzt war sie ihm mehr als genug verfallen.

»Ich treffe mich mit ein paar Freunden im Buckley's.«

Er kniff die Augen zusammen. »Im Buckley's? Da geht Cal doch immer hin, oder nicht?«

»Das kann ich dir wirklich nicht sagen«, erwiderte sie flapsig, aber jetzt, wo er es erwähnte, fiel ihr wieder ein, dass dem so war. Gut, sollte Steve doch eifersüchtig werden. Das geschah ihm recht.

»Jade kommt auch, und sie hat versprochen, mir all deine schmutzigen kleinen Geheimnisse zu verraten.« Das stimmte natürlich nicht, da Jade so etwas niemals tun würde.

Sie beobachtete, wie er die Halsmuskeln verkrampfte. Sein Blick wanderte über ihre Beine und ließ die Hitze in ihr auflodern, die sie den ganzen Tag zu ignorieren versucht hatte. Wie sollte sie denn diesem Mann widerstehen, wenn es ihm mit einem Blick gelang, sie aus der Fassung zu bringen?

»Viel Glück dabei«, meinte er grinsend, trat einen Schritt zurück und richtete sich auf, sodass sie seine nackte Brust in voller Pracht bewundern konnte.

Shannon versuchte, den Blick abzuwenden, aber es gelang ihr nicht. Nach dem vergangenen Abend fragte sie sich, ob er überhaupt schmutzige Geheimnisse hatte – oder gar so viele, dass es besser war, wenn sie sie nicht kannte.

»Ich wünsche dir einen schönen Abend, Butterfly, und pass auf den Straßen auf. Schalte die Scheinwerfer ein, und falls es Probleme gibt, weißt du ja, wie du mich erreichen kannst.«

Sie fragte sich, was wohl passieren würde, wenn sie ihn vom Bett aus anrief. *Hey, Grizz, ich könnte hier was Hartes gebrauchen …* Würde er sie abweisen oder erst richtig heißmachen?

»Danke, Grizz.« Wie hatte er es geschafft, sich von dem tosenden Inferno des Vorabends in den lässigen Nachbarn von heute zu verwandeln? Sie konnte nicht einmal mehr lange genug wütend auf ihn sein, um mit quietschenden Reifen davonzufahren. Himmel, ihre Besessenheit von diesem Mann ließ sie ganz weich werden. »Ist mit deinem Wagen alles in Ordnung? Soll ich dich irgendwohin mitnehmen?«

Er wischte sich die Hände an einem Lappen ab, den sie erst jetzt bemerkte. »Alles okay.«

»Du solltest wirklich mal ausgehen und dich amüsieren. Das würde dir guttun.« Ihr fiel ein, dass er gestern erwähnt hatte, abends noch mal in die Stadt zu müssen, aber nicht weggefahren war. Ob er das nur erfunden hatte, um zu verhindern, dass Will in ihrer Hütte landete? Bei diesem Gedanken keimte etwas in ihr auf, das sie nun wirklich nicht mehr empfinden wollte: Hoffnung.

Er hob die Arme. »Sieh dich doch nur um. Ich amüsiere

mich hier prächtig.«

Sie seufzte. »Kommst du wenigstens zum Scheunentanz an dem Abend, bevor ich wieder abreise?«

»Tut mir leid, aber diese Beine sind nicht zum Tanzen zu gebrauchen.«

Sie verdrehte die Augen. »Du könntest es wenigstens versuchen.«

»Das ist nichts für mich, Butterfly.«

»Zu schade. Ich werde hingehen, und ich tanze wahnsinnig gern.«

»Na, dann viel Spaß.« Er wandte sich ab und ging.

Shannon schäumte den ganzen Weg zum Buckley's. *Der Einzige, vor dem ich gerettet werden muss, bist du.*

Sie hatte am Vorabend ihre Karten offengelegt und war abgewiesen worden. Heute hätte sie den Tag wirklich besser damit verbringen sollen, mit Cal und Will zu telefonieren, anstatt sich wegen eines Mannes zu grämen, der behauptete, *nicht egoistisch genug* zu sein, um sich mit ihr einzulassen. Aber jedes Mal, wenn sie ihr Handy in die Hand genommen hatte, um einen der beiden Männer zurückzurufen, hatte sie kein Netz gehabt. Wollte ihr das Universum damit etwas sagen? Sie war eine wissenschaftlich denkende Frau und glaubte nicht an Dinge wie kosmische Zeichen. Doch ihr dämliches Herz interessierte sich nicht im Geringsten für ihren Doktorgrad, sondern klammerte sich hartnäckig an die alberne Vorstellung, dass sie die beiden Männer nicht anrufen sollte.

*Tempest wäre wirklich stolz auf dich.*

Beim Gedanken an ihre ältere Schwester musste sie grinsen, denn Tempest mochte alles Kosmische und Spirituelle. Vermutlich würde sie einen Song darüber schreiben. Als Musiktherapeutin schrieb Tempest über alles Mögliche Lieder.

Shannon dachte häufig: *WWTT?* Aber ihre »Was würde Tempest tun«-Überlegungen bewirkten im Allgemeinen, dass sie das genaue Gegenteil machte, weil sie so unterschiedlich waren. Tempest war reserviert und praktisch veranlagt. Sie hielt lieber den Mund und dachte *immer* gut nach, bevor sie etwas sagte. Obwohl sie in vielerlei Hinsicht sehr verschieden waren, musste Shannon häufig an ihre Schwester denken. Tempest war ihr Maßstab, wenn sie überlegte, wie weit sie vom Weg abkommen durfte, und trotz des Zorns, den sie im Augenblick empfand, war sie froh, dass sie den Rat ihrer Schwester befolgt hatte und nach Colorado gekommen war. Selbstverständlich hätte Tempest ihr die Hölle heißgemacht, weil sie sich Steve förmlich an den Hals geworfen hatte, ebenso wie ihre vier großen Brüder. Wenn es nach Sam ginge, könnte sie gleich einen Keuschheitsgürtel tragen. Er war schon immer der Bruder gewesen, der sie ständig beschützen wollte, und aus genau diesem Grund hatte sie Tempest heute auch nicht angerufen, um sie wegen ihres Problems mit Steve um Rat zu bitten. Schließlich durfte Sam nichts von dem erfahren, was sich hier überhaupt nicht abspielte. Es reichte ihr völlig, dass sie dieses Steve-Shannon-Rätsel allein nicht lösen konnte, da brauchte sie nicht auch noch ihren Bruder, der seine Nase überall reinsteckte.

Vor dem Buckley's angekommen, holte sie mehrmals tief Luft, bevor sie die Bar betrat. Sie war nach Colorado gereist, um herauszufinden, wer sie *fern* ihrer Familie war, und jetzt wollte sie sich weder wegen ihrer Geschwister noch wegen Steve den Kopf zerbrechen, sondern sich einfach amüsieren.

Als sie hineinging, wurde ihr jedoch wieder bewusst, dass sie diesen außerplanmäßigen Mädelsabend nur wegen Steve einberufen hatte. Ihn zu vergessen, stand daher nicht zur

Debatte.

In der schwach beleuchteten Bar war es laut und voll, und es roch nach zu viel Parfüm und Testosteron, was einen deutlichen Kontrast zu der nach Kiefer duftenden Bergluft darstellte, an die sie sich bereits gewöhnt hatte.

Sie entdeckte Jade und Max auf der Tanzfläche. Jades langes schwarzes Haar reichte ihr fast bis zur Taille. Wie sie in ihrer engen Jeans und den Cowboystiefeln zu dem schnellen Song tanzte, sah man ihr nicht an, dass sie ein Kind bekommen hatte. Max beugte sich vor, wobei ihr das braune Haar über die Schultern rutschte, und sagte etwas, woraufhin Jades Lächeln noch breiter wurde. Sie sahen so sorglos aus. Aber warum sollte es auch anders sein? Sie waren beide glücklich verheiratet und hatten süße Kinder, wundervolle Ehemänner und Jobs, die ihnen Spaß machten, während sich Shannons aktuelle Aufgabe als zu einsam und bei Weitem nicht so erfüllend herausgestellt hatte wie erhofft – und um dem Ganzen die Krone aufzusetzen, war der Mann, nach dem sie sich verzehrte, noch schwerer aus seinem Bau herauszulocken als die Füchse, die sie erforschte.

Ihre Freundinnen winkten ihr zu und kamen von der Tanzfläche herübergelaufen.

»Die Kavallerie ist da!«, rief Jade und beide umarmten Shannon.

»Und wir sind ganz Ohr«, fügte Max hinzu. »Wir finden eine Lösung für dein Problem.«

*Schön wär's.* Sie führten Shannon zu ihrem Tisch, an dem bereits Rachel und Savannah saßen und sie lächelnd und mit ausreichend Alkohol erwarteten. *Die perfekte Kombination.* Das war genau das, was sie brauchte. Der Druck auf ihrem Brustkorb ließ ein wenig nach.

»Hey, Rach. Was machst du denn hier, Savannah?«

Savannah lebte mit ihrem Mann Jack und ihrem Baby Adam in New York und Shannon hatte sie seit Wochen nicht gesehen.

»Jack hatte einen Flug und ich habe ihn begleitet.« Jack war früher bei den Special Forces gewesen und arbeitete nun als Survivaltrainer und Buschpilot. »Wir sind heute Morgen angekommen. Mein Dad hat seinen Enkel so vermisst, dass er liebend gern heute Abend den Babysitter gespielt hat.« Savannah stand auf und strich sich das kastanienbraune Haar über eine Schulter, bevor sie Shannon umarmte. »Nichts hätte mich davon abhalten können, dich heute Abend zu treffen.«

»Ich bin so froh, dass du hier bist.« Shannon rutschte neben Rachel auf die Bank und umarmte sie. »Schön, dass du kommen konntest, Rach.«

»Machst du Witze? Ich kann es kaum erwarten zu erfahren, was da oben auf dem Berg vor sich geht, seit wir uns zufällig begegnet sind.« Rachel schob Shannon ihr Glas zu. »Trink, damit wir möglichst schnell Einzelheiten zu hören bekommen.«

»Danke.« Shannon nahm einen ordentlichen Schluck aus Rachels Glas. Das Getränk war süß und brannte auf dem Weg durch die Speiseröhre. *Perfekt. Selbst der Drink ist ein Widerspruch in sich.* Konnte sie denn keine Minute mehr verstreichen lassen, ohne an Steve zu denken?

Max und Jade setzten sich neben Savannah.

»Ich bin *so* froh, dass du angerufen hast«, sagte Max und griff nach ihrem Glas. »Ich brauchte mal ein bisschen Abstand von unseren süßen Babys. Manchmal ist es schön, wieder Max zu sein und nicht Mom und mal allein auf die Toilette gehen zu können.«

Sie mussten alle lachen.

»Ich war erstaunt, dass du angerufen hast«, gab Jade zu. »Mir war nicht bewusst, dass da zwischen dir und Steve was läuft.«

»Das tut es auch nicht«, erklärte Shannon. »Es könnte zwar, passiert aber nicht.« Sie verdrehte die Augen und winkte die Kellnerin heran. Nachdem sie sich etwas zu trinken bestellt hatte, sah sie Jade an. »Was ist mit deinem Bruder los?«

»Das frage ich mich auch schon seit Jahren.« Jade zwinkerte ihr zu. »Was hat er gemacht? Bei meiner Hochzeit hatte ich den Eindruck, dass er total auf dich steht. Max und ich waren richtig überrascht, dass ihr bei deinem letzten Aufenthalt hier nicht schon zusammengekommen seid.«

»Vielleicht ist das ja das Problem«, meinte Savannah und wackelte mit den Augenbrauen.

»Äh, nein, wir hatten definitiv nichts miteinander.« Die Kellnerin brachte den Drink und Shannon nippte an ihrem Glas.

»Und warum nicht?«, hakte Max nach.

»Woher soll ich das wissen? In seiner Gegenwart fällt mir das Denken schwer. Ich kann mich schon jetzt kaum auf meine Forschung konzentrieren, denn wenn ich allein auf diesem Berg bin, langweile ich mich. Dann schweifen meine Gedanken jedes Mal ab, und kaum, dass ich mich versehe, denke ich wieder an Steve. Dabei vergehen Stunden, bis mir irgendwann klarwird, dass ich eigentlich arbeiten sollte.«

»Großer Gott. Du bist dabei, dich in ihn zu verlieben«, erkannte Max mit großen Augen.

»Da wärst du nicht die Erste«, fügte Rachel hinzu. »Er ist heiß. Er ist clever. Und er ist ein harter Brocken.«

Shannon stürzte ihren Drink hinunter. »Erzähl mir was, das ich noch nicht weiß.«

»Ist es das, was du in ihm siehst? Denn das haben schon zahlreiche Frauen vor dir getan.« Rachel hielt inne, zog die

Augenbrauen hoch und schien zu erwarten, dass es bei Shannon Klick machte.

»Dann … ist er ein Weiberheld?«, überlegte Shannon laut, aber das konnte nicht sein, es sei denn, er ging mit den Waldfeen ins Bett.

»Wohl kaum«, antwortete Jade. »Sie versucht dir zu sagen, dass schon viele Frauen versucht haben, seine Aufmerksamkeit zu erregen, er aber unseres Wissens noch mit keiner etwas angefangen hat. Er ist anders als andere Männer. Sein Augenmerk liegt auf seiner Arbeit. Er ist ausgesprochen fokussiert. Aber ich vermute, es steckt noch mehr dahinter. Ich glaube, er hat Angst, jemandem zu vertrauen. Wahrscheinlich haben die Fehler, die unser Vater gemacht hat, ihn vermurkst.«

»So würde ich das nicht sehen«, schaltete sich Savannah ein. »Ich kenne ihn schon mein ganzes Leben und würde ihn eher als vorsichtig bezeichnen. Das ist eben seine Art.«

»Wahrscheinlich ist es ein bisschen von beidem«, sagte Rachel. »Als er aus dem College zurückkehrte, hatte er sich verändert – er war natürlich männlicher und erwachsen geworden, aber irgendwie auch distanzierter. Mir ist ein großer Unterschied an ihm aufgefallen, als er in jenem Herbst nach Hause gekommen ist. Erinnerst du dich noch, Jade? Er hat diesen Job oben auf dem Berg bekommen und danach schien sich alles verändert zu haben. Aber es kam mir wie gesagt so vor, als wäre er vom ersten Tag an, den er in dem Herbst wieder zu Hause war, schon anders gewesen.«

Jade nickte. »Da könntest du recht haben. Ich war nicht hier, als er zurückkam. Damals war ich noch nicht wieder nach Weston zurückgezogen.«

Shannon schloss kurz die Augen. »Ach herrje. Das ist ja mal wieder typisch, dass ich mir einen Mann aussuche, der noch größere Probleme hat als ich.«

»Ach, bitte«, sagte Savannah. »Das sind doch keine großen Probleme, selbst wenn da was dran sein sollte. Wir stellen doch hier nur Mutmaßungen an. Außerdem gibt es nichts, was zwei Menschen nicht überwinden können, wenn sie sich Mühe geben. Jack und ich sind doch das beste Beispiel dafür. Er hat seine Frau verloren, als sie gerade eine Familie gründen wollten. Schlimmer kann es doch wohl nicht mehr werden. Erinnerst du dich noch, wie wir uns kennengelernt haben? Er hatte sich zwei Jahre lang in den Wäldern versteckt. Keiner glaubte mehr daran, dass er sich wieder erholen würde, und heute ist er ein wunderbarer Vater und der beste Ehemann, den ich mir wünschen könnte. Er steht seiner Familie ebenso nahe wie ich der meinen. Zu manchen Menschen kann man eben nur mit Liebe durchdringen. Du musst dir Zeit nehmen und herausfinden, was ihn zurückhält. Falls er überhaupt will, dass du das erfährst. Und dann muss er sich dir natürlich öffnen. Das ist der schwierigste Teil. Manchmal weiß ein Mensch selbst nicht, was er will.«

»Bist du dir sicher, dass du Anwältin und nicht Therapeutin bist?«, spottete Max.

»Ich habe in den Geburtsvorbereitungs- und den Babykursen so viele Frauen kennengelernt, dass es mir vorkommt, als hätte ich schon alles gehört«, sagte Savannah. »Bisher ist mir noch kein Paar begegnet, bei dem nicht einer von beiden Vertrauensprobleme gehabt hätte. Meiner Ansicht nach haben die meisten Menschen vor irgendetwas Angst, und ich denke, dass man alles mit genug Geduld überwinden kann, wenn man es nur will.«

»Dann seid ihr alle der Meinung, ich sollte nicht aufgeben?«, fragte Shannon.

»Auf keinen Fall«, lautete die einhellige Antwort.

»Aber das ist doch verrückt, oder nicht? Wir haben uns noch nicht mal geküsst. Wie kann ich mich in einen Mann verlieben, der in einem Moment sagt, er würde mich begehren, und mich im nächsten nicht küssen will?«

Jade und Max tauschten grinsend einen vielsagenden Blick, der Shannon verriet, dass die beiden etwas wussten, was ihr unbekannt war.

»Weißt du überhaupt, mit wem ich verheiratet bin?«, fragte Jade. »Mr. Loyal? Mr. ›Ich kann dich *fünfzehn Jahre lang* nicht anrühren‹? Glücklicherweise hat mein Mann keine Angst vor Auseinandersetzungen, und er hat unsere dickköpfigen Väter gezwungen, diese lächerliche Familienfehde zu beenden. So viel dazu, dass ein Mann dich nicht küssen will.« Sie schüttelte lächelnd den Kopf. »Du siehst ja, was aus uns geworden ist.«

»Ihr beide könnt nicht die Finger voneinander lassen«, stellte Savannah fest. »So, wie es sein sollte. Wie bei Jack und mir und bei Max und Treat.«

»Pass mal auf, Shannon.« Jade wurde wieder ernst. »Steve und ich haben nie viel über unser Liebesleben gesprochen, aber er war bei den Mädchen, mit denen er ausgegangen ist, schon immer übervorsichtig. Doch du solltest wissen, dass er ein großes, gütiges Herz besitzt. Es gibt nichts, was er für einen von uns nicht tun würde.«

Shannon seufzte, sah sich in der Bar um und wünschte sich, Steve würde auftauchen. Warum folgte er ihr nicht? Wieso vergewisserte er sich nicht, dass sie nicht mit einem anderen anbandelte? Sie entdeckte Cal, der auf der anderen Seite des Raumes mit ein paar Freunden zusammensaß. Er winkte ihr zu, und sie lächelte und fühlte sich schuldig, weil sie sich wünschte, er wäre Steve.

Jade tippte ihr auf die Hand. »Rex sagt, Cal hätte sich ziemlich in dich verguckt.«

»Er ist ein netter Kerl«, gab Shannon zu. »Da ist nur ein Problem.«

Rachel lachte auf. »Magst du keine heißen, wohlhabenden Typen? Ich schwärme schon seit einer Ewigkeit für ihn, und er weiß noch nicht einmal, dass ich existiere.«

»Eins kannst du mir glauben«, meinte Max zu Rachel. »Es gibt keinen Mann auf der Welt, der nichts von deiner Existenz weiß. Glatzköpfe stehen Schlange, um auf deinem Stuhl Platz zu nehmen und in deiner Nähe zu sein.«

Rachel verdrehte die Augen. »Aber nie die Richtigen.«

»Ja, das geht mir auch so.« Shannon war es völlig egal, wie reich ein Mann war oder wie gut er aussah, und ihrer Meinung nach war Steve noch viel heißer als Cal. Himmel, er war heißer als jeder andere Mann, der ihr je unter die Augen gekommen war.

Jade griff über den Tisch und drückte Shannons Hand. »Das Problem mit Cal ist, dass er nicht mein Bruder ist.«

Shannon nickte. »Ist das nicht völlig bescheuert von mir, dass ich so auf ihn fixiert bin? Wir sind uns nicht mal ähnlich.« *Was auch der Grund dafür ist, dass er es nicht einmal mit mir versuchen will.*

»Warum müsst ihr euch denn ähnlich sein?«, wollte Max wissen. »Treat und ich sind völlig unterschiedliche Charaktere. Ich war so am Ende, als wir uns kennengelernt haben, und er war so …« Sie seufzte verträumt. »Er *ist* so distinguiert, so männlich, so …«

»Jetzt komm wieder runter«, neckte Jade sie. »Diese Schwärmerei wollen wir gar nicht hören.«

Max lachte auf. »Ich wollte nur zum Ausdruck bringen, dass

man sich nicht ähnlich sein muss, um sich zu verlieben. Bei der Liebe geht es darum, die eigentliche Wahrheit ans Licht zu bringen. Dir muss so viel am anderen liegen, dass du deine Bedürfnisse zurückstellst und in den schlimmsten wie in den besten Zeiten an seiner Seite sein willst.«

»Da hast du recht«, stimmte Savannah ihr zu.

»So was möchte ich auch«, erklärte Rachel.

»Das hört sich wundervoll an«, sagte Shannon. »Aber dafür müssen zwei Menschen auch erst mal dasselbe wollen. Vielleicht gebe ich mich ja mit dem Falschen ab und sollte lieber mit seinem Freund Will ausgehen.«

»Cumberland?«, fragte Jade.

»Ja. Er hat mich um ein Date gebeten, doch ich habe es abgesagt, weil ich bei Steve sein wollte. Aber dann hat mir dein Bruder, der offenbar immer das Richtige tun will, eine Abfuhr erteilt.«

»Wo wir gerade von Gegensätzen sprechen«, sagte Jade. »Will ist so dreist und draufgängerisch, wie ein Mann nur sein kann, und so völlig anders als Steve, aber er ist einer seiner engsten Freunde. So viel dazu.«

Vielleicht war ja doch etwas an der Redewendung dran, dass Gegensätze einander anzogen. Shannon dachte an den Vorabend zurück. »Ich glaube, ich war ein bisschen zu direkt.«

»Eine Braden, die zu direkt ist?« Max riss in gespieltem Erstaunen die Augen auf.

»Das ist mein Ernst. Er ist wie ein ruhiger, stetiger Bach, während ich eher bin wie die Stromschnellen.«

Ihre Freundinnen lachten.

»Jetzt mal im Ernst. Ich bin ständig am Plappern und kann mich für alles begeistern. Er lebt völlig zufrieden in seiner eigenen Welt, hackt Holz, klettert auf Berge und ringt vielleicht sogar mit Bären, jedenfalls könnte ich mir das gut vorstellen. Sei nicht sauer auf mich, Jade, aber ich habe ihn als Blödmann beschimpft, weil er mich nicht küssen wollte.«

»Er *ist* ein Blödmann, wenn er dich nicht geküsst hat«, erklärte Jade. »Aber ich habe noch nie gesehen, dass er eine Frau so ansieht wie dich, daher würde es mich sehr überraschen, wenn zwischen euch nicht doch noch die Funken fliegen.«

Sie unterhielten sich noch lange Zeit und tanzten, bis ihnen schwindelig wurde. Es war großartig, sich in Frauengespräche zu vertiefen und bestätigt zu bekommen, dass sie nicht völlig den Verstand verloren hatte, weil sie Steve nicht aufgeben wollte. Als sie gerade kichernd und plappernd zu ihrem Tisch zurückgingen, legte auf einmal jemand die Hand auf Shannons Arm, und sie wirbelte herum.

Cal stand in einer tief auf den Hüften sitzenden Jeans und einem weißen T-Shirt, das sich eng an seine breite Brust schmiegte, vor ihr. Ein sexy Lächeln zeichnete sich auf seinen markanten Zügen ab. »Hey, Süße. Darf ich um den nächsten Tanz bitten?«

»Mann, hat die Frau ein Glück«, raunte Rachel Jade zu.

Möglicherweise lag es an der Einsamkeit, dass Shannon nicht dankend ablehnte, oder an der Tatsache, dass Cal sie wollte – im Gegensatz zu Steve. Sie wusste nicht, was sie zurückhielt, aber sie stand schweigend da und rang mit sich.

»Na los«, ermutigte Jade sie. »Du solltest dich heute Abend amüsieren.«

Savannah stieß sie aufmunternd an.

»Klar. Warum nicht?«, erwiderte Shannon schließlich. »Ich tanze liebend gern.« Als sie die Arme um Cals Hals schlang und seine Hände auf ihrer Taille spürte, konnte sie die Gewissensbisse nicht ignorieren. Cal war der Inbegriff des heißen

Cowboys, bis hin zu seinem Akzent. Er war der perfekte Gentleman und sah mit seinem dichten blonden Haar und den kobaltblauen Augen einfach umwerfend aus. Zu allem Überfluss konnte er auch noch richtig gut tanzen. Eigentlich hätte sie überglücklich sein und ihn ebenso anschwärmen müssen, wie Rachel es von ihrem Tisch aus tat.

Aber er war nicht Steve.

Sie tanzte zwei Songs lang mit Cal und wartete darauf, dass der Funke übersprang. Doch sie spürte keine Schmetterlinge im Bauch. Da war rein gar nichts. Es kam ihr so vor, als würde sie mit ihrem Bruder tanzen. Sie entschuldigte sich dafür, dass sie ihn nicht zurückgerufen hatte, und verbrachte den Rest des Abends mit ihren Freundinnen, ohne dass ihre Verwirrung auch nur ansatzweise nachgelassen hätte.

Als sie die Bar schließlich verließ und den Berg wieder hinauffuhr, dachte sie an Steve. *Pass auf den Straßen auf. Schalte die Scheinwerfer ein.* Es war stockdunkel und nur das Licht der Scheinwerfer erhellte ihr den Weg, trotzdem hatte sie keine Angst. Allein der Gedanke, dass Steve in der Nähe war, beruhigte sie. Sie sah Licht in seiner Hütte und überlegte, ob sie anhalten und mit ihm reden sollte, aber zuerst einmal musste sie herausfinden, wer sie eigentlich war. Eines stand allerdings fest: Sie war keine dieser Frauen, die einem Mann hinterherliefen.

Und so zwang sie sich, weiterzufahren, und als sie oben auf der Hügelspitze um die Kurve fuhr, sah sie verblüfft ein gutes Dutzend funkelnde weiße Lichter, die den Weg von der Auffahrt zur Veranda erhellten. Weitere Gläser mit Lämpchen darin standen auf den Stufen und der Veranda. Dieses gefährliche Gefühl namens Hoffnung stellte sich schon wieder ein.

Sie stieg aus dem Wagen, hob eines der Gläser hoch und sah

es sich genauer an. Darin waren keine Batterien und keine Drähte zu erkennen, nur eine Handvoll Äste, Blätter und winzige flackernde Lichter, die aussahen wie Glühwürmchen. *Wie hast du das angestellt?*

Als sie dem erhellten Weg folgte, nahm ihre Hoffnung mit jedem Schritt zu. Sobald sie die Veranda erreichte, entdeckte sie die Karte, die im Türrahmen steckte. Sie war aus Recyclingpapier, weiß mit winzigen schwarzen Pünktchen, wie Vanillemark in Eiscreme. Die Vorderseite der Karte zierten gezeichnete Wildblumen. Sie fuhr mit einem Finger darüber und die Striche verwischten.

*Du hast die für mich gezeichnet?*

Ihr ging das Herz auf, sie war beinahe überwältigt.

Sie klappte die Karte auf und sah zum ersten Mal Steves Handschrift. Er schrieb leicht nach rechts geneigt und mit kräftigen Strichen, was selbstsicher und geschmeidig wirkte und ihn perfekt widerspiegelte. Als sie die knappe Nachricht las, verpufften ihre romantischen Gefühle jedoch auf einen Schlag. Mr. Widerspruch hatte abermals zugeschlagen.

*Nachts kommen die Raubtiere raus. Lass das Licht an.*

# Sechs

Bevor er zu seinem Morgenlauf aufbrach, zeichnete Steve eine Karte des Berges und markierte Fuchsbaue und Orientierungspunkte darauf. Dann lief er durch den Wald, um sie zu Shannons Hütte zu bringen. Es hatte ihn seine ganze Willenskraft gekostet, in jener Nacht im Wald nicht seinem Verlangen nachzugeben. Er hatte schlecht geschlafen, und dann war sie den ganzen Tag nicht vorbeigekommen, was an und für sich schon einer Folter gleichkam. Die Nacht darauf war ebenso schlaflos verlaufen, da er sich ständig ausgemalt hatte, mit wem sie in ihrem sexy Outfit wohl tanzen mochte. Um halb zwölf war er bei ihrer Hütte vorbeigelaufen und hatte alles stockdunkel vorgefunden. Der Gedanke, dass sie sich so spät noch in der Bar aufhielt, behagte ihm gar nicht, und er machte sich Sorgen, ob sie den Heimweg allein gut bewältigen würde. Jedenfalls hoffte er, dass sie allein kommen würde. Eine Stunde später hörte er sie vorbeifahren.

Wusste sie, dass sie die Außenbeleuchtung anlassen musste? Dies war schließlich keine Kleinstadt. Die Gefahren der Wildnis waren nicht mit Warnschildern oder blinkenden Lichtern gekennzeichnet. Sie hatten spitze Zähne, scharfe Krallen und besaßen die Fähigkeit, sich schnell anzuschleichen und zu töten.

Am liebsten hätte er auf ihrer Veranda gewartet, um sicherzustellen, dass ihr nichts passierte, aber das stand ihm nicht zu. Schlimmer noch: Was war, wenn sie mit Cal oder einem anderen Mann nach Hause kam? *Das* wollte er ganz bestimmt nicht mit ansehen.

Beim Anblick der Gläser, die er für sie aufgestellt hatte, zog sich sein Brustkorb zusammen. Die Solarlämpchen würden heute das Sonnenlicht aufnehmen und ihr heute Abend den Weg erhellen – was auch immer sie dann vorhatte. Verdammt, wie er diesen Mist hasste! Warum musste die einzige Frau, die er wollte, auf der anderen Seite des Landes leben und außerdem einen völlig anderen Lebensstil pflegen als er? Er legte die Karte auf die Veranda, stellte dabei zufrieden fest, dass wenigstens keine zwei Autos in der Auffahrt standen, und setzte seinen Weg fort.

Er nutzte seinen Lauf, um gleichzeitig seine Runde durchs Revier zu drehen, und entdeckte einen Baum, der einige Kilometer von seiner Hütte entfernt über den Weg gestürzt war. Damit war seine Tagesplanung dahin. Nach dem Lauf rief er seine E-Mails ab, was er nur ungern tat, da er alles, was mit der Online-Welt zu tun hatte, verabscheute, aber es gehörte eben zu seinem Job dazu. Das hieß nicht, dass er etwas gegen Technologie hatte, er konnte es nur einfach nicht ausstehen, wie sie das Leben vieler Menschen beherrschte. Er las sich die Morgenberichte durch und notierte sich, wo Bären oder Berglöwen gesichtet worden waren, und hörte danach seine Mailbox ab. Die fröhliche Stimme seiner Mutter drang an sein Ohr. Sie hatte offenbar angerufen, als er am Vorabend unterwegs gewesen war, um ihm mitzuteilen, dass sie eine Kiste mit seinen Sachen im Keller gefunden hatte, und ihn zu fragen, ob er sie vielleicht abholen wollte. Für einen Rückruf war es noch zu früh, aber er nahm sich vor, später mit ihr zu sprechen.

Auf die Anrufe wegen des Cumberland-Grundstücks hatte er bisher noch keine Rückmeldung erhalten, aber er wusste, dass das nicht mehr lange dauern würde. Zu den Angesprochenen hatte er einen guten Draht, was jedoch noch lange nicht bedeutete, dass sie deshalb die hohe Summe bereitstellen würden, die er für den Kauf des Landes benötigte.

Er verbrachte den Großteil des Nachmittags damit, den umgestürzten Baum zu beseitigen, was im Grunde genommen ein Segen war. Die Ablenkung konnte er gut gebrauchen, denn er musste dringend einen klaren Kopf bekommen. Doch während die Stunden vergingen, kehrten seine Gedanken immer wieder zu Shannon zurück. Wahrscheinlich war es völlig gleichgültig, wo er sich aufhielt, da sie immer in seinem Kopf sein und seine Gedanken mit ihrem strahlenden Lächeln und ihren wunderschönen haselnussbraunen Augen beherrschen würde. Wieder und wieder sah er ihre Augen vor sich und wie sich ihr Blick innerhalb einer Sekunde von begeistert zu verführerisch gewandelt hatte.

Am späten Nachmittag war er zu dem Entschluss gekommen, dass es sich nicht auszahlte, das Richtige tun zu wollen.

Er wanderte an dem Felskamm entlang, an dem er die feiernden Kids gesehen hatte, konnte zu seiner Freude jedoch keinen Hinweis auf sie entdecken. Danach überprüfte er noch einige andere Spuren und versuchte, nicht an die Person zu denken, die er eigentlich finden wollte, was ihm jedoch nicht gelang. Zu guter Letzt machte er einen Umweg und wanderte an zwei der Fuchsbaue vorbei, die er auf der Karte markiert hatte, weil er einfach nicht anders konnte – nur um enttäuscht festzustellen, dass sie sich an keinem der beiden Orte aufhielt.

Er fragte sich, ob sie wohl an ihn dachte, und verfluchte sich gleichzeitig für diesen Gedanken. Sie ging ihm nicht nur unter die Haut, sondern war auch in seinem Kopf fest verankert und hatte ihn regelrecht verzaubert.

Auf dem Heimweg bemerkte er einen Habicht, der reglos im Gebüsch lag. Er hockte sich neben den scheinbar toten Vogel und untersuchte ihn genauer. Das Tier war bewusstlos, atmete aber noch. Steve blickte nach oben und fragte sich, was hier passiert war. Normalerweise hätte er dicke Handschuhe angezogen, um den Greifvogel anzufassen, immerhin konnten diese Vögel einen Menschen ernsthaft verletzen. Da er jedoch nicht wusste, wie lange der Vogel hier schon lag, und auch zu weit von seiner Hütte entfernt war, um die Handschuhe schnell holen zu können, ohne Gefahr zu laufen, dass der Habicht inzwischen gefressen wurde, zog er sein Handy aus der Hosentasche und rief Jo Finney an. Sie leitete in der Nähe eine Station, auf der sie Greifvögel aufpäppelte, außerdem war sie eine enge Freundin.

Sie ging nach dem ersten Klingeln ran. »Wie geht es meinem Lieblingsmann aus den Bergen?«

*Mies. Ich habe mich in eine Frau verliebt, von der ich mich fernhalten sollte, was mir aber nicht gelingt.* »Ganz okay. Bist du gerade beschäftigt?«

Jo und Steve waren einen Sommer lang zusammen gewesen, als er in den Ferien vom College nach Hause gekommen war, hatten dann jedoch festgestellt, dass ihre Gefühle für eine tiefere Beziehung nicht ausreichten, und beschlossen, lieber Freunde als ein Paar zu sein. Das war die richtige Entscheidung gewesen und Steve hatte weder ihre kurze Affäre noch deren Ende jemals bereut. In ihrer gemeinsamen Zeit hatte er viel über sich gelernt und vor allem festgestellt, dass er nicht zu den Menschen gehörte, die Gelegenheitssex ohne tiefere Gefühle mochten. Das alles schien inzwischen eine Ewigkeit her zu sein, und nun tickte Jos biologische Uhr und sie suchte nach dem Richtigen. Steve war hingegen überhaupt nicht auf der Suche, hatte jedoch das Gefühl, die Richtige wäre im Augenblick nicht sehr weit von seiner Hütte entfernt zu finden.

»Mit nichts Längerfristigem«, neckte sie ihn.

»Tut mir leid, das zu hören.« Mit etwas Längerfristigem beschäftigt zu sein war ihr Code dafür, eine tiefgehende Beziehung zu haben.

»Mir auch«, erwiderte sie betrübt. »Was gibt's?«

»Ich habe einen verletzten Habicht gefunden. Er ist bewusstlos und scheint sich einen Flügel gebrochen zu haben. Ich bin etwa zwei Meilen von meiner Hütte entfernt und habe keine Handschuhe und keine Kiste dabei, um ihn zu transportieren.«

»Hast du ein Kleidungsstück, in das du ihn einwickeln kannst, oder bist du nackt unterwegs?«

Er schüttelte den Kopf, obwohl er sich an diesem Tag viel zu häufig ausgemalt hatte, mit Shannon nackt im Wald zu sein. Jetzt konnte er an nichts anderes mehr denken. Sie an einen Baum gelehnt zu nehmen, auf dem Boden, im Gras. *In meinem Bett.* In seinem Leben gab es keinen Platz für Liebeskummer und Komplikationen, aber er hatte so das Gefühl, dass es zum Umkehren längst zu spät war.

Shannon beendete ihre Aufzeichnungen und warf einen Blick auf die Karte, die Steve ihr auf die Veranda gelegt hatte.

Entweder er oder die Waldfeen. Sie lächelte. Wie hatte sie auch nur auf die Idee kommen können, Steve sei ein Frauenheld? Der Mann hatte sie nicht einmal küssen wollen. *Aber er hat mir Lampen auf die Auffahrt gestellt und mir eine Karte gezeichnet, für die er vermutlich Stunden gebraucht hat.*

Sie seufzte. Auf der Karte waren die Standorte der Fuchsbaue sowie die Routen zu jedem einzelnen aufgezeichnet. Er hatte sogar Orientierungspunkte entlang der Wege hinzugefügt, darunter auch verschiedene Bäume und Sträucher, Felsen und steile Abhänge, die jeweilige Entfernung zu ihrer Hütte und Fluchtwege für den Fall eines Waldbrands. *Im Ernst? Falls es brennt?* Immerhin hatte sie an diesem Tag Fortschritte gemacht.

*Dank der Karte von Mr. Frustrierend.*

Auch wenn es eine nette Geste war, hatte sie sich trotzdem den ganzen Tag darüber geärgert. Er hatte sie ohne eine Nachricht auf ihre Veranda gelegt. Vielleicht war das nach der schroffen Nachricht vom Vorabend gar nicht mal so schlimm, aber sie wusste bei diesem Mann einfach nicht mehr, woran sie war. Das mit den Lampen war sehr süß und romantisch gewesen, ebenso wie die Zeichnung auf der Karte. Aber die Nachricht selbst? Shannon kam einfach nicht darüber hinweg, wie unpersönlich sie geklungen hatte. So kalt und knapp. Wie ein nett verpackter Tadel.

Wollte er ihr mit der Karte vermitteln, dass er sie bei ihrer Forschung nicht länger zu begleiten gedachte? Oder sollte sie ihr vielmehr während seiner Abwesenheit helfen?

Shannon klappte ihr Notizbuch wutentbrannt zu, nahm die Karte und zog sich die Stiefel an. Sie war frustriert und brauchte Antworten, um wenigstens die Gewissheit zu haben, dass die Sache für ihn beendet war. *Welche Sache eigentlich? Das mit uns hat ja noch nicht einmal angefangen. Oder doch?* Nachdenklich stand sie in der Küche und erinnerte sich daran, wie er sie an jenem Abend berührt hatte, an diesen Beinahekuss, der ihr Hoffnung geschenkt, an die verführerischen Dinge, die er gesagt hatte. Es war ja nicht so, als hätte sie ihn gebeten, mit ihr zu schlafen. Okay, der Gedanke war ihr möglicherweise ein Dutzend Mal oder so gekommen, aber eigentlich war sie auf etwas anderes aus. Sie wünschte sich, dass er sich öffnete und dass sie es wenigstens probierten. Schließlich waren sie keine Kinder und es stand ihnen auch niemand im Weg.

Als ihr Blick auf die Karte fiel, wurde ihr warm ums Herz. Sie schuldete ihm wenigstens einen Dank, und ja, vielleicht sollte sie auch mit ihm schimpfen, weil er nicht einmal den Anstand besessen hatte, ihr eine Nachricht dazuzulegen. Bevor sie aus der Tür ging, schnappte sie sich noch ihren Laptop. Gestern Nachmittag hatte sie sich mit der Suche nach Crowdfunding-Methoden beschäftigt. Sie konnte sich bei Steve für die Karte bedanken, indem sie ihm erklärte, wie ein Crowdfunding ablief, damit er es wenigstens in Betracht ziehen konnte.

Mit rasendem Herzen ging sie den schmalen Weg zu Steves Haus hinunter und bereute es, keine Jeans angezogen zu haben. Sie fror in ihren Shorts, obwohl ihr nach der langen Wanderung auf dem Berg sehr warm gewesen war und auch eine Dusche sie nicht hatte abkühlen können. Das konnte natürlich auch daran liegen, dass sie beim Duschen an den scharfen Steve und seine *Riesenaxt* gedacht hatte.

Eine Stimme in ihrem Kopf riet ihr, cool zu bleiben. Aber dafür hatte sie einfach ein zu freches Mundwerk. Summend versuchte sie, die Stimme zum Verstummen zu bringen, während sie zwischen den Bäumen entlanglief, bis sie nach einer oder zwei Minuten merkte, dass sie »Legendary Lovers« von Katy Perry vor sich hin summte.

*Oh Mann, mich hat's wirklich erwischt.*

Sie zwang sich, mit dem Summen aufzuhören. Sollte die warnende Stimme in ihrem Kopf doch den Kampf mit ihrem das Kosmische liebenden Herzen aufnehmen.

Als sie am Waldrand ankam, bemerkte sie einen grünen Truck, der hinter Steves Wagen parkte, und blieb abrupt stehen – während ihre Gedanken Purzelbäume schlugen. Gehörte der Truck einer seiner Freundinnen? Hatte er überhaupt Freundinnen? Hatte er *eine* Freundin? Sie hatte überhaupt keine Ahnung, und so wenig, wie er über sich redete, war das auch kein Wunder. Hätte er eine Freundin nicht ihr gegenüber erwähnen müssen? Hätte Jade nicht etwas gesagt? Oder war es vielleicht eine *neue* Freundin? Vielleicht war er ja nicht mehr in die Stadt gefahren, weil er stattdessen mit der Frau aus dem grünen Truck rumgemacht hatte.

Ihr drehte sich der Magen um und sie blickte auf die Karte in ihrer Hand. Das würde auch erklären, warum er nicht allein mit ihr auf dem Berg sein wollte. *Erst recht nicht, nachdem ich mich ihm praktisch an den Hals geworfen habe.*

Die Haustür ging auf und eine hübsche Blondine kam heraus. Sie strich sich das Haar über eine Schulter und schenkte Steve, der hinter ihr ins Freie getreten war und eine große Holzkiste in den Händen hielt, ein strahlendes Lächeln. Sein Blick schweifte umher und fiel auf Shannon. Du liebe Güte, wie hatte er sie nur so schnell entdecken können? Sie hielt den Atem an und versuchte, mit der Umgebung zu verschmelzen.

Er kniff die Augen zusammen und sein freundliches Lächeln wich einer ernsten Miene. Die Blondine folgte seinem Blick und schaute neugierig zwischen Steve und Shannon hin und her.

»Shannon«, sagte Steve. Es war keine herzliche Begrüßung, aber auch nicht unfreundlich. Er schien verwirrt zu sein, und das sagte Shannon, was die Karte wirklich zu bedeuten hatte: Sie war seine Art, ihre gemeinsame Zeit zu beenden.

»Hi«, stieß sie hervor. »Ich ...« *Sollte auf dem Absatz umkehren und nach Hause gehen.*

»Du hast die Karte gefunden«, stellte er fest und stellte die Kiste auf den Rücksitz des Trucks der Fremden.

Shannon hielt die Karte hoch. »Ja. Ich bin vorbeigekommen, um mich dafür zu bedanken.«

Er nickte nur.

Die Blondine winkte ihr lächelnd zu. Sie war wirklich hübsch und hatte grasgrüne Augen. »Hi, ich bin Jo Finney. Du musst Shannon sein.«

»Ja«, erwiderte sie und fragte sich, woher die Frau ihren Namen kannte. »Freut mich, dich kennenzulernen.«

Jo öffnete die Fahrertür ihres Wagens. »Steve sagte, du würdest ganz in der Nähe wohnen und an einem Forschungsprojekt arbeiten. Ich leite die Greifvogelstation in der Stadt. Hat mich gefreut.«

Sie gab Steve einen Kuss auf die Wange, und Shannon wollte sich abwenden, konnte es aber nicht. Der Frau zuzusehen, wie sie Steve küsste, schmerzte ungemein, doch Shannon konnte einfach nicht wegschauen. Ihr war, als müsste sie jede Sekunde beobachten und analysieren, auch wenn das irgendwie krank war.

»Dann bringe ich den armen Kerl mal in Sicherheit«, meinte Jo. »Ich halte dich über seinen Zustand auf dem Laufenden.«

»Danke«, erwiderte Steve geistesabwesend und sah Shannon an, während er Jos Wagentür schloss. Dann beugte er sich durch das offene Fenster und sagte leise noch etwas, um danach zweimal aufs Wagendach zu klopfen. Jo fuhr los und winkte Shannon im Vorbeifahren noch einmal zu.

»Ich wollte euch nicht stören«, erklärte Shannon rasch. »Aber ich wollte mich für die Karte bedanken. Und für die Lampen.«

»Gern geschehen. Ich hoffe, die Nachricht war dir gestern Abend nicht unangenehm.«

»Wieso denn das?«

Er zuckte mit den Achseln. »Wenn du jemanden mit nach Hause gebracht hast, wäre es ja nicht gerade passend, die Nachricht eines anderen vor der Tür zu finden.«

»Ist das dein Ernst? Du hast wirklich geglaubt, ich würde jemanden mit nach Hause nehmen? Nachdem ich mich dir praktisch an den Hals geworfen habe? Du bist wirklich ein Idiot.«

»Danke. Ich fand es auch sehr nett von mir, eine Nachricht zu schreiben, die möglichst unverfänglich rüberkommt.« Lächelnd trat er auf sie zu. Der Blick seiner schieferblauen Augen wanderte an ihrem Körper herunter und vertrieb das Frösteln, das sie bis eben noch gespürt hatte. »Warum hast du deinen Laptop dabei?«

»Oh.« *Den habe ich ja ganz vergessen.* »Ich, ähm …« Irgendwie konnte sie an nichts anderes als an Jo denken. »Ich wollte dir etwas zeigen, aber war das …? Ist sie deine …? Ist Jo …?« Sie spürte, wie ihr das Blut in die Wangen schoss, während er sie amüsiert musterte.

»Ein Alien?«, neckte er sie.

»Wenn Aliens so aussehen, haben wir einfachen Sterblichen keine Chance.«

Er nahm ihr den Laptop ab, verschränkte die Finger mit

ihren und führte sie zur Veranda. Seine Hand war groß und rau, und wie schon zuvor genoss Shannon auch jetzt das Gefühl, sie zu halten. Aber wie an jenem Abend brachte sie sein widersprüchliches Verhalten völlig durcheinander.

»Warum hältst du meine Hand?«

»Weil ich das Gefühl habe, du wärst gerade in einen seltsamen Konkurrenzkampf mit einem Alien verwickelt, und nicht möchte, dass du stolperst.« Er legte den Laptop und die Karte auf die Veranda und trat noch näher an sie heran. »Und vielleicht auch, weil es mir neulich gut gefallen hat.«

Ihr Herz setzte einen Schlag aus und schlug dann unregelmäßig weiter. Diese Achterbahnfahrt konnte sie nicht länger ertragen. »Du hast mir an diesem Abend eine Abfuhr erteilt. Vielleicht will ich deine Hand ja gar nicht mehr halten?«

Er ließ sie los und sie bereute ihren Kommentar sofort wieder.

»Ich habe dir keine Abfuhr erteilt«, knurrte er.

»Wie würdest du es denn nennen?«

»Ich bin bloß vorsichtig.« Er legte ihr eine Hand auf die Hüfte und zog sie näher an sich heran.

Das fühlte sich so gut an, dass ihre Entschlossenheit ins Wanken geriet.

»Ich bin nicht wie die Männer, die du vermutlich gewohnt bist. Ich werde nie ein Stadtmensch sein, und ich habe auch nicht das geringste Interesse daran, von diesem Berg wegzuziehen.«

Nur zu gern hätte sie sich vorgebeugt und an ihn gedrückt, aber sie zwang sich, auf Distanz zu bleiben. »Ja, und?«

Die aufrichtige Sorge in seinen Augen ließ sie nur noch unschlüssiger werden.

»Ich halte das nicht länger aus, Shannon.«

Ihr wurde das Herz schwer. »Was denn …?«

»Ich kann nicht länger dagegen ankämpfen.«

Sie stieß die Luft aus.

»Ich stehe total auf dich, Shan, auch wenn ich dich nicht gleich ins Bett zerren will.«

»Ich will dich ja auch nicht sofort ins Bett zerren.« Die Worte kamen ihr zu schnell und zu defensiv über die Lippen.

»Das wollte ich damit auch nicht andeuten«, erwiderte er. »Aber ich vermute, du bist Männer gewohnt, die nicht erst auf die Bremse treten und gründlich nachdenken, wobei ich mich da auch täuschen könnte. In letzter Zeit kann ich einfach nicht mehr klar denken. Aber fest steht, dass du mir nicht mehr aus dem Kopf gehst, und ich kann dir versichern, dass ich wirklich versucht habe, nicht länger an dich zu denken.«

»Und du wirfst mir vor, schlechte Komplimente zu machen?« Sie lachte leise auf, was ihr ein sinnliches Lächeln einbrachte.

»Ich bin ein Blödmann, was soll ich sonst dazu sagen? Es war unfair, dir neulich diese Worte an den Kopf zu werfen, ohne es zu erklären. Bitte entschuldige.« Er wurde wieder ernst. »Doch ich suche weder nach einer Affäre noch nach einer Ehefrau. Eigentlich bin ich überhaupt nicht auf der Suche, daher versuche ich ja, das, was zwischen uns passiert, möglichst behutsam anzugehen. Die starke Anziehungskraft zwischen uns hat mich völlig überrumpelt.«

Sein Blick fuhr an ihrem Körper herunter und er zog sie enger an sich. Shannon hatte den Eindruck, die Bäume würden näher an sie heranrücken, während sich um sie herum alles zu drehen schien und ihr der Atem stockte.

»Es gelingt mir kaum, die Hände bei mir zu halten, wenn du so knappe Shorts trägst und ich nur daran denken kann, wie

es sich anfühlen muss, wenn du die Beine um mich schlingst.«
Er holte tief Luft. »Alles an dir macht mich verrückt, nicht nur
dein Aussehen, aber ... du trägst Wanderstiefel mit leuchtend
pinkfarbenen Schnürsenkeln, die perfekt zu dir und überhaupt
nicht zu mir passen. Und wenn ich mir überlege, dass du dir
nicht einmal Zeit nimmst, um dir Socken anzuziehen ...
Himmel noch mal, Shan. Ich habe erschreckend oft und lange
darüber nachgedacht, was du dir aus Zeitmangel noch alles
nicht angezogen hast.«

Sie schluckte schwer und konnte die Anspannung kaum
noch aushalten.

»Wir sind so verschieden, aber ich kann nicht aufhören,
dich zu begehren.« Er trat noch näher an sie heran, und sie
taumelte nach hinten, bis sie am Verandageländer stand. »Ich
möchte noch so viel mehr über dich wissen.« Er ließ die Hände
über ihre Hüften gleiten und drückte sie seitlich an ihre
Pobacken. »Viel mehr als nur, wie du dich anfühlst, wenn du
nackt in meinen Armen liegst.«

»Ich auch.« Ihre Stimme brach. Sie hatte nicht erwartet, all
das aus seinem Mund zu hören, auch wenn sie es sich ersehnt
hatte. Und wenn er solche Sachen sagte, konnte sie kaum noch
denken, geschweige denn reden.

»Aber ich weiß auch, wie sehr Menschen durch übereiltes
Handeln verletzt werden können. Und das möchte ich nicht.
Für keinen von uns. Du musst verstehen, warum ich dich nicht
in die Arme nehme und besinnungslos küsse.«

Sie bekam einen ganz trockenen Mund.

»Großer Gott«, murmelte er. »Dieser Blick bringt mich
noch um den Verstand.«

»Ähm ...« Sie biss sich auf die Unterlippe. »Können wir das
mit dem Besinnungslosküssen vielleicht noch etwas genauer

besprechen?«

Er hob ihre Hand und drückte seine warmen, weichen Lippen auf ihren Handrücken. »Das hoffe ich doch, aber hör mich erst an, damit wir uns auch richtig verstehen und du nicht hinterher verletzt bist.«

»Jetzt hast du mich aber völlig aus den Socken gehauen.« Sie schob einen Finger in den Bund seiner Jeans und spürte, wie er die Bauchmuskeln anspannte.

»Übereiltes Handeln«, wiederholte er, als müsste er sich ins Gedächtnis rufen, worüber sie gerade sprachen. »Gute Absichten reichen nicht aus. Menschen lügen. Sie verlieren ihre Prioritäten aus den Augen oder haben von Anfang an die falschen. Das ist ein fataler Fehler.«

»Ein fataler Fehler? Haben wir denn nicht alle zu viele Fehler, als dass man sie zählen könnte?«

»Doch.« Sein Kiefer mahlte und seine Miene verfinsterte sich. »Aber du, mein unbekümmerter Schmetterling, versuchst auch nicht dein Leben lang, aus diesem Grund keine Beziehung einzugehen.«

# Sieben

Steve wusste, dass seine Worte nur schwer zu verdauen waren, erst recht für eine Frau wie Shannon, die in jedem nur das Beste sah, aber er durfte nicht Gefahr laufen, in ihr Hoffnungen auf etwas zu wecken, das niemals geschehen würde. Er nahm ihre Hand von seinem Hosenbund und trat einen Schritt zurück, um ihr Raum zu lassen und das Gesagte zu verarbeiten.

»Ich war früher mal sehr beliebt, Shannon. Ich war einer dieser Männer, an die du gewöhnt bist, immer mit Freunden unterwegs und in Bars zu Hause. Immer mitten im Getümmel, in den Gerüchten, den Manipulationen, dabei wollte ich gar kein solcher Mensch sein. Sobald ich aufgehört hatte, mir über diesen Mist Gedanken zu machen, mich zu fragen, was die Leute von mir denken, und meine Leidenschaften auslebte, fand ich das, was mich wirklich glücklich macht. Der Schutz dieses Landes und der Tiere ist für mich viel mehr als nur ein Job. Ein Waldbrand, der Hunderte Morgen vernichtet, ein Tier, das durch einen Wilderer stirbt, das sind nicht nur schlechte Arbeitstage, sondern für mich wahre Tragödien.«

»Das kann ich verstehen«, sagte sie mitfühlend. »Mir liegt das alles auch sehr am Herzen. Aus diesem Grund habe ich mich doch der Biologie und dem Naturschutz zugewandt.«

»Dann kannst du vielleicht verstehen, warum ich vermutlich nie auf Dauer in einer Stadt leben werde und warum ich um das Cumberland-Grundstück kämpfen will. In der Natur gibt es eine natürliche Ordnung. Bei den Menschen wird jede Ordnung durch ihre Handlungen beeinträchtigt, manchmal sogar durch solche, derer sie sich gar nicht bewusst sind. Ein falsch interpretierter Blick, deplatzierter Stolz, ein Augenblick der Dummheit.« Er bedachte sie mit einem ernsten Blick, und dann trat er näher heran, gab endlich dem brennenden Drang nach, sie wieder zu berühren, und umfasste ihre Hüften. »Wie neulich, als ich dich dazu bringen wollte, mit Will auszugehen.«

»Aha! Du gibst also zu, dass du mich gewissermaßen dazu gedrängt hast, aber eigentlich gar nicht wolltest, dass ich mit ihm ausgehe.«

Steve zuckte mit den Achseln. »Ich bin ein Mensch und mache Fehler. Was soll ich sonst dazu sagen?«

»Immerhin habe ich dich in dieser Hinsicht durchschaut. Der Punkt geht an mich.« Sie tat so, als würde sie einen Strich auf eine Tafel malen.

»Du bist so unfassbar niedlich.«

Sie wiederholte die Bewegung gleich noch einmal.

»Es fällt mir sehr schwer, dich nicht einfach zu küssen und damit zum Schweigen zu bringen.«

Sie hob abermals den Finger, hielt ihn jedoch so. »Von mir aus kann's losgehen.«

»Es gibt da noch etwas, das du wissen solltest.«

Shannon wackelte mit dem Finger. »Ich hab's verstanden. Du bist sehr vorsichtig und schenkst nicht jedem dein Vertrauen. Und? Ich bin vertrauenswürdig. Da gibt es nicht das geringste Problem. Lass uns also zum Küssen übergehen.«

Er nahm ihren Finger und drückte einen Kuss auf die

Fingerspitze. »Nicht so hastig. Es gibt noch einen wichtigeren Grund dafür, dass ich dich nicht besinnungslos küsse.«

»Ach ja?« Sie leckte sich die Lippen.

Er konnte den Blick nicht von ihrem Mund abwenden. »Ja«, stieß er hervor. »Und du solltest vorsichtig sein mit dem, was du dir wünschst. Auch wenn ich nicht vorhabe, dich gleich ins Bett zu zerren, kann ich für nichts garantieren. Mir ist vollkommen bewusst, dass wir nicht mehr aufhören werden, bis wir alles vom anderen bekommen haben, sobald wir erst einmal anfangen, uns zu küssen.«

Sie schluckte schwer. »Das hört sich gut an. Du kannst eine Frau wirklich in Versuchung führen.«

Er spannte die Halsmuskeln an und unterdrückte einen Fluch. »Du bist einfach unglaublich.«

»Spuck's endlich aus, Grizz. Was muss ich tun, damit du mich endlich küsst?«

»Immer mit der Ruhe, Stadtmädchen. Das hier ist wichtig, weil du mir wichtig bist.« Er hielt sie fest und unterdrückte das Verlangen, sie auf der Stelle zu küssen. »Mein Lebensstil ist nichts, was sich eine Frau auf lange Sicht wünschen würde, erst recht keine Frau wie du.«

»Aber ich mag …«

Er schüttelte den Kopf und sie klappte den Mund wieder zu. Er wusste, dass es keinen Sinn hatte, wenn sie einander mit Versprechen beschwichtigten, die sie doch nicht halten konnten. »Ich will nichts davon hören, wie gern du hier draußen bist, dass sich Menschen ändern können oder dass wir schon einen Weg finden werden. Für uns gibt es ein Ablaufdatum, Shannon.«

Sie schnaufte. »Ein Ablaufdatum? Das ist doch …«

»Realistisch.«

»Okay. Ich schätze, du hast das Recht, es so zu sehen. Aber hierbei geht es um meinen Körper, meine Gefühle, meine Entscheidung.«

»Ich bestreite überhaupt nicht, dass es deine Entscheidung ist. Aber ein Mann beschützt immer die Menschen, die ihm am Herzen liegen. Und das bedeutet, dass ich mich zusammenreißen und zurückhalten muss, um darüber nachzudenken, wie es sich auf lange Sicht auf dich auswirken könnte, wenn ich meine egoistischen Bedürfnisse erfülle.«

»Ich bin hier und bereit, es zu tun. Ich will dich, aber du trittst auf die Bremse. Ich bin nach Colorado gekommen, um von meiner Familie unabhängig zu sein, mich selbst zu finden und eigene Entscheidungen zu treffen, und wenn ich mit dir ins Bett gehen will, dann ist das *meine* Entscheidung.«

»Ich versuche nur, dich davor zu schützen, dass du verletzt wirst. Glaubst du, es wäre mir leichtgefallen, dir den Rücken zuzuwenden, wo ich mir doch nichts anderes ersehnt habe, als dich in die Arme zu nehmen und dir zu zeigen, was ich für dich empfinde? Denkst du, es wäre jetzt, in diesem Augenblick, einfach, die Finger von dir zu lassen und dir all das zu sagen?«

Er legte ihr einen Arm um die Taille und zog sie an sich. Ihre Augen weiteten sich, und etwas Dunkles zeichnete sich darin ab, als sie seine Erektion spürte.

»Ich will nicht nur eine Affäre sein, die du aus reiner Rebellion anfängst. Ich schlafe nur mit Frauen, die mir etwas bedeuten, und du bedeutest mir so viel, dass ich dich bitte, über die Sache nachzudenken, damit wir sie hinterher nicht bereuen.«

»Hast du das damit gemeint, als du sagtest, ich würde den falschen Kerl fragen, ob alle Beziehungen irgendwo hinführen müssen? Weil du keine Affären hast?«

»Ich stehe nicht auf Gelegenheitssex.«

Sie runzelte die Stirn und sah ihm fragend in die Augen. Er wusste, dass sie darin seine Aufrichtigkeit erkennen konnte.

»Du bist keine Affäre, die ich aus reiner Rebellion anfange. Mit Cal wäre es vielleicht so gekommen, vielleicht auch mit Will. Die beiden wären vermutlich mit mir ins Bett gegangen, wenn ich es gewollt hätte, daher bin ich mir ziemlich sicher, dass ich dich dafür nicht bräuchte, wenn ich darauf aus wäre. Aber das bin ich nicht.«

»Allein die Vorstellung, einer der beiden könnte dich berühren, treibt mich schon in den Wahnsinn«, knurrte Steve.

»So geht es mir auch. Ich möchte mit dir zusammen sein, Steve.«

Er klammerte sich an diesen Worten fest, musste aber mit Sicherheit wissen, dass sie gründlich darüber nachgedacht hatte und dass sie die Grenzen kannte. Verdammt noch mal, er musste es aus ihrem Mund hören.

»Aber eines sollte von Anfang an klar sein, Shannon: Es geht nur über eine begrenzte Zeit.« Die Worte kamen ihm immer schneller und gehetzter über die Lippen. »Was wir uns auch für später erhoffen mögen, Tatsache ist, dass sich unser Lebensstil zu sehr unterscheidet. Wenn ich an die Cumberland-Sache denke, bin ich mir nicht mal sicher, ob ich momentan überhaupt Zeit für eine Beziehung habe. Ich will dir nicht wehtun. Einige schöne Wochen können das nie im Leben wettmachen. Wir gehen die Sache mit offenen Augen an oder lassen es gleich bleiben.«

Sie presste die Stirn gegen seine Wange. »Kannst du nicht einfach einer dieser Männer sein, die nicht über den Augenblick hinausdenken?«

»Nicht bei dir. Und ich will es auch gar nicht. Ungeachtet

deines sexuellen Wagemuts bist du eine empfindsame, sinnliche Frau. Du möchtest geliebt, nicht benutzt werden. Das sehe ich in deinen Augen.«

Sie erwiderte nichts. Das musste sie auch gar nicht. Er sah die Zustimmung in ihrem Gesicht und spürte sie in ihren Fingern, die sie fester in seine Haut drückte.

»Ich werde dir keine Versprechen geben, die ich nicht halten kann. Mir ist vollkommen bewusst, dass die Zeit mit dir himmlisch werden wird, und wenn du auch nur halb so viel empfindest wie ich, dann werden wir beide durch die Hölle gehen müssen, wenn du wieder abreist.« Er hielt inne und gab ihr Zeit, die Wahrheit seiner Worte zu erkennen. »Ich verspreche dir nicht die Welt, Shan. Das kann ich auch gar nicht. Ich werde dir nicht mehr als diese wenigen Wochen versprechen.«

Sie presste eine Hand gegen seine Brust, und er legte ihr die Hände auf die Wangen, kostete das Verlangen in ihrem Atem und sah es in ihren dunkler werdenden Augen.

»Sobald ich auf den Geschmack gekommen bin, gibt es kein Zurück mehr. Ich muss mich daher vergewissern, dass wir uns einig sind. Du hängst keinen Wunschträumen nach, in denen ich den Berg aufgebe, um in deiner Welt zu leben, oder in denen du das aufgibst, was du liebst, um bei mir zu sein. Keine Träume von einem Haus in einem Vorort mit weißem Jägerzaun und zweieinhalb Kindern.«

»Wen willst du hier überzeugen?«, fragte sie atemlos. »Mich oder dich?«

Er sah ihr in die Augen und erkannte die Wahrheit. »Vermutlich uns beide.«

Sanft fuhr er mit den Lippen über ihre. »Ich muss dich jetzt küssen.«

Das heißeste, begierigste »Ja« kam ihr über die Lippen.

»Sind wir uns einig?«

»Wir sind uns einig«, flüsterte sie.

Als sich ihre Lippen berührten, versuchte er, nicht an das zu denken, was in einigen Wochen geschehen würde, wenn sie in ihr altes Leben zurückkehrte und er auf dem Berg blieb und sich nach ihr sehnte.

Sobald sie Steves Lippen auf den ihren spürte, stockte Shannon der Atem. Er küsste sie unerwartet langsam und zärtlich. Bei jedem Zungenschlag schlossen sich seine Arme fester um sie, vertiefte er den Kuss, eroberte mehr von ihr. Während die Nachtluft ihre erhitzte Haut kühlte, suchte und liebkoste seine Zunge und verführte sie mit einem perfekten Rhythmus. Er umfasste Shannons Hinterkopf mit beiden Händen, hielt sie so, wie er sie haben wollte, und drehte leicht ihren Kopf, damit sie sich ihm weiter öffnen konnte. Dann wurde sein Kuss leidenschaftlicher, energischer, erotischer, gleich darauf wieder sanft und sinnlich, und Shannon schmolz in seinen Armen, nur um wieder alle Muskeln anzuspannen. Er küsste sie, als hätte er es geübt und trainiert, als hätte er die Kunst des Küssens für diesen Augenblick vervollkommnet. Dabei knabberte er an ihren Lippen, leckte darüber, saugte daran, bis sie in einen wundervollen fieberhaften Zustand verfiel und nur noch wimmern und stöhnen konnte.

»Ich liebe es, dich zu küssen«, sagte er leise und gab ihr gleich noch einen rauschhaften Kuss.

Sie rieben ihre Körper aneinander, ihre Zungen tanzten,

und er ballte die Fäuste in ihrem Haar und zog gerade fest genug daran, um all ihre Sinne auch auf diese Weise in Wallung zu bringen. Hitze breitete sich in Shannons ganzem Körper aus, in ihren Gliedern, ihren Fingerspitzen und Zehen, und sie bekam weiche Knie. Steve drückte sie noch fester an sich, presste sich mit seiner harten Erektion gegen sie, und sie drehte beinahe durch, streichelte seinen Rücken und seine Schultern, seine Arme und seinen unfassbar knackigen Hintern. Sie drückte sein Becken an ihres und rieb sich an seiner Härte. Er stöhnte, ohne den Kuss zu unterbrechen, sodass es durch sie hindurchvibrierte und noch ganz andere Gelüste weckte.

Nur langsam lösten sie die Lippen voneinander, atemlos und unwillig, stahlen sich noch einen Kuss und gleich den nächsten – *oh Gott*, sie wollte gar nicht aufhören! Er lehnte seine Stirn an ihre, und sie atmete seinen herben Duft ein und genoss seinen Geschmack, der noch auf ihrer Zunge verblieben war. Ihre Lippen kribbelten und brannten, und ihr Mund fühlte sich noch immer wie nach einer Eroberung an. Sie spürte ihn *überall.*

»Mehr ...« Bevor sie das Wort auch nur ausgesprochen hatte, bestürmte er sie ein weiteres Mal und küsste sie hart und ungemein leidenschaftlich. Sie gab sich ihm voll und ganz hin, erwiderte seine Küsse ebenso gierig und verlor sich in den himmlischen Empfindungen, die Besitz von ihrem Körper ergriffen, als er die heißen, samtenen Lippen auf ihren Hals presste. Bei jeder Berührung verlor sie sich mehr und die Welt schien sich immer schneller um sie herum zu drehen. Er bahnte sich einen heißen Weg aus Küssen zu ihrem Nacken, saugte an ihrer empfindlichen Haut und grub sanft die Zähne hinein. Das Pochen zwischen ihren Beinen wurde immer unerträglicher.

»Grizz«, stieß sie fast schon flehend hervor.

Sie krümmte die Finger in seinem Haar. Sein unglaublicher Mund, wie er sie förmlich verschlang, ließ alles andere in den Hintergrund treten. Wenn er die Lippen auf ihre presste, stand sie bereits kurz vor dem Orgasmus, und wenn er sie dann sanfter küsste, liefen ihr wohlige Schauder über die Haut.

Ihre Lippen trafen immer wieder in federleichten Küssen aufeinander. Sie hatte die Hände in seinem Haar versenkt, er presste seine auf ihre Wangen, und als sie dort im Mondlicht standen, flatternd die Augen aufschlugen und einander ansahen, entstand eine starke Verbindung zwischen ihnen.

»Sei die Meine, Butterfly«, flüsterte er. »Für einen Tag, eine Woche, solange du es ertragen kannst. Lass uns herausfinden, wohin es führt. Kein anderer darf dich in der Zeit berühren. Wenn du bei mir bist, gehörst du auch mir.«

»Ich dachte ...« Sie konnte noch keinen klaren Gedanken fassen, da ihr Verstand auf Wolke sieben schwebte. »Die Küsse. Ich dachte, das würden sie bedeuten.«

Ein heißes Lächeln umspielte seine Lippen. »Ich war neulich abends unglaublich eifersüchtig, als ich dachte, du triffst dich vielleicht mit Cal. Das war das erste Mal in meinem Leben, dass ich Eifersucht empfunden habe.«

Er küsste sie erneut und sie schmolz dahin.

»Ich wollte dich schon seit der Hochzeit küssen«, gestand er und tat es gleich noch einmal.

»Dann hast du aber sehr viel Zeit vergeudet. Wir hätten uns schon all die Wochen küssen können. Wir hätten ...«

Sanft drückte er die Lippen auf ihre.

»Hast du mich gerade mit einem Kuss zum Schweigen gebracht?«

Er grinste sie an und küsste sie wieder.

»Ich werde jetzt nicht über irgendwelchen Unsinn reden,

das ist dir hoffentlich klar, oder …«

Der nächste wundervolle Kuss.

»Das könnte zu einem Problem werden, das dir über den Kopf wächst, denn wenn es nach mir geht, dann …«

Er hob sie auf seine Arme und trug sie auf die Veranda, ohne den Kuss zu unterbrechen.

»Ich könnte dich tagelang küssen«, gestand sie. »Wochenlang. Monatelang …« Abermals eroberte er ihren Mund und lachte leise an ihren Lippen, während er nach ihrem Laptop griff.

»Die Anziehungskraft, die du auf mich ausübst, ist gefährlich«, sagte er und schaffte es irgendwie, seine Haustür zu öffnen, ohne sie oder den Laptop loszulassen. Mit einem Tritt stieß er die Tür ganz auf und blieb an der Schwelle stehen.

»Gefährlich gut oder …?«

»Das sage ich dir, wenn ich es herausgefunden habe.«

Wieder raubte er ihr mit einem Kuss beinahe den Verstand.

»Wir sollten die Sache langsamer angehen.« Er fuhr mit seinen sinnlichen Lippen über ihren Unterkiefer. »Wenn wir das tun, wirst du irgendwann wieder zu deinem Leben in Maryland zurückkehren, während ich noch immer hier bin«, sagte er zwischen den Küssen. »In ein paar Monaten, wenn wir beide unser Leben fortgesetzt haben, werden wir uns bei irgendeiner Familienfeier wiedersehen. Kommen wir damit klar? Können wir so tun, als wäre nichts passiert, und einfach nach vorn blicken?«

»Wir sind erwachsen. Uns wird schon etwas einfallen.« Sie wusste, dass das nicht stimmte, aber sie wollte ihn viel zu sehr, um jetzt über die Konsequenzen nachzudenken. Als sie den Hals reckte, fuhr er mit der Zunge darüber und saugte schließlich an einer empfindlichen Stelle. »Großer Gott, Grizz.«

Er sah ihr in die Augen. »Du solltest dir die Zeit nehmen, darüber nachzudenken. Damit du dir ganz sicher bist.«

»Ich habe lange genug nachgedacht.«

Er trug sie durchs Wohnzimmer und blieb nur kurz stehen, um den Laptop auf einen Tisch zu legen. Es war dunkel, nur der Mond schien durch die Fenster herein. Dies war das erste Mal, dass sie sein Haus von innen sah, und sie holte tief Luft und wollte alles auf einmal in sich aufnehmen. Es roch genau so, wie sie es sich ausgemalt hatte, hölzern und erdig, vermischt mit seinem herben Männerduft. Es roch nach *ihm*. Ihr Blick schweifte über den einfachen Holzschreibtisch und das bequem wirkende Sofa, während er sie zum Schlafzimmer trug.

Beim Anblick seines breiten Bettes ging ihr Atem schneller. Shannon hatte so lange von diesem Moment geträumt und mit einem Mal wurde sie sehr nervös. Sie bemerkte den Kamin und das Panoramafenster gegenüber des Betts. Er hatte keine Vorhänge, was sie kurz stutzen ließ, obwohl hier in der Nähe keine Menschenseele lebte. Die Möbel waren schwer und maskulin. Steve ließ sich auf der Bettkante nieder, nahm sie auf den Schoß und küsste sie wieder. Dabei streichelte er mit einer Hand ihren Oberschenkel und raubte ihr mit jeder Liebkosung mehr den Atem.

»Ich kann es kaum abwarten, deine wunderschönen Beine mit den Lippen zu erkunden«, flüsterte er an ihrer Wange. Sie stieß vor Wonne die Luft aus. »Hmm. Meiner Süßen gefällt die Idee ebenso gut wie mir.« Er zog den Kragen ihres Pullovers zur Seite und drückte den offenen Mund auf die Stellen ihrer Haut, die er erreichen konnte.

»Kein BH?« Er schob eine Hand hinten in ihre Shorts, ertastete ihren nackten Hintern und stöhnte. »Kein Slip?«

Sein raubtierhafter Blick verschlug ihr beinahe die Sprache, aber sie brachte ein zittriges Flüstern heraus. »Ich hatte es eilig. Ich … wusste ja nicht, dass ich herkommen würde.«

»Du bist ein heißes Ding.« Er küsste sie und streckte dabei eine Hand aus, um die Decke vom Bett zu ziehen.

*Himmel!* Sie konnte es kaum fassen. Es würde tatsächlich passieren. In wenigen Minuten würden diese prächtigen Muskeln, dieser wundervolle Mund und dieser große, liebevolle Mann ganz ihr gehören. Steve setzte sie aufs Bett und kniete sich davor, um ihr die Stiefel auszuziehen. Danach drückte er ihr einen Kuss auf jeden Fuß, bevor er sich selbst die Stiefel abstreifte und sie lächelnd neben ihre stellte, als würde es ihm sehr gefallen, sie so nebeneinander zu sehen.

Er fuhr mit einer rauen Hand über ihre Waden und drückte sie immer wieder leicht, während er ihr die ganze Zeit in die Augen sah. Ihr Herz flatterte nicht nur, es raste. Steve bahnte sich eine Spur aus Küssen von ihrem Knöchel zum Knie und fuhr mit der Zunge um ihre Kniescheibe. Shannon hatte noch nie etwas so Sinnliches gespürt, das gleichzeitig so unerwartet kam. Unwillkürlich bewegte sie die Hüften und wurde immer feuchter. Er zog sich das T-Shirt über den Kopf, und sie streckte eine Hand aus, da sie ihn einfach anfassen musste. Zwar hatte sie ihn schon häufiger mit nacktem Oberkörper gesehen, aber jetzt, in seinem schwach beleuchteten Schlafzimmer, wo er sie ansah, als hätte er sein ganzes Leben nur auf diesen Augenblick gewartet, war alles viel intensiver. Sie schluckte schwer, als er die Finger auf ihren Oberschenkeln spreizte, ihre Beine auseinanderdrückte und sie mit seinem Blick zu durchbohren schien. Er war so heiß und sie zitterte wie Espenlaub.

Steve ließ seine Zunge über die Innenseite ihres Oberschenkels bis zum Saum ihrer Shorts wandern und drückte die Lippen auf ihre Haut. Shannon wäre beinahe aufgesprungen, weil es sich so unfassbar anfühlte, wie er sie so nah an ihrer empfindsamsten Stelle leckte und liebkoste. Sie krallte die Hände ins Bettlaken und schloss die Augen, als das Verlangen durch sie hindurchtoste.

»Du bist so süß«, flüsterte er. »So sexy. Ich möchte jeden Zentimeter deines Körpers verwöhnen.«

Er wanderte von einem Oberschenkel zum anderen, und sie hörte, wie sich ein Stöhnen ihrer eigenen Kehle entrang. Während er wieder und wieder mit der Zunge über ihre Haut fuhr, hob sie das Becken an, bis sie vor Begierde kaum noch an sich halten konnte. So war sie noch nie zuvor berührt worden. Sie fühlte sich geschätzt, liebkost, gewürdigt. Als er aufstand und ihre Hand nahm, um sie auf die Beine zu ziehen, gaben ihre Knie nach.

»Ich halte dich«, raunte er ihr ins Ohr und küsste sie.

Mit einer Hand stützte er sie, um mit der anderen den Knopf ihrer Shorts zu öffnen. Seine Handfläche glitt über ihren Bauch und ihren Venushügel, dann schob er die kräftigen Finger zwischen ihre feuchte Mitte. Shannon stöhnte in seinen Mund und schob die Hüften vor, als er sie streichelte, mit einem Finger erkundete, sie dazu brachte, immer mehr zu wollen. Endlich fand er den empfindlichen Nervenknoten und liebkoste ihn, als hätte er sein ganzes Leben lang nichts anderes gemacht. Sein Kuss wurde inniger und leidenschaftlicher, doch dann küsste er sie wieder sanft und zärtlich, bis sie sich nach mehr sehnte und auch danach verlangte. Als sie sich gerade in die Sinnlichkeit fallen lassen wollte, intensivierte er den Kuss und bewegte die Finger schneller, bis sie nichts mehr spüren, sehen, schmecken und begehren konnte als ihn. Er hielt sie dort, in diesem wundervollen, schmerzhaften Zustand zwischen Erlösung und Lust – begierig, verlangend, nach mehr flehend.

Sie war erschrocken und peinlich berührt, wie schnell er sie bis kurz vor den Orgasmus gebracht hatte und wie verzweifelt sie sich an ihn klammerte, stöhnte und wild das Becken bewegte.

Steve löste sich von ihr und saugte an ihrer Unterlippe. Er stöhnte auf, als er mit einem Finger tief in sie eindrang und sie dabei mit dem Daumen weiter rieb. Lichtblitze flackerten hinter ihren geschlossenen Lidern auf. Ihre Scham pulsierte, sie bohrte die Fingernägel in seine Arme, und er erstickte ihre Schreie in einem weiteren leidenschaftlichen Kuss, bei dem sie beinahe erneut gekommen wäre.

Schwach klammerte sie sich an ihn und presste keuchend und zitternd die Lippen an seine Brust. »Entschuldige. Es ist lange her.«

Er legte ihr die Finger unter das Kinn und zwang sie, ihn anzusehen. In seinen Augen schimmerten so viele Emotionen, und sie wusste, dass er diesen Moment nie wieder vergessen würde.

»Es ist wundervoll zu spüren, wie du kommst. Wenn du mich lässt, bist du morgen früh so befriedigt, dass du gar keine Kraft mehr hast, dich dafür zu schämen.«

Steve zog die Hand aus ihren Shorts und sah ihr unentwegt in die Augen, während er sich die glitzernden Finger an die Lippen legte und sie ableckte.

»Sind wir uns noch immer einig?«, fragte er mit heiserer Stimme.

*Oh, ja, ja!* Zu mehr als einem Nicken war sie nicht in der Lage.

Ein teuflisches Grinsen breitete sich auf seinen Zügen aus. Er hakte die Finger unter den Saum ihrer Hose und zog sie über Shannons Hüften, um sie zu Boden fallen zu lassen. Dann löste er seinen Gürtel und sah sie mit einem verführerischen Blick an, während er sich die Jeans auszog.

Sie bemerkte seine aufragende Erektion und riss die Augen auf, als sie deren Umfang und Länge registrierte.

»Keine Unterwäsche«, stellte er fest. »Offenbar hatte ich es auch eilig. Noch etwas, das uns verbindet.«

*Unterwäsche?* Das war das Letzte, woran sie jetzt denken konnte. Sie hatte auf Pinterest mehr als genug knapp bekleidete Models gesehen, um zu wissen, dass Steves Ausstattung riesig war. Um sich ihre begierige Vorfreude nicht anmerken zu lassen, kaute sie auf ihrer Unterlippe herum.

Er zog ihr den Pullover über den Kopf und betrachtete ihren nackten Körper.

»Grundgütiger, Butterfly, du bist einfach umwerfend.«

Abermals küsste er sie gemächlich und zärtlich. Ihre Atmung beschleunigte sich, als sie seine rauen Hände spürte, die er über ihre Hüften, ihre Rippen und seitlich an ihren Brüsten entlanggleiten ließ. Sie schloss die Augen und gab sich ihm ganz hin, während er sie erkundete. Als er ihr einen Kuss auf den Mundwinkel gab und den Mund über ihren Hals wandern ließ, legte sie den Kopf in den Nacken. Er drückte einen Kuss auf jede Brustwarze, umkreiste sie mit der Zunge, und als Shannon den Rücken durchdrückte, um lautlos nach mehr zu verlangen, wanderte er weiter nach unten. Er küsste ihren Rippenbogen, ihren Bauch, jede Hüfte. Während er mit den Händen über ihren Oberkörper fuhr und schließlich ihre Hüften umfing, presste er die Lippen über ihre feuchten Schamhaare.

Endlich spürte sie seine Zunge zwischen den Beinen, und sie packte sein Haar, weil sie sich irgendwo festhalten musste. Wie sie seine Haare liebte! Sie wollte hinsehen, zuschauen, wie er sie liebkoste, aber sie verlor sich im Gefühl seines Atems auf ihrer feuchten Scham, seiner warmen Hände auf ihren

Oberschenkeln, mit denen er ihre Beine weiter spreizte. Doch dann gab es nur noch seinen Mund, mit dem er sie verwöhnte und mit herrlicher Unbarmherzigkeit dem Orgasmus näher brachte.

Sie klammerte sich in sein Haar, bewegte sich unter seinen Lippen und seiner Zunge und konnte nur noch keuchen. »*Oh. Ja. Oh Gott …*«

Er drang mit einem Finger in sie ein, leckte sie und entdeckte die entscheidende Stelle, um sie zum nächsten explosiven Höhepunkt zu bringen. Shannon erschauderte und schrie auf. Lautes Wimmern und Stöhnen hallte durch die Luft, und Steve ließ nicht nach, sondern zog ihren Orgasmus immer weiter in die Länge. Als sie schon glaubte, nur noch schlaff in sich zusammensacken zu können, lag sie auf einmal in seinen Armen, und er holte sie mit Küssen in die Realität zurück. Sie atmete den durchdringenden Geruch ihrer Lust ein und schmeckte sich auf seiner Zunge, aber das machte ihr nichts aus. Denn sie wollte mehr und küsste ihn immer leidenschaftlicher. Er legte sie mit dem Rücken auf die Matratze und drückte seine Härte gegen ihren Bauch, um sie wieder und wieder zu küssen, leidenschaftlich und sanft, innig und zärtlich. Sie schlang die Beine um seine Taille, und als er ihre Oberschenkel streichelte, erschauderte sie vor Verlangen.

Ihre Küsse wurden immer wilder, ihre Zähne prallten gegeneinander, ihre Zungen umgarnten sich und jede Faser ihres Körpers brannte vor Lust. Zuckend rieben sie sich aneinander. Steve senkte den Kopf und saugte an ihrer Brustwarze, streichelte ihre Brüste und brachte sie beinahe um den Verstand. Als er das Gewicht verlagerte, presste er seine Spitze gegen ihre Öffnung, um ihren Mund abermals mit einem tiefen Kuss zu erobern. Es schien immer heißer im Raum zu werden, ihre Münder wurden gieriger, ihre Atmung beschleunigte sich. Sie konnten es beide kaum noch erwarten.

Doch dann zog er sich ein wenig zurück und sah sie mit umwölkten Augen an. »Bitte sag mir, dass du die Pille nimmst.«

»Das tue ich, aber …« Wie konnte sie ihn das fragen, was sie wissen wollte?

Er schien ihre Gedanken gelesen zu haben. »Bei mir ist es auch lange her. Aber ich hatte nie ungeschützten Sex. Es kann nichts passieren.«

*Gott sei Dank.*

»Ich will dich ganz und gar spüren«, sagte er. »Willst du das auch? Sollen wir zusammen kommen?«

»Ja«, hauchte sie und hatte nie im Leben etwas aufrichtiger gemeint, auch wenn die direkte Frage sie ein wenig aus der Fassung brachte.

Sie legte ihm die Hände an die Wangen, und er umfasste ihre Hüften, während er sie küsste. Ganz langsam drang er in sie ein und vertiefte dabei den Kuss. Shannon spürte, wie er nach und nach in ihr versank, bis er sie ganz ausfüllte und sie einander so nahe waren, wie es zwei Menschen nur sein konnten. Sie lösten die Lippen voneinander und sahen sich in die Augen. Das Zimmer schien um sie herum zu pulsieren. Sein Blick durchbohrte sie, und ihr war, als könnte er ihre Gedanken lesen. Als wüsste er, dass in diesem Augenblick die Ruhelosigkeit, die sie gespürt hatte, von ihr abfiel und sie erkannte, dass das Universum sie die ganze Zeit hierhergeführt hatte: in seine Arme, in sein Bett, in sein Herz. Hier war sie und fand sich in seiner Liebe. All das konnte sie in dem verlorenen und zugleich erfüllten Ausdruck in seinen Augen sehen.

»Küss mich«, wisperte sie.

Sobald sich ihre Lippen berührten, bewegte er das Becken und brachte sie einander noch näher, auch wenn das unmöglich schien. Sie keuchte in seinen Mund, und er legte die Arme um sie und drückte sie an sich.

»Ich begehre dich schon so lange, Butterfly.«

Er vertiefte den Kuss und sie fanden ihren Rhythmus. Langsam zog er sich ein wenig zurück, während er ihren Mund so wild und heftig eroberte, dass sie nicht mehr klar denken konnte. Dann stieß er wieder in sie hinein, berührte all die richtigen Nervenenden, immer schneller und härter, bis sie dem nächsten Höhepunkt nahe war. Auf einmal wurde er langsamer, hielt sie kurz vor dem Orgasmus, sodass sie zitternd unter ihm lag und es kaum noch erwarten konnte.

Er vergrub den Kopf an ihrem Hals. »Komm mit mir, Babe.«

Seine Küsse waren fest und süß, und als er in ihren Mund stöhnte, verlor sie die Kontrolle. Sie schrie seinen Namen, zerkratzte seinen Rücken, und ihr Becken hob sich von der Matratze, als sie so heftig kam wie niemals zuvor. Er rammte in sie, stieß knurrend ihren Namen aus und gab sich ganz seinem Orgasmus hin.

Danach drückte er sie an sich, und sie lagen beide auf der Seite, Mund an Mund, atemlos und keuchend. Er küsste sie so fest, dass sie seinen Atem in der Lunge spürte. Als er den Kuss vertiefte, wollte sie ihn schon wieder. Ein derartiges Verlangen hatte sie nie zuvor erfasst. Sie legte ein Bein über seins, und sie streichelten und erkundeten sich, als wäre das alles völlig neu für sie, bis seine Länge wieder anschwoll. Er drehte sie auf den Rücken und ihre Körper wurden abermals eins und bewegten sich in perfektem Einklang.

»Ich war so dumm«, sagte er und küsste sie sanft. »Nichts wird je wieder sein wie vorher.«

Damit hatte er ihr die Worte aus dem Mund genommen.

# Acht

Steve erwachte von der sanften Melodie des Liedes, das Shannon im Nebenzimmer sang. Er sah sich im schwachen Morgenlicht um und schätzte, dass es etwa halb sieben sein musste. Nachdem sie sich bis in die frühen Morgenstunden geliebt hatten, erstaunte es ihn, dass sie schon wach war. Er zog sich die Jeans an und folgte dem Klang ihrer Stimme, blieb dann aber in der Tür stehen und sah ihr zu, wie sie beim Kaffeekochen tanzte. Sie trug sein T-Shirt vom Vortag, das ihr kaum über den Hintern reichte. *Was bin ich doch für ein Glückspilz.* Während sie einen Song von Toby Keith sang, bei dem es darum ging, dass man über das reden sollte, was man mochte, schwang sie die Hüften und wackelte mit dem Kopf. Er konnte nicht aufhören zu grinsen, als sie das Haar in den Nacken warf und sich tanzend eine Tasse Kaffee einschenkte. Sie machte einen Schritt nach hinten und spielte Luftgitarre, während sie den Kopf im Takt bewegte. Steve biss sich auf die Innenseite der Wange, um nicht loszulachen. *Hinreißend und sexy* beschrieb seinen Butterfly nicht einmal ansatzweise.

Dies war völlig anders als die stillen Morgenstunden, die er gewohnt war. Shannon sah aus, als würde sie hierher in dieses rustikale Haus in den Bergen gehören, wie sie im Licht der frühen Morgensonne mit nackten Füßen über seinen abgenutzten und zerkratzten Holzboden tanzte. Er hatte geglaubt, alles über die Natur und die Biologie zu wissen, aber die intensive Verbindung zwischen ihnen erstaunte ihn. Das ging über Sex und verbotene Früchte hinaus. Diese Frau strahlte heller als die Sonne, und er war der Schatten zwischen den Bäumen, und während er beobachtete, wie sie sich in seiner Hütte bewegte, als hätte sie schon immer hier gewohnt, fragte er sich zunehmend, was an seiner Einsamkeit eigentlich besser gewesen war als das hier.

Unerwartet und leicht alarmierend machte sich ein weiteres Gefühl in ihm breit. Er hatte ganz vergessen, wie es war, nach dem Aufwachen Aufregung und nicht nur Pflichtgefühl zu empfinden. Es war schon sehr lange her, dass er dieses einzigartige Kribbeln in der Brust gespürt hatte.

Shannon wirbelte herum und erstarrte, als sie ihn bemerkte.

Und da nahm das Kribbeln immer weiter zu.

»Hey, meine Schöne.« Er durchquerte das Wohnzimmer und genoss den Anblick ihrer geröteten Wangen und des sexy Lächelns, das ihre Lippen umspielte. Als er die Arme nach ihr ausstreckte, ließ sie sich hineinfallen, während der nächste Song leise aus ihrem Handy erklang, das sie auf die Arbeitsplatte gelegt hatte.

»Guten Morgen, du Langschläfer.« Sie öffnete leicht die Lippen, stellte sich auf die Zehenspitzen und gab ihm einen Kuss, der heiß genug war, um Metall zum Schmelzen zu bringen.

Er zog sie näher an sich heran und fuhr mit den Händen über ihren geschmeidigen Körper. Es war unfassbar, was sie mit ihm machte. Schon jetzt hatte er wieder eine Erektion und wollte sie spüren. Sie stöhnte in seinen Mund, doch er zwang sich, ein wenig auf Abstand zu gehen, bevor er sie noch direkt hier auf dem Küchenboden nahm.

»Der beste Gutenmorgenkuss aller Zeiten.« Sie nahm seine Hand und tanzte glücklich um ihn herum. Er konnte den Blick nicht von ihr abwenden.

Mit einem Mal musste er an den Abend denken, den sie im Buckley's verbracht hatte. Eine Frau wie Shannon blieb der Tanzfläche nicht fern. Eifersucht machte sich in ihm breit. Während sie verführerisch um ihn herumtanzte, verdrängte er diese hässlichen Gedanken. Jetzt war sie bei ihm und nur das zählte. Er legte ihr die Hände auf die Hüften und küsste sie noch einmal.

»Du bist aber früh auf den Beinen.«

»Ich konnte nicht schlafen.« Nun setzte »Mr. Brightside« von Fall Out Boy ein und Shannon wiegte sich im Takt und sang mit. Sie unterbrach sich nur, um zwischendurch zu fragen: »Kaffee? Bitter und widerlich, so, wie du ihn magst?«

»Ja, in einer Minute.« Er schob sie weiter nach hinten, bis sie mit dem Rücken am Küchenschrank stand, und strich mit den Händen über ihre Oberschenkel. »Dann muss ich dich wohl nicht fragen, ob du die letzte Nacht bereust.« Er gab ihr einen Kuss auf die Wange.

»Kein bisschen.«

*Gott sei Dank.*

»Aber eins würde ich gern wissen«, fuhr sie fort, »weil ich ein neugieriger Mensch bin. Hattest du hier schon mal Damenbesuch?«

»Von meiner Schwester?«, witzelte er.

Sie verdrehte die Augen und er lachte auf.

»Außer dir lag hier noch keine Frau in meinem Bett. Ich hatte noch mit keiner Sex in meinem Haus. Du hast es gewissermaßen eingeweiht und das finde ich wunderbar. Allerdings gibt es noch zwei Räume, in denen wir das auch noch tun könnten.«

»Wow. Du hast ja keine Ahnung, wie sehr mich das anmacht.« Sie presste die Lippen auf seine.

»Verdammt, ich hatte auch noch keinen Sex auf der Veranda, im Garten und an einer Million anderer Orte.«

»Ach, Grizz, du bist so ein Romantiker.«

Er küsste ihren Hals und genoss das verträumte Seufzen, das ihr über die Lippen kam. »Was hast du heute vor?«

»Wenn du so weitermachst, muss ich dich wohl wieder ins Bett schleifen.«

»Hmm. Da haben wir ja denselben Gedanken.« Er gab ihr einen trägen, zärtlichen Kuss, der all seine Sinne weckte. »Was ist mit deiner Forschung? Willst du nachher noch auf den Berg?«

»Dazu kommen wir später«, meinte sie geistesabwesend und drehte den Kopf zur Seite.

Er trat in ihr Blickfeld und sah ihr suchend in die Augen, da sie mit einem Mal besorgt wirkte.

»Hey, was ist los? Möchtest du reden?«

»Nein. Ich will dich viel lieber küssen.« In ihren Augen funkelte der Schalk.

»Erst wirst du mir verraten, was los ist.« Als sie nichts sagte, gab er ihr noch einen Kuss. »Rede mit mir, Shan.«

»Spielverderber.« Sie presste die Hände an seine Brust und schaute geknickt zu ihm auf. »Es ist eigentlich gar nichts. Ich liebe mein Forschungsprojekt, aber allein auf dem Berg wird mir langweilig und ich fühle mich einsam. So langsam habe ich das Gefühl, dass das nicht das Richtige für mich ist, aber das Problem ist, dass ich nicht weiß, was für mich das Richtige ist.

Ich wollte doch die ganze Zeit in die Forschung.«

»Vielleicht können wir das ja gemeinsam herausfinden.« *Gemeinsam.* Dieser neue Gedanke war ihm nicht ganz geheuer, aber als ihre Augen zu funkeln begannen, verflog sein Unbehagen.

»Wirklich? Ich will dir nicht mit meinem Dilemma in den Ohren liegen, wenn du schon genug mit dem Cumberland-Grundstück zu tun hast.«

»Mach dir deswegen mal keine Sorgen. Außerdem fällt es in meinen Zuständigkeitsbereich, sobald es um die Natur geht.«

Sie wurde wieder ernst. »Aber der Teil, der mir Sorgen bereitet, steht nicht gerade besonders hoch auf deiner Prioritätenliste.«

»Oh, verstehe. Es geht darum, dass dir Gesellschaft fehlt? Da schätzt du mich falsch ein.« Er gab ihr noch einen Kuss. »Nur, weil ich gut ohne Gesellschaft auskomme, heißt das noch lange nicht, dass ich dich nicht verstehe. Außerdem stehst *du* auf meiner Prioritätenliste, daher ist alles, was dir Sorgen bereitet, auch mein Problem.«

»Dann hast du mir neulich also doch zugehört. Und ich dachte, du wärst nur auf das pinkfarbene Frosting konzentriert gewesen.«

Ihm wurde schlagartig heiß. Er fuhr mit den Händen über ihre seidige Haut und umfing ihre Pobacken. »Vorsichtig, Butterfly. Allein die Erinnerung daran bringt mich auf dumme Gedanken.«

Sie riss mit gespielter Überraschung die Augen auf. »Wirklich?« Dann biss sie sich auf eine Fingerspitze.

Er drückte das Becken vor. Seine Erektion war bereits stahlhart. Sie hatten sich in der vergangenen Nacht so oft geliebt, dass er eigentlich hätte erschöpft sein müssen, aber er war noch nicht einmal ansatzweise befriedigt.

Sie schob sich den Finger in den Mund und ihre Augen verdunkelten sich.

»Deine Ablenkungstaktiken sind sehr effektiv.« Er legte ihr eine Hand in den Nacken. »Du hast irgendetwas mit meinem Gehirn angestellt.«

»Das nennt man Lust.«

Nein, das hier war weitaus mehr als Lust. »Ich will mehr, Butterfly.« Er küsste sie auf den Mund. »Ich möchte deine Geheimnisse ergründen.« Auf ihren Unterkiefer. »Deine Träume.« Er knabberte an ihrem Hals.

Sie drückte sich an ihn. »Du weißt wirklich, wie man eine Frau verführt.«

»Ich möchte wissen, was in dir vorgeht.« Er küsste sie abermals. »Was du magst.« Er sah ihr tief in die Augen. »Ich möchte dich besser kennenlernen, als es je ein Mann vor mir getan hat.« *Oder es jemals tun wird.*

Sie leckte sich die Lippen und seine Mitte zuckte. Er konnte einfach nicht klar denken, wenn sie ihren weichen Körper so bereitwillig an ihn presste und ihn mit ihrem Blick um das bat, was sie sich beide ersehnten.

»Nachdem ich dich geküsst habe«, flüsterte er.

»Besinnungslos«, hauchte sie. »Küss mich besinnungslos.«

Langsam senkte er die Lippen auf ihre und küsste sie zärtlich und liebevoll, doch dabei blieb es nicht. Er versuchte, sich zurückzuhalten, nicht die Hände unter ihr T-Shirt zu schieben und ihre Brüste zu berühren. Aber Shannon zu küssen war wie die Entdeckung eines verborgenen Waldes, und er wollte all ihre Wunder entdecken und sich in ihr verlieren. Wenn sie zusammen waren, ließ die Enge in seinem Brustkorb nach und all ihre Unterschiede verloren an Bedeutung. Er vertiefte den Kuss und umfasste ihre perfekten Brüste. Sie stöhnte und rieb sich an ihm, während er ihr das T-Shirt über den Kopf zog.

»Shan«, flüsterte er und senkte den Kopf, um ihre Brüste zu küssen.

Sie zerrte am Bund seiner Jeans. Er zog sie rasch aus und hob Shannon hoch. Ihre Beine um seine Taille zu spüren, sie in den Armen zu halten und ganz langsam in sie einzudringen, all das war ihm bereits vertraut geworden. Schon jetzt betrachtete er sie als die Seine und fühlte sich wie der glücklichste Mann der Welt.

»Grizz«, stieß sie keuchend aus. »Fester.«

Er drückte sie mit dem Rücken gegen den Kühlschrank, damit sie einen festen Stand hatten, während sie sich ihrer Leidenschaft hingaben. Shannon klammerte sich an seine Schultern, während sie seinen Stößen entgegenkam. Sie legte den Kopf in den Nacken, schloss die Augen und keuchte leidenschaftlich. Ihre Fingernägel bohrten sich so tief in seine Haut, dass man die Stellen tagelang sehen würde. Aber das war ihm egal. Das hier fühlte sich gut und richtig an, und als sie seinen Namen schrie, waberte Hitze durch seinen Körper und er kam ebenfalls und nahm sie mit sich zum Höhepunkt.

Er hielt sie, bis das letzte Beben verklungen war, blieb in ihr versunken, und sein Herz schlug so fest, dass er schon glaubte, es würde ihm aus der Brust springen. Nachdem er Shannon noch einen innigen Kuss geraubt hatte, trug er sie ins Schlafzimmer.

»Besinnungslos«, stieß sie keuchend aus. »Jedes. Einzelne. Mal.«

Nachdem sie zusammen geduscht und sich noch einmal geliebt hatten, ging Shannon auf den Berg, um Daten zu sammeln, und Steve bekam einen Anruf und musste einen Wanderer retten. Er verbrachte den Vormittag damit, den verletzten Mann in Sicherheit zu bringen. Nachdem er ihn den Rettungssanitätern übergeben hatte, traf sofort der nächste Notruf wegen eines verschwundenen Kindes ein. Erst, als er schon längst unterwegs war, wurde er darüber benachrichtigt, dass der Junge gefunden worden war. Und so ging es mit einem Problem nach dem nächsten weiter. Als er von den Unternehmen, die er für das Cumberland-Grundstück hatte gewinnen wollen, abschlägige Antworten bekam, passte das perfekt zu diesem Tag.

Auf dem Weg zur Bank rief er Mack an, denn so schnell würde er nicht aufgeben. »Gibt es Neuigkeiten?«, erkundigte er sich und musste sich verbittert anhören, dass die Investorenfirma CRH Enterprises weiterhin rumschnüffelte.

»Macht nichts Unüberlegtes. Ich habe noch ein paar Ideen«, log er, in der Hoffnung, dass ihm schon noch etwas einfallen würde. Er steckte sich das Handy in die Hosentasche und wünschte sich ein Wunder.

Eine Stunde später hatte ihm der Bankmitarbeiter bestätigt, was Steve längst wusste. Zwar verfügte er über einige Ersparnisse, aber 2,4 Millionen Dollar würde er beim besten Willen nicht aufbringen können.

Er lief um das Gebäude herum und rieb sich den schmerzenden Nacken, während er überlegte, wie er verhindern konnte, dass das Land in falsche Hände geriet. Als er gerade den Schlüsselbund aus der Hosentasche zog, kam Rex' Truck um die

Ecke und hielt neben Steve. Rex hatte seinen Stetson tief in die Stirn gezogen und lehnte sich auf einen muskulösen Unterarm gestützt aus dem offenen Fenster.

»Wie geht's?«, erkundigte sich Steve.

»Nicht schlecht. Hab gehört, du redest wegen des Cumberland-Grundstücks mit ein paar Leuten.«

Steve nickte. »Woher weißt du davon?«

Rex grinste ihn an. »Jade war gestern bei den Cumberlands auf der Ranch und hat ein Pferd verarztet, da hat Will es ihr erzählt.« Jade war Tierärztin und auf die ganzheitliche Behandlung von Pferden spezialisiert. »Eine gemeinnützige Naturschutzorganisation ist eine gute Idee, aber sie verlangen zu viel Geld für das Land.«

Steve wusste, dass das Anwesen nur etwa 1,7 Millionen Dollar wert war, das Unternehmen, das sich dafür interessierte, aber weitaus mehr bieten würde. »Jep.«

»Warst du deswegen bei der Bank?«

»Es war einen Versuch wert ...« Er zuckte mit den Achseln.

»Hast du schon mit Treat gesprochen?« Rex verzog das Gesicht.

»Ich hatte gehofft, das nicht tun zu müssen«, gab Steve zu, auch wenn ihm diese Option im Augenblick als eine der aussichtsreicheren erschien.

Rex nahm den Hut ab und strich sich mit einer Hand durch das volle schwarze Haar. »Shannon ist nur für ein paar Wochen hier.«

Da war er, der wahre Grund dafür, dass Rex Braden ihn angesprochen hatte.

»Ich weiß.« Steve verschränkte die Arme vor der Brust und hielt Rex' Blick stand. »Sie ist eine erwachsene Frau, Rex.«

»Das mag sein, aber für mich ist sie noch immer meine

kleine Cousine.«

»Dann solltest du stolz sein, dass ich der Mann bin, mit dem sie abends nach Hause geht.« Steve öffnete die Wagentür und nickte Rex zu. »Man sieht sich, Kumpel.«

Danach fuhr er zum Haus seiner Eltern, um die Kiste abzuholen, die seine Mutter für ihn beiseitegestellt hatte, wünschte sich jedoch die ganze Zeit, bei Shannon zu sein. In ihrer Gegenwart war alles besser, und das konnte er momentan gut gebrauchen.

Als er vor seinem bescheidenen Elternhaus parkte, saßen seine Mom und sein Dad in der Hollywoodschaukel und hielten jeder ein Taschenbuch in der Hand. Lächelnd ging Steve die Verandastufen hinauf. Sein Vater hatte stets zwei Jobs gehabt, solange Steve denken konnte. Er war Agraringenieur gewesen und hatte die Ranch der Familie alleine geführt, womit er sieben Tage die Woche von Sonnenauf- bis Sonnenuntergang zu tun hatte. Manchmal hatte sich Steve gefragt, ob sein Vater so viel arbeitete, um die Schuldgefühle zu verdrängen, weil er vor all den Jahren Hals Vertrauen gebrochen hatte. Nachdem sein Vater vor einigen Jahren bei seinem Ingenieursjob in den Ruhestand gegangen war, hatte er die Ranch Vollzeit geführt. Etwa zu der Zeit waren Jade und Rex zusammengekommen und die Fehde zwischen den Bradens und den Johnsons war endlich beendet worden. Steve war sehr froh über das Ende der Streitigkeiten und auch darüber, dass sein Vater sich mit Treat geeinigt hatte, der daraufhin zweihundert Morgen seines Landes erworben hatte, sodass Steves Eltern jemanden einstellen und mehr Zeit miteinander verbringen konnten.

»Hey, Ma.« Steve beugte sich zu seiner Mutter hinunter und umarmte sie. Sie duftete nach etwas Selbstgekochtem und bedingungsloser Liebe.

Als sie ihn mit ihrem herzlichen Lächeln ansah, stellte er wieder einmal fest, dass seine Mutter die glatte, strahlende Haut einer Dreißigjährigen hatte. Nur die wenigen silbrigen Strähnen in ihrem braunen Haar wiesen auf ihr Alter hin.

»Was ist das für ein Blick, Steven? Du hast doch ... irgendetwas.«

Er dachte an den vergangenen Vormittag zurück. »Ich bin ziemlich sauer. Mack und Will wollen das Land ihrer Eltern verkaufen, und ich wollte sie überzeugen, es unter Naturschutz stellen zu lassen, aber sie brauchen das Geld.«

»Heutzutage hat man es nicht leicht«, sagte sein Vater. Earl war ein ernster Mann, und Steve konnte sich an keine Zeit erinnern, in der sein Vater nicht gearbeitet, irgendetwas organisiert oder seinen Kindern etwas beigebracht hatte.

»Ja, ich weiß. Mir wird schon was einfallen.«

»Hast du schon mit Treat gesprochen?«, fragte sein Vater.

Als Steve noch jünger gewesen war, hatte sein Vater gehofft, er würde die Ranch übernehmen, doch Steves Träume waren zu groß für ein paar Hundert Morgen Land, und sein Vater hatte seine Entscheidung letzten Endes akzeptiert. Aus diesem Grund besaß Treat auch das Vorkaufsrecht, damit seine Eltern keine Angst haben mussten, ihr Land könnte irgendwann an den Falschen fallen.

»Noch nicht, Pop. Ich wollte vorher mit dir darüber reden.« Sie sprachen nicht oft über die vierzigjährige Fehde, die ihr Leben überschattet hatte.

»Junge, das, was vor all diesen Jahren passiert ist, hatte nichts mit Treat zu tun.« Sein Vater sah ihn ernst an. »Dieser ganze Schlamassel war allein meine Schuld.«

Sein Vater hatte eine übereilte Entscheidung getroffen und gehofft, damit die Ranch ihrer Familie retten zu können. Er hatte einem zwielichtigen Betrüger und Dieb, der Hals Frau übel mitgespielt hatte, Pferde abgekauft. Es war völlig ohne Belang, dass er das nur getan hatte, weil er keinen anderen Ausweg sah, und dass er zu stolz gewesen war, um Hal um Geld zu bitten. Er hatte es allein schaffen wollen und sich falsch entschieden. Als er endlich reinen Tisch gemacht hatte, war er um seinen besten Freund und seinen guten Ruf ärmer gewesen. *Gute Absichten entschuldigen nicht alles.* Eine voreilige Entscheidung hatte ihr Leben über Jahrzehnte belastet.

»Das ist nicht wahr«, widersprach Steve seinem Vater. »Ihr tragt beide die Schuld daran, und das weißt du auch.«

Er hatte es seinem Vater nie vorgeworfen, obwohl er wusste, dass er ein unsauberes Geschäft gemacht hatte. Aber die Fehde war von beiden Männern befeuert worden – von der Sturheit und dem Stolz zweier Männer, die einst beste Freunde gewesen waren und einander den Rücken zugewandt hatten. Diese prägende Erfahrung und eine fehlgeleitete Beziehung hatten Steve gelehrt, wie unvorhersehbar Menschen waren.

»Das mag sein, Junge, aber ich war der Auslöser.« Sein Vater stieß die Luft aus. »Doch das ist alles Schnee von gestern. Die Sache liegt hinter uns, und du solltest deine Geschäftsentscheidungen nicht davon abhängig machen. Treat ist ein guter Mann, und wenn er mithelfen kann, die Geschichte und das Land von Weston zu erhalten, dann wird er das tun, das weißt du ganz genau. Also rede mit ihm.«

Steve fuhr sich mit einer Hand durch das Haar und wünschte sich zum ersten Mal in seinem Leben, stinkreich zu sein und solche Dinge ohne Hilfe regeln zu können.

»Steven«, sagte sein Vater nachdenklich. »Ich habe dich zu einem stolzen Mann erzogen, aber lass nicht zu, dass dieser Stolz zwischen dich und das, was du erreichen willst, kommt. Ich weiß, wie viel dir diese Stadt bedeutet. Denk darüber nach, mehr will ich damit gar nicht sagen.«

»Es ist nicht deine Aufgabe, Weston zu retten, Schatz«, warf seine Mutter ein.

*Es kommt mir aber so vor.* »Ich kann mich auch nicht einfach zurücklehnen und zusehen, wie ein Investor hier alles übernimmt, die Straßen ausbaut, die Umwelt zerstört und, schlimmer noch, das Land kaputtmacht.«

»Du konntest noch nie einfach mit ansehen, wie sich die Welt verändert.« Der Blick seiner Mutter wurde sanfter. »Ich werde das ›Rettet den Bach‹-Projekt nie vergessen, das du in der fünften Klasse angeleiert hast. Erinnerst du dich noch daran?«

Die Erinnerung brachte ihn zum Lächeln. »Ja, das weiß ich noch. Sie wollten eine Brücke über den Kings Creek bauen.«

»Du hast eine Initiative in Gang gesetzt und das verhindert«, sagte seine Mutter stolz. »Ich glaube, damals hast du beschlossen, dich für die Umwelt einzusetzen. Weil du gemerkt hast, dass du etwas erreichen kannst.« Sie streckte eine Hand aus und strich ihm über das Haar. »Seit diesem Jahr durfte ich dir auch nicht mehr die Haare schneiden. Einige Dinge ändern sich nie. Wie die Fähigkeit einer Mutter, ihre Kinder zu durchschauen. Das ist kein Zorn, den ich in deinen Augen sehe, Schatz.«

»Lass gut sein, Liebes. Gib dem Jungen doch den Freiraum, den er braucht.« Sein Vater stand auf. Er war ein stämmiger Mann und so groß wie Steve. Die beiden umarmten sich.

Steve wog hundertzehn Kilo und bestand nur aus Muskeln, während sein Vater seine knapp hundertdreißig Kilo vor allem Steaks, Kartoffeln und allem anderen, das er in sich reinstopfte, verdankte. Nach einem Zwischenfall mit seinem Herzen bei Jades und Rex' Hochzeit hatte er ein bisschen abgenommen, aber Steve wusste, dass er noch immer Tag für Tag zu kämpfen hatte. Dieser Mann aß einfach viel zu gern.

»Deine Schwester war vorhin hier«, raunte er Steve leise ins Ohr. »Deine Mutter glaubt, du würdest mit Shannon Braden zusammenkommen.«

Steve hätte zu gern gewusst, was Shannon Jade neulich abends im Buckley's erzählt hatte. Aber er kannte ja Shannon. So wie sie vor Begeisterung alles direkt ausplauderte, hatte sie Jade vermutlich gleich heute Morgen angerufen. Er rieb sich mit einer Hand über das Gesicht, konnte sein breiter werdendes Grinsen jedoch nicht verhehlen.

»Damit könnte sie recht haben«, gab er zu und ließ sich in einem Schaukelstuhl nieder. Er beugte sich vor, stützte die Ellbogen auf die Knie und faltete die Hände.

»Oh Steven!« Seine Mutter drückte seine Hand. »Ich wusste es. Ich wusste es einfach.«

»Es ist noch ganz frisch, Ma.«

»Aber neu ist es nur für dich, mein Lieber«, erwiderte sie. »Wir haben alle mit angehaltenem Atem darauf gewartet, dass du den Kopf aus den Wolken nimmst und erkennst, was für eine unglaubliche Frau sie ist.«

Steve schüttelte den Kopf. »Will ich überhaupt wissen, wen du mit ›alle‹ meinst?«

»Wir reden hier von Weston, Junge«, warf sein Vater ein. »Du solltest dich eher fragen, wer nicht dazugehört.«

»Na großartig.« Sein Sarkasmus war jedoch eher Gewohnheit. Irgendwie gefiel ihm die Vorstellung, dass *alle* ihn und Shannon bereits als Paar gesehen hatten.

»Ach, Schatz, bitte.« Seine Mutter schüttelte den Kopf. »Du lebst vielleicht da oben auf dem Berg, aber deine Weston-Wurzeln kannst du nicht leugnen, und all die Menschen, die dich schon seit deiner Geburt kennen und lieben, wünschen sich nun mal, dass du glücklich bist.«

»Danke. Das weiß ich zu schätzen. Es ging alles ziemlich schnell. Ihr habt es vielleicht kommen sehen, ich aber nicht. Eben war ich noch völlig zufrieden mit meinem Leben und sah sie als unerreichbar an, und auf einmal – zack! – geht sie mir nicht mehr aus dem Kopf.«

Sein Vater lachte auf. »Junge, wenn du die richtige Frau findest, kommt sie nicht einfach in dein Leben geschlendert. Sie fällt lautlos und mühelos ein, wie Luft oder Dampf, und bevor du dich versiehst, hat sie sich in deinem Herzen festgesetzt«, stellte er mit nachdenklicher Miene fest. »So merkt man, dass die Liebe ewig halten wird, und so war es bei mir und deiner Mutter auch.« Er nahm die Hand seiner Frau und drückte sie liebevoll.

»Zuerst einmal geht es hier nicht um ewige Liebe, Pop. Und außerdem: Ihr seid wirklich damit einverstanden?«

Ihm entging nicht, dass sich die Augen seines Vaters überschatteten. Diesen Blick kannte er schon sein ganzes Leben, und er bewirkte, dass er sich etwas gerader hinsetzte und sich anständig benahm.

»Ich habe meine Fehler gemacht, Junge, und ihr alle musstet den Preis für den größten davon bezahlen. Das tut mir sehr leid, aber das ist Vergangenheit. Ich liebe Rex Braden wie mein eigen Fleisch und Blut, so, wie er Jade liebt. Und die Frau, in die du dich verliebst, werde ich ebenso in mein Herz schließen.«

»Oh Earl«, sagte seine Mutter leise und drückte ihm einen Kuss auf die Schulter.

»Ich habe nichts von Liebe gesagt«, gab Steve zu bedenken.

»Das musst du auch nicht, Schatz.« Seine Mutter stand auf und strich ihr hübsches Kleid glatt. »Komm mit, dann zeige ich dir, wo ich deine Sachen hingestellt habe.«

Steve folgte ihr ins Haus. »Sie ist nur für ein paar Wochen hier, Mom. Du musst deine Erwartungen zügeln.«

Sie führte ihn in die Küche, in der eine Kiste, auf der in schwarzen Buchstaben sein Name stand, neben einem frischen Maisbrot auf ihn wartete – seine Leibspeise. Er nahm sich eine Brotscheibe und biss herzhaft hinein.

»Hm. Lecker.«

»Ich packe dir ein Stück ein.« Sie wischte ihm einige Krümel von der Wange und sah ihm fragend in die Augen. »Ich habe nicht die geringsten Erwartungen, Schatz. Nur du und Shannon könnt entscheiden, was für euch beide das Richtige ist.«

»Danke. Das beruhigt mich ein bisschen.«

»Es ist schon sehr lange her, dass ich dich so gesehen habe.« Sie wickelte ihm das Brot ein. »Da sind es eher deine Erwartungen, die mir Sorgen machen.«

»Ich habe keine langfristigen Pläne. Wenn ihr Job hier zu Ende ist, wird sie zurück nach Peaceful Harbor gehen, und ich werde sie vermissen und weiter das machen, was ich liebe. Mir meinen Lebenstraum erfüllen.«

Während er die Kiste hochhob, fragte er sich, ob die Lüge für seine Mutter ebenso offensichtlich war wie für ihn.

Nach dem Besuch bei seinen Eltern fuhr Steve den Berg wieder rauf und machte sich auf die Suche nach Shannon. Sie hatte ihm gesagt, welche Habitate sie an diesem Tag aufsuchen wollte, und so fand er sie schnell. Sie saß summend auf einem großen Stein und schrieb gerade etwas in ihr Notizbuch. Da sie Ohrhörer trug und er sie nicht erschrecken wollte, schlug er einen Bogen und näherte sich ihr von vorn.

Sie riss die Augen auf, als sie ihn sah, und sprang kreischend auf.

»Grizz!« Sie warf ihm die Arme um den Hals, sodass er nach hinten taumelte. Er umarmte sie, fand wieder Halt und gab ihr einen Kuss.

»Hast du mich vermisst?«

Sie nahm die Ohrhörer heraus. »Ich bin so froh, dass du da bist.«

»Ich auch. Wie läuft es mit deinem Forschungsprojekt? Wenn du in diese Richtung guckst, wirst du vermutlich nicht viel zu sehen bekommen.« Er deutete auf die Berge in der Ferne.

Sie reichte ihm seufzend ihr Notizbuch und er überflog die Seite.

»Karriereaussichten?« Mehr stand da nicht. »Offenbar bist

du auf dem besten Weg, ein Himmelsgucker zu werden, Butterfly.«

»Es sieht ganz danach aus.« Sie ließ sich wieder auf den Stein sinken und er setzte sich neben sie. »Ich habe keine Ahnung, was ich tun oder wo ich überhaupt anfangen soll.«

Er legte das Notizbuch auf den Boden und nahm ihre Hand. »Sag mir, was du gern tust.«

»Das ist leicht: dich küssen.« Sie strahlte ihn an.

Er gab ihr lachend einen weiteren Kuss. »Hervorragende Antwort. Was noch?«

Sie zuckte mit den Achseln. »Es ist ja nicht so, als würde es mir hier oben nicht gefallen. Ich habe nur gerade darüber nachgedacht, dass ich zu gern in diesen Berg kriechen und ihn von innen erleben würde. Sein Herz erkunden. Mir ist klar, dass sich das komisch anhört, aber es muss darin doch eine Energie geben, die man spüren kann, denkst du nicht auch? Wie könnte es anders sein? Sieh dir doch nur das viele Leben um uns herum an. Das wäre so cool.«

»Hm, mag sein, aber ich kann mir nicht vorstellen, dass man für so was bezahlt wird. Was würde dir noch Spaß machen?«

»Es gibt wenig, was mir keinen Spaß macht. Ich mag die Forschung, aber ich komme nicht gut mit der Einsamkeit zurecht. Und ich will mehr, als nur forschen. Ich möchte mehr *tun*, und zwar mit anderen Menschen zusammen. Aber den Rest will ich auch nicht vernachlässigen, weil ich die Natur so sehr liebe.«

»Das hört sich doch gut an. Du weißt also schon mal, dass du mehr willst. Mehr wovon?«

»Keine Ahnung.« Sie griff in ihren Rucksack und holte einen der Kekse heraus, die sie neulich gekauft hatten. Sie brach den Keks durch und reichte Steve die Hälfte. »Im Augenblick will ich diesen Keks essen. Danach kann ich bestimmt besser denken.«

Er zog sie an sich und küsste sie. »Ich habe so das Gefühl, dass du eigentlich nie aufhörst zu denken. Wie wäre es mit einem Lehrauftrag?«

»Ich mag nicht in einem Klassenzimmer eingesperrt sein, und auch nicht in einem Büro. Und ich würde durchdrehen, wenn ich den ganzen Tag auf einen Bildschirm starren müsste.«

»Hast du schon mal über einen Job bei der Forstbehörde nachgedacht? Dann würdest du auch im Freien arbeiten, hättest aber immer einen Partner an deiner Seite. Oder wie wäre es mit einem Naturzentrum oder einem Museum? Da gibt es Außenaktivitäten wie Natur- und Wissenschaftscamps für Kinder und Teenager. Das könnte doch Spaß machen. Oder die Arbeit als Laborleiterin in einem Universitätslabor.«

»Ich nehme alles zurück, was ich über deine Fähigkeiten als Ratgeber in dieser Hinsicht gesagt habe. Du kennst dich wirklich aus. Innerhalb von zehn Sekunden sind dir mehr Möglichkeiten eingefallen als mir den ganzen Tag.«

Er legte ihr einen Arm um die Schultern und zog sie an sich. »Bitte sag mir, dass du nicht den ganzen Tag allein hier gesessen hast. Ich hätte auch viel früher zu dir kommen können.«

»Okay, dann sage ich es nicht, aber du solltest wissen, dass es da drüben auf dem Kamm entweder ein Hunde- oder ein Kojotenrudel gibt. Vielleicht waren es auch Ziegen. Ich konnte es nicht so genau erkennen.« Sie schwieg gerade lange genug, um Luft zu holen, und deutete auf die andere Seite der Schlucht. »Und ich konnte schon den ganzen Tag einen Falken da drüben an den Klippen beobachten. Ich glaube, er hat irgendwas gefangen, aber ich konnte nicht sehen, was es war.

Vermutlich ein Hase. Jedenfalls tat mir das Tier leid. Ich sehe den Kreislauf des Lebens nur ungern mit eigenen Augen, aber irgendwie war es auch aufregend. Ich habe noch nie gesehen, wie ein Falke seine Beute fängt.«

Sie bekam all die Dinge mit, die den Stadtbewohnern entgingen, und er genoss es, ihre aufgeregte Stimme zu hören.

»Das ist ein Wanderfalke. Ich nenne ihn Harvey.« Er lächelte. »Den ganzen Tag, Shan?«

»Im Grunde genommen schon. Eine Zeit lang habe ich mich mit deiner Karte beschäftigt, die unfassbar genau ist. Danke, dass du dir die Mühe gemacht hast. Ich muss einige Zeit einplanen, um zu den weiter entfernten Bauen zu gelangen, und das wird ein ganz schöner Marsch.«

»Wir könnten zusammen hingehen und irgendwo im Zelt übernachten.«

»Du würdest mitkommen?« Sie wartete nicht auf seine Antwort. »Vielleicht änderst du deine Meinung, wenn du auch noch den Rest gehört hast.«

»Das bezweifle ich.«

»Möchtest du wissen, was ich gestern gemacht habe?«

»Auf jeden Fall.« Er drückte ihre Hand und wusste, dass sich an seinen Gefühlen für sie nichts ändern würde, was immer sie auch sagte. »Ich will alles über dich wissen.«

»Grizz«, sagte sie leise. »Was ist aus der Mauer geworden, hinter der du dich immer versteckt hast?«

Er lachte auf. »Eine gewisse Brünette hat sie eingerissen. Jetzt erzähl mir von gestern. Ich möchte wissen, wieso du glaubst, dass ich nicht mehr mit dir zelten gehen will, sobald ich das gehört habe.«

»Okay, aber ich warne dich … Es gibt kein Zurück mehr, wenn du erst einmal alles gehört hast.«

»Dann leg los.« Er beugte sich vor und küsste sie, was sie mit einem Lächeln quittierte.

»Gestern Morgen habe ich eine Ewigkeit darauf gewartet, einen Blick auf die drei Welpen aus einem der Baue zu werfen, und als sie endlich aufgetaucht sind, hat mein Handy geklingelt. Ich hatte vergessen, es auf lautlos zu stellen, und dann war die Gelegenheit dahin.« Sie schüttelte den Kopf. »Ich werde noch die ganze Datensammlung ruinieren. Und nicht nur das, wenn ich einen Partner hätte, würde ich auch noch die ganze Zeit reden und damit sowieso die Füchse verscheuchen. Ich befürchte, die Forschung ist doch nichts für mich, jedenfalls nicht so, wie es für dich deine wundervollen Berge sind.«

»Warum hast du diesen Auftrag überhaupt angenommen, Shan? Wieso bist du nicht in Peaceful Harbor geblieben und hast dort herausgefunden, was du lieber tun würdest?«

»Weil ich das zu Hause nicht kann. Da bin ich *die kleine Schwester* oder *Aces Tochter* oder … Ach, was weiß ich. Ich möchte nicht, dass meine Familie mein ganzes Leben bestimmt. Auch wenn ich sie mag, muss ich ohne ihre Hilfe herausfinden, wer ich bin, und wenn ich zugebe, dass ich die ganzen Jahre studiert und möglicherweise den größten Fehler meines Lebens gemacht habe, wie werden sie dann reagieren?«

»Es ist deine Familie, Shan. Sie wird dich unterstützen.«

»Ganz genau.« Sie stieß schnaubend die Luft aus. »Ich will nicht verhätschelt werden, sondern die Flügel spreizen und meinen Weg selbst finden. Ich möchte nicht, dass jemand anders die Sache für mich in Ordnung bringt oder mir sagt, ich soll mir keine Sorgen machen, weil ich ja immer noch für meine Eltern arbeiten kann.«

»Du tust ja beinahe so, als würde dich deine Familie unterdrücken.« Diesen Eindruck hatte er nie gehabt.

»Das tut sie nicht«, gab sie leise zu. »Alle lieben mich, und wenn sie wüssten, wie es mir gerade geht, würden sie mir helfen wollen. Aber an diesem Punkt in meinem Leben will ich das ohne sie schaffen. Ich möchte wissen, dass ich meine eigenen Fehler mache, und selbst wenn sich das komisch anhört, will ich dieses Sicherheitsnetz jetzt nicht unter mir spüren.«

»Ich finde das bewundernswert. Aber warum musstest du erst diesen Auftrag annehmen, um von zu Hause wegzugehen? Das hättest du doch auch so tun können.«

»Das lässt sich nicht ganz so leicht erklären. Augenblick. Ich muss mich auf dieses Gespräch vorbereiten.« Sie biss von ihrem Keks ab, schluckte, nahm noch einen Bissen und einen weiteren, bis sie den Keks aufgegessen hatte. Danach zog sie ihre Wasserflasche aus dem Rucksack und trank sie halb leer.

»Das ist aber eine beeindruckende Vorbereitung.«

»Die ist auch bitter nötig.« Sie drehte sich zu ihm um, zog die Knie an die Brust und schlang die Arme darum. Ihr Haar fiel ihr in sanften Wellen über die Schultern und rahmte ihr Gesicht ein,

»Hey.« Er beugte sich vor und küsste sie. »Nachdem du meine Mauer eingerissen hast, errichtest du eine eigene?«

»Wie meinst du das?«

Er blickte auf ihre Arme hinab, mit denen sie ihre Beine festhielt.

Sie verdrehte die Augen. »Weil du das, was ich zu sagen habe, möglicherweise lächerlich findest.«

»Wann hat dich so was denn jemals gestört?« Sanft nahm er ihre Hände herunter, rückte näher an sie heran, legte die Beine rechts und links um sie und nahm sie in die Arme. »Jetzt hast du meine ganze Aufmerksamkeit.«

»Ich komme mir sehr exponiert vor.«

»Du bist bei mir in Sicherheit, Shan, und überhaupt nicht exponiert. Das warst du heute Morgen, als du nackt in meinem Bett gelegen hast.« Er nahm ihre Hände und verschränkte die Finger mit ihren. »Du fühlst dich vielleicht verletzlich, aber nichts, was du sagen könntest, wird dafür sorgen, dass ich anders über dich denke.«

Sie holte tief Luft und stieß sie langsam wieder aus. »Als man mir dieses Projekt angeboten hat, wollte ich es erst gar nicht annehmen. Ich hatte beim letzten Mal so viel Zeit allein hier draußen verbracht und wusste bereits, dass das nichts für mich ist. Aber dann wurde mir auch noch die Hütte angeboten ...«

Sie senkte den Blick.

»Du bist nervös«, stellte er leise fest.

Sie nickte. »Ein wenig.«

»Das musst du nicht sein.«

»Na gut, raus damit. Mir wurde die Hütte angeboten, und ich habe zugesagt, weil ich wissen wollte, ob das mit uns etwas werden könnte. Mir ist klar, wie sich das anhört. Hältst du mich jetzt für eine Stalkerin?«

»So ein Quatsch«, versicherte er ihr und war von ihrem Geständnis ebenso erregt wie überrascht.

»Jetzt, wo ich es dir erzählt habe, wird mir klar, dass das vermutlich ein großer Fehler gewesen ist, weil du dich jetzt verpflichtet fühlst, etwas Tröstendes zu sagen.«

Er musterte sie fragend. »Sehe ich aus wie jemand, der mit seiner Meinung hinter dem Berg hält?«

»Nein, aber ...«

Eine Brise wehte ihr eine Haarsträhne ins Gesicht. Er strich sie ihr hinters Ohr, bevor er Shannon an sich zog. »Du bist also hergekommen, weil du herausfinden wolltest, was du vom

Leben willst *und* ob wir beide eine Zukunft haben?«

Sie nickte und sah ihn mit scheuem Blick an.

»Dann ist es ja kein Wunder, dass du so sauer warst, weil ich so zurückhaltend war. Du bist ein großes Risiko eingegangen. Nicht nur, indem du hergekommen bist, sondern auch, weil du mir deine Gefühle gestanden und einen Auftrag übernommen hast, den du eigentlich gar nicht willst.«

Er stand auf und nahm ihre Hand.

Sie beäugte ihn skeptisch. »Wirfst du mich jetzt in die Schlucht?«

»Was denkst du?« Er zog sie auf die Beine und legte einen Arm um sie. »Komm mit, du tapfere Frau. Dies ist der perfekte Abend für S'Mores.« Er sammelte ihre Sachen zusammen und machte sich mit ihr auf den Rückweg zu seiner Hütte.

»Das ist alles? Mehr hast du nicht dazu zu sagen, dass ich einen Job angenommen habe, den ich eigentlich gar nicht will? Oder dass ich hergekommen bin und mich dir an den Hals geworfen habe?«

»Nein.«

»Und wieso nicht?«

»Ach, Butterfly.« Er gab ihr im Gehen einen Kuss auf die Schläfe. »Ich mag kein großer Redner sein, bin aber ein umso besserer Zuhörer. Du willst und brauchst niemanden, der dir sagt, was du tun sollst. Ich bin einfach froh, dass du hier bei mir bist.«

Die Baumwipfel warfen Schatten auf das Gras neben Steves Hütte, die an knorrige Finger erinnerten. Sie saßen auf dem

Rasen, grillten Burger auf dem offenen Feuer und teilten sich eine Flasche Wein. Der Mond leuchtete orange-grau vor dem tiefen Nachtblau des Himmels und den dunklen Wolken. Das Feuer zischte und knackte und Rauchschwaden stiegen wie Geister zum Nachthimmel auf. Steve hatte nichts weiter zu ihren Enthüllungen gesagt, aber Shannon wusste, dass er darüber nachdachte und sie analysierte, so wie er es mit allem tat. Er hatte ihr eine unfassbar detailreiche Karte gezeichnet und die Solarlampen für sie aufgestellt. Ihm lag so viel an ihr, dass er sie dazu gebracht hatte, über alles nachzudenken, was sie verletzen könnte, bevor sie sich zum ersten Mal geküsst hatten. Und an diesem Nachmittag hatte er sie nur gesucht, weil er sie sehen wollte. Er wollte bei ihr sein und herausfinden, wie es ihr ging. Sie wusste vielleicht nicht, was sie vom Leben wollte, aber eines stand fest: Es war die richtige Entscheidung gewesen, diesen Auftrag anzunehmen. Ganz offensichtlich dachte Steve so viel an sie wie sie an ihn, und er sorgte sich um sie und verstand sie auf eine Art und Weise, wie es kein anderer tat. Noch viel wichtiger war allerdings, dass er ihren Wunsch respektierte, all das allein herauszufinden, und das bedeutete ihr sehr viel. Sie musste nicht repariert werden.

*Du möchtest geliebt werden … Das kann ich in deinen Augen erkennen.*

Sie beobachtete ihn, wie er halb auf der Decke kniete und mit dem Taschenmesser die Borke von zwei dünnen Ästen entfernte. Je mehr Zeit sie miteinander verbrachten, desto mehr öffnete er sich. Sie spürte, dass an diesem Abend etwas in ihm vorging, und sie hatte den Eindruck, dass es mehr war als der Wunsch, ihr einen wundervollen romantischen Abend zu bereiten.

Shannon berührte seinen Unterarm, damit er sie ansah.

»Wir waren vorhin so sehr mit meinem Kuddelmuddel beschäftigt, dass ich ganz vergessen habe, dich zu fragen, wie dein Tag war.«

»Das ist doch kein Kuddelmuddel«, erwiderte er überraschend ernst, was sie jedoch eigentlich nicht wundern sollte. Er wollte sie und ihre Gefühle beschützen. Das war eine andere Art von Schutz als die, die sie gewohnt war. Er war nicht erdrückend und ließ auch nicht zu, dass sie ihre Gefühle unter den Tisch kehrte. Bei ihm fühlte sie sich wie jemand Besonderes und das genoss sie sehr.

Er konzentrierte sich auf den Ast in seiner Hand. »Nett, dass du fragst, aber es war kaum der Rede wert.«

»Hast du von den Leuten gehört, die du wegen des Cumberland-Grundstücks angesprochen hattest?«

Bei dieser Frage umklammerte er das Messer fester und schwieg eine Minute lang, während er die Stockenden konzentriert anspitzte.

»Ja. Sie sind nicht interessiert. Ich habe auch mit Will gesprochen. Er meinte, ihm wäre sofort klargewesen, dass du nicht mit ihm ausgehen würdest.« Ein sanftes Lächeln umspielte seine Lippen und er spießte einen Marshmallow auf jeden Stock.

»Ach ja?«

»Ja. Angeblich hat er auf den ersten Blick erkannt, dass du etwas für mich empfindest.« Er reichte ihr einen Arm und lotste sie zu sich ans Feuer. Die Flammen spiegelten sich in seinen Augen. »Der Mann kennt sich eben mit Frauen aus.«

Sie wand sich. »War er sauer?«

»Ganz und gar nicht. Ich glaube, sein genauer Wortlaut war: ›Du elender Glückspilz.‹«

Er deutete mit dem Kinn aufs Feuer und sie hielten beide

ihre Marshmallows über die Flammen. Nachdem er ihren Stock etwas angehoben hatte, gab er ihr einen zärtlichen Kuss. Sie spürte, wie die Anspannung, die sie eben noch in ihm wahrgenommen hatte, nachließ.

»Ich kann es nicht glauben, dass meine kleine Naschkatze noch nie S'Mores gegessen hat. Wenn du sie dicht neben die Flamme hältst, werden sie goldbraun.«

»So dauert es aber länger.« Sie lehnte sich an seine Schulter.

»Du bist wirklich ein Stadtmensch.« Er gab ihr einen Kuss. »Aber ich kann dir versichern, dass es das Warten wert ist.«

»Na, da *du* das Warten wert warst, werde ich dir wohl einfach vertrauen.« Ihr entging nicht, dass er das Gespräch in eine andere Richtung gelenkt hatte, und sie vermutete, dass das Land der Grund für seine latente Anspannung war. »Was wirst du wegen des Cumberland-Grundstücks unternehmen?«

Er mahlte mit dem Kiefer. »Die von der Investorenfirma machen keine halben Sachen. Sie überprüfen alles genau, und das bedeutet, dass sie bereit sein werden, wenn das Grundstück auf den Markt kommt. Ich habe mit der Bank gesprochen und alles gegeben, aber 2,4 Millionen Dollar sind sehr viel Geld.« Er ballte eine Faust und wandte den Blick ab. »Aber ich werde nicht aufgeben. Weston darf keine Stadt voller Einheitshäuser werden.«

Als er sie wieder ansah, spiegelte seine Miene Entschlossenheit wider. »Die Beschaulichkeit, die du auf der Ranch deines Onkels genossen hast, die wunderschöne ungetrübte Aussicht, die wir morgens bei Mack hatten — wenn das alles erst mal verschwunden ist, gibt es kein Zurück mehr. Hat man *eine* Erschließungsfirma am Hals, sind die anderen nicht mehr weit. Dann ist es nur noch eine Frage der Zeit, bis Weston voller Billigsupermärkte ist und die Schulen überquellen. Ich weiß noch nicht, wie ich es anstellen soll, aber ich werde einen Weg finden und dafür sorgen, dass es hier so friedlich bleibt.«

»Vielleicht solltest du doch mal mit Treat reden.«

Er schüttelte den Kopf und wurde nachdenklich. »Das ist keine gute Idee, Shan. Treat ist ein cleverer Mann mit guten Verbindungen. Ich kann mir gut vorstellen, dass er schon vor langer Zeit eine Entscheidung wegen dieses Grundstücks gefällt hat. Wenn er interessiert wäre, hätte er längst etwas unternommen. So, wie ich Treat kenne, hat er gute Gründe dafür, es nicht zu tun. Er muss nicht noch zusätzlich unter Druck gesetzt werden, weil es für einen Johnson wichtig ist.«

Steve nahm den Teller mit den Graham-Crackern und Hershey-Riegeln und stellte ihn zwischen sie. Es war offensichtlich, dass er nicht länger über Treat sprechen wollte, und Shannon respektierte es. »Bist du bereit für einen ersten Vorgeschmack auf den Himmel?«

»Ich dachte, das hätte ich bereits erlebt, als ich dich geküsst habe.«

Er nahm ihren Stock vom Feuer und zog sie an sich, um sie zu küssen. Zuerst war es ein grober Kuss, der seine Sorge darüber durchschimmern ließ, dass ein Immobilieninvestor seine verschlafene Heimatstadt zerstören könnte. Shannon schob die Finger in sein Haar, entlockte ihm ein kehliges Stöhnen, und die Anspannung fiel von ihm ab und wurde durch die Sinnlichkeit ersetzt, die sie inzwischen schon gut kannte.

»Du hast die besten Antworten«, stellte er lächelnd fest.

»Du bist der beste Küsser.«

Er schüttelte lachend den Kopf. »Wie sind wir nur zusammengekommen?«

»Wenn ich mich recht entsinne, hast du mir Shmores

versprochen.«

Das brachte ihr noch einen Kuss ein. »S'Mores, ohne h.«

»Hältst du mich für einen Dummkopf? Wenn ich das H mitspreche, bekomme ich einen Kuss, also höre ich auch nicht damit auf. Shmores. Shmores. Shmores.« Sie musste lachen, als er ihr Gesicht mit Küssen bedeckte.

»Bist du bereit, Naschkatze?« Er legte ein Stück Schokolade auf einen Graham-Cracker und schob den Marshmallow vom Stock auf die Schokolade. »Die meisten Menschen legen den Graham-Cracker auf den Marshmallow, aber ich vermute, meiner Naschkatze wird es so besser schmecken.«

Er legte ein weiteres Stück Schokolade auf den Marshmallow und noch einen Graham-Cracker obendrauf.

Sie riss die Augen auf. »Heiliger Strohsack. Das sieht ja genauso aus wie auf den Fotos.« Sie leckte die schmelzende Schokolade vom Rand des Crackers, schloss die Augen und genoss die Süße auf ihrer Zunge. »Hmm.«

Steve fluchte leise.

Als sie kicherte, küsste er sie wieder.

»Du musst es schon ganz kosten.« Er hielt ihr die Leckerei vor den Mund. »Beiß ein Stück von dem ganzen klebrigen Ding ab.«

»Wie soll ich das in meinen Mund bekommen? Das ist viel zu groß.«

»Das hast du letzte Nacht auch gesagt und es trotzdem geschafft.« Er wackelte mit den Augenbrauen und sie schlug spielerisch nach ihm.

Sie nahm einen Bissen, schloss die Augen und stöhnte leise, als die süße Schokolade auf dem rauchigen Marshmallow schmolz. Als sie spürte, dass Steve sie genau beobachtete, schlug sie die Augen auf. Seine Augen schienen noch dunkler zu werden. Er leckte sich die Lippen und grinste zufrieden.

»Du und dein Mund, das wird noch mein Tod sein«, erklärte er mit Grabesstimme.

Sie schluckte den Bissen herunter und sie beugten sich beide für einen Kuss vor. Ihre Lippen hatten sich jedoch kaum berührt, da zog sie sich auch schon wieder zurück.

»Crowdfunding!«

Steve blinzelte und runzelte verwirrt die Stirn.

»Crowdfunding! Jetzt bleibt dir keine andere Wahl. Das ist der beste Weg, um das Land zu retten. Verstehst du es denn nicht, Grizz?« Sie legte den S'More auf den Teller und sprang auf. »Du musst das einfach tun. Es geht gar nicht anders. Ich bin sofort wieder da!« Bei diesen Worten rannte sie auch schon los, aber er sprang auf und hatte sie mit drei großen Schritten eingeholt.

»Warte. Wo willst du denn hin?«

»Meinen Laptop holen. Ich muss dir was zeigen. Das ist die Lösung.«

Er lachte auf und sie verdrehte die Augen.

»Ganz im Ernst. Du wirst schon sehen.« Sie wollte sich ihm entziehen, aber er zog sie an sich und küsste sie – leidenschaftlich und innig, aber noch immer leicht lachend.

»Ich habe auch einen Laptop, Shan.«

»Oh. Richtig. Dann holen wir den.«

Er blickte zum Feuer hinüber, und sie wusste, dass er es nicht unbeaufsichtigt lassen wollte.

»Ich hole ihn«, bot sie an. »Sag mir einfach, wo ich ihn finde.«

»Er steht auf meinem Schreibtisch, aber hier draußen wirst du wohl kaum Netz haben.«

»Hotspot«, rief sie ihm über die Schulter zu und rannte zu

seiner Hütte.

»Hot was?«, fragte er verwirrt.

Sie winkte lachend ab, erklomm die Verandastufen und freute sich viel zu sehr, ihm helfen zu können, nachdem er so viel für sie getan hatte.

Kurz darauf war sie mit seinem Laptop und ihrem Handy wieder da, setzte sich neben ihn auf die Decke und aktivierte den Hotspot auf ihrem Handy.

»Eine kleine Lektion aus der wirklichen Welt, Grizz.« Sie hielt ihr Handy hoch und deutete auf das Hotspot-Symbol. »Das nennt man einen Hotspot. So kann man sich über das Handynetz mit dem Internet verbinden. Pass genau auf. So stellst du die Verbindung zu deinem Computer her, damit du überall arbeiten kannst.« Sie richtete schnell alles auf dem Laptop ein und suchte online nach Crowdfunding-Seiten.

»Das mag für jemanden cool sein, der ständig seinen Laptop mit sich rumschleppt.«

Shannon verdrehte die Augen. »Es ist aus vielen Gründen cool, aber ich werde nicht mit einem Mann, der seinen Lebensunterhalt mit dem Umarmen von Bäumen verdient, über die Vorteile moderner Technologie debattieren.«

Er beugte sich vor und gab ihr einen Kuss auf die Wange. »Danke, dass du mir dieses unangenehme Gespräch ersparst.«

»Mach dir keine Hoffnungen, wir reden nur nicht *jetzt* darüber. Im Augenblick gibt es wichtigere Dinge.«

»Aha, wie das Betteln um Geld.«

»Ha, ha.« Sie rief eine Liste mit Projekten auf einer Website auf. »Das sind die sogenannten Kampagnen, und genau das brauchst du auch: eine Kampagne.« Sie klickte eine davon an. »Siehst du, diese Sängerin möchte zwölftausend Dollar für ein Musikvideo zusammenbekommen.«

»Geben die Leute wirklich jemandem Geld, den sie nicht mal kennen? Zwölftausend Dollar ist keine kleine Summe. Was ist, wenn der Song floppt?«

»Oder er wird ein Hit.« Sie grinste ihn an und scrollte weiter nach unten. »Siehst du diese Liste? Das sind die Dinge, die die Menschen bekommen, die eine gewisse Summe zur Kampagne beisteuern. Für fünf Dollar kann man sich ein Foto mit Autogramm runterladen. Es kostet diese Frau nichts, ihnen das Foto zur Verfügung zu stellen, und wahrscheinlich zahlen viele ihrer Fans nur zu gern fünf Dollar dafür. Siehst du, für größere Summen bietet sie andere Gegenleistungen an. Für fünfhundert Dollar bekommt man eine signierte CD, ein signiertes Foto, ein T-Shirt und einen fünfzehnminütigen Gruppen-Skype-Chat. Oh Steve! Das ist eine großartige Idee! Du hast so viel Ahnung vom Naturschutz und bist leidenschaftlich engagiert. Du musst das machen!«

»Ich weiß nicht, Shan. Es gibt einen großen Unterschied zwischen einer Musikerin und 2,4 Millionen Dollar für eine Stiftung.«

»Du solltest mit Treat reden, auch wenn du das gar nicht willst. Er ist ein Geschäftsgenie, und er hat nicht nur genug Geld, um zu helfen, er liebt auch Weston.«

»Das hatten wir doch schon.«

Sie verschränkte die Arme und kniff die Augen zusammen. »Ich verstehe dich einfach nicht. Du bist bereit, alles zu geben, um dieses Land für kommende Generationen zu bewahren, aber du hast ein zu großes Ego oder zu viel Stolz oder was auch immer, um das Einzige zu tun, was einen riesigen Unterschied machen würde.«

Seine Miene wurde ausdruckslos. »Das kannst du vergessen.«

»Gut, aber damit du es weißt: Du benimmst dich wieder wie ein Blödmann.«

Er presste die Lippen auf ihre. »Danke für dein Verständnis, meine Schöne.«

Shannon verdrehte abermals die Augen, was an diesem Abend offenbar zu ihrem Standardritual wurde. »In diesem Fall musst du dich an Gleichgesinnte wenden. Du brauchst einen Aufhänger, der die Menschen interessiert, damit sie mitmachen wollen.« Sie überlegte kurz. »Kann man ein Naturschutzgebiet denn noch für was anderes nutzen?«

»Selbstverständlich. Es hängt alles davon ab, als was du es ausweist. Jemand könnte dort weiter die Ranch führen oder daraus ein Naturschutzzentrum machen.«

»Oh Grizz! Ich hab's!« Sie stellte den Laptop neben sich und nahm seine Hand. »Universitäten sind doch ständig auf der Suche nach Forschungsgeldern, nicht wahr? Wie wäre es, wenn man aus der Ranch ein Forschungszentrum macht, das den Studenten offensteht? Du könntest dort Kurse geben und vielleicht sogar hier Touren anbieten. So habe ich herausgefunden, was ich machen will. Bei einer Exkursion zu einer Forschungseinrichtung. Ich habe mich dort mit einem Forscher unterhalten, der so begeistert von seiner Arbeit war, dass ich immer mehr darüber in Erfahrung bringen wollte. Das wäre äußerst nützlich für die Studenten. Als ich meinen Master gemacht habe, war es sehr schwer und geradezu politisch, einen Ort zu finden, an dem ich meine Feldforschung betreiben konnte. Solche Einrichtungen werden dringend benötigt. Es wird vermutlich ein ziemlicher Aufwand, das Land zu kaufen, aber dadurch würden sich so viele Möglichkeiten eröffnen.«

»Shan, allein die ganzen Details zu klären, hört sich für mich schon nach sehr viel Arbeit an, und ich habe keine sechs

Monate Zeit. In sechzig Tagen muss die Finanzierung stehen. Deine Ideen sind super, aber du redest davon, eine ganze Einrichtung zu leiten, und das Wort ›politisch‹ macht mir ehrlich gesagt Sorgen. Ich hatte eigentlich in Richtung Schutzgebiet gedacht.« Er rieb sich das Kinn. »Das zeigt nur wieder, wie unterschiedlich wir sind, was?«

»Ach, bitte.« Sie winkte ab. »Das nennt man brainstormen, und ohne geht es nun einmal nicht. Uns wird schon etwas Tolles wie die ›Rettet den Regenwald‹-Kampagnen einfallen. Großer Gott! Ja, das ist es! Wir können das Land Morgen für Morgen verkaufen, ohne es wirklich zu verkaufen. Ich sehe es schon vor mir: *Werde Schutzherr eines Morgens. Ermögliche den kommenden Generationen, die Natur zu erleben.*« Sie schaute blinzelnd zum Himmel hinauf. »Ich sehe eine wunderschöne Website mit Fotos von der Landschaft, den Tieren und … Wanderern.«

»Wanderern«, wiederholte er mit breitem Grinsen. »Das hört sich allerdings nach einer guten Idee an. Aber ich kann mir trotzdem nicht vorstellen, dass es funktioniert.«

»Hey, du alter Zweifler. Hab ein bisschen Vertrauen.«

»Ich habe nicht die geringste Ahnung, wie man eine Website erstellt oder derartige Programme leitet.«

»Na, dann ist es wohl doch ganz gut, dass wir so verschieden sind. Ich habe einen Abschluss in BWL und Biologie und einen Master in Naturressourcenmanagement. Mit ein bisschen Hilfe von meiner Familie kriege ich das schon hin. Und Max kann mir alles über Online-Marketing erzählen. Sie macht das doch beruflich für das Colorado-Indie-Filmfestival. Ich frage meinen Bruder Sam, wie man die Naturschützer am besten online erreicht. Er macht ständig Guerilla-Marketing für seine Rafting- und Abenteuerfirma. Ty kann versuchen, seine Baumkuschlergruppen zu mobilisieren. Ich wusste, dass es eines Tages nützlich sein würde, einen weltbekannten Bergsteiger zu kennen. Das wird ihm gefallen. Und es ist dir wahrscheinlich nicht bewusst, aber du musst doch Unmengen an Verbindungen zu Leuten haben, die sich für den Naturschutz interessieren. Gemeinsam können wir das stemmen. Natürlich nur, wenn du nichts dagegen hast, dass ich dir helfe.«

Sie war so aufgeregt, dass sie kaum noch still sitzen konnte, und er sah sie kopfschüttelnd und staunend an. Bevor er etwas erwidern konnte, beugte sie sich vor. »Vertraust du mir?«

»Ja«, antwortete er ernst.

»Dann lass mich dir helfen. Bitte.«

»Was ist mit deiner Forschung? Das hört sich nach … unfassbar viel Arbeit an. Ich könnte es mir nie verzeihen, wenn du dich in dieses Projekt stürzt und dafür deine Forschung vernachlässigst.«

Sie stieß einen Seufzer aus, ließ sich aber nicht davon abbringen. »Ich kümmere mich weiter um meine Forschung. Sie wird nicht zu kurz kommen, das verspreche ich dir. Ich werde mich einfach stark konzentrieren. Außerdem kann ich die Sache planen, während ich die Füchse beobachte. Das ist perfekt.«

»Aber online um Geld betteln, Shan?« Er runzelte die Stirn.

Ihr großer, kantiger Holzfäller sah so hinreißend aus, dass sie ihn einfach küssen musste. »Du bettelst nicht. Du versuchst auch nicht, das Land zu kaufen, um dann dort Urlaub zu machen. Du möchtest die Schönheit von Weston, Colorado, für zukünftige Generationen erhalten. Du ermöglichst es Gleichgesinnten, dich dabei zu unterstützen und etwas Gutes zu tun. Das ist ein bewundernswertes Unterfangen.«

»Du bist so aufgekratzt, dass es mir schwerfällt, mich nicht anstecken zu lassen und daran zu glauben, dass wir zusammen alles erreichen können.« Er strahlte sie an. »Das ist ein unglaubliches Gefühl. Aber ich möchte vorsichtig vorgehen.«

»Ich hatte auch nichts anderes erwartet«, gab sie neckend zurück, obwohl es ihr voller Ernst war.

»Ich bin dir sehr dankbar für alles, was du mir vorschlägst, Shan, aber ich möchte nicht, dass du dich verrückt machst, nur weil mir die Angelegenheit am Herzen liegt. Und das mit dem Crowdfunding hört sich riskant an. Es gibt so viel zu bedenken. Was ist, wenn die Leute Geld versprechen und dann einen Rückzieher machen?«

»Ich weiß nicht genau, wie es funktioniert, aber ich werde es herausfinden. Und ich *möchte* das tun. Ich bin nicht in die Forschung gegangen und habe so lange studiert, weil das der spannendste Job auf der Welt ist, sondern, weil mir die Umwelt und die Tiere am Herzen liegen. Ebenso wie dir. Nur, weil ich mir nicht sicher bin, ob ich den Rest meines Lebens in der Forschung arbeiten will, heißt das noch lange nicht, dass ich nicht mit Leib und Seele dabei bin.«

»Das soll jetzt nicht undankbar klingen oder als würde ich dir nicht glauben, aber ich möchte einfach nicht, dass du glaubst, kämpfen zu müssen, nur weil ich es tue.«

Sie lachte auf. »Kennst du mich denn gar nicht? Diese Aufregung, die du hier siehst«, sie ließ einen Finger vor ihrem Gesicht kreisen, »die ist echt, und sie gilt dem Projekt. Natürlich ist es schön, dass wir das zusammen machen können, aber selbst wenn du das Projekt nur erwähnt hättest und ich es alleine durchziehen müsste, würde ich es tun. Es ist wichtig. Und da ist mir gleich noch etwas eingefallen: Du musst vermutlich eine Firma gründen, aber ich kann mir garantiert von jemandem aus meiner Familie zeigen lassen, was man dafür tun muss. Ich wünschte, du würdest einfach mit Treat reden. Er verdient seinen Lebensunterhalt mit solchen Dingen und könnte dir alles erklären.«

»Jo«, sagte er mehr zu sich selbst als zu ihr.

»Jo?«

»Jo Finney. Sie kennt sich sowohl mit gemeinnützigen als auch mit gewinnorientierten Unternehmen aus. Außerdem ist sie in mehreren Naturschutzorganisationen eingebunden und lebt, anders als ich, in der Online-Welt.« Er tippte auf den Laptop. »Sie kann uns garantiert helfen.«

»Perfekt. Sollen wir sie anrufen? Sie hat einen netten Eindruck gemacht und wir könnten die Hilfe gut gebrauchen.«

Er wurde wieder ernst und rückte ein Stück von ihr ab. Ihr lief ein Schauder den Rücken herunter, da sie ahnte, dass gleich etwas Unangenehmes folgen würde.

»Ich muss dir etwas sagen, Shan, und du willst es vielleicht nicht hören, aber ich möchte keine Geheimnisse vor dir haben.«

»Bitte sag jetzt nicht, dass sie doch deine Freundin ist und du sie mit mir betrügst, denn das wäre für mich unerträglich. Ich will keine Beziehung zerstören und würde die Sache hier und jetzt beenden …«

Er nahm ihre Hand und sah ihr ebenso ernst wie besorgt in die Augen.

»So etwas könnte ich niemals tun. Ich würde das weder ihr noch dir oder sonst jemandem antun, hast du verstanden?«

Sie stieß erleichtert die Luft aus und nickte.

»Jo und ich sind seit unserer Kindheit befreundet. Wir waren beide keine großen Partygänger und hatten gern unsere Ruhe. Im Sommer nach meinem ersten Collegejahr sprachen wir über …« Er fuhr sich mit einer Hand durchs Haar und seufzte. »Es fällt mir nicht leicht, das zu sagen, aber nicht, weil wir etwas Falsches getan hätten, sondern weil ich irgendwie das

Gefühl habe, ihr Vertrauen zu missbrauchen, indem ich dir davon erzähle.«

»Dann tu es nicht«, sagte Shannon schweren Herzens. »Ich möchte nicht, dass es Probleme zwischen dir und einer langjährigen Freundin wegen einer Sache gibt, die vor langer Zeit passiert ist.«

Er rückte näher an sie heran. »Wenn du auch nur ansatzweise so für mich empfindest wie ich für dich, dann solltest du es wissen.«

Sie hielt den Atem an und war sich nicht sicher, ob sie hören wollte, was er zu sagen hatte, aber wenn sie es sich nicht anhörte, würde sie trotzdem die ganze Zeit darüber nachdenken.

»Okay«, murmelte sie.

»Wir unterhielten uns und stellten fest, dass wir beide monatelang mit niemandem geschlafen hatten, und so kamen wir zusammen. Wir waren gute Freunde und dachten, daraus könnte auch mehr werden. Aber wir merkten schnell, dass wir nicht so füreinander bestimmt waren. Es glich eher einer platonischen Sexaffäre, würde ich sagen. Wir gingen nie miteinander aus. Keiner wusste, dass wir zusammen waren. Wir waren nur Kids, die den Sommer überstehen wollten. Wir hatten keine Kosenamen für den anderen, machten uns keine Geschenke und …«

Shannon hatte unzählige Fragen, aber sie versuchte, ihn nicht zu unterbrechen. Sie wusste, wie wunderbar Steve war, und anscheinend wusste Jo es auch, wenn sie ihn schon so lange kannte. Wie konnte jemand mit ihm intim werden und sich nicht in ihn verlieben?

»Das verstehe ich nicht«, gestand sie schließlich. »Wenn ihr beide so viel gemeinsam habt, wieso war es dann platonisch?«

»Weil Sex etwas Körperliches ist, während Verliebtheit eine emotionale Verbindung herstellt. Ich liebe Jo so, wie du Jade oder Max oder eine deiner Freundinnen zu Hause liebst. Und sie empfindet ebenso für mich.«

»Aber …«

»Lass mich dir bitte erst alles erzählen. Danach sage ich dir, was du noch wissen willst.« Er holte tief Luft, als wäre es schon eine Erleichterung für ihn, dass sie ihm zuhörte.

»Das ist mehr als zehn Jahre her, und es war nicht einmal ansatzweise so wie das zwischen dir und mir. Wenn ich deine Stimme höre, wird meine ganze Welt sofort heller. Wenn ich dich sehe, dreht mein Herz förmlich durch, Butterfly. Als wäre ich auf Droge. Und wenn wir uns küssen, Shan, wenn wir uns lieben …«

Die Emotionen, die sie in seinen Augen sehen konnte, waren so echt, so spürbar, dass sie näher an ihn heranrückte.

»Ich habe mich noch nie so in jemandem verloren, wie ich es bei dir tue«, fuhr er fort. »Ich denke die ganze Zeit nur an dich. Als du neulich Abend vergessen hattest, die Außenbeleuchtung anzulassen, hatte ich solche Sorgen, dass dir auf dem Weg vom Wagen zur Hütte etwas passiert. Das mag albern sein, aber es ist so.«

Er streichelte ihr mit dem Handrücken über die Wange und ihre überwallenden Gefühle schnürten ihr die Kehle zu.

»All das ist völlig neu für mich, Shan. Wenn du mich also fragst, wieso das mit Jo platonisch war, liegt es daran, dass alles vor dir einfach nicht zählt.«

Sie klappte den Mund auf, um etwas zu erwidern, machte ihn dann aber wieder zu, da sie ihre Gefühle erst unter Kontrolle bekommen musste. Erst nach und nach realisierte sie, was er gerade gesagt hatte. Die beiden waren Freunde gewesen, die miteinander ins Bett gingen. Gut, sie kannte Menschen, die so etwas taten, aber Steve war ihr erster Freund mit dieser Vorgeschichte. *Oder die anderen haben es einfach nicht zugegeben.*

Er war ehrlich zu ihr, und das bedeutete ihr sehr viel.

»Und es ist über zehn Jahre her?«

Er nickte. »Und es wird nie wieder passieren.«

»Woher weißt du das? Sie ist wunderschön und euer Umgang war sehr vertraut.«

»Ja, aber wir würden diese Grenze nicht überschreiten«, erklärte er lächelnd. »Wenn ich Jo sehe, dann sehe ich eine Freundin, der ich vertraue und die meine Macken kennt, sich aber trotzdem mit mir abgibt. Ich sehe einen guten, loyalen Menschen, der wie ich die Natur liebt. Woher ich weiß, dass wir nie wieder miteinander schlafen werden? Als wir zusammen waren und erkannt haben, dass es ein Fehler war, war das wie ein Weckruf für mich. Damals habe ich mir geschworen, nie wieder Gelegenheitssex zu haben. Es kam oft genug vor, dass ich mich danach sehnte, mit einer Frau zusammen zu sein, aber mir wäre nicht einmal in den Sinn gekommen, wieder mit ihr ins Bett zu gehen.«

Shannon wollte nicht wissen, mit wem er stattdessen ins Bett gegangen war, und sie wollte auch nicht nach seiner Beziehung zu Rachel fragen, aber eines musste sie trotzdem wissen: »Gibt es noch andere Frauen, die ich kenne und über die wir reden sollten?«

Er lachte auf. »Nein, Shan. Ich habe keine Leichen im Keller. Da gibt es keine Geheimnisse.«

Jetzt ging es ihr gleich viel besser. »Weiß Jo von uns?« Sie hatte keine Ahnung, warum ihr das wichtig war, aber sie musste es wissen.

»Ja. Bevor du zu Coles Hochzeit nach Hause gefahren bist, hat sie gespürt, dass ich an dir interessiert bin, und wir haben darüber geredet. Damals konnte ich mir nicht einmal selbst eingestehen, dass ich etwas für dich empfinde, aber Frauen scheinen dafür einen sechsten Sinn zu haben. Und sie hat vorhin angerufen, um mir von dem verletzten Habicht zu erzählen, den sie neulich abgeholt hat. Der ist nämlich wieder aufgewacht und kann wieder freigelassen werden, sobald sein Flügel geheilt ist. Da habe ich ihr von uns erzählt, und sie sagte, sie hätte die Verbindung zwischen uns sofort gespürt. Sie freut sich für uns, Shannon, aber ich kann es verstehen, wenn du Zeit brauchst, um herauszufinden, ob du es dir nicht noch einmal anders überlegen willst.«

»Du glaubst wirklich, ich würde wegen einer Frau, mit der du vor über zehn Jahren zusammen warst, das mit uns beenden?«

Er zuckte mit den Achseln. »Ich hoffe natürlich, dass das nicht passiert, aber …«

»Aber man kann sich in einem Menschen täuschen.« *Menschen machen Fehler.* Es musste schwer für ihn gewesen sein, ihr das zu gestehen, und jetzt verstand sie die Sorge, die sie in seinen Augen wahrgenommen hatte. Nach allem, was zwischen seinem Vater und ihrem Onkel passiert war, nach der lebenslangen Freundschaft, die durch eine große Enthüllung zerbrochen und zu einer Fehde geworden war, die vierzig Jahre lang angedauert hatte – nach all dem war es kein Wunder, dass er besorgt gewesen war.

Aber er hatte es ihr gesagt, und das war alles, was zählte.

»Ich bin froh, dass du es mir erzählt hast, bevor ich sie anrufe, weil es schmerzhaft gewesen wäre, es hinterher herauszufinden. Ich möchte mit dir zusammen sein, Steve. Ich war keine Jungfrau, als wir zusammengekommen sind, daher steht es mir auch nicht zu, darüber zu richten, mit wem du vor mir geschlafen hast. Immerhin war es jemand, dem du vertraust, und das kann ich nicht über jeden der wenigen Männer sagen, mit denen ich ins Bett gegangen bin. Zwei meiner Freunde haben mich betrogen. Ihr wart durch Freundschaft verbunden. Das ist beneidenswert.«

Sie seufzte und gab peinlich berührt zu: »Ich bin sogar ein bisschen eifersüchtig. Müssen wir sie unbedingt sofort um Hilfe bitten?«

»Wir tun, was immer du willst, und wenn du das Crowdfunding doch lieber abblasen möchtest, ist das auch in Ordnung.«

»Was? Auf keinen Fall. Diese Sache ist wichtig für dich und auch für mich.«

Er zog sie näher an sich heran und musterte sie mit liebevollem Blick. »Ist alles in Ordnung zwischen uns, Shan?«

»Ja.« Sie gab ihm einen sanften Kuss. »Ehrlichkeit ist wichtiger als Eifersucht. Außerdem ist es schon so lange her. Es ist ja nicht so, als wärt ihr vor einem halben Jahr miteinander ins Bett gegangen. Ihr hattet genug Zeit, um herauszufinden, ob daraus mehr werden könnte. Und ich vertraue dir. Wenn ich es mir recht überlege, bin ich eher neidisch auf die lange Freundschaft, die euch verbindet.«

»Weil du glaubst, sie würde meine dunkelsten Geheimnisse kennen?«

»Nein«, gab sie zu. »Weil ich mir wünsche, wir wären auch schon seit Jahren zusammen.«

Er schwieg einen Augenblick, und sie befürchtete schon, sie hätte zu viel gesagt. Aber sie hatte die Wahrheit nicht für sich behalten können.

»Mir kommt es so vor, als wären wir schon viel länger zusammen, als es eigentlich der Fall ist.« Er presste seine Stirn gegen ihre und sie schloss die Augen. »Und wir werden in den nächsten Wochen jeden Tag genießen.«

*Aber was ist, wenn das nicht ausreicht?*

# Zehn

Shannon wachte am nächsten Morgen in ihrer neuen Lieblingsposition auf: in Steves Armen. Er hielt sie umschlungen und hatte eine Hand auf ihre Brust gelegt. Sie kuschelte sich mit dem Rücken an ihn und spürte seine Erektion zwischen ihren Pobacken ruhen. Selbst im Schlaf war er erregt, und sie konnte sich nicht so recht vorstellen, dass dieser unglaublich sexuelle Mann lange Zeit auf Sex verzichten konnte, aber sie glaubte ihm, dass es wirklich so gewesen war. Steve war fast schon schmerzhaft ehrlich. Sie strich mit einer Hand über sein Bein, das er über ihres gelegt hatte, um sie auf höchst wundervolle und erregende Weise festzuhalten, als hätte er Angst, sie könnte verschwinden.

Er regte sich und drückte das Becken gegen sie. Lächelnd versuchte Shannon, sich in seinen Armen umzudrehen, aber er hielt sie fest und presste sich nur noch enger an sie.

»Bleib so liegen«, murmelte er mit verschlafener, heißer Stimme. »Du fühlst dich unglaublich an.«

Er bewegte die Hüften und rieb seine Erektion zwischen ihren Pobacken. Dann nahm er ihre Brustwarze zwischen Daumen und Zeigefinger und zog gerade fest genug daran, um all ihre Sinne in Erregung zu versetzen. Sie spürte, wie sie feucht wurde, und schloss die Augen.

»Grizz«, flüsterte sie.

»Fühlt sich das gut an, Baby?« Er saugte an ihrem Ohrläppchen.

»Oh Gott«, flüsterte sie.

Er führte ihre Hand auf ihre Brust und legte ihren Daumen und ihren Zeigefinger auf ihre Brustwarze, um sie dann zusammen mit ihr zu liebkosen.

»So heiß, Butterfly.« Seine Stimme war vor Verlangen ganz belegt.

Langsam ließ er eine Hand über ihren Bauch und zwischen ihre Beine gleiten, über die er noch immer einen Oberschenkel gelegt hatte. Sie versuchte, die Beine weiter zu spreizen, aber da sie auf der Seite lag und er das Bein nicht wegnahm, gelang es ihr nicht. Er bewegte die Finger zwischen ihren feuchten Schamlippen, und sie biss sich auf die Unterlippe, um nicht vor Lust laut zu stöhnen. Schon jetzt sehnte sie sich danach, ihn in sich zu spüren, aber er liebkoste sie nur gnadenlos weiter. Mit einem Mal rückte er von ihr ab, und sie spürte, wie er sich anders hinlegte. Er nahm das Bein von ihren Beinen herunter, stieß das Becken vor und presste seine Härte gegen ihre Öffnung.

Shannon kam ihm sofort entgegen und flehte ihn wortlos an, in sie einzudringen, aber er verharrte in dieser Position und bewegte seine Spitze zwischen ihren feuchten Schamlippen, während er sie weiter mit den Fingern um den Verstand brachte. Ihre Sehnsucht nach ihm wurde immer intensiver.

»Bitte«, flehte sie.

Er drückte die Lippen an ihr Ohr. »Bitte was, Baby?«

Seine heisere Stimme ließ sie erschaudern. »Mehr.«

Sie zog die Knie an, um ihm das Eindringen zu erleichtern.

Er drückte noch einmal mit den Fingern auf ihre Klitoris, drang mit der Spitze in sie ein, dehnte sie und streichelte sie weiter, fuhr mit der Zunge über ihren Hals.

»Ich möchte spüren, wie du so kommst, während wir uns beide nach mehr verzehren«, sagte er.

Dabei bewegte er die Hüften und rieb mit der Eichel über genau die richtigen Stellen, sodass ihre Lust ins Unermessliche wuchs. Sie drückte das Becken nach unten, aber er wollte einfach nicht tiefer in sie eindringen. Dabei leckte er ihr über die Schulter und den Hals, und sie konnte nicht verhindern, dass ihr ein Wimmern über die Lippen kam.

»Bitte, Grizz. Ich will dich ganz spüren.«

»Bald«, versprach er ihr. »Zuerst will ich fühlen, wie du die Kontrolle verlierst. Ich will hören, wie du meinen Namen aussprichst, wenn du kommst, bevor du den Rest von mir spüren darfst.«

Er drückte mit den Fingern fester zu, umkreiste den empfindlichen Nervenknoten und streichelte sie, bis sie laut keuchte, heftig blinzelte und nichts anderes mehr denken konnte, als dass sie den Höhepunkt unbedingt erreichen wollte. Als er ihr fest in den Hals biss, schoss der Schmerz bis in ihr Innerstes und löste endlich den herbeigesehnten Orgasmus aus.

»Steve …«

Sie umklammerte sein Becken, als er heftig in sie hineinstieß und zur Gänze in sie eindrang. Ihre inneren Muskeln zuckten. Wogen der Lust rasten durch sie hindurch und verzehrten sie, während er wieder und wieder in sie hineinstieß, härter und immer härter. Er legte ihr einen Arm um die Taille, drückte sie an sich und verhinderte, dass sie etwas anderes tun konnte, als alles zu nehmen, was er ihr zu geben hatte – und sie genoss es in vollen Zügen. Jeglicher Versuch, die Kontrolle zu behalten, war vergessen, und sie ließ diesen verborgenen Teil von sich heraus, den er entdeckt hatte. Den Teil, der laut und kehlig stöhnte und die Fingernägel in seinen Arm bohrte. Den Teil, der wild in Besitz genommen und dominiert werden wollte.

»Fester. Nimm dir alles.« Die Worte kamen ihr schnell und unerwartet über die Lippen, aber sie schämte sich nicht dafür. Sie wollte, dass er sie hart nahm – er, und nur er –, und sie bekam noch so viel mehr. Obwohl er grob war und seinen Arm fest auf ihren Körper presste, strahlte er ungezügelte, wilde Leidenschaft aus. Eine Leidenschaft, die von mehr als nur dem Verlangen nach Erlösung angefacht wurde.

Er stöhnte bei jedem Stoß und presste seine kräftigen Finger in ihre Haut. Sie merkte an seinem schnellen Atmen und seinen kräftigen Stößen, dass er sich ebenso in seiner Lust verlor wie sie sich in ihrer. Immer wilder stieß er in sie hinein, bis sie abermals von ihrem Höhepunkt übermannt wurde, der ihr die Sinne raubte, und als er ihr kurz darauf folgte, spürte sie dennoch jeden himmlischen Stoß, mit dem er sich in ihr ergoss.

Als sie aus ihrer postorgasmischen Benommenheit erwachte, hielt er sie in seinen Armen.

»Baby«, hauchte er atemlos. Er küsste ihre Schulter, ihren Hals, ihre Wange. »War ich zu grob?«

Er drehte sie auf den Rücken und sah ihr in die Augen. Verlangen und Macht spiegelten sich in seinen ebenso wider wie große Besorgnis. Es war beinahe überwältigend, so viele Emotionen in seinen wunderschönen Augen zu sehen, aber am beeindruckendsten war die reine, unverfälschte Zuneigung, die sie darin ausmachen konnte. Das L-Wort lag ihr auf der Zunge und mit einem Mal schnürte es ihr die Kehle zu. Das konnte doch nicht sein. Nicht nach gerade mal zwei Tagen. Nicht, wenn sie in wenigen Wochen wieder abreisen würde.

»Habe ich dir wehgetan, Baby?«, fragte er erneut und mit so ernster Miene, dass sie aus ihren Gedanken gerissen wurde.

»Nein. Das war unglaublich.« Sie strich ihm über die raue Wange.

»Mit dir fühle und will ich Dinge …« Sein Blick wurde ebenso ernst wie seine Stimme. »Jedes Mal, wenn wir miteinander schlafen, verliere ich etwas mehr die Kontrolle und will weitergehen, mehr von dir in Besitz nehmen. Wenn ich jemals zu grob werde, musst du mir das sagen. Versprich es mir.«

»Du würdest mir niemals wehtun.« Sie wusste, dass er diese Warnung nur vorsichtshalber aussprach.

Er lehnte seine Stirn gegen ihre und flüsterte: »Niemals, Baby. Nicht mit Absicht. Aber versprich mir, dass du es mir sagst, falls ich dir je wehtun sollte.«

»Das verspreche ich dir. Hast du irgendein dunkles Geheimnis, von dem ich wissen sollte? Eine geheime Folterkammer? Peitschen oder Ketten?«

Er lachte auf. »Nein.«

»Was hast du dann für dunkle Geheimnisse?«

Mit einem Mal funkelten seine Augen nicht mehr und ihre Gedanken kamen schlagartig zum Stillstand. »Grizz?«

Er drehte sich auf die Seite und sie wandte sich ihm zu. Sofort legte er einen Arm um sie und zog sie an sich, woraufhin ihre Besorgnis ein wenig nachließ.

»Ich habe keine dunklen Geheimnisse, Shan. Nur mein Leben gelebt und meine Lektionen gelernt.«

»Was willst du mir damit sagen?«

Er zuckte mit einer Schulter.

»Was soll das heißen, du hast dein Leben gelebt? Deine Lektionen gelernt? Das hört sich ganz nach einer Beziehung an, die unschön geendet hat.«

Erneutes Achselzucken. »Ich weiß es nicht.«

»Hör auf, in Rätseln zu sprechen.«

Seine Lippen umspielte ein gequältes Lächeln. »Ich mache das nicht mit Absicht. Mir ist nur nicht klar, was du hören willst.«

»Mir auch nicht.«

Er gab ihr einen liebevollen, zärtlichen Kuss. »Was liegt dir auf der Seele, Baby? Habe ich etwas getan oder gesagt, das dich beunruhigt?«

»Es ist mehr das, was du nur angedeutet hast.«

Seine Hand wanderte auf ihre Hüfte. »Soll ich dir von meinen anderen Freundinnen erzählen?«

»Ich weiß nicht. Du hast gesagt, hier wäre nie eine gewesen. Da bin ich …«

Er strich ihr eine Haarsträhne hinters Ohr und legte ihr eine Hand auf die Wange. »Du möchtest etwas über andere Freundinnen hören, die nie hier waren. Hab's verstanden.« Er lehnte sich mit dem Rücken an das Kopfbrett und zog sie in seine Arme.

»Vielleicht ein bisschen«, gab sie zu und hoffte, dass sie das nicht bereuen würde.

»Da gibt es nicht viel zu erzählen. Eigentlich hatte ich nur eine lange Beziehung. Mit Susan Nelson. Wir kamen im letzten Collegejahr zusammen. Ich dachte, wir würden dasselbe vom Leben erwarten. Dann nahm ich einen Job in den Great Smoky Mountains an und wir zogen zusammen. Aber nur kurz. An dem Wochenende, an dem ich sie mit nach Hause nehmen wollte, um sie meiner Familie vorzustellen, hat sie mich verlassen. Ende der Geschichte.«

*Ende der Geschichte? Das war ja nicht mal eine anständige*

*Zusammenfassung.* »Wie lange wart ihr zusammen?«

»Ein paar Monate, bevor wir zusammengezogen sind. Wir haben ganze zwei Wochen zusammengewohnt.« Er spannte die Kiefermuskeln an.

*Hast du sie geliebt?* Beinahe hätte sie die Frage ausgesprochen, aber sie hielt sich davon ab. Ihre Beziehung war nicht von Dauer. Sie hatten ein *Ablaufdatum.* Eigentlich sollte sie sich gar nicht wünschen, so viel über ihn zu wissen, aber sie kam nicht gegen den Drang an. Er verzog das Gesicht, und sie wollte in Erfahrung bringen, wie sehr er verletzt war, damit sie ihn trösten konnte.

»Warum ist sie gegangen?«

»Weil Menschen schlecht sind«, erwiderte er.

*Fehlerbehaftet.*

»Sie hat sich einen Aktienmakler angelacht, der ihr *ein besseres Leben* bieten konnte. Angeblich hätte ich ihr nie geben können, was sie wirklich haben wollte, und da hatte sie recht. Für sie hätte ich mein Leben niemals geändert. Das Problem war nur, dass sie mich in dem Glauben gelassen hat, sie würde das Leben, das ich mir wünschte, ebenfalls wollen.«

»Bei Jade hörte es sich neulich so an, als hättest du nie eine längere Beziehung gehabt.« Sie erwähnte nicht, dass Rachel gesagt hatte, er wäre in jenem Herbst verändert nach Hause gekommen.

»Weil sie nichts davon wusste. Keiner in meiner Familie wusste davon. Ich war auf dem College, habe gearbeitet und studiert. Ich hatte viel zu tun und habe immer nur kurz zu Hause angerufen. Da ich auch nicht zur Abschlussfeier gegangen bin, mussten sie nicht anreisen, und dann habe ich den Sommerjob angenommen. Es kam einfach nie zur Sprache.«

»Es kam nie zur Sprache? Wie kann eine Beziehung, bei der man zusammenzieht, nie zur Sprache kommen?«

Er sah ihr direkt in die Augen, und sie spürte, dass er aufrichtig zu ihr war. »Das kann ich dir auch nicht erklären, aber ich habe auch niemandem von der Sache zwischen mir und Jo erzählt. Und was Susan betrifft ...« Er zuckte mit den Achseln. »Wahrscheinlich habe ich unterbewusst gespürt, dass es nicht von Dauer sein würde, denn über uns habe ich mit meinen Eltern schon gesprochen.«

»Wirklich?« Ihr Herzschlag beschleunigte sich.

Er nickte. »Ich habe nicht mal gezögert. Es hat sich einfach so ergeben. Damals war ich noch so jung. Ich dachte, ich würde sie lieben. Heute ist mir klar, dass ich nicht die leiseste Ahnung hatte, was Liebe bedeutet, weil ich für sie nicht ein Zehntel von dem empfunden habe, was ich für dich empfinde.«

»Grizz.« Sein Geständnis bewirkte, dass ihr das Herz aufging.

Er küsste sie wieder und fuhr mit dem Daumen über ihren Unterkiefer. »Ich war verletzt, als sie mich verlassen hat, aber das wird nichts im Vergleich zu dem sein, was ich durchmachen werde, wenn du abreist.«

# Elf

Im Laufe der nächsten Tage beschäftigten sich Steve und Shannon mit allem, was sie über Crowdfunding finden konnten, und Steve wusste bald gar nicht mehr, wo ihm der Kopf stand. Shannon war entschlossen, das Ganze zu einem Erfolg zu machen, und ebenso engagiert wie er. Dank ihrer harten Arbeit und endlosen Geduld mit Steves Abneigung gegen die sozialen Medien – *Twitter? Ich will nicht auf Twitter.— Dann richten wir eben einen Account für die Kampagne ein und führen ihn gemeinsam* – sah Steve das Crowdfunding nach und nach in einem anderen Licht. Es war offensichtlich, dass es da draußen Millionen Menschen gab, die bereit waren, Fremden zu helfen. Ihn erstaunte die unfassbare Anzahl der Kampagnen, die auf den verschiedenen Seiten zu finden waren und sich über die ganze Bandbreite erstreckten: von Collegekids, die Geld für Bücher benötigten, über Alleinerziehende, die Probleme hatten, Arztrechnungen zu bezahlen, bis hin zu Schülern, die Mittel für die Schulband brauchten.

Zwar hoffte er, dass das Konzept, das sie noch erarbeiten mussten, genug Geld für den Kauf des Grundstücks einbringen würde, aber er hatte so seine Zweifel daran. Aus diesem Grund saß er jetzt auch in Treats Arbeitszimmer und versuchte, seinen

Stolz herunterzuschlucken, was ihm jedoch nicht gerade leichtfiel.

Treat blätterte in dem Businessplan herum, den Steve und Shannon aufgestellt hatten, und nickte hin und wieder. Diesem distinguiert wirkenden Mann mit dunklem Haar und markanten Gesichtszügen gehörten Hotelanlagen auf der ganzen Welt. Er war das älteste von Hals sechs Kindern und der ausgeglichenste Mensch, den man sich nur vorstellen konnte. Mit seiner Körpergröße von fast zwei Metern musste er weder Gift und Galle spucken noch die Stimme heben, um sich Respekt zu verschaffen. Das gelang ihm allein durch seine Statur und dank seiner Taten verspielte er ihn auch nie.

»Ich bin nicht beleidigt, wenn du keine Geschäftsbeziehung mit mir eingehen willst. Mir ist auch nicht gerade wohl bei dem Gedanken, dich zu fragen«, gab Steve ehrlich zu. »Nach allem, was zwischen unseren Eltern vorgefallen ist, war ich skeptisch, ob ich überhaupt mit dir darüber sprechen soll. Unsere Familien haben sich endlich wieder versöhnt und ich möchte die Freundschaft zwischen uns auf keinen Fall gefährden.«

Treat lehnte sich in seinem Stuhl zurück und sah Steve mit seinen dunklen Augen ernst an. »Ich auch nicht. Aber wir sind nicht unsere Eltern, und es ist offensichtlich, dass uns beiden viel an Weston und der Gemeinde liegt. Ich habe nach dem Tod ihres Vaters mit Mack und Will über das Grundstück gesprochen, aber es wurde schnell offensichtlich, dass sie zu viel dafür verlangen. Neulich habe ich Mack noch einmal darauf angesprochen, als ich von CRH gehört hatte, und da sagte er, dass du Interesse hättest.« Treat breitete die Arme aus. »Da ich dir nicht auf die Füße treten wollte, habe ich nicht weiter nachgehakt. Daher bin ich sehr froh, dass du an mich gedacht hast. Ein Gemeinschaftsprojekt ist eine interessante Idee. Du hast die erforderlichen Naturschutzkenntnisse und ich die Erfahrungen als Geschäftsmann. Das könnte sogar richtig gut werden.«

»Bei der Vorstellung, dass das Cumberland-Grundstück aufgeteilt und in kleinen Häppchen zur Bebauung verkauft wird, dreht sich mir der Magen um. Es steht offensichtlich eine Menge auf dem Spiel, und wenn wir das zusammen angehen wollen, muss ich mir sicher sein, dass wir in jeder Hinsicht auf Augenhöhe sind, damit es keine Missverständnisse gibt. Kein Grundstück ist es wert, gute Freunde zu verlieren.«

»Da bin ich ganz deiner Meinung«, stimmte Treat ihm zu. »Ich mache häufig Geschäfte mit engen Freunden oder Familienmitgliedern. Wenn wir die potenziellen Fallgruben vorher ausschließen, werden wir uns bestimmt einig. Mir gefällt, was du hier für das Land vorgeschlagen hast und dass die Ranch nach Möglichkeit weitergeführt werden soll. Aber in Bezug auf das Crowdfunding bin ich mir nicht so sicher. Das ist kein leichter Weg, Steve.«

Steve setzte sich etwas gerader hin. »Das ist im Augenblick meine einzige Option. Ich verdiene nicht gerade die Welt, komme aber gut über die Runden. Doch ich kann nicht einmal die Hälfte des Kaufpreises beschaffen, selbst wenn wir sie auf den Marktwert drücken, was wir vermutlich beide vorhaben. Wenn du die Hälfte des Marktwerts beisteuern kannst, dann müssen wir mit der Kampagne fünfhunderttausend erzielen, und den Rest zahle ich.«

»Ich respektiere deine Entscheidung, aber Partner müssen nicht unbedingt jeweils die Hälfte des Kapitals beisteuern.«

»Das ist mir klar«, erwiderte Steve. »Ich weiß auch, dass es ein Schuss ins Blaue ist, und ich wusste ehrlich gesagt nicht einmal, was Crowdfunding ist, bevor mir Shannon alles erklärt hat. Auch jetzt weiß ich gerade mal genug, um zu erkennen, wie riskant es ist, aber Shannon hat die Zügel in die Hand genommen, und sie ist unglaublich. Sie will mit Max eine Online-Werbekampagne ausarbeiten, um darauf aufmerksam zu machen.«

»Ich bin sehr froh darüber, dass ihr beide zusammen seid, Steve. Das wollte ich nur mal gesagt haben. Shannon war schon eine ganze Weile in dich verschossen, und ich kenne dich gut genug, um zu wissen, dass du dich nicht nur aus Respekt für Shannon, sondern vermutlich für uns alle zurückgehalten hast.«

Steve rieb sich mit einer Hand über das Gesicht. »Bin ich so durchschaubar?«

»Nicht für jeden, aber ich kenne dich lange genug, um zu wissen, wie ernst du Familientreue nimmst.«

»Sie ist nur für ein paar Wochen hier, und ich wollte nicht die Pferde scheu machen, wie man so schön sagt. Zwischen unseren Familien hat es mehr als genug Ärger gegeben.«

»Deswegen musst du dir keine Sorgen machen«, versicherte Treat ihm lächelnd. »Und ich habe sogar noch größeren Respekt vor dir, weil du auch an uns gedacht hast. Du bist ein stärkerer Mann als ich. Als ich mich in Max verliebt habe, hat mich außer uns beiden nichts weiter interessiert.«

Steve musste unwillkürlich grinsen. »Na ja, so stark bin ich nun auch wieder nicht. Sie ist noch keine Woche auf dem Berg und schläft schon jede Nacht bei mir. Das beweist doch wohl, wo mein Herz liegt.« Für Steve tat es das auf jeden Fall.

Sie unterhielten sich noch eine Weile und arbeiteten die Eckpunkte ihrer Partnerschaft aus, wie sie strukturiert sein und ablaufen sollte, und sie einigten sich auf den Namen »Colorado Land Trust« für ihre Stiftung. Treat hatte so etwas schon oft genug gemacht und kannte sich mit allen Belangen aus. Er erklärte Steve alles, was es aus rechtlicher und wirtschaftlicher

Sicht zu bedenken gab. Als sich Steve mehrere Stunden später verabschiedete, ohne an Stolz eingebüßt zu haben, wusste er, dass er die richtige Entscheidung getroffen hatte – und dass das vor allem einer gewissen penetranten Brünetten zu verdanken war.

Steve sah Rauch aufsteigen, als er sich seiner Hütte näherte. *Shannon.* Sofort trat er das Gaspedal durch und raste die Straße hinauf. Graue Rauchschwaden zeichneten sich hinter seinem Haus ab. Er parkte den Wagen und rannte los.

»Shannon!« Als er um die Hausecke kam und innerlich betete, sie unverletzt vorzufinden, sah er, wie sie mit einer Zeitung den Rauch wegzuwedeln versuchte. Sie hatte offenbar erfolglos versucht, ein Lagerfeuer anzuzünden. Er nahm sie in die Arme. »Baby. Ein Glück, dass dir nichts passiert ist.« Dann küsste er ihre Stirn, ihre Wangen, ihr Kinn, ihre Lippen und konnte seinen Herzschlag einfach nicht beruhigen. »Ich dachte schon ...«

»Entschuldige. Ich wollte dich mit einem leckeren Abendessen überraschen, aber ich kriege das Feuer einfach nicht entzündet.«

Er hielt sie ein Stück von sich weg und sah ihr fragend in die geröteten Augen. »Wie lange mühst du dich hier schon ab?«

»Keine Ahnung.« Sie machte einen Schmollmund. »Eine Stunde? Vielleicht auch länger. Bei dir sah das so einfach aus.«

Er lachte aus purer Erleichterung auf. »Ich werde es dir zeigen. Das verspreche ich. Aber jetzt bin ich erst mal froh, dass es dir gut geht. Du hast mir mit dem Rauch einen Riesenschreck eingejagt.«

»Wieso ist das so schwer? Ich habe meinem Vater und meinen Brüdern doch schon tausendmal dabei zugesehen. Und wieso hast du keinen Gasgrill? Du brauchst unbedingt einen Gasgrill. Wenn du einen hättest, müsste ich nur auf einen

Knopf drücken.« Sie wedelte mit den Händen herum und wollte den Rauch vertreiben, und er zog sie davon weg.

»Tut mir leid, Butterfly. Wenn du einen Gasgrill haben möchtest, dann kaufe ich einen. Und von jetzt an rufst du mich an, wenn so etwas passiert, und versuchst nicht, allein damit fertigzuwerden.«

»Das ist doch nur Rauch.«

»Und Glut.« Er deutete auf die glühende Asche am Boden der Feuergrube. »Du bist hier mitten im Wald, Shan. Hier kann alles in Flammen aufgehen, dich eingeschlossen.«

»Okay.« Sie stemmte die Hände in die Hüften und starrte ihn wütend an, als ob er etwas falsch gemacht hätte. »Ich will keinen Grill. Ich will lernen, wie du Feuer machst. Es gefällt mir hier draußen und ich wollte dich so gern überraschen.«

»Du hast mich überrascht. Deinetwegen hätte ich beinahe einen Herzinfarkt bekommen.«

Sie lachte auf und schlug spielerisch nach ihm.

»Ganz im Ernst. Das war eine süße Idee von dir, und ich werde dir zeigen, wie man Feuer macht.« Er küsste sie, legte ihr einen Arm um die Schultern und führte sie zu seinem Wagen. »Ich kümmere mich gleich um das Feuer. Wie wäre es, wenn ich vorher dich überrasche?«

»Ich mag Überraschungen.« Ihre Augen funkelten.

»Ich war bei Treat.«

Sie fasste ihm an die Stirn.

»Was machst du da?«

»Ich überprüfe, ob du Fieber hast.«

Er kitzelte sie, bis sie laut kreischte. »Hör auf damit!«

Lachend küssten sie sich. »Ich bin nicht krank«, versicherte er ihr. »Und du hattest recht: Ich bin die Sache völlig falsch angegangen. Ich habe mich von meinem Stolz leiten lassen, und sobald mir das bewusst wurde, habe ich ihn aufgesucht.« Er öffnete die Wagentür und holte den Strauß Rosen heraus, den er auf dem Heimweg für Shannon gekauft hatte.

Sie riss die Augen auf und ihr kamen die Tränen. »Grizz. Das wäre doch nicht nötig gewesen.« Doch sie riss ihm den Strauß geradezu aus der Hand und schnupperte an den Blüten. »Ich liebe Rosen.«

»Danke, dass du mich dazu gebracht hast, die Augen aufzumachen und das Richtige zu tun. Treats Anwälte kümmern sich um den Papierkram. Er hat zugestimmt, die Hälfte der Kaufsumme zu übernehmen und noch mal so viel beizusteuern, wie wir durch das Crowdfunding einnehmen.«

Shannon kreischte auf und fiel ihm in die Arme. Er musste lachen, als sie sein Gesicht mit Küssen bedeckte.

»Du veränderst langsam, aber sicher meine Welt, Butterfly.«

Er wollte sich von ihr lösen, aber sie schlang die Beine um seine Taille und klammerte sich an ihn. So trug er sie eben zurück zur Feuerstelle.

»Du darfst dich nicht in mich verlieben, vergiss das nicht«, sagte sie ernst. »Für uns gibt es ein Ablaufdatum, und außerdem habe ich nicht vor, mir zweieinhalb Kinder zuzulegen. Das ist viel zu gemein. Was soll man denn mit dem überschüssigen halben Kind machen?«

*Ich liebe dich.* Die Erkenntnis traf ihn wie ein Schlag in die Magengrube und raubte ihm den Atem.

»Und wir haben einen Deal, also guck mich nicht so an.« In ihren Augen funkelte es. »Ich habe nichts weiter getan, als mich in deinen Garten zu schleichen und dich aus deiner Komfortzone zu schubsen. Also verlieb dich nicht in mich, verstanden, Grizz?«

*Dafür ist es längst zu spät, Baby.*

<h1 style="text-align:center">Zwölf</h1>

Drei Tage nach ihrem ersten Treffen setzten Steve und Treat sich abermals zusammen, um die notwendigen Dokumente zu unterschreiben. Der Anfang war gemacht, und das verdankte Steve nur seiner wunderschönen Freundin, die neben ihm auf der Couch saß und auf ihren Laptop starrte. Sie hatte die Beine auf Steves Schoß gelegt und er las sich ein letztes Mal die Pläne für die Kampagne durch und massierte ihr geistesabwesend die Füße. Sie hatten die ganze Woche jeden Abend daran gearbeitet, seitdem der Entschluss stand. Zusammen mit Max erstellte Shannon eine großartige Website, die Weston, das Grundstück und die Gemeinde präsentierte. Sie war schon fast fertig. Shannon wollte am nächsten Tag in die Stadt fahren und Informationen über die Geschichte des Grundstücks zusammentragen und sich von Will und Mack einige Anekdoten erzählen lassen, die die Menschen auf persönlicher Ebene ansprechen würden. Sie hatte wirklich an alles gedacht. Nicht zum ersten und garantiert nicht zum letzten Mal konnte Steve nur über sie staunen. Sie war Hals über Kopf in sein Projekt eingetaucht und hatte stundenlang recherchiert und geplant, während sie nebenbei weiter Daten für ihren Forschungsauftrag sammelte. Wie alles, was sie anfasste, bekam auch dieses Projekt ein Eigenleben – es wurde lebendig und zur Hoffnung für eine bessere Zukunft in Weston.

Er wollte Shannon die Welt zu Füßen legen, und er wusste, dass sie in seiner Welt nicht das finden konnte, was sie glücklich machte. Da sie nur noch wenige gemeinsame Wochen hatten, gedachte er, das Beste aus jeder Sekunde zu machen.

»Sobald die Kampagne online ist, könnten wir uns ja ein paar Tage freinehmen und zu den beiden Bauen wandern, die du dir noch ansehen wolltest. Was hältst du davon?« Er wollte nicht, dass die Kampagne ihre Forschung überschattete.

»Wir müssen das Video morgen drehen, damit die Kampagne noch rechtzeitig starten kann und die Spenden vor Ablauf der sechzig Tage eintreffen.«

Sie hatten das im Laufe der vergangenen Woche schon mehrmals besprochen und selbst seinen Vater dazu befragt. Schon jetzt hatte er von Shannon unendlich viel übers Marketing gelernt und ihre Ratschläge übernommen, aber der Gedanke, ein Video zu drehen, behagte ihm gar nicht. »Können wir nicht jemand anderen im Video zeigen? Oder das Treat überlassen? Er ist ein angesehener Geschäftsmann und geübt darin, vor anderen zu sprechen. Wer wird mir denn schon zuhören wollen?«

»Grizz! Du *bist* diese Kampagne. Alles andere sind deine Worte, deine Hoffnungen, deine Träume. Das kann kein anderer übernehmen. Das sage ich dir doch schon seit drei Tagen.« Sie zeigte mit einem Finger auf ihn. »Bei allen gut laufenden Kampagnen gibt es ein Video der Person, die um Spenden bittet. Du wirst das machen – ohne Wenn und Aber.«

Wenn sie es so ausdrückte, konnte er sich ja gar nicht mehr weigern. Im Grunde genommen hatte sie sowieso immer recht. »Du wirst ja schon wieder total dominant.«

»Du magst es, wenn ich dominant werde«, erwiderte sie verschmitzt.

»Da hast du recht, Butterfly. Vor allem, wenn ich unter dir im Bett liege.«

Sie pikte ihm mit den Zehen in den Bauch und er lachte los.

»Wir gehen campen, Butterfly. Du brauchst die Daten der anderen Fuchsbaue.« Er kitzelte sie am Fuß und sie sah ihn erneut mit ihren wunderschönen Augen an. »Sobald die Kampagne im Netz ist. Ohne Wenn und Aber, okay?«

Sie schenkte ihm ein Lächeln und ihm wurde ganz warm ums Herz. »Okay.«

Schon blickte sie wieder auf den Laptop und runzelte die Stirn. »Eine Spendenveranstaltung wäre keine schlechte Idee.«

»Eine Spendenveranstaltung?« Hörte sie denn nie auf zu planen?

»Ja, um die Einheimischen mit einzubeziehen. Ich habe mit Sam darüber gesprochen, weil er jedes Jahr ein Grillfest veranstaltet, um Sponsoren für sein Rafting- und Abenteuerunternehmen zu finden. Er sagte, bei solchen Basisbewegungen wäre es unglaublich wichtig, die Gemeinde für sich zu gewinnen, und ich glaube, er hat recht. Er würde sogar dafür herkommen, und da dachte ich, ich könnte auch gleich meine ganze Familie einladen. Es wäre so schön, wenn sie mit ansehen könnten, was wir hier auf die Beine stellen. Das wird ihnen bestimmt gefallen. Meine Eltern haben ihre eigene Kleinbrauerei gegründet, Cole hat seine Arztpraxis, Nate sein Restaurant und Tempest ihr eigenes Musiktherapieunternehmen. Und Ty feiert einfach gern.«

»Du solltest sie auf jeden Fall einladen, selbst wenn es keine Spendenveranstaltung gibt. Sie werden schon allein wegen der

Kampagne sehr stolz auf dich sein, und es wäre schön, mit ihnen zu feiern.«

Sie seufzte. »Wirklich? Du kennst meine Familie. Wenn sie alle auf einem Haufen sind, wird es anstrengend.«

»Ich liebe deine Familie. Hol sie nur alle her.«

»Und was ist mit der Spendenveranstaltung? Ich finde, Sam hat recht. Die älteren Leute nutzen keine sozialen Medien. Sie werden die Kampagne nicht einmal zu Gesicht bekommen. Wir könnten Mack und Will bitten, uns dafür ihr Grundstück zur Verfügung zu stellen, und wir könnten eine Tombola veranstalten und zu Spenden aufrufen oder Attraktionen wie eine Kussbox aufstellen oder etwas in der Art, um Geld einzunehmen. Das wäre doch ein großer Spaß.«

»Eine Kussbox? Ich soll in meiner Heimatstadt betteln? Es ist eine Sache, das online zu machen, aber hier?«

»Ach, Grizz. Bist du noch immer nicht darüber hinweg?«

»Ich finde, ich habe mich für dich schon sehr weit aus meiner Komfortzone bewegt.«

Sie kniff die Augen zusammen. »Dann kannst du dich auch noch etwas weiter rauswagen. Du tust das *für* diese Leute. Sie werden dir nur zu gern helfen.«

Er lehnte den Kopf zurück und starrte seufzend die Decke an. »Du weißt ganz genau, dass ich dir nichts abschlagen kann.«

Sie verbrachte die Nächte hier bei ihm, seitdem sie das erste Mal miteinander geschlafen hatten, und er konnte sich schon keine Nacht mehr vorstellen, in der er sie nicht in den Armen hielt. Wo er auch hinsah, hatte sie Spuren hinterlassen. Ihr Lieblingskaffeesirup stand in seinem Kühlschrank – in mehreren Geschmacksrichtungen, weil seine Naschkatze Abwechslung brauchte. Eine Schachtel Pop-Tarts stand auf der Arbeitsplatte. Ihre Stiefel mit den pinkfarbenen Schnürsenkeln hatten einen festen Platz an der Tür neben seinen Arbeitsstiefeln gefunden und im Schlafzimmer lagen Kleidungsstücke von ihr in seinem Wäschekorb. Sie hatte sogar schon eine eigene Schublade in seiner Kommode – *wenn ich hier übernachte, brauche ich auch was Sauberes zum Anziehen* –, und in seiner Dusche standen seltsame Flaschen mit Shampoos und Conditioner, die nach Blumen dufteten, außerdem befand sich dort jetzt ein Luffaschwamm und etwas Lilafarbenes, das sie als Duschschwamm bezeichnete. Eine Flasche mit Bio-Kokoskörperöl stand neben dem Bett. Sie trug es jeden Morgen auf, woraufhin ihre Haut und auch die ganze Hütte wie das Paradies duftete. Er wollte sich gar nicht erst ausmalen, wie leer sein Haus – und sein Leben – aussehen würden, wenn sie zurück nach Peaceful Harbor ging.

»Das wird ein Spaß!«, rief sie aus. »Du wirst schon sehen. Ich rufe meine Familie an und lade sie ein, sobald wir uns für ein Datum entschieden haben. Und ich lade auch meine Verwandten aus Trusty ein, weil sie uns garantiert auch helfen wollen. Du weißt ja, dass Wes dort eine Ranch hat. Vielleicht organisiert er ja ein Rodeo und wir können anstatt Eintritt Spenden verlangen, oder sie wetten mit Spenden auf den Sieger. Wir denken uns da schon etwas aus. Ross und Jade könnten sich daran beteiligen, da sie beide Tierärzte sind. Sie könnten Haustiere gegen Spenden untersuchen. Und Ross' Verlobte Elisabeth kann Kuchen verkaufen. Wir sollten uns bei der Sache auf landwirtschaftliche Dinge konzentrieren. Das wird großartig!«

Er kam kaum noch hinterher, während sich ihre Gedanken zu überschlagen schienen, und ihre Aufregung war ansteckend. »Du hast wirklich ein Talent für so etwas, Shan. Es hat ganz den Anschein, als hättest du deine Berufung gefunden.«

Sie kaute auf ihrer Unterlippe herum und machte auf einmal ein besorgtes Gesicht.

»Was ist los, Baby?«

»Ich würde gern Jo um Hilfe bitten. Sie könnte Greifvögel mitbringen und den Leuten erzählen, warum es für die Tiere so wichtig ist, dass das Land unter Naturschutz gestellt wird.«

Seit dem Abend, an dem sie über Jo gesprochen hatten, hatte Shannon sie nicht mehr erwähnt. Sie hatte zwar behauptet, kein Problem mit seiner Vorgeschichte zu haben, aber er hatte auch nicht erwartet, dass sie Jo tatsächlich in die Kampagne mit einbeziehen würde.

»Bist du dir sicher? Möchtest du darüber reden?«

»Eigentlich nicht. Es sei denn, es gibt da noch mehr, das du mir noch nicht erzählt hast.« Sie stellte ihren Laptop auf den Wohnzimmertisch und drückte sich die Knie an die Brust.

Steve nahm ihre Beine und zog sie zu sich heran, damit er sie küssen konnte. Er wollte nicht, dass sie Mauern zwischen ihnen errichtete. Erst recht nicht wegen einer anderen Frau, die wirklich nicht mehr als eine gute Freundin für ihn war. Er strich ihr das Haar aus der Stirn und sie beugte sich vor und küsste ihn. Wie immer genoss er es auch jetzt, dass sie nicht sparsam mit ihren Zuneigungsbekundungen umging. Endlich begriff er, warum ein schroffer Mann wie Rex in Gegenwart der Frau, die er liebte, ganz sanft wurde. In Shannons Nähe wurde ihm im Inneren ganz warm und wohlig, auch wenn man von außen vor allem seine Erektion sehen konnte. Das Band zwischen ihnen schien mit jeder gemeinsam verbrachten Minute stärker zu werden, und er musste sich ständig in Erinnerung rufen, dass ihre Beziehung nur eine bestimmte Zeit dauern durfte.

»Ich habe keine Geheimnisse«, versicherte er ihr. »Aber du bist nur kurze Zeit hier, und ich möchte nicht, dass dir das unangenehm ist. Bist du dir auch wirklich sicher?«

»Ja, ich bin mir sicher, aber wird das für dich nicht komisch?«

»Ganz und gar nicht. Sie ist eine Freundin, und ich hoffe, sie findet irgendwann jemanden, bei dem sie sich so fühlt wie ich mich in deiner Nähe. Das hat jeder Mensch verdient.« Er gab ihr einen zärtlichen Kuss. »Ich habe noch bei keiner Frau so empfunden wie bei dir. Du erfüllst all meine Träume, du bist alles, was sich mein Verstand, mein Körper und mein Herz ersehnt haben. Und ich hoffe, dir geht es ähnlich.«

Sie musterte ihn verträumt. »Grizz. Das war so romantisch.«

»Aber erzähl es ja nicht rum, sonst ist mein Ruf, ein harter Kerl zu sein, dahin.« Er beugte sich vor und küsste sie wieder.

»Jade weiß längst, was du für ein großes Herz hast. Wenn du einverstanden bist, werde ich Jo um Hilfe bitten. Wir brauchen erfahrene Menschen, denen die natürlichen Ressourcen und die Tierwelt am Herzen liegen, damit wir der Gemeinde die Sache schmackhaft machen können. Und was wäre ich denn für ein Mensch, wenn ich zuließe, dass ein bisschen Eifersucht unseren Plänen im Weg steht?« Sie schenkte ihm ein Lächeln und fuhr ihm mit einem Finger über die Brust.

Mehr brauchte es nicht. Mehr brauchte es nie. Ein Lächeln. Eine Berührung. Einen Blick. Er gehörte ihr. Die Stimme seines Vaters hallte leise durch seinen Kopf. *Wenn du die richtige Frau findest, kommt sie nicht einfach in dein Leben geschlendert. Sie fällt lautlos und mühelos ein, wie Luft oder Dampf, und bevor du dich versiehst, hat sie sich in deinem Herzen festgesetzt. So merkt man, dass die Liebe ewig halten wird.*

Er legte die Papiere, die er gerade gelesen hatte, neben sich und schlang die Arme um sie. »Du bist einfach unglaublich, Baby.«

»Und nicht fehlerbehaftet?«, neckte sie ihn.

»Nur, wenn es ein Fehler ist, dass du mein Herz erobert hast.« Er gab ihr einen langen, innigen Kuss. »Wenn du Jo um Hilfe bitten möchtest, bin ich ganz dafür, aber falls dir das irgendwie unangenehm sein sollte, ist das auch kein Problem. Okay? Soll ich zuerst mit ihr reden?«

»Nein. Ich bin erwachsen. Ich schaffe das schon.«

»Ich weiß, dass du alles schaffen kannst.« Er deutete auf die Papiere, die er gerade weggelegt hatte. »Sieh nur, was du schon erreicht hast. Du hast einen kompletten Marketingplan aufgestellt. Ich finde die Idee mit den Adoptionsurkunden für Spender großartig, und die Namensschilder für höhere Spenden, mit denen du die Räume der Ranch benennen willst, sowieso. Was für eine zeitlose Idee, sich zu bedanken. Du bist brillant, und ich hoffe, du weißt, wie sehr ich das alles zu schätzen weiß.«

»Danke«, murmelte sie und wackelte kokett mit den Schultern. »Aber vergiss nicht, dass du eine ganze Menge zu diesen Ideen beigetragen hast. Mir ist vielleicht das Konzept eingefallen, aber du hast alles mit geplant. Habe ich dir schon erzählt, dass wir bereits mehr als siebentausend Facebook-Fans haben? Und dank Max' Ratschlag, Veröffentlichungen im Voraus zu planen und diesen Tweet-Dienst zu nutzen, folgen uns bereits mehr als achttausend Leute auf Twitter.«

»Ich kann das alles noch immer nicht so ganz glauben, aber mir ist klar, dass das schon bemerkenswert ist.« Er setzte ihre Füße auf den Boden, stand auf und reichte ihr die Hand. »Komm mit. Wir müssen hier raus.«

»Warum?«

»Weil du den ganzen Tag auf dem Berg gewesen bist und Füchse beobachtet hast und seit Tagen jeden Abend an der

Kampagne arbeitest. Du brauchst mal eine Pause.« Sie hatten die Hütte am frühen Morgen gemeinsam verlassen, um sich um ihre Jobs zu kümmern, und sich im Laufe des Tages bei Pausen sowie nach Feierabend wiedergetroffen.

»Nein, das stimmt nicht«, widersprach sie grinsend. »Es geht mir gut.«

Er zog sie vom Sofa hoch. »Ich kenne mein Mädchen, und du musst aus diesem Haus raus und von diesem Berg runter, sonst bist du mich und den Berg bald leid. Zieh dir deine Schuhe an. Wir gehen aus.«

»Erstens werde ich dich nie leid sein. Und zweitens? Vom Berg runter? Du fährst doch so ungern in die Stadt.«

»Wer hat was davon gesagt, dass wir in die Stadt fahren?« Er half ihr grinsend in die Stiefel. Sie hatte sich die Zehennägel knallpink lackiert, und er fragte sich, wann sie Zeit dafür gefunden hatte. »Du brauchst Socken, Baby.«

»Ach, Socken sind überflüssig.« Sie schnürte die Stiefel zu.

»Kriegst du denn keine Blasen?«

»Nein, dafür bin ich viel zu zäh.« Sie strich ihm durchs Haar, während er ihre Schnürsenkel zuband. »Ich mag deine Frisur.«

»Mein Vater ist der Ansicht, ich sollte mir die Haare für das Video schneiden.«

»Das musst du nicht tun. Du siehst natürlich und verwegen aus. Die Leute werden dich lieben.«

»Mir reicht es, wenn du mich liebst. Aber mein Vater meinte, es wäre gut und schön, wenn ich Menschen wie mich anspreche, aber es wäre besser, wenn wir auch Geschäftsführer großer Unternehmen mit Umweltbewusstsein und dicker Brieftasche mit ins Boot holen.« Er ging seine Stiefel holen. »Und da hat er recht. Meine Haare wachsen ja wieder nach.

Wenn wir das schon machen, können wir es doch auch gleich richtig angehen, oder nicht?«

Sie hockte sich neben ihn, schob die Finger in sein Haar und schob die Unterlippe zu einem sexy Schmollmund vor. »Mit dieser Frisur bist du mein Grizz. Und ich mag es, mich im Bett an deinen Haaren festzuhalten, wenn wir …« In ihren Augen funkelte die Lust.

Mann, wie er diesen Blick liebte. »Das ist ein guter Grund, sie lang zu lassen. Aber ich dachte, es hätte dir gefallen, als ich sie für Rex' und Jades Hochzeit kurzgeschnitten hatte.«

Sie riss die Augen auf. »Du liebe Güte, wie konnte ich das nur vergessen? Schneid sie auf jeden Fall ab. Du hast auf dieser Hochzeit so heiß ausgesehen. Schneid sie ab und lass sie dann wieder wachsen. Dann komme ich in den Genuss beider Frisuren, denn als ich dich auf dieser Hochzeit gesehen habe … Wow! Ich kann gar nicht in Worte fassen, was ich da gedacht habe.« Sie küsste ihn ein weiteres Mal. »Aber gönn mir noch eine Nacht mit meinem Grizz.«

Er drückte sie an sich und sie standen auf. »Ich werde immer dein Grizz sein, unabhängig davon, wie lang meine Haare sind.«

Als sie sich küssten, schob sie die Finger in sein Haar, und er hob sie hoch. Sofort schlang sie die Beine um seine Taille.

Kaum hatten sie sich voneinander gelöst, strich sie mit den Händen über seine Arme. »Ich liebe es, wenn du mich so hältst. Ich liebe es, in deinen Armen zu liegen. Und ich liebe es, dir bei allem zuzusehen. Ich liebe es, wie *groß* du bist.«

»Heiliger Strohsack, Butterfly. Das ist genau das, was jeder Mann hören möchte.«

Er fragte sich, ob ihr eigentlich bewusst war, wie oft sie gerade das L-Wort gesagt hatte – insgesamt vier Mal –, und er stellte überrascht fest, dass sie ihn damit jedes Mal mitten ins Herz getroffen hatte.

Steve zog Shannon über die Sitzbank seines Wagens an sich heran, drückte sie an seine Seite und schnallte sie an.

»Du warst viel zu weit weg. Dabei gehörst du hier direkt neben mich. Die ganze Zeit.« Er küsste sie, legte seinen Sicherheitsgurt an und schlang ihr einen Arm um die Schultern.

Sie kuschelte sich an ihn und schob eine Hand auf seinen Oberschenkel. Seine Muskeln spielten verführerisch, als er Gas gab. Wie konnte eine derart einfache Bewegung so erregend sein? Sie atmete die frische Luft ein, als sie den Berg hinunterfuhren, und begriff, dass es gar nicht an der Bewegung lag. Auf dem Bein jedes anderen wäre es nicht mehr als das gewesen, aber jetzt spürte sie *Steve*.

»Wo fahren wir denn hin?«, fragte sie, als er auf den Highway abbog.

»Das wirst du schon sehen.« Er malte mit dem Daumen langsame, sinnliche Kreise auf ihren Arm.

Sie ermahnte sich, dass es nur ein Daumen war.

*Nur ein Finger.*

*Der mich sanft streichelt …*

*Du liebe Güte. Hör auf damit!*

»Ich bin dir wirklich sehr dankbar, dass du so viel tust, um mir zu helfen«, sagte er und streichelte sie unaufhörlich weiter. »Wenn dir das zu viel wird oder falls du das Interesse verlierst, musst du mir das aber sagen. Ich möchte nicht, dass dir die Sache über den Kopf wächst.«

Wusste er, dass schon diese leichte Berührung ihr Herz schneller schlagen ließ? »Machst du Witze? Das ist das erste Mal seit einer Ewigkeit, dass ich mich für etwas anderes als *dich* begeistern kann.«

»Das erste Mal seit einer Ewigkeit?«

»Ich hatte ganz vergessen, wie viel Spaß mir die geschäftlichen Aspekte machen und wie gern ich kreativ werde. Die Forschung ist ja interessant und wichtig, aber das, was wir hier machen, beeinflusst das Leben so vieler Menschen – und nicht nur hier in Colorado! Wenn wir Spenden aus der ganzen Welt bekommen, können sich noch viel mehr Leute darüber freuen, eine gute Sache unterstützt zu haben.«

Er nahm die Ausfahrt nach Allure, und Shannon legte den Kopf auf seine Schulter, wandte ihre lüsternen Gedanken anderen Themen zu und genoss die Aussicht, während sie in die idyllische Kleinstadt fuhren. Mit den gepflasterten Bürgersteigen, den altmodischen Straßenlaternen und den weißen Lampen an den Ladenfronten strahlte die Ortschaft eine romantische Atmosphäre aus.

»Die Beleuchtung ist wunderschön«, stellte Shannon fest. »Die ganze Stadt sieht aus, als wäre sie einer Weihnachtskarte entsprungen.«

»Sie lassen die Beleuchtung hier das ganze Jahr über hängen.« Er schwieg kurz und drückte dann ihre Schulter. »Wir könnten in die Bäume neben meinem Haus Solarlampen hängen …«

»Das wäre schön. Wenn wir zusammen sind, wirkt alles gleich viel romantischer. Sogar, als du mir mit den Stiefeln geholfen hast. Ich war noch nie mit einem Mann zusammen, der so aufmerksam und selbstbewusst gewesen ist.«

Er lachte leise. »Jetzt hör aber auf, Shan. Ich kann mir nicht vorstellen, dass es Männer gibt, die dich nicht so behandeln. Und deine Freunde können nur selbstsicher gewesen sein, sonst hättest du sie dir bestimmt nicht ausgesucht.«

»Wenn du dich da mal nicht täuschst. Die meisten Männer, die ich kenne, geben sich entweder nur selbstbewusst, um ihre Unsicherheit zu überspielen, oder sie haben wirklich ein so großes Ego, dass ich nichts mit ihnen zu tun haben will. Aber du bist in allen Dingen so offen, sagst, was du magst oder nicht magst, kennst deine Stärken und Schwächen und weißt, was du vom Leben willst.« Das waren nur einige der zahlreichen Qualitäten, die sie an ihm schätzte – und die sie erkennen ließen, wie schnell ihre erste gemeinsame Woche vergangen war. Wie gern hätte sie die Zeit langsamer laufen lassen.

»Danke. Ehrlichkeit ist in einer Beziehung das Wichtigste, und bei mir weißt du immer, woran du bist.«

Musik drang durch das offene Fahrerfenster herein und Shannon sah sich danach um.

»Das kommt aus dem Park«, erklärte Steve. »In Allure finden häufiger Open-Air-Konzerte statt.«

»Wirklich? Können wir hingehen?« Sie setzte sich auf und schaute zum Park hinüber. »Ich liebe Konzerte.«

»Sicher, aber wir müssen zuerst woanders anhalten.«

»Danke!« Sie drückte ihm einen Kuss auf die Wange.

Dann sah sie zu, wie die letzten Geschäfte hinter ihnen zurückblieben und sie zwischen Äckern und Weiden hindurchfuhren. Als sie Steve gerade erneut nach ihrem Ziel fragen wollte, nahm er eine Abzweigung und bog danach noch mehrmals ab, und kurz darauf sah sie die großen goldenen Bögen vor sich aufragen. Shannon musste lächeln, da sie jetzt genau wusste, was ihr Freund mit ihr vorhatte.

Sie kreischte vor Freude auf, was er mit einem Lachen

quittierte. Ihr war durchaus bewusst, dass sie mehr redete, als er es gewohnt war, und dass sie zu überschäumenden Freudenausbrüchen neigte, wohingegen er eher ruhig und nachdenklich war. Als wäre sie wie Champagner und er wie Rotwein. Manchmal war sie besorgt, ihm könnte das alles zu viel werden, doch er erweckte nie diesen Anschein und schien jedes ihrer Worte zu registrieren, wodurch sie sich sehr geschätzt fühlte.

»Jetzt bekommst du dein Happy Pack, Butterfly.«

Eine Viertelstunde später saßen sie zwischen anderen Paaren und Familien im Park und hatten zwei Happy Meals – eins für Jungen und eins für Mädchen – zwischen sich stehen. Eine Band spielte auf einer mit farbenfrohen Laternen dekorierten Bühne Countrysongs, und man hatte den Eindruck, mitten in einem Fest gelandet zu sein, da zahlreiche Paare unter dem Sternenhimmel tanzten oder Händchen hielten.

Shannon genoss alles in vollen Zügen und wiegte sich neben Steve im Takt der Musik. Das hier war so anders als Peaceful Harbor, auch dank der Berge im Hintergrund und der kühlen Abendluft. Zugegeben, zu Hause machten sie auch Lagerfeuer am Strand, aber wenn man sich wie hier mitten in der Stadt zusammenfand, wirkte alles noch viel *bedeutsamer*.

Sie spürte, dass Steve sie beobachtete. Das schien er ständig zu tun, und sie mochte es, seine Blicke zu spüren. Gelegentlich ertappte sie ihn, wie er sie verträumt anschaute, doch sie wagte es nie, ihn darauf anzusprechen. Verträumt war vermutlich keine Beschreibung, die ihm gefallen würde.

»Warum siehst du mich immer so an?«, fragte sie und kuschelte sich an ihn.

»Gleiches Recht für alle.«

Sie hatte nicht damit gerechnet, dass er ihre verstohlenen

Blicke bemerkt hatte.

»Du bist wie ein strahlender Stern, Shan. So voller positiver Energie und so sexy, dass du mich ganz verrückt machst.« Er presste eine Wange an ihre. »Mit dir in meinen Armen aufzuwachen, zu sehen, wie du morgens in einem meiner T-Shirts mit einem Pop-Tart in der Hand und einem viel zu süßen Kaffee durch meine Küche tanzt und mit dem nackten Hintern wackelst ... Es grenzt an ein Wunder, dass wir überhaupt das Haus verlassen. Es gibt auf der ganzen Welt nichts, was ich lieber ansehen würde.«

Ihr schoss das Blut in die Wangen, seine Worte taten so gut. Es fiel ihr schwer zu glauben, dass dies derselbe Mann war, der sich am ersten Abend von ihr abgewandt hatte, als sie ihn küssen wollte. Seitdem hatte er sich ihr so sehr geöffnet, dass sie es hin und wieder selbst kaum glauben konnte.

Die Band spielte einen anderen, schnelleren Song. »Tanzt du nachher mit mir?«

»Tut mir leid, Butterfly, aber ich habe zwei linke Füße und im ganzen Staat Tanzverbot.«

Vielleicht sollte sie ihn eines Tages dazu überreden, sich von ihr das Tanzen beibringen zu lassen.

Er deutete auf das ausgebreitete Essen. »Kann's losgehen?«

Sie wollte schon nach dem Burger greifen, aber er hielt ihre Hand fest.

»Beim Happy Pack ist die Reihenfolge das Entscheidende.« Mit diesen Worten nahm er das in Plastikfolie verpackte Spielzeug. »Man muss immer mit dem Spielzeug anfangen.«

»Du wirst eines Tages ein sehr guter Vater sein.« Sie riss die Verpackung auf und fragte sich, ob er wohl Kinder haben wollte. Doch dann musste sie mit einem Mal an seine Worte denken und wurde von einer unerwartet bitteren Welle von

Enttäuschung erfasst. *Keine Träume von einem Haus in einem Vorort mit weißem Jägerzaun und zweieinhalb Kindern.*

Um sich auf andere Gedanken zu bringen, konzentrierte sie sich auf die kleine Puppe in ihrer Hand. »Wie kommen die darauf, dass Mädchen immer mit Puppen spielen wollen? Die rosa Haarsträhne und die lila Hose sind zwar total cool, aber was fängt man denn mit Puppen an? Ich habe das nie verstanden. Wieso soll man sich Freunde aus Plastik wünschen, wenn man echte haben kann?«

»Ich dachte, alle Mädchen mögen Puppen.«

»Für mich galt das nicht.« Sie legte die Puppe zur Seite, schnappte sich das andere Spielzeug und riss die Verpackung auf. »Ich war mehr an Abenteuerspielen, Schwimmen, Fahrradfahren und allem, was meine Brüder gemacht haben, interessiert. Aber Tempest hat gern mit Puppen gespielt.« Sie hielt das Spielzeugauto hoch, das sie ausgepackt hatte. »Das hier kann man wenigstens rumschieben, über Rampen fahren lassen oder damit Rennen veranstalten.«

»Bei deinen rosafarbenen Schnürsenkeln hätte ich dich eher für ein typisches Mädchen gehalten«, gab er zu und musterte sie neugierig. »Aber jetzt, wo du es sagst, kann ich mir gut vorstellen, wie du deinen großen Brüdern hinterhergelaufen bist und versucht hast, mit ihnen mitzuhalten.«

»Versucht?« Sie winkte ab. »Ach, bitte. Ich war in allem besser. Sammy hat mir das Kanufahren beigebracht. Cole und Nate zeigten mir, wie man den Football richtig wirft. Und Ty? Als wir klein waren, stand er total auf Superhelden. Er ist nur ein Jahr älter als ich, daher haben wir oft zusammen gespielt. Er war Wolverine und ich Shanna. Weißt du, wer Shanna ist?«

Steve sah sie fragend an. »Nein, und ich kann es auch kaum erwarten, das zu erfahren, aber du solltest dabei etwas essen, denn kalt schmeckt McDonald's nun wirklich nicht.«

Während sie aßen, sprach Shannon weiter. »Shanna war die einzige Tochter eines reichen Diamantminenbesitzers und wuchs im Dschungel von Zaire auf. Natürlich haben Ty und ich das im Wald in der Nähe unseres Hauses gespielt. Er war der Beschützer, und ich musste ihm ständig beweisen, dass ich keinen Schutz brauche.« Sie hielt den Burger hoch. »Der schmeckt gut, aber nicht ansatzweise so gut wie deiner.«

Steve lachte auf.

»Jedenfalls war Shanna sechs Jahre alt, als sie mit ansehen musste, wie ihr Vater versehentlich ihre Mutter erschoss, daher konnte sie Schusswaffen nicht leiden und wurde irgendwann Tierärztin. Sie arbeitete in einem Zoo, und als ihre geliebte Leopardin starb, zog sie mit deren Jungen in ein afrikanisches Naturschutzgebiet, um sie dort aufzuziehen.«

»Einfach so?« Er hatte seinen Burger inzwischen verspeist.

»Superhelden können so was.« Sie steckte ihm eine Fritte in den Mund und er drückte einen Kuss auf ihre Finger. »Hör einfach zu. Die Geschichte wird dir gefallen. Ihr Vater wurde entführt und später ermordet und auf der Suche nach ihm hat Ka-Zar sie unterstützt. Als ich älter war, habe ich alles nachgelesen und konnte einige Wissenslücken stopfen. Shanna wurde irgendwann Ka-Zars Geliebte, und sie kämpften gemeinsam dafür, das Wilde Land vor Gefahren von außen und vor der Technologie zu beschützen. Kannst du dir das vorstellen? Ein Superheld, der gegen Umweltverschmutzung und Technologie kämpft? Das musst du doch gut finden!«

»Vielleicht muss ich dich ab jetzt Shanna nennen.« Nun steckte er ihr eine Fritte in den Mund und küsste sie.

»Sie trug einen knappen Bikini, vermutlich aus Tierfell.«

»Der ist gar nicht nötig.«

Während sie sich leidenschaftlich küssten, applaudierte die Menge um sie herum und die Band ging zum nächsten Song über.

»Sieh mal einer an. Wen haben wir denn hier?«

Sie blickten beide auf, als sie Rex' tiefe Stimme hörten, und stellten fest, dass Rex, Jade, Cal, Treat, Max, Savannah und Jack sie umringten und grinsend auf sie herabblickten.

Rex lüpfte seinen Cowboyhut. »Howdy, ihr Turteltäubchen.«

Shannon und ihre Freundinnen kreischten, als sie rasch aufsprang.

Steve erhob sich ebenfalls und reichte erst Rex und dann Treat die Hand. »Wie geht's?« Danach begrüßte er Cal. »Schön, dich zu sehen.«

Cal tippte sich in typischer Westernmanier an den Hut. »Steve.«

»Hal passt auf die Kinder auf«, erklärte Treat. »So haben wir mal wieder einen freien Abend. Cal ist mit einem aus der Band befreundet.«

Max blickte zwischen Cal und Steve hin und her, um Treat dann über den Rasen zu der Stelle zu zerren, an der mehrere Paare tanzten. »Tanz mit mir.«

»Na los, Engel«, meinte Jack zu Savannah. »Deine wunderschönen Beine brauchen mal wieder ein wenig Bewegung.«

Savannah zerrte an Shannons Ärmel. »Komm mit! Wir können uns auch beim Tanzen unterhalten.«

»Okay!« Shannon trat näher an Steve heran. »Tanzt du mit mir?«

Steve mahlte mit dem Kiefer. »Ich tanze nicht, Butterfly.«

»Ich schon.« Cal reichte Shannon den Arm. »Wenn es dir

nichts ausmacht«, meinte er an Steve gewandt.

Shannon warf Steve einen Blick zu, der nur mit den Achseln zuckte und nickte. Während Cal sie zu den anderen führte, warf sie einen Blick über die Schulter. Sie hatte gehofft, noch einen Blick von Steve zu erhaschen, aber Cal wirbelte sie in seinen Armen herum, bevor sie die Gelegenheit dazu bekam.

»Was machst du denn?«, fragte Rex. »Du hast deine Frau gerade mit einem anderen Mann zum Tanzen geschickt.«

»Willst du mich als Nächstes fragen, wie viele Ziegen sie wert ist? Shannon kann tanzen, mit wem sie will. Ich vertraue ihr, und wir werden uns bestimmt nicht deswegen streiten, wenn sie mit mir nach Hause fährt.« Es war berauschend, Shannon beim Tanzen zuzusehen. Während sie die Hüften schwang und sich im Takt der Musik bewegte, prickelte Steves Körper an all den richtigen Stellen. Und ihm war klar, dass es Cal ebenso gehen musste. Steve knirschte mit den Zähnen und spürte die Eifersucht in sich aufkeimen, wusste aber auch, dass er selbst schuld war, weil er nie tanzen gelernt hatte. Das konnte er Cal nicht vorwerfen. Himmel, ein Mann musste schon blind, taub und dumm sein, um Shannon nicht zu begehren, und selbst dann würden ihn ihr Duft und ihre Aura vermutlich noch betören.

Shannon bewegte sich, als wäre sie die geborene Tänzerin. Sie warf den Kopf in den Nacken, lachte mit Savannah und Max und lebte ihre temperamentvolle Persönlichkeit und ihre Liebe zu Geselligkeit voll aus. Er war unfassbar eifersüchtig, dass nicht er es war, der diese heiße, verführerische Frau auf der

Tanzfläche in den Armen hielt.

»Solltet ihr nicht auch tanzen?«, fragte er Rex. »Ihr seid doch als leidenschaftliche Tänzer bekannt.«

»Ich brauche noch ein paar Minuten, bis sich mein Magen nach dem riesigen Steak, das ich zum Abendessen hatte, wieder beruhigt hat. Und du weißt ja, dass kein anderer Mann meine Frau berühren darf.« Rex nahm Jade in die Arme.

Jade verdrehte die Augen. »Nicht alle Männer sind so besitzergreifend wie du, Cowboy.« Sie drehte sich zu Steve um. »Bereust du es jetzt, nicht zu den Tanzstunden gegangen zu sein, zu denen Mom dich damals angemeldet hat?«

»Und wie«, knurrte er und ließ Cal nicht aus den Augen.

»Treat hat erzählt, dass du ihn gebeten hast, mit dir zusammen das Cumberland-Grundstück zu kaufen«, meinte Rex.

»Ja. Das ist der beste Weg. Er ist ein cleverer Geschäfts-mann, und ich kann von Glück reden, dass er mit eingestiegen ist. Ich glaube, wir geben ein gutes Team ab.«

Steve erklärte den beiden, was sich Shannon alles ausgedacht und wie sie die Kampagne in unterschiedliche Stufen für die verschiedenen Spender eingeteilt hatte.

»Man kann über eine Spende einen bis fünfzig Morgen adoptieren und jeder Spender erhält ein Zertifikat. Ihr solltet sehen, was für eine Website sie mit Max auf die Beine gestellt hat und welchen Marketingplan sie ausgearbeitet haben. Shannon ist in dieser Sache ebenso engagiert wie ich. Wenn nicht noch mehr. Ich bin ein Glückspilz, dass ich sie und Treat an meiner Seite habe. Allein würden mir das Geld und die Erfahrung fehlen, um das richtig anzugehen«, gab Steve zu. »Mit Leidenschaft kommt man nicht immer weit.«

»Leidenschaft ist das Einzige, was zählt«, erwiderte Jade.

»Früher habe ich das auch mal geglaubt.« Er warf einen Blick zu Shannon hinüber und wusste, dass alle Leidenschaft der Welt nicht ausreichen würde, um eine lebenslustige Frau wie sie bei einem Mann wie ihm auf dem Berg zu halten.

Als das Lied zu Ende war, sagte Shannon etwas zu Cal und umarmte ihn, wobei sich Steves Magen zusammenzog. Das war der schmerzhafte Preis dafür, dass er sich einer Frau wie ihr geöffnet hatte. Er beobachtete, wie die beiden auf ihn zukamen. Shannons Augen waren nur auf Steve gerichtet, und ihre Lippen umspielte das kokette Lächeln, das sich in sein Gehirn gebrannt hatte. Ihm wurde ganz heiß, und er wusste mit vollkommener Sicherheit, dass er sich ihr jederzeit wieder öffnen würde. Hätte er es nicht getan, wäre ihm etwas entgangen, das wundervoller war als alle Gebirge der Welt.

Steve streckte eine Hand nach ihr aus. »Hey, Baby.« Er gab ihr einen Kuss, um die Eifersucht in seinem Inneren zum Verstummen zu bringen.

Cal trat neben ihn. »Danke, dass du mich nicht zur Schnecke machst, weil ich mit Shannon getanzt habe.«

»Tanz mit uns, Shannon!«, forderte Savannah sie auf und schon liefen die vier Frauen zurück zur Tanzfläche.

»Tut mir leid!«, rief Shannon Steve noch zu, doch das musste ihr nicht leidtun. Ihr glückliches Lächeln bedeutete ihm eine Menge.

»Kein Problem«, meinte er schließlich an Cal gewandt. »Sie tanzt so gern.«

»Neulich, als wir uns im Buckley's begegnet sind, hat sie mir erzählt, dass sie in dich verliebt ist. Ich habe nicht vor, dir dein Mädchen abspenstig zu machen. Aber sie ist eine tolle Tänzerin und ich tanze ebenfalls wahnsinnig gern.«

*Sie hat es dir erzählt? Bevor wir zusammen waren?* Er schaute zu Shannon hinüber, die sich auf der Tanzfläche drehte, und kurz begegneten sich ihre Blicke. Doch es reichte aus, um seinen Herzschlag kurz aussetzen zu lassen.

»Keine Sorge, Cal. Ich weiß, dass du ein guter Kerl bist.«

Cal reichte ihm die Hand, und als Steve einschlug, zog Cal ihn an sich und klopfte ihm auf den Rücken. »Du bist ein verdammter Glückspilz, und sie kann sich glücklich schätzen, auch wenn du aussiehst wie Grizzly Adams.«

Sie mussten beide lachen.

Steve entdeckte Rachel, die auf ihn zukam, und ihm fiel wieder ein, dass er sich für das Video noch die Haare schneiden lassen wollte. Er fuhr sich mit einer Hand durch das Haar und malte sich aus, wie Shannon das später an diesem Abend tun würde. Allein bei dem Gedanken daran wurde er hart. Himmel, er musste sich wirklich in den Griff kriegen.

Er erinnerte sich an die Tricks, die er in jüngeren Jahren gelernt hatte, wandte den Blick von Shannon ab und dachte an dicke, haarige Männer. *Das funktioniert immer.*

»Hey, Leute«, begrüßte Rachel sie.

»Hi, Rach. Ich belästige dich nur ungern mit der Arbeit, aber kann ich vielleicht für morgen früh noch einen Termin bei dir bekommen?«, erkundigte er sich.

Sie schob sich eine blonde Strähne hinter ein Ohr. »Ich bin die ganze Woche ausgebucht, aber wenn du vor Ladenöffnung kommst, kann ich dir die Haare schneiden. Sagen wir, um halb acht?«

»Perfekt. Danke.«

»Max bat mich herzukommen, weil alle hier wären«, sagte sie und wandte verlegen den Blick von Cal ab, der sie anerkennend musterte. »Wo sind denn die Mädels?«

»Sie tanzen.« Steve deutete auf die vier Frauen, die einen

Kreis bildeten und mit dem Hintern wackelten und den Kopf schüttelten, als würden sie zu einem Rock-and-Roll-Song tanzen und nicht etwa zu Countrymusik.

»Bis später!« Schon lief Rachel zu ihren Freundinnen.

»Wow, was für eine Frau«, murmelte Cal.

Steve hielt den Blick auf Shannon gerichtet. *Da hast du recht, und sie gehört ganz allein mir.*

*Vorerst jedenfalls.*

# Dreizehn

»Soll ich sie wirklich abschneiden?« Rachel stand am nächsten Morgen um halb acht neben Steve in ihrem Friseursalon und hielt die Schere wie eine Waffe in der Hand. »Soll ich eine Locke für Shannon aufheben?« Sie wackelte mit den Augenbrauen.

»Das sind nur Haare, Rach. Die wachsen wieder nach. Außerdem mag sie mich auch mit kurzen Haaren.«

Rachel grinste. »Ich wollte mich nur vergewissern. Jetzt verabschiede dich von deinen prachtvollen Locken.«

Normalerweise interessierte sich Steve nicht die Bohne für seine Haare und erst recht nicht für deren Länge. Wenn er daran dachte – was meist erst geschah, wenn man ihn darauf hinwies –, fuhr er in die Stadt und ging zum Friseur. Aber als sich Rachel ans Werk machte, musste er immer wieder an Shannon denken. Wie sie sich eine Locke um den Finger wickelte, während sie nebeneinander im Bett lagen, durch und durch befriedigt von ihrem Liebesspiel. Letzte Nacht hatte sie die Finger in sein Haar geschoben, während sie ihn ritt, und daran gezogen, bis ihn der Schmerz beinahe um den Verstand brachte. Schon jetzt sehnte er sich nach dem Gefühl, ihre Hände wieder in seinem Haar zu spüren, dabei hatte Rachel gerade erst mit dem Schneiden angefangen.

Er dachte an die Begegnung mit Shannon auf Rex' und Jades Hochzeit zurück. Shannon in ihrem hübschen kurzen Kleid und mit offenem Haar, er hatte die Hände kaum bei sich behalten können. Und ihre wunderschönen haselnussbraunen Augen hatten ihn magisch angezogen.

Er schloss die Augen, während Rachel über den bevorstehenden Scheunentanz plauderte. Am Vorabend waren sie lange mit ihren Freunden unterwegs gewesen und hatten sich amüsiert. Er hatte schon eine ganze Weile keine Zeit mehr mit seinen Freunden verbracht, und mit anzusehen, wie Shannon bei den Gesprächen aufblühte und wie sie jede andere Person auf der Tanzfläche überstrahlte, war für ihn Wonne und Folter zugleich gewesen. Sein Leben auf dem Berg war nichts für sie. Das hatte er vom ersten Tag an gewusst, und doch gelang es ihm immer wieder, es auszublenden.

Als er die Augen aufschlug, bemerkte er, dass Rachel ihn skeptisch musterte. Ihre grünen Augen zuckten hin und her, sie schnippelte noch etwas und machte dann einen Schritt zurück, damit er in den Spiegel sehen konnte. Sie hatte sein Haar nach hinten gegelt, so wie er es auch auf der Hochzeit getragen hatte, und sein einziger Gedanke war: *Hoffentlich gefällt es Shannon.*

»Das hätten wir. Ordentlich und gleichzeitig herrlich verwegen.« Rachel reichte ihm einen Spiegel, aber er winkte ab. »Willst du es nicht von hinten sehen?«

Er strich sich mit einer Hand über das kurz geschnittene Haar am Hinterkopf. »Fühlt sich gut an.« Dann stand er auf, zückte seine Brieftasche und folgte ihr zur Kasse.

»Ihr beide gebt ein schönes Paar ab«, stellte sie fest, während er bezahlte. »Es ist lange her, dass du eine Frau im gleichen Ausmaß wie einen Berg angehimmelt hast.«

»Danke. Und danke, dass du für mich so früh hergekommen bist.«

»Gern geschehen. Du siehst gut aus, Steve.« Sie schenkte ihm ein herzliches Lächeln. »Du siehst glücklich aus.«

»Ach ja?« Er war glücklicher als jemals zuvor, was aber auch bedeutete, dass er nach Shannons Abreise leiden würde wie ein Hund. »Das liegt nur an ihr, Rach«, meinte er auf dem Weg zur Tür. »Mein Berg kommt gegen mein Mädchen nicht an.«

»Glaubst du, du kannst sie zum Bleiben bewegen?«, fragte Rachel.

Das war die eine Frage, über die er nicht nachdenken wollte. »Sie hat ihr eigenes Leben in Peaceful Harbor«, erwiderte er und ging hinaus.

Steve konnte Shannon nicht bitten, ihr Leben für ihn aufzugeben, aber er hatte vor, mehr zu dem Mann zu werden, den sie sich wünschte und den sie verdiente, solange sie hier war. Er nahm sein Handy aus der Tasche und rief Mack an. Sein Freund ging nach dem ersten Klingeln ran.

»Ich habe eben mit Treats Anwalt telefoniert. Anscheinend setzt du alle Hebel in Bewegung, um das Grundstück zu retten.«

Steve fuhr sich mit einer Hand über den Kopf, da er den Wind kalt auf der Kopfhaut spürte. Er wollte jetzt nicht über das Grundstück sprechen. Damit dieser Deal tatsächlich zum Abschluss gebracht werden konnte, mussten noch gewaltige Preisverhandlungen stattfinden, und Treat und er waren übereingekommen, dass sich ihre Anwälte um diesen Teil kümmern sollten.

»Ja, es geht voran. Es muss noch einiges passieren, bis die Sache in trockenen Tüchern ist, und wir sind sehr froh, dass wir noch sechzig Tage Zeit haben.« Er stieg in seinen Wagen. »Aber deswegen rufe ich nicht an, Mack.«

»Entschuldige, Kumpel. Was liegt an?«

»Kannst du … tanzen?« Steve wand sich innerlich, als er das Wort aussprach.

»Was?« Mack lachte los. »Willst du mich zur Abschlussfeier einladen?«

»Halt die Klappe. Kannst du tanzen? Das ist eine einfache Frage. Ja oder nein?«

»Okay, ist ja gut. Beruhige dich.« Mack kicherte noch immer. »Nein, ich kann nicht tanzen. Will versucht es hin und wieder, sieht dabei aber aus wie ein einbeiniges Huhn. Warum fragst du? Macht Shannon dir die Hölle heiß, weil du nicht tanzen kannst?«

Steve ließ den Motor an. »Nein. Vergiss, dass ich gefragt habe. Wir sprechen uns später.«

Er ballte die Faust, schlug gegen das Lenkrad und ärgerte sich, weil die Angelegenheit offensichtlich komplizierter war, als er gedacht hatte. Mit verkniffener Miene wählte er Rex' Nummer.

»Hey«, sagte er, als Rex ranging. »Du musst mir einen Gefallen tun und Stillschweigen darüber bewahren. Würdest du das für mich tun?«

Rex schnaubte. »Das hängt davon ab, worum es dabei geht.«

»Wo können wir uns treffen?«

»Ich bin auf der Ranch. Komm vorbei.«

»Zu auffällig. Mir wäre es lieber, wenn keiner etwas davon mitbekommt.«

»Wovon?«, wollte Rex wissen. »Wenn du mir zu nahe kommst, prügele ich dich bis nach Texas.«

»Das möchte ich sehen. Ich brauche deine Hilfe bei einer Sache. Es dauert etwa eine halbe Stunde. Hast du so viel Zeit?«

»Hey, Steve«, meinte Rex und wurde wieder ernst. »Du

brauchst meine Hilfe. Da nehme ich mir die Zeit. Komm in meinen Stall. Da sind wir ungestört. Ist alles okay?«

»Nein, es ist nicht alles okay. Eine ganz bestimmte Cousine von dir macht mich völlig fertig.«

Zwanzig Minuten später traf er bei Rex' Haus ein und stellte erfreut fest, dass Jades Truck nicht vor der Tür stand. Steve fühlte sich schuldig, dass er Rex von seinen Pflichten auf der Ranch abhielt, aber es gab nicht viel, das er für Shannon nicht zu tun bereit gewesen wäre.

Er betrat das hohe Holzgebäude und atmete den Duft seiner Kindheit ein: den von Heu, Pferden und Leder. Als er an den leeren Boxen vorbeiging, schoss ihm durch den Kopf, dass seine Schwester schon immer Pferde geliebt hatte. Sie zog seit jeher das Reiten dem Autofahren vor, so wie Steve die Natur anstelle der Menschen bevorzugte.

Als er Rex' Gegenwart spürte, drehte er sich um und sah, wie sein Freund mit seinem schlafenden Sohn auf einem Arm den Stall betrat. Der Junge hatte wie Rex und Jade pechschwarzes Haar und trug eine winzige Jeans und ein ebenso kleines Flanellhemd.

»Was ist los, abgesehen davon, dass Shannon dir nicht mehr aus dem Kopf geht?« Rex' Blick wanderte über Steves Kopf. »Wow. Sie hat dir ja wirklich den Kopf verdreht. Du bist über Nacht zu Hugh Jackman mutiert.«

»Das war nicht ihretwegen«, knurrte Steve und fragte sich, ob Rex ihm mit einem Baby im Arm das Tanzen beibringen konnte. »Wir drehen ein Video für die Crowdfunding-Kampagne. Mein alter Herr ist der Ansicht, ich würde eine breitere Masse ansprechen, wenn ich mir die Haare schneiden lasse.«

Wollte er das wirklich tun? Rex Braden bitten, ihm das

Tanzen beizubringen? Steves Magen zog sich zusammen. Er dachte an die vergangene Nacht.

Ja. Er würde es wirklich tun.

»Da hat er vermutlich recht.« Rex hängte seinen Stetson an einen Haken und schüttelte sein Haar, das ihm bis auf den Kragen fiel. »Ein Glück, dass ich mir nur darüber Gedanken machen muss, was meiner wunderschönen Frau an mir gefällt. Aber du bist garantiert nicht hier, damit ich deine neue Frisur bewundere, also raus mit der Sprache. Was ist los?«

»Ich … äh …« *So langsam gewöhne ich mich daran, auf meinen Stolz zu pfeifen.* »Du musst mir das Tanzen beibringen.«

Rex lachte los. »Hast du das gerade wirklich gesagt?«

»Du hast mich schon verstanden. Shannon tanzt gern und ich muss es lernen. Aber du darfst es ihr unter gar keinen Umständen verraten. Denn ich werde vermutlich grottenschlecht darin sein.«

Rex schüttelte den Kopf. »Ich nehme dich nicht in den Arm wie bei *Brokeback Mountain*.«

»Jetzt bleib mal locker, Rex. Ich brauche wirklich Hilfe.«

»Das ist mein voller Ernst! Ich habe nichts gegen gleichgeschlechtliche Beziehungen, aber ich werde ganz bestimmt nicht mit dir tanzen.« Er zückte sein Handy und hielt es sich ans Ohr. »Schatz, du wirst im Stall gebraucht.« Er verzog die Lippen zu einem frechen Grinsen. »Schön wär's, Baby. Merk dir diesen scharfen Gedanken und schwing deinen knackigen Hintern hierher, ja?«

Als Rex das Handy wegsteckte, hob Steve die Hände. »Was soll der Mist? Ich hatte dich doch gebeten, es niemandem zu verraten.«

»Jade wird niemandem etwas sagen, und wenn du schon tanzen lernen willst, dann sollte es dir eine Frau beibringen.«

»Wenn meine Schwester Bescheid wissen sollte, hätte ich sie selbst gebeten, verdammt!« Steve ging auf und ab, bis seine Schwester am Stalltor auftauchte – in Begleitung von Max und Savannah. »Ach, Himmel noch mal!«

»Was ist hier los?«, fragte Max.

»Großer Gott, Steve. Du hast dir die Haare schneiden lassen. Jetzt siehst du ja richtig elegant aus.« Savannah stemmte die Hände in die Hüften. Sie hatte sich das kastanienbraune Haar zu einem dicken Zopf geflochten.

Als sie Steves Haare berühren wollte, wich er vor ihr zurück.

»Er hat sich richtig schick gemacht, nicht wahr?« Jade nahm ihn in den Arm. »Was machst du hier?«

So hatte er sich das nicht vorgestellt.

»Ich … ähm …« Jetzt wollte er die Sache nicht mehr durchziehen.

»Er will tanzen lernen«, erklärte Rex. »Und ihr müsst es ihm beibringen.«

Steve starrte ihn wütend an. »Musste das sein?«

Rex zuckte glucksend mit den Achseln.

»Oh, das wird lustig«, verkündete Max und sah sich um. »Wo ist Shannon?«

Savannah zückte ihr Handy. »Ich habe Musik dabei!«

»Shannon ist mit ihrer Forschung beschäftigt und ihr dürft mit niemandem darüber reden. Erst recht nicht mit Shannon«, flehte Steve.

»Es kann losgehen!« Savannah legte ihr Handy auf eine Holzstrebe und Countrymusik hallte durch den Stall.

»Warum denn nicht? Das ist so romantisch.« Max zog verwirrt die Augenbrauen zusammen. »Sie wäre begeistert, dass du dir solche Mühe machst. Ich rufe sie gleich an.«

Steve nahm ihre Hand. »Wag es ja nicht.« Er sah die Frauen

nacheinander an. »Ich verlasse sofort diesen Stall und werde leugnen, jemals hier gewesen zu sein, wenn sie Wind davon bekommt. Habt ihr verstanden?«

»Na gut«, gab Max nach. »Aber ich kann dir versichern, dass sie es dir liebend gern selbst beibringen würde.«

»Erstens bin ich möglicherweise ein derart schlechter Tänzer, dass sie wahrscheinlich gar nicht mit mir tanzen will. Und zweitens weiß ich eure Begeisterung zu schätzen, aber das sollte eigentlich eine private halbstündige Lektion werden«, sagte Steve. »Nur mit Rex und mir.«

Savannah lachte auf. »Du hast wirklich geglaubt, Rex würde dir das Tanzen beibringen? Kennst du meinen hartgesottenen Bruder denn kein bisschen?«

»Okay, okay. Das reicht jetzt. Er hängt sich hier gerade richtig rein.« Max, die wie immer sofort das Heft in die Hand nahm, zog Savannah zu Steve. »Ihr beide seid Partner. Er hat eine halbe Stunde und wir werden jede Sekunde davon nutzen. Rex, du und der kleine Hal, ihr tanzt mit Jade.«

Jade lächelte Rex an und sie wiegten sich im Takt der Musik und schmiegten sich aneinander. Steve beobachtete sie und war entschlossen, gut genug tanzen zu lernen, um diese Vertrautheit und Intimität mit Shannon hinzubekommen.

Savannah legte Steve eine Hand auf die Schulter und führte seine Hand an ihre Taille. »Komm nicht auf dumme Gedanken, sonst reißt Jack dir den Kopf ab.«

»Soll das ein Witz sein?« Steve lachte auf und stellte sich kerzengerade hin. »Dir ist hoffentlich klar, dass ich das ganz allein für Shannon mache? Keine andere Frau auf der Welt könnte mich dazu bringen.«

»Wow.« Savannah zog eine Augenbraue hoch. »Dir ist es wirklich ernst mit ihr. Wenn ich es mir recht überlege, kenne ich dich schon seit über dreißig Jahren und habe dich noch nie tanzen sehen.«

»Das wird vermutlich auch nie passieren.« Steve hatte als Kind mal auf einem Herbstfest einen Tanzversuch gestartet, aber es war keine angenehme Erfahrung gewesen. Damals war ihm klargeworden, dass seine Beine fürs Wandern und nicht fürs Tanzen bestimmt waren.

»Du musst dich schon ein bisschen bewegen«, ermahnte Savannah ihn. »Aber du schaffst das. Du bildest dir bloß ein, dass du es nicht kannst.«

»Sie hat recht, großer Bruder«, warf Jade ein. »Schließ die Augen und spüre die Musik in deiner Seele.«

Max trat hinter Steve, legte ihm eine Hand auf die Hüfte und stieß ihn sacht an. »Wir fangen mit dem Two Step an. Das bedeutet, dass du deine Füße auch wirklich bewegen musst.«

»Ich wusste, dass das eine blöde Idee ist«, schimpfte er leise.

Während der folgenden zwanzig Minuten tanzten die Frauen abwechselnd mit Steve und zeigten ihm, wie er die Füße bewegen, wohin er die Hände legen, wie er stehen, wohin er gucken musste, und erklärten ihm noch einhundert andere Dinge, die sie für nützlich hielten – und die ihn völlig überforderten. Wenn Shannon in seinen Armen lag, fühlte sich für ihn alles ganz natürlich an – mit Ausnahme des Tanzens.

»Warum wurden wir nicht zur Party eingeladen?« Hals tiefe Stimme hallte durch den Stall. Er hatte Adam, Jacks und Savannahs Baby, im Arm und verkörperte von Kopf bis Fuß den stolzen Großvater. An Hals breiter Brust und in seinen muskulösen Armen sah das Baby richtiggehend winzig aus. Obwohl er längst im Ruhestandsalter war, arbeitete Hal nach wie vor auf der Ranch, kümmerte sich um die Pferde und sehnte sich noch immer nach der Frau, die der Krebs ihm genommen hatte, als ihre sechs Kinder noch klein gewesen waren.

Treat stand neben seinem Vater und hielt die Hand seines jüngsten Kindes Dylan. Auf Hals anderer Seite tauchte Jack auf, mit Treats und Max' Tochter Adriana an der Hand, deren Augen beim Anblick der spontanen Tanzstunde aufleuchteten.

*Ach, verdammt. Jetzt weiß es bald jeder.*

»Dad.« Savannah winkte Hal zu sich heran. »Wir bringen Steve das Tanzen bei, aber ihr dürft Shannon nichts davon verraten.«

Steve drückte unter dem neugierigen Blick des Mannes, der für Loyalität und Familienwerte stand und Fremden stets freundlich gesinnt war, den Rücken durch. Steves Vater und Hal waren beste Freunde und Geschäftspartner gewesen, bis Earls Fehler die lange Fehde zwischen ihnen heraufbeschworen hatte. Hal war an der ganzen Sache nicht völlig unschuldig, und es hatte eine Zeit gegeben, in der Steve bei Hals Anblick stets wütend geworden war. Zum Glück war diese Wut verflogen, als die Fehde beendet wurde, und als Hals Blick jetzt sanfter wurde, erkannte Steve, dass es dem alten Mann ebenso erging.

Hal legte Steve eine kräftige Hand auf die Schulter und ein Lächeln zeichnete sich auf seinem wettergegerbten Gesicht ab. »Da hat wohl jemand sein Herz verloren.«

»Verloren?« Steve runzelte die Stirn.

»Ganz genau, mein Sohn. Sobald dich Armors Pfeil trifft, bleibt dir keine andere Wahl, als dein Herz aufzugeben.« Hal musterte die anderen. »Anscheinend hat meine Nichte deinen Verstand durcheinandergebracht. Jetzt beginnt der schönste Teil deines Lebens.«

»Sie ist umwerfend, Sir«, gab Steve offen zu. Als ihm bewusst wurde, dass er das nicht gerade eloquent ausgedrückt hatte, fügte er hinzu: »Was ich damit meine, ist …«

Hal sah ihm direkt in die Augen. »Dass sie dich umgeworfen hat. Genau so ist es. Die richtige Frau haut dich vom Hocker und bringt dich derart durcheinander, dass du nicht mehr weißt, wo vorn und wo hinten ist. Besser wirst du dich niemals fühlen.«

»Entschuldige, Grandpa Hal. Bist du fertig?« Adriana wirbelte in ihrem blauen Kleid und den Cowboystiefeln in die Mitte der Stallgasse.

Treat nahm Max' Hand und sah seine Frau voller Stolz an, und etwas in Steves Innerem rutschte an seinen Platz. Zum ersten Mal in seinem Leben wollte er mehr als sein Leben auf dem Berg. Er wollte das hier: Kinder, eine Familie, dieses Zusammengehörigkeitsgefühl. Bei dieser Erkenntnis rieb er sich über das Gesicht, konnte das Lächeln jedoch nicht unterdrücken, das sich auf seine Lippen stahl.

»Ja, Schatz. Ich bin fertig.« Hal tätschelte ihr die Wange und nickte Steve aufmunternd zu.

Adriana richtete ihre Rehaugen auf Jack. »Würdest du bitte mit mir tanzen, Onkel Jack?«

»Es wäre mir eine Ehre.« Er nahm ihre Hand und warf Steve einen warnenden Blick zu. »Geh vorsichtig mit meiner Frau um, Johnson.«

»Keine Sorge. Sobald sie mich tanzen gesehen hat, wird sie schon die Flucht ergreifen.«

»Mach dir deswegen keine Sorgen«, versicherte Savannah ihm lächelnd. »Wir üben, bis du den Dreh raus hast.«

»Shannon darf nichts davon erfahren«, rief er ihr ins Gedächtnis.

»Ich weiß. Das kriegen wir schon hin.« Savannah tauschte einen Blick mit Max und Jade.

»Oh ja«, meinte Max mit entschlossener Miene. »Projekt *Bring Steve das Tanzen bei* geht los!«

Steve sah zum Scheunentor hinüber und überlegte, ob es nicht klüger wäre, die Flucht zu ergreifen.

Jack legte ihm eine Hand auf die Schulter. »Vergiss es. Jetzt bist du schon mal hier, da schaffst du den Rest auch noch.«

Steve war hergekommen, um einen Freund um Hilfe zu bitten, und hatte geglaubt, er würde niemals tanzen lernen. Zwei Stunden später ging er wieder, da er mit Shannon zum Videodreh verabredet war, und wusste, dass seine Freunde ihn niemals im Stich lassen würden. Die Frauen hatten einen derart perfekten Plan geschmiedet, dass sich Steve schon fragte, ob sie nicht heimlich für die CIA arbeiteten. Ihre Männer spielten nur zu gern mit und stimmten zu, auf die Kinder aufzupassen, während ihre Frauen Steve abwechselnd und mit Engelsgeduld die Tanzschritte zeigten. Sie hatten Codewörter erfunden, mit denen sie Steve zu einer Tanzstunde in den Stall bitten konnten, ohne dass Shannon Verdacht schöpfte. Er hatte derweil eine Liste aus Tanzschritten, die er üben musste, und zudem einen Heidenrespekt vor jedem Mann, der tanzen konnte.

Als er vor seiner Hütte ankam, stand Shannon auf den Zehenspitzen und hängte ein Vogelhäuschen in einen Baum. Drei weitere hingen schon an den unteren Ästen weiterer Bäume. *Vogelhäuschen.* Er wohnte seit mehr als zehn Jahren hier und bewunderte die Vögel tagtäglich, war jedoch noch nie auf die Idee gekommen, Vogelhäuschen aufzuhängen. Möglicherweise, weil es in der Gegend Bären gab. *Das schafft nur meine Shannon ...* Er hatte nicht vor, ihr das mit den Bären auf die Nase zu binden.

Als er aus dem Wagen ausgestiegen war und seine Schlüssel auf die Veranda legte, fiel ihm noch etwas auf. Da lag eine

Fußmatte. Sie hatten am Vorabend Shannons Sachen aus der Hütte geholt. Hoffnung keimte in ihm auf, dass er und der Berg vielleicht doch eines Tages genug für sie sein würden. Auch wenn er wusste, wie gefährlich dieser Gedanke war, machte ihn der Anblick der Vogelhäuschen und der Matte noch hoffnungsvoller. Er war sich bewusst, dass ihr Abschied umso schwerer werden würde, doch es war sinnlos, jetzt etwas daran ändern zu wollen. Seine Gefühle für sie waren ebenso wie die Hoffnung unaufhaltsam.

Er trat hinter Shannon, legte die Arme um sie und atmete tief ein.

*Sonnenschein und Verlockung.*

»Eine Fußmatte? Erwarten wir Besuch?«

Sie lehnte sich gegen ihn, seufzte glücklich und schmiegte sich an ihn, so wie Jade es zuvor bei Rex getan hatte.

»Für den Fall, dass dir mal nach Gesellschaft ist.«

»Mehr als deine Gesellschaft brauche ich nicht, Butterfly.«

Shannon genoss es, Steves starke Arme um sich zu spüren. Er hatte ihr an diesem Tag mehr als sonst gefehlt. Sie hatte sich über das Cumberland-Grundstück informiert und bei jedem Artikel an ihn denken müssen, und als sie von einem Vorfahren der Cumberlands las, der im 19. Jahrhundert in den Minen gearbeitet hatte, um das Geld für seinen Traum von einer Ranch zu verdienen, hätte sie zu gern mehr über Steves Familiengeschichte gewusst. Später las sie einen Artikel aus einer Schulzeitung über einen Ausflug zur Cumberland-Ranch und stellte sich Steve als kleinen Jungen bei so einem Ausflug vor, wie er die Farmtiere streichelte, zu den Bergen hinüberblickte und davon träumte, eines Tages dort zu leben.

Er drehte sie in seinen Armen um und sie hatte Schmetterlinge im Bauch.

»Oh, Grizz«, hauchte sie. Er sah immer umwerfend aus, aber mit dem nach hinten gegelten Haar und den lodernden schieferblauen Augen wirkte er gleich doppelt so verführerisch. Sein Anblick verschlug ihr die Sprache, und so fuhr sie einfach nur mit den Händen über sein kurzes Haar und sein Gesicht und verschränkte schließlich die Finger in seinem Nacken. Mit der neuen Frisur fielen seine markanten Gesichtszüge umso mehr auf.

»Du bist ... Sieh dich nur an. Lachst du mich aus, wenn ich sage, dass du wunderschön bist?«

Er runzelte die Stirn. »Das würde ich nie tun, aber ...«

»Du bist so heiß. Ich bin versucht, das Video zu vergessen und gleich hier über dich herzufallen.«

»Das nenne ich doch mal eine verlockende Idee.« Er legte ihr die Hände auf die Pobacken und presste sie an sich. Als er an ihrer Unterlippe herumknabberte, spürte sie, wie ihre Brustwarzen steif wurden. »Schön, dass es dir gefällt. Vergessen wir das Video?« Er drückte sie mit dem Rücken an den Baum und küsste sie leidenschaftlich.

Ihre Gedanken drohten, im Strudel ihrer Lust zu versinken, aber sie wusste, dass ihnen keine Zeit mehr blieb. Sie nahm alle Kraft zusammen und löste sich von ihm. »Wir müssen das Video drehen.«

»Später?« Er presste die Lippen auf ihren Hals und gab sein Bestes, damit sie nicht mehr klar denken konnte.

»Ja«, hauchte sie.

Steve drückte seine Härte gegen sie, und sie hörte sich

stöhnen, während sie sich an ihn drängte.

»Warte.« Abermals rückte sie von ihm ab. »Nein«, sagte sie dann lachend. »Wir müssen das Video drehen.«

Er drückte ihr einen Kuss auf den Mundwinkel. »Wie du willst, Baby. Wenn du darauf stehst, kannst du uns auch dabei filmen.«

Lachend legte sie ihm die Hände auf die Wangen und biss sich bei seinem begierigen Blick auf die Unterlippe. Wie konnte sie ihn abweisen, wo sie ihn doch so begehrte? Er schien ihre Unentschlossenheit zu spüren, da er sie erneut innig küsste, vor Verlangen stöhnte und sie an den Rand ihrer Entschlossenheit brachte.

»Grizz«, flüsterte sie an seinen Lippen. »Das Video.«

Seufzend stützte er die Stirn an ihre. »Du hast ja recht. Es ist nur … Ich bekomme einfach nicht genug von dir und unsere gemeinsame Zeit geht unausweichlich zu Ende.«

»Ich weiß.« Sie musste auch immer wieder daran denken und mochte es sich eigentlich kaum ausmalen.

»Vielleicht solltest du den Winter über hierbleiben.« Sein hoffnungsvolles Lächeln reichte bis zu seinen Augen. »Um herauszufinden, was du mit deinem Leben anfangen willst.«

Sie mochte nicht an die bevorstehende Trennung denken. »Ich wünschte, das wäre möglich, aber zu Hause wartet mein Leben auf mich. Meine Familie, meine Freunde, meine Wohnung.«

Er trat einen Schritt zurück und fuhr sich mit einer Hand über das kurze Haar. In seinen Augen spiegelte sich Reue wider und er fluchte leise. »Das war nur so dahergesagt. Lass uns das Video drehen. Du hattest dafür den Aussichtspunkt im Sinn, nicht wahr?«

»Warte, Grizz.« Sie wollte ihn aufhalten, aber er blieb nicht stehen. Notgedrungen folgte sie ihm in den Wald. »Sollten wir nicht darüber reden?«

Er wurde langsamer und nahm ihre Hand. »Das ist mir nur so rausgerutscht, Shannon. Wirklich. Wir wissen beide, dass wir nur die Gegenwart haben und keine Zukunft. Das war eine dumme Bemerkung.«

»War sie das?« Sie sah ihn fragend an, konnte in seiner Miene jedoch nichts erkennen.

»Natürlich. Jetzt komm. Auf dem Weg zum Aussichtspunkt kannst du mir von deinem Tag erzählen.«

Widerstrebend ließ sie das Thema fallen und kam seiner Bitte nach, vergessen konnte sie die Sache aber nicht. *Das ist mir nur so rausgerutscht.* Als er das letzte Mal solche Ausflüchte vorgebracht hatte, hatte sie ihn durchschaut. Wie konnte sie sich sicher sein, dass es jetzt anders war?

Am Aussichtspunkt angekommen entschieden sie sich für eine Stelle, von der man einen wundervollen Blick auf die Berge und den blauen Himmel hatte. Steve las sich das Skript, das sie geschrieben hatten, ein letztes Mal durch.

»Treat meinte, es wäre perfekt«, erklärte sie, während er ihr den Rücken zuwandte und zu den Gipfeln hinüberblickte. Er zog die Schultern hoch und wirkte verkrampft. Da er die Arme verschränkt hatte, zeichneten sich seine muskulösen Oberarme unter dem Hemd ab.

»Er hat recht. Wenn ich nicht schon Teil des Projekts wäre, würde ich alles darum geben, etwas beitragen zu können. Du bist wirklich talentiert, Shan.«

Sie legte ihm die Hände auf die Schultern und massierte ihn. »Bist du nervös?«

Er schnaubte. »Eher nicht. Ich kann nur hoffen, dass es funktioniert. Aber wir wissen beide, dass ein Mensch, der heute das Eine will, morgen schon etwas anderes im Sinn haben kann.«

Sie fragte sich unwillkürlich, ob er sich damit auf sie bezog.

# Vierzehn

Die Schatten der Bäume tanzten im Mondlicht über den Fußboden. Countrymusik drang aus Steves Laptop, während er den Twitter-Feed der Kampagne durchging.

»Das ist gut, nicht wahr? Die Tweets von all den Leuten?« Steve deutete auf den Bildschirm. Nachdem Treat das Video abgesegnet hatte, hatten sie es hochgeladen und die Kampagne gestartet.

Shannon saß dicht neben Steve, hatte den offenen Laptop auf dem Schoß und ließ sich in mehreren Fenstern die Kampagne, die Facebook-Seite und die über die Website eintreffenden E-Mails anzeigen.

»Das sind Retweets und Fragen.« Sie gab eine Antwort ein. »Retweets sind gut. Jedes Mal, wenn unser Tweet retweetet wird, erfahren auch die Follower dieser Person von der Kampagne. Wenn einer von ihnen es erneut retweetet, geht das immer so weiter.«

Steve nickte, rang die Hände und warf einen Blick auf die To-do-Liste, die sie vor der Aktivierung der Kampagne angelegt hatten. »Wir haben E-Mails an alle Kontakte geschickt und sie gebeten, die Kampagne bekannt zu machen ...«

»Und an meine Familie. Sie geben den Link ebenfalls

weiter, genau wie Treat und seine Familie. Jetzt warten wir.« Sie setzte noch einen Tweet ab und machte danach auf Facebook weiter, während Steve eine Frage zu dem Grundstück beantwortete.

»Das ist wirklich stressig«, stellte er fest und widmete sich wieder Twitter. »Sieh dir nur den ganzen negativen Kram an, den die Leute schreiben. Der Kerl hier lästert über die Taille eines Models. Dieser streitet sich mit jemandem über etwas, das Kanye West angeblich gesagt hat. Haben die denn kein Leben? Und wie sollen wir so die Menschen finden, die wir für die Kampagne brauchen? Du hast so hart gearbeitet und die Tweets sind so schnell vergessen. Wie kriegen die Leute überhaupt was mit?«

Shannon kicherte. »Die Welt bewegt sich schnell, Grizz.«

»Nein, Baby. Die Aufmerksamkeitsspanne der Menschen ist kurz, daher sorgen sie dafür, dass alles immer schneller wird.«

Sie seufzte, drückte ihn nach hinten gegen die Rückenlehne und setzte sich rittlings auf seinen Schoß.

»Hör auf, dir Sorgen zu machen. Wir folgen den richtigen Leuten, den wichtigen Firmen und Aktivisten. Es wird schon klappen.«

»Ich habe irgendwie das Gefühl, als müsste ich mehr tun. Wenn auf dem Berg etwas passiert, kümmere ich mich darum, sei es ein verletztes Tier, Feiernde, die Unheil anrichten, Wilderer, zerfallende Habitate. Tiere kennen keine Grenzen, und wenn sie den Park verlassen, um zu fressen, sich zu paaren oder abzuwandern, tue ich mein Bestes, um sie zu beschützen und sie zurückzuholen, damit sie nicht getötet werden. Ich unternehme etwas, das bin ich gewohnt. Aber das hier fühlt sich falsch an, dass ich einfach nur rumsitze und tweete.«

Er legte die Hände an ihre Hüften und bewegte das Becken

unter ihr, aber er war viel zu verspannt, als dass er ihr das Gegenteil weismachen konnte. Seine Muskeln fühlten sich steinhart an.

»So funktioniert das System nun mal«, erwiderte sie und streichelte ihm sanft über die Wange. »Sieh es doch mal so: Jemand entdeckt einen Bären, der auf eine Straße läuft. Die Nachricht verbreitet sich per Handy und Funk, und ein Team taucht auf und bringt ihn in Sicherheit.«

»Genau. Dafür gibt es Richtlinien und Standardvorgehensweisen.«

»Jetzt stell dir denselben Bären vor, der über eine Straße läuft. Jemand postet ein Foto auf Facebook, ein anderer ein Video auf Twitter, und eine Viertelstunde später zanken sich Tierschützer mit Jägern, die glauben, ein leichtes Ziel gefunden zu haben – und ja, es gibt immer Idioten, die meinen, sie könnten vor den Behörden an Ort und Stelle sein, um den Bären zu streicheln, aber du darfst auch die erwähnten Tierschützer nicht vergessen. Und da fünftausend Menschen das Video gesehen haben, stammen einige von ihnen auch aus der Gegend, denn es fängt meist lokal an, und auf einmal passiert etwas. Die Tierschützer halten die Jäger auf, die Polizei versperrt den Bärenstreichlern den Weg, und nun wird der Bär nicht nur wieder in Sicherheit gelockt, sondern die Tierschützer kämpfen auch noch darum, dass Zäune aufgestellt werden, damit so etwas nie wieder passieren kann.«

»Das hört sich für mich sehr chaotisch an.«

»Das ist es auch, aber es ist ein Fortschritt.« Sie gab ihm einen Kuss. »Und genau das wird dafür sorgen, dass unsere Kampagne erfolgreich verläuft.«

»Dann musst du mich ablenken, denn wenn ich mir den ganzen Unsinn ansehen muss, den die Leute so tweeten, dann verliere ich den Verstand.« Ein teuflisches Grinsen breitete sich auf seinen Zügen aus und er knöpfte ihre Bluse auf. »Ich habe auch schon eine Idee, wie du das anstellen kannst.«

Sie spürte, wie er hart wurde, und als er seine warmen Lippen zwischen ihre Brüste presste, schloss sie die Augen.

»Ich sehne mich schon den ganzen Tag danach, in dir zu sein.« Er streifte ihr die Bluse von den Schultern und ließ sie zu Boden segeln. Danach fuhr er mit den Fingern über ihren rosafarbenen Spitzen-BH. »Du bist so wunderschön.«

Er drückte die Lippen auf die Haut direkt über dem BH und streichelte eine Brust, während er die andere Hand an ihrer Hüfte behielt. »Ich küsse dich so gern.«

Sie atmete zu schwer, als dass sie noch etwas sagen konnte. Er löste den Verschluss ihres BHs, und Shannon bog den Rücken durch und wollte seinen Mund auf sich spüren. Als er ihr den BH auszog, richteten sich ihre Brustwarzen in der kühlen Luft auf, doch im nächsten Augenblick hatte er auch schon eine im Mund. Sie umklammerte seinen Kopf und hielt ihn so fest, wie sie ihn haben wollte, während er mit den Zähnen sanft über ihre Brustwarze fuhr.

»Steve …«, flehte sie.

Er drückte ihre Brüste zusammen und ließ die Zunge über den steifen Brustwarzen kreisen. Shannon konnte ein gieriges Stöhnen nicht unterdrücken. Als er erst an der einen und dann an der anderen Brustwarze saugte, zuckten Wogen der Lust durch sie hindurch, und sie krallte die Finger in sein Haar. Sie glaubte schon, dieses wundervolle Vergnügen nicht länger ertragen zu können, da streifte er ihr den BH ganz ab und hob sie stöhnend von seinem Schoß. Er stand auf, nahm sie fest in die Arme und küsste sie tief und leidenschaftlich. Gierig und verlangend bewegte er die Zunge im selben Rhythmus wie das

Becken und erweckte in ihr das Verlangen, ihm ebenfalls Lust zu verschaffen. Sie legte eine Hand auf die Wölbung in seiner Jeans.

»Baby«, stieß er stöhnend hervor.

»Ich kriege nicht genug von dir«, gestand sie ihm.

Er zog den Reißverschluss seiner und ihrer Jeans herunter, und sie entkleideten einander, während sie sich weiter küssten. Steve streichelte mit einer Hand Shannons Brüste, legte die andere an seine Härte und fuhr langsam daran entlang. Der unbändige, ungehörige Drang, ihm dabei zuzusehen, war so stark, dass sie sich von ihm löste. Seine Augen waren beinahe schwarz. Er ließ die Hand von ihren Brüsten in ihren Schritt wandern und drang mit den Fingern in sie ein. Shannon umklammerte seine Arme und legte den Kopf in den Nacken, um sich ganz der Lust hinzugeben, doch sie wollte auch weiter zusehen. Sie zwang sich, die Augen aufzuschlagen, und sah, wie sich Steve vor sie hockte.

»Spreiz die Beine für mich, Baby.«

Sie kam der heißen Aufforderung nach, hielt sich an seinen Schultern fest und sah mit an, wie er mit einer großen Hand sich selbst streichelte, während er den Mund auf ihre Mitte presste. Er drang mit der Zunge in sie ein, ließ sie zwischen ihre feuchten Falten gleiten und leckte ihre geschwollene Klitoris. Als er sie zwischen die Zähne nahm und die Zunge darüber schnellen ließ, verlor Shannon beinahe den Verstand. Sie kniff die Augen zu, als er mit der Zunge tief in sie eindrang.

»Sieh mir zu, Baby.«

Mühsam machte sie die Augen wieder auf und begegnete seinem lodernden Blick. Er öffnete den Mund, drückte ihn auf ihr Zentrum und ließ seine Zunge rhythmisch in sie hineingleiten, während er weiter sein Glied streichelte. Sie hatte noch nie einen Porno gesehen, wusste aber trotzdem, dass das hier tausendmal schärfer war. Wie ihr harter Mann aus den Bergen sich selbst streichelte und sie mit der Zunge in Richtung Höhepunkt trieb. Er drehte sich ein wenig, damit sie besser sehen konnte, wie er mit der Zunge über ihre Falten leckte, und drang mit den Fingern tief in sie ein. Sie stieß erschaudernd die Luft aus.

»Grizz. Ich komme gleich.«

Er grinste sie frech an. »Das ist der Plan.«

Während er sie weiter leckte, fanden seine Finger die empfindliche Stelle in ihrem Inneren, und ihre Beine gaben nach. Sofort ließ er seine Härte los, packte ihre Hüften und hielt sie fest.

»Ich hab dich, Baby. Lass los. Komm in meinen Mund. Ich will dich schmecken.«

Ihr blieb auch gar keine andere Wahl, da sie jetzt so kurz vor dem Orgasmus stand.

Wieder und wieder saugte und leckte er, drang mit den Fingern in sie ein und berührte ihre empfindlichen Nervenknoten. Als er den Mund an ihre Öffnung presste und um seine Finger herumleckte, packte sie der Höhepunkt mit voller Gewalt.

»Grizz …«, schrie sie auf und bohrte die Fingernägel in seine Schultern.

Er ließ nicht nach und zog ihren Orgasmus in die Länge. Nachdem der letzte Schauder abgeklungen war, stand er auf, wischte sich mit der Handfläche über die glänzenden Lippen und strich mit der feuchten Hand in einer langen, festen Bewegung seinen Schaft entlang. Beinahe wäre sie noch einmal gekommen.

Dann küsste er sie wild und verlangend und eroberte ihren

Mund.

»Mehr. Ich will mehr«, hörte sie sich flehen.

»Lass mich deinen Mund spüren, Baby.« Er hielt ihren Blick fest und führte ihre Hand an seine Härte.

Sie genoss es, seine pralle, harte Länge zu spüren, und drückte ihn nach hinten auf das Sofa. Er ließ sich mit einem verführerischen Stöhnen sinken und sah ihr tief in die Augen. Sein Blick erinnerte an den eines Raubtiers. Shannon schlug das Herz bis zum Hals. Sie liebte es, die Kontrolle zu haben, und wusste, dass er die Kiefermuskeln so anspannte, weil sie ihm solche Lust schenkte. Schon ging sie auf die Knie, leckte über die breite Spitze und liebkoste den Spalt in der Mitte. Steve stieß zischend ihren Namen aus, drückte das Kinn auf die Brust und beobachtete sie. Sie ließ die Zunge weiter nach unten wandern, leckte über seine Hoden und spürte, wie sie fest wurden, was ihr ein weiteres kehliges Stöhnen einbrachte.

»Das fühlt sich so gut an, Baby«, knurrte er mit belegter Stimme.

Sie leckte einmal an seiner gesamten Länge entlang und nahm ihn dann ganz in den Mund. Er stöhnte lauter und hob die Hüften an, als sie ihn langsam wieder herausgleiten ließ und über die geschwollene Spitze leckte, bevor sie ihn abermals in den Mund nahm. Steve schob die Finger in ihr Haar und bewegte das Becken in dem Rhythmus, den sie ihm vorgab. Sie spürte, dass er wie an jenem Morgen kurz davorstand, die Kontrolle zu verlieren.

Er legte ihr die Hände auf die Wangen und brachte sie dazu, seinen Schaft freizugeben. Ohne ein Wort zu sagen, hob er sie hoch und ließ sie auf seine aufragende Härte sinken. Ihr stockte der Atem, als er sie ausfüllte, sie mit seinen starken Armen umfing und sie leidenschaftlich küsste, während er in sie hineinstieß. Sie spürte jeden Zentimeter von ihm und die Kraft, die seinen definierten Muskeln innewohnte. Und sie wollte all diese Kraft spüren. Seine Lippen wanderten von ihrem Mund über ihren Hals, und er saugte so fest an ihrer Haut, dass sie es zwischen den Beinen spürte. Mit einer Hand streichelte er ihren Hintern, schob die Finger zwischen ihre Pobacken und neckte das Poloch. Während er an ihrem Hals saugte, immer wieder in sie hineinstieß und ihr mit den Fingern zusätzlich Lust verschaffte, verlor sie sich in ihrer Leidenschaft und ergab sich dem Höhepunkt. Ihr ganzer Körper bebte und zitterte, als sie sich um ihn herum zusammenzog, doch er blieb hart und unerbittlich, brachte sie in immer höhere Höhen und ließ einen Orgasmus dem nächsten folgen.

Schließlich sackte sie schwer atmend gegen seine Brust und konnte keinen klaren Gedanken mehr fassen, während er sie an sich drückte und ihre Wangen, ihr Kinn, ihre Lippen küsste. Er strich ihr das Haar aus dem Gesicht. Sie schenkte ihm ein erschöpftes Lächeln und legte den Kopf auf seine Brust.

Er hielt sie auf seinem Schoß fest, noch immer in ihr versunken, und flüsterte ihr so zärtliche Worte ins Ohr, dass ihr die Tränen kamen. Doch nicht wegen dem, was er sagte, sondern weil sie wusste, dass der Tag kommen würde, an dem sie nicht mehr zusammen waren.

»Ich bin bei dir, Baby. Du bist so wunderschön. Ich bin bei dir.« Er streichelte ihren Rücken und drückte sie so fest an sich, dass sie seinen Herzschlag spüren konnte, bis ihre Herzen schließlich im Einklang schlugen.

Sanft hob er ihren Kopf an und legte ihr die Hände auf die Wangen. Sein Blick wurde reumütig, als er ihre Tränen bemerkte. »Baby? Habe ich dir wehgetan?«

Sie schüttelte den Kopf. »Liebe mich, Grizz. Liebe mich.«

*Lass mich vergessen, dass wir irgendwann nicht mehr zusammen sein werden.*

Steve trug Shannon ins Schlafzimmer und wusste nicht, was er von dem halten sollte, was er in ihren Augen gesehen hatte. Er zog die Decke beiseite, legte Shannon mitten aufs Bett, kauerte sich über sie und sah ihr in die Augen. Doch die Besorgnis, die er eben noch darin wahrgenommen hatte, war verschwunden und reiner, ungetrübter Lust gewichen.

Er küsste sie sanft, legte ihr die Hände an den Hinterkopf und wollte ihr das Gefühl vermitteln, in Sicherheit und geliebt zu sein.

»Nimm mich, Grizz. Halte dich nicht zurück.«

»Shan …«

»Nicht denken.« Sie streichelte seine Wange und schenkte ihm ein süßes Lächeln. »Ich spüre, wie du dich zurückhältst, aber ich möchte nicht, dass du das tust.«

Er mahlte mit dem Kiefer. Sie hatte durchaus recht, denn er hielt sich tatsächlich jedes Mal stark zurück. Shannon weckte Gelüste in ihm, die ihn beinahe um den Verstand brachten. »Wenn wir zusammen sind, will ich immer weitergehen, mir mehr nehmen, aber …«

»Dann tu es.«

Großer Gott, nur zu hören, wie sie es aussprach, die Leidenschaft in ihren Augen zu sehen, bewirkte, dass er sich kaum noch zügeln konnte. »Ich weiß nicht, ob ich mich noch zusammenreißen kann, sobald ich einmal …«

»Das musst du auch nicht. Ich will alles von dir«, sagte sie mit so viel Liebe im Blick, dass sie beinah greifbar war. »Einfach alles, Grizz. Was immer du auch zurückhältst, ich will es. Ich möchte spüren, wie du dich ganz hingibst.«

Sie bewegte das Becken, sodass seine Spitze direkt vor ihrer Öffnung lag. Die Versuchung, sofort in sie einzudringen, war groß – fast zu groß. Sie hatte ihm eine Tür geöffnet, und er würde jetzt nicht umkehren, auch wenn ihn eine Stimme in seinem Kopf ermahnte, dass ihm der Abschied umso schwerer fallen würde, je weiter sie nun gingen.

Er drückte die Lippen auf ihre und sah ihr erneut in die Augen. »Nur für dich, meine Süße. Du machst das mit mir. Du und keine andere. Das ist nur für dich.«

Auf den Knien hockend blickte er auf sie herab, wie sie vertrauensvoll unter ihm lag. Ihre schweren Brüste hoben und senkten sich bei jedem Atemzug und ihre steifen Brustwarzen sahen überaus verlockend aus. Er wollte ihr ebenso große Lust schenken, wie sie ihm bereitete. Sein Blick wanderte an ihrem Körper hinab zu ihren Hüften. Wie er ihre Kurven liebte! Er fuhr mit den Fingern über ihren Brustkorb zu ihrem Becken und weiter zu ihren Oberschenkeln. Eine leichte Gänsehaut folgte seiner Berührung. Seine Finger glitten über die Mulden neben ihren Hüften zu der sanften Wölbung ihres Bauches.

»Ich sehe dich so gern an«, flüsterte er und strich über ihre Brustwarzen. »Ich berühre dich so gern.« Er senkte den Kopf, und als er eine Brustwarze in den Mund nahm, sog Shannon die Luft ein. Langsam und genüsslich saugte er daran, und sie bog den Rücken durch, als wollte sie ihn auffordern, sich mehr zu nehmen. Aber er ließ von ihr ab und sie wimmerte leise. Er wollte, dass sie sich danach verzehrte, dass sie es kaum erwarten, nicht mehr aushalten konnte, vor Lust nicht mehr klar denken konnte.

»Du bist die personifizierte süße, sündige Perfektion.« Er strich mit den Fingerspitzen über ihre Oberschenkel nach unten, an der Innenseite wieder nach oben und über ihr Zentrum.

Sie atmete schneller und bewegte die Hände nach unten.

Steve schüttelte den Kopf. »Nein, Baby.« Er nahm ihre Hände, legte sie über ihren Kopf auf das Kissen und ermahnte sie mit einem Blick, sie dort zu lassen, bevor er ihr ein weiteres Kissen unter den Kopf schob.

»Sieh mich an.« Das war ein leiser Befehl. Sie hob den Blick, und ihre Augen wurden dunkel, als er ihre Knie anhob und spreizte.

»Du solltest dich sehen, Baby. So feucht. So wunderschön.«

Er legte eine Hand an seinen Schaft und bewegte die Spitze langsam zwischen ihren heißen Falten auf und ab. Shannon hob ihr Becken und krallte die Finger ins Kissen, doch er gab ihrem lautlosen Flehen nicht nach. Er liebkoste und neckte sie und benetzte seine Spitze mit ihrer Feuchtigkeit, um dann mit der Hand langsam über seine ganze Länge zu fahren. Sie leckte sich die Lippen und er musste zu ihr hinunterkommen. Auf eine Hand gestützt eroberte er ihren Mund mit einem wilden Kuss, bei dem seine Zurückhaltung mehr und mehr ins Wanken geriet.

»Berühr mich, Baby.« Er führte ihre Hand an seine pralle Härte und zeigte ihr, wie sie ihn streicheln sollte, während er sich rittlings auf sie setzte.

»Grizz …« Sie sah ihm in die Augen, beugte sich vor und zog seinen Schaft sanft in Richtung ihres Mundes.

Er rückte weiter nach oben, und sie nahm ihn tief in den Mund und leckte ihn, als wollte sie nie wieder aufhören, bis er beinahe kam. Er musste sich am Kopfbrett festhalten, und sie umklammerte seine Hüften, drängte ihn, immer schneller zu werden, und nahm ihn so weit in den Mund, wie sie nur konnte.

»So ist es richtig, Baby. Nimm dir alles.«

Sie umfing seine Hoden, ließ sie wieder los und brachte ihn bis dicht vor den Höhepunkt. Doch er wollte nicht, dass dies ein einseitiges Vergnügen wurde, sie sollte ebenso große Lust empfinden, wie sie ihm schenkte. Er zog sich aus ihrem Mund zurück und biss die Zähne zusammen, als sie leise wimmerte. Dann nahm er die Kissen unter ihrem Kopf weg, drehte sich und hockte sich über ihren Kopf, um dann seinen Mund auf ihre Mitte zu drücken.

»Oh Gott«, hauchte sie, griff nach seiner Härte und nahm sie wieder in den Mund.

In dem Augenblick wäre er beinahe gekommen. Er kämpfte gegen die Wogen der Lust an, die ihn mitzureißen drohten, und drang mit den Fingern in ihre enge Hitze ein, während er sie leckte. Ihr Stöhnen ließ seine Härte vibrieren. Er tauschte die Finger gegen die Zunge aus, ließ seine Hand an ihre empfindlichste Öffnung wandern und streichelte sie dort. Aber das war nicht genug. Mit Shannon war nichts genug. Er musste sie *ganz* besitzen. Während er sie weiter mit der Zunge penetrierte, schob er seinen Finger sachte in ihren Anus. Sie stöhnte und abermals zuckten die tiefen Vibrationen durch seinen ganzen Körper. Behutsam liebkoste er sie, öffnete sie, liebte sie mit den Fingern und dem Mund und hielt dabei seinen Orgasmus in Schach. Er bewegte seinen Mund etwas weiter nach unten, befeuchtete sie dort und drang mit einem zweiten Finger in ihren Anus ein. Sie bäumte sich auf dem Bett auf.

»Zu viel?«

Sie verneinte murmelnd.

Er konnte das zufriedene Lächeln nicht unterdrücken, das sich auf seinen Zügen ausbreitete. Sie war ganz und gar bei ihm. Er saugte ihre Klitoris in seinen Mund, bewegte die andere Hand nach unten, drang mit den Fingern in sie ein und liebte sie auf jede nur denkbare Weise. Schon spürte er, wie sich ihr Orgasmus aufbaute, wie ihre Beine zitterten und in ihrem Inneren alles erbebte. Sie umklammerte seine Hoden und drückte gerade fest genug zu, dass wundervoller Schmerz kurz durch ihn hindurchzuckte. Als sie um seinen Schaft herum aufschrie, wurde auch er von seinen Gefühlen übermannt und kam.

Ihre Körper zuckten und bebten, als sie ihre Leidenschaft bis zum letzten Augenblick auskosteten. Er drückte ihr einen Kuss auf die zitternden Oberschenkel und musste sich erst einmal wieder unter Kontrolle bekommen. Dann rutschte er auf dem Bett nach oben und nahm Shannon in die Arme. Dabei spürte er, wie seine Liebe zu ihr aus seinem tiefsten Inneren aufstieg, sich grimmig und machtvoll, *gnadenlos* den Weg in die Freiheit bahnte.

Er küsste sie sanft. »Sind wir uns immer noch einig?«

»Ja.« Sie hielt seinem Blick stand. »Oh ja.«

Da küsste er sie lange und leidenschaftlich. Der Kuss war so innig, und er ließ alle Emotionen hineinfließen, die er so lange zurückgehalten hatte, sagte ihr damit lautlos *Ich liebe dich* und *Bitte bleib bei mir* und verbarg diese Worte in ihrem Inneren.

Sie rangen beide in einem erbitterten Kampf um mehr. Er streichelte sie zwischen den Beinen, genoss jedes heiße Stöhnen, jedes wilde Flehen. Aber er wollte noch mehr, wollte mehr von ihr berühren, ihr auf eine Art und Weise Lust bereiten, wie sie sie nie kennengelernt hatte.

Er löste die Lippen von ihren und sein Blick fiel auf die Flasche mit Kokoskörperöl auf dem Nachttisch. Ein freches Grinsen umspielte ihre Lippen, als er ihr etwas Öl auf den Bauch tröpfelte.

»Das duftet so gut«, sagte sie.

Er verteilte das glitzernde Öl auf ihren Brüsten und sie biss sich auf die Unterlippe. Als er zu ihren Beinen überging und das Öl auf den Oberschenkeln verrieb, schloss sie die Augen.

Steve stellte die Flasche neben dem Bett ab. »Mach die Augen auf, meine Schöne.« Sobald sie der Aufforderung nachgekommen war, streichelte er seine bereits wieder harte Länge.

Sie riss die Augen auf und kniff sie dann zusammen.

»Das gefällt dir«, stellte er fest und legte die Hände an ihre Hüften.

»Nein«, flüsterte sie mit heiserer Stimme und er erstarrte. »Ich liebe es.«

»Damit ist es offiziell«, meinte er. »Du bist nur auf der Welt, um mich zu foltern.«

Sie lachte leise und in diesem Moment verliebte er sich noch mehr in sie. Wann immer er glaubte, sie von ganzem Herzen zu lieben, fand sie einen Weg, sich noch tiefer in seinem Herzen zu verankern.

Er massierte ihre Beine, streichelte, rieb und drückte sie.

»Hmm.« Ihre Lider flatterten und schlossen sich.

»Augen auf, Baby«, rief er ihr in Erinnerung und sie sah ihn unter schweren Lidern an.

Je weiter er sich an ihren Oberschenkeln nach oben vorarbeitete, desto fester drückte er zu, um das Öl dann mit langsamen, gemächlichen Daumenbewegungen auf der besonders zarten Haut an den Innenseiten zu verteilen.

Shannon wimmerte leise und drückte ihm das Becken entgegen. Er arbeitete sich weiter nach oben und ließ die Hände über ihren Bauch, ihre Hüften, ihre Taille gleiten. Das Öl wurde langsam wärmer, und sie kam seinen Händen entgegen und stieß süße, sinnliche Geräusche aus, während er mit den Händen an ihren Seiten entlangfuhr.

»Das ist unfair«, protestierte sie keuchend.

Er liebkoste ihre Brüste, streichelte ihre Brustwarzen und zwickte sanft hinein. Shannon bäumte sich auf dem Bett auf, und er streichelte ihre Arme, verschränkte die Finger mit ihren und brachte sie dazu, die Hände über den Kopf zu heben. Dabei rieb er seine ölbeschmierte Härte über ihren Bauch und sehnte sich danach, in ihr zu sein.

»Was ist unfair?« Steve küsste ihren Hals, während sie nach Worten rang. Ihre Augenlider flatterten und ihre Atmung beschleunigte sich. Gierig hob sie das Becken an und rieb sich an seinem Schaft.

»Das hier. Du schenkst mir so viel Wonne und bekommst nichts dafür«, sagte sie endlich.

»Das stimmt doch gar nicht, Baby. Ich genieße es, mit anzusehen, wie du dich ebenso in mir verlierst wie ich mich in dir.« Er küsste sie erneut und ließ ihre Hände los.

»Dann hör nicht auf«, drängte sie ihn.

Behutsam drehte er sie auf den Bauch, strich ihr das Haar über eine Schulter und enthüllte ihren wundervollen, schlanken Rücken. Er goss etwas Öl über ihre Wirbelsäule bis hinunter zu dem kleinen Grübchen über ihrem Hintern. Sie bewegte die Hüften auf dem Bett und er ließ etwas Öl auf ihre Pobacken tropfen.

»Fühlt sich das gut an, Baby?«

»Ja«, flüstere sie und krallte die Finger ins Bettlaken.

Genüsslich arbeitete er sich an ihrem Rücken wieder nach oben und bewunderte ihre Schönheit und Hingabe. Er genoss es, dass sie im Bett zu Wagnissen bereit war und ihm derart vertraute. Seine Hände glitten über ihre Schultern und kneteten ihre weiche Haut, während sie unter ihm dahinschmolz. Dann drückte er ihr einen Kuss hinter ein Ohr.

»Immer noch alles gut?«, fragte er sanft.

»Ja«, hauchte sie. Als er sich auf sie legte und seine pralle Härte gegen ihren Hintern drückte, stieß sie die Luft aus und hauchte erneut: »Ja.«

Er gab ihr einen Kuss auf die Wange und ließ seine Länge zwischen ihren Pobacken auf und ab gleiten. Dabei verschränkte er die Finger mit ihren und spürte ihren Rücken warm und ölig an seiner Brust. Sie presste den Hintern gegen seine Härte und bewegte sich immer schneller und verwegener. Er knirschte mit den Zähnen, vergrub den Kopf an ihrem Nacken und versuchte, sich zusammenzureißen. Als sie die Fingernägel in seine Haut bohrte, hätte er beinahe die Kontrolle verloren.

Stöhnend rutschte er an ihrem Körper herunter, massierte ihren süßen, perfekten Hintern und drückte einen Kuss auf jede runde Pobacke. Er ließ die Hände über ihre Oberschenkel gleiten, brachte sie dazu, die Beine zu spreizen, massierte ihre Schamlippen, und als sie das Becken anhob, konnte er sich nicht länger zurückhalten und nahm sich, was er wollte. Er drang mit den Fingern tief in sie ein und sie schrie auf.

Sofort erstarrte er, zitternd vor Lust. »Zu hart?«

»Nein. Gut. *Mehr.*«

Sie hob den Hintern höher und er bewegte die andere Hand zwischen ihre Pobacken und rieb sie dort.

»Ja«, flehte sie.

Heiliger Strohsack, diese Frau machte ihn völlig fertig. Seine

Finger waren dick mit Öl benetzt und er drang erst mit einem, dann mit zwei Fingern in sie ein.

»Mehr«, verlangte sie.

Er nahm einen dritten Finger hinzu.

Allein dieser erotische Anblick reichte beinahe aus, um ihn den Verstand verlieren zu lassen, aber obwohl sie sich unter ihm wand und laut stöhnte, während seine Finger sie liebkosten, brauchte er noch *mehr.* Er zog die Finger langsam heraus und schloss die Augen, als sie leise wimmerte.

»Grizz, bitte«, flehte sie.

Er legte sich auf sie, küsste sie erneut hinter dem Ohr und ermahnte sich, Zurückhaltung zu üben, doch die wahnsinnige Liebe, die ihn zu zerreißen drohte, war stärker.

»Ich muss alles von dir haben, Shannon.« *Ich liebe dich zu sehr. Es ist einfach zu viel.*

»Ja.« Sie schien erleichtert zu sein, als würde sie denselben inneren Kampf ausfechten.

»Baby.« Er rückte ein wenig zur Seite, damit er ihr ins Gesicht sehen konnte, und die Emotionen, die sich darin widerspiegelten, bewegten ihn zutiefst. Sie zitterten beide am ganzen Leib, und seine Stimme hatte nie düsterer geklungen, als er sagte: »Ich liebe dich, Shannon. Ich liebe dich so sehr, dass es wehtut.«

Sie schluckte schwer. »Ich liebe dich auch. Ich habe viel größere Angst davor, es nicht zu tun, als es zu machen. Ich ertrage keinen weiteren Tag, ohne nicht ganz und absolut die Deine zu sein.«

Ihre Lippen prallten zu einem wilden, verlangenden Kuss aufeinander, der aber auch liebevoll und sinnlich war.

»Ich liebe dich, Baby. Wir können jederzeit aufhören.«

»Nein, das können wir nicht«, widersprach sie ihm. »Diese

Liebe ist größer als wir. Sie ist unaufhaltsam.«

*Gefährlich.* Er schloss wieder die Augen und bahnte sich eine Spur aus Küssen an ihrer Wirbelsäule herunter. Sie hob das Becken an und wackelte mit dem prächtigen Hintern vor seiner Nase herum.

»So vertrauensvoll«, murmelte er und legte ihr ein Kissen unter die Hüften. Wieder liebkoste er sie mit den Fingern und drückte ihr Küsse auf den Rücken, bis er spürte, dass sie für ihn bereit war.

»Jetzt, Grizz. Bitte. Ich halte es nicht mehr aus.«

Er führte seine vom Öl feuchte Härte an ihre engste Öffnung. Als er ihre weichen Pobacken spürte, hätte er sich am liebsten sofort zur Gänze in ihr versenkt, aber er behielt die Kontrolle. Er drückte Küsse auf ihren Rücken, und dann stöhnten sie beide auf, als er vorsichtig den engen Ring aus Muskeln durchdrang. Er musste seine gesamte Kraft aufbringen, um nicht zuzustoßen. Sie krallte sich ins Bettlaken und kniff die Augen fest zu.

»Ist alles okay, Baby?«

»Ja. *Mehr.*«

Behutsam und gleichmäßig drang er immer tiefer in sie ein, bis er sich ganz in ihr versenkt hatte, beugte sich über ihren Rücken und verschränkte die Finger mit ihren. Sie war so eng und sie zitterten beide und atmeten gleichzeitig schnell und flach.

»Großer Gott«, flüsterte sie. »Du bist riesig.«

Nach kurzem Schweigen lachten sie beide auf, und dabei verflog auch die Angst, die ihn die ganze Zeit zurückgehalten hatte.

»Ich liebe dich, Butterfly. Ich liebe dich so sehr …«

Sanft bewegte er sich in ihr, und als sie nach mehr verlangte, stieß er härter zu. Dabei schob er eine Hand unter sie und streichelte sie, bis sie kam. Nachdem sie sich beide in ihrem Liebesspiel verloren hatten, trug er sie in die Dusche und sie liebten sich im warmen Wasserstrahl ein weiteres Mal.

Nachdem er das Bett rasch neu bezogen hatte, lagen sie sich darin in den Armen und sie fragte ihn, ob er das schon einmal getan hatte.

»Nein, Baby. Du bringst mich dazu, dass ich alles von dir haben will. Das habe ich vorher noch nie gewollt.«

»Oh«, sagte sie leise.

Er schloss kurz die Augen und betete, dass er von ihr dieselbe Antwort zu hören bekam. »Und du?«

»Du weißt doch, dass es auf Highschools Ballköniginnen gibt?«

»Ja«, antwortete er verwirrt.

»Ich war die Analkönigin.«

Er schloss die Augen und kämpfte gegen die Pein an, die in ihm aufstieg.

Doch dann streckte sie einen Finger aus und tat so, als würde sie einen Haken machen. »Reingelegt!«

Er drückte sie fester an sich und verlor sich erneut in ihrem Selbstvertrauen und ihrem sorglosen Gekicher. Als sie sich in seinen Armen umdrehte und sie sich in die Augen blickten, wusste er die Wahrheit bereits, bevor sie die Worte aussprach.

»Nur du, Grizz. Ich gehöre dir.«

# Fünfzehn

Die folgende Woche verging dank der Kampagne und der Vorbereitungen für die Spendenveranstaltung wie im Flug. Dabei verliebte sich Shannon immer mehr in die Gegend, die Menschen und den Mann, den sie nicht ansehen konnte, ohne mehr von ihm zu wollen. Shannons und Steves Leben waren nahtlos miteinander verschmolzen. Steve hatte die Woche immer wieder spontane Treffen mit verschiedenen Partnern und sie war immerzu mit ihrer Forschung oder der Kampagne beschäftigt. Trotzdem fanden sie Zeit füreinander, liebten sich bis spät in die Nacht und unterhielten sich bis in die frühen Morgenstunden über alles – nur nicht über die Zukunft, denn sie hüteten sich beide, dieses Thema zur Sprache zu bringen. Seit einigen Tagen standen sie beide früh auf, um sich den Sonnenaufgang von der Terrasse aus anzusehen. Sie hatten sogar Zeit dafür gefunden, mit ihren Freunden auszugehen. Mit Mack und Will trafen sie sich zum Mittagessen und sprachen über die Spendenveranstaltung, und Shannon stellte erfreut fest, dass Will nicht sauer war, weil sie ihn Steve zuliebe versetzt hatte. Außerdem gingen sie mit Jade und Rex essen, und es gelang ihr sogar, Steve zu einem Grillabend bei den Bradens zu überreden. Sie luden auch seine Eltern ein, sodass es schon fast zu einer richtigen Feier wurde.

Inzwischen waren sie ein richtiges Paar und es fühlte sich großartig an. Shannons Forschung war kein Soloprojekt mehr und sofort konnte sie sich wieder mehr dafür begeistern. Wenn Steve seine Aufgaben erledigt hatte, tauchte er immer an der Stelle auf, an der Shannon an diesem Tag ihre Untersuchungen anstellte. Er brachte etwas zu essen mit und sie machten ein Picknick, und wenn sie beide zum Feierabend noch auf dem Berg waren, kam er zu ihr und sie machten sich gemeinsam an den Abstieg. Ihre Beziehung verlief ganz so, wie sie sich das an der Seite eines Mannes aus den Bergen vorgestellt hatte, und während ihre Liebe zu ihm immer größer wurde, lief der unheilvolle Countdown für ihre Abreise weiter. Ihnen blieben nur noch knapp zwei Wochen, bis sie nach Hause zurückkehren musste, und jedes Mal, wenn sie daran dachte, machte sie das unfassbar traurig.

Jetzt saßen Steve und sie im Kreise ihrer Freunde in einem Café und gingen ein letztes Mal die Pläne für die Spendenveranstaltung durch, wobei Steves Hand besitzergreifend auf ihrem Oberschenkel ruhte. Als sie sich das Versprechen gegeben hatten, nach ihrer Abreise nach vorn zu blicken, hatte sie schon nicht wirklich daran geglaubt. Sie wusste ganz genau, dass sie Steve nie würde ansehen können, ohne diese wahnsinnige, tiefe, leidenschaftliche Liebe zu spüren. Aber auf sie wartete in Peaceful Harbor ein anderes Leben, ihre Familie, die sie liebte, und die Freunde, mit denen sie aufgewachsen war.

Ihr Blick huschte über den Tisch, und sie musterte die fröhlichen Gesichter ihrer Verwandten und Freunde, die sich zusammengefunden hatten, um ihnen zu helfen, ohne dafür eine Gegenleistung zu erwarten. Max, Treat, Jade und Rex saßen angeregt plaudernd ihr gegenüber. Am Tischende unterhielt sich Jo mit Cutter Long, Wes' Stallleiter, der sich bereit erklärt hatte, Wes bei dem Rodeo zu helfen, das sie bei der Spendenveranstaltung veranstalten wollten. Jo schien recht angetan von dem attraktiven blauäugigen Cowboy. Shannon hatte Jo vor einigen Tagen aufgesucht und sie hatten sich lange über die Spendenveranstaltung und über Steve unterhalten. Sie war überrascht gewesen, als sie erfuhr, dass Jo und Steve nur einmal miteinander intim geworden waren, schließlich konnten er und Shannon kaum die Finger voneinander lassen. Zwar hatten sie die sinnlichen Gelüste aus der Nacht mit dem Öl bisher kein weiteres Mal ausgelebt, aber irgendetwas hatte sich dadurch verändert. Ihre Beziehung schien eine neue Stufe erreicht zu haben, das Band zwischen ihnen war stärker und fester geworden. Die Grundfesten aus Vertrauen und Ehrlichkeit, die sie gelegt hatten, ließen keinen Platz mehr für Besorgnis.

Sie blickte nach rechts, wo ihre Cousins saßen: Ross mit seiner Verlobten Elisabeth und Wes mit seiner Frau Callie. Wes hatte eine Hand auf Callies deutlich erkennbaren Babybauch gelegt. Auf der anderen Tischseite plauderten Cousin Luke und seine Frau Daisy mit Cal und Rachel. Shannon hatte auch mit ihrer Cousine Emily telefoniert, die zwar in Trusty lebte und ihnen gern geholfen hätte, jedoch gerade mit ihrem Verlobten Dae ihre Hochzeit in Italien vorbereitete.

So langsam fragte sich Shannon, ob es wohl möglich war, zwei ausgefüllte Leben zu führen.

»Was denkst du, Butterfly?«

Steves raue, sexy Stimme bewirkte, dass sie eine Gänsehaut bekam. *Oh, oh.* Sie hatte gar nicht mitbekommen, worum es ging.

»Ich helfe wirklich gern.« Elisabeths blondes Haar rahmte

ihr hübsches Gesicht ein und sie strahlte förmlich. »Rossies Assistentin Kelsey meinte, sie würde mich am Stand unterstützen. Wir backen kleine Kuchen wie für den Jahrmarkt und geben sie gegen eine geringe Spende raus. Jeder Dollar zählt, und die Gemeinde hat mir die Bierkuchen förmlich aus den Händen gerissen.«

»Das wäre wunderbar. Vielen Dank.« Shannon ging das Herz auf, weil man sie hier so großartig unterstützte, gleichzeitig wurde es ihr aber auch schwer, da sie all das wieder zurücklassen musste. Steve sah sie an, als wäre sie der einzige Mensch in dem geschäftigen Café. Wie konnte sie ihn nur verlassen? Wie konnte sie ihn aufgeben? Würden sie eine Fernbeziehung hinbekommen? Wollten sie das überhaupt?

Sie dachte noch darüber nach, während Elisabeth den Kuchen beschrieb, den sie für die Spendenveranstaltung backen wollte. »Ich nenne ihn Flusskuchen und nehme cremeweiße Schokolade und eine grünliche Farbe, damit er aussieht wie Wasser. Es können ein paar Schokostücke herausgucken und mit Marshmallowcreme kann ich weiße Gischt hinzufügen.«

»Ich melde mich freiwillig als Probeesser«, verkündete Ross und beugte sich vor, um sie zu küssen.

»Schön hinten anstellen, Schwager«, neckte Callie ihn. »Schwangere haben immer Vorrang. Ich koste die Schokokuchen, dass das mal klar ist.«

Ross machte ein finsteres Gesicht.

Wes warf ihm einen warnenden Blick zu. »Denk nicht mal daran, Bruder. Meine Frau will den Kuchen, und ich werde alles daransetzen, dass sie ihn auch bekommt.«

Alle lachten und Wes gab Callie einen leidenschaftlichen Kuss. Shannons Cousins stritten sich auch als Erwachsene noch immer wie Teenager.

»Danke, dass ihr uns helft«, sagte Shannon. »Bis heute Vormittag sind einhundertsiebenundachtzigtausend Dollar für die Kampagne eingegangen. Es fehlen also nur noch dreihundertdreizehntausend.«

»Ich muss zugeben, dass ich dem Crowdfunding zuerst skeptisch gegenüberstand«, meinte Treat, »aber ihr beide könnt die Leute wirklich dafür begeistern. Das ist ein anderes Geschäftsmodell, doch so können wir vielleicht sogar noch Geld für die Renovierung der Farm beschaffen, und womöglich sogar für weitere Projekte in der Zukunft.«

Shannon merkte auf.

»Alles dank meines großartigen Mädchens«, sagte Steve voller Stolz. »Und wir haben jetzt einen super Plan für das Event, was allein euch zu verdanken ist. Mack und Will freuen sich darauf, die Gastgeber zu spielen, und ich habe heute Morgen mit jemandem von der Weston Times gesprochen. Sie werden einen großen Bericht darüber bringen.«

»Falls ihr beschließen solltet, noch mehr Land mit Hilfe von Kampagnen oder anderen kreativen Methoden zu kaufen, bin ich gern dabei«, sagte Shannon.

»Genau das haben wir vor.« Treat warf Steve einen ernsten Blick zu und Steve nickte. »Dazu müsstest du nicht einmal unbedingt vor Ort sein.«

Bei diesen Worten zog sich ihr Magen zusammen.

»Es war eine tolle Idee, die Spendenveranstaltung am Nachmittag vor dem Scheunentanz stattfinden zu lassen«, erklärte Jade.

»Ja, nicht wahr?«, meinte Max. »Dann haben alle gute Laune, und vielleicht wird der Tanz dann sogar zu einer richtigen Feier.«

»An dem Abend bekommen wir bestimmt einige neue

Tanzschritte zu sehen«, fügte Treat hinzu.

»Meinst du nicht auch, Steve?«, fragte Rex mit schelmischer Miene.

»Das wird bestimmt toll.« Steve wandte sich ab, aber Shannon war sein nervöser Blick nicht entgangen.

Sie fragte sich, ob er ebenso wie sie an ihre bevorstehende Abreise dachte oder ob er und Rex sich darauf bezogen, dass sie neulich mit Cal getanzt hatte. Cal unterhielt sich derweil angeregt mit Rachel und bekam überhaupt nichts anderes mit.

»Ihr habt einen dreifachen Two Step in diese Beziehung gemacht«, bemerkte Jade.

Steve fuhr sich mit einer Hand über das Gesicht.

»Das stimmt doch gar nicht«, protestierte Max. »Sie sind im Linedance direkt durch das Scheunentor gekommen.«

Shannon wusste, dass sie Steve nur neckten, weil er nicht tanzen konnte, und sie verkniff sich einen Kommentar. Steve schüttelte zwar den Kopf, grinste aber.

»Findest du, Liebste?«, fragte Treat seine Max und schenkte Steve ein breites Grinsen. »Meiner Meinung nach tanzen sie schon seit Rex' und Jades Hochzeit einen langsamen Walzer und haben jetzt endlich ›Cotton Eye Joe‹ gemeistert.«

»Du liebe Güte«, murmelte Steve.

»Okay, das reicht jetzt, Leute.« Shannon wollte sich eigentlich nicht einmischen, konnte es aber nicht länger ertragen. »Ihr seid ja gnadenlos. Steve kann nicht tanzen. Na und?«

Steve lächelte sie herzlich an. »Schon gut, Baby. Alles okay bei dir?«

»Ja.« Sie liebte ihn so sehr, dass sie es bis in die Knochen spürte. Aber sie war auch froh, dass er nicht so eifersüchtig war wie Rex. Zwar hatte sie Rex sehr gern, doch sie hätte nie auf das

Tanzen verzichten können, nur weil Steve nicht gern tanzte, und es gefiel ihr nicht, dass die anderen eine so große Sache daraus machten.

Sie verschränkte die Finger mit seinen und kam sich vor wie die glücklichste Frau auf Erden, weil sie einen so liebevollen, rücksichtsvollen Mann gefunden hatte, der zudem noch der heißeste Kerl dieses Planeten war. Wenn es doch nur möglich gewesen wäre, ihn mit nach Peaceful Harbor zu nehmen. Aber sie konnte ihn ebenso wenig bitten, sein Leben hier in Colorado aufzugeben, wie sie ihr Leben in Peaceful Harbor zurücklassen konnte.

Möglicherweise war es klug, ihre Forschung demnächst auf das Klonen oder 3D-Drucker zu verlegen.

»Ich möchte mich bei Max und Jo bedanken«, ergriff Steve das Wort, »die angeboten haben, sich um den Social-Media-Albtraum zu kümmern …«

»Hey!« Shannon schlug ihm spielerisch auf den Arm.

Er lachte. »Ich meinte Social-Media-Wahnsinn. Shan und ich gehen heute Abend campen«, fuhr Steve fort. »Wenn ihr uns braucht, schickt ein Stoßgebet zum Himmel, unter dem wir schlafen werden.«

Mit einem Mal hatte sie einen Kloß im Hals. Sie konnte sich auf gar keinen Fall von ihm trennen. War es möglich, dass jemand an Freund-Entzug sterben konnte?

Auf einmal schien ihr eine Fernbeziehung doch keine so schlechte Idee zu sein.

Nach Verlassen des Cafés sammelten Steve und Shannon ihre

Campingausrüstung zusammen und machten sich auf den Weg in die Berge. Sie wanderten zum ersten Habitat, das Shannon untersuchen wollte, und sie sammelte den ganzen Nachmittag Daten. Währenddessen machte Steve einen großen Rundgang und suchte nach Hinweisen auf Bärenaktivitäten. Sie hatten sich entschieden, nur Lebensmittel mitzunehmen, die sie nicht kochen mussten, damit sie ihren Lagerplatz hinterher nicht groß säubern mussten. Es machte ihnen beiden nichts aus, für kurze Zeit von Käse, Crackern, Energieriegeln und Dörrfleisch zu leben. Steve war ohnehin völlig egal, was sie aßen – oder ob sie überhaupt etwas zu sich nahmen. Er wollte nur mit Shannon allein sein und wissen, dass ihr in der Wildnis nichts passieren konnte. Shannon hingegen würde ohne ihre übliche Zuckerdosis kaum auskommen, daher hatte Steve einige Pop-Tarts, einen Cupcake mit pinkfarbenem Frosting, den er in der Stadt besorgt hatte, sowie einige fertige Kaffeegetränke eingepackt.

Shannon hatte darauf bestanden, ebenso viel zu tragen wie er, aber als sie noch einmal auf die Toilette gegangen war, hatte er einen Teil ihrer Ausrüstung in seinem Rucksack verstaut. Er bewunderte ihren Wunsch, ihren Beitrag zu leisten, doch ihm musste sie nichts beweisen. Eigentlich bewunderte er alles an ihr. Sie saß auf einem Stein und machte sich mit einem Stift, der rosafarben schrieb, Notizen. Ihm war aufgefallen, dass sie zwei Notizbücher besaß und in beiden rosa und blaue Tinte verwendete. Die Tatsache, dass er so etwas überhaupt bemerkte – und es noch dazu für absolut hinreißend hielt –, machte ihm außerdem bewusst, wie sehr er in sie verliebt war. Was er natürlich ohnehin längst wusste.

Er trat hinter sie, schob ihr das Haar über eine Schulter und drückte ihr einen Kuss in den Nacken.

»Hm, das ist schön«, sagte sie und seufzte versonnen.

»Wie kommst du mit deiner Forschung voran?« Er atmete ihren einzigartigen Geruch ein, den er so sehr liebte.

»Gut. Ich habe für heute genug Daten gesammelt.« Sie blickte zum dunkler werdenden Himmel hinauf. »Sollen wir langsam das Zelt aufbauen?«

Er hatte zwar ein Zelt mitgebracht, jedoch etwas ganz anderes im Sinn. »Wir können uns auch einen Unterschlupf bauen.«

Sie legte ihr Notizbuch auf den Stein und sah ihn mit großen Augen an. »Im Ernst? Du baust mit mir ein Fort?«

»Weißt du denn noch immer nicht, dass ich alles für dich tun würde?«

Als er sich vorbeugte, um sie zu küssen, sprang sie bereits auf. Lachend zog er sie an sich, um ihr den gewünschten Kuss und noch einige weitere zu rauben. »Du bist der Boss, Baby, und ich folge dir.«

Sie tippte sich mit einem Finger ans Kinn und schaute sich um. »Wir brauchen lange Äste, und davon gleich mehrere. Und ganz viele mit dichten Blättern.«

Steve zog ein rosafarbenes Seil aus der Tasche.

Shannon kreischte vor Freude auf und fiel ihm um den Hals. Ihre Augen funkelten in der Abendsonne. »Habe ich dir in letzter Zeit gesagt, dass du der beste Freund der Welt bist?«

»Nein. Ich kann mich nicht daran erinnern, dass du das überhaupt schon mal gesagt hast.« Er schob die Hände unter ihren Hoodie und ihr T-Shirt, strich über ihren warmen Rücken und zog sie an sich. »Aber das höre ich natürlich gern.«

Ihre Lippen trafen zu einem heißen, hektischen Kuss aufeinander. Sie rieb sich wie eine Katze an ihm und schnurrte leise. Während er ihre Leidenschaft entfachte, wurde seine Lust ebenfalls größer. Sie legte ihm die Hände an den Kopf und hielt ihn besitzergreifend fest. Er liebte es so sehr, wenn sie ihn auf diese Weise beanspruchte – fast so sehr, wie er es liebte, sie zu der Seinen zu machen.

Atemlos lösten sie sich voneinander.

»Wow«, murmelte sie. »Dich zu küssen ist wie …« Sie biss sich auf die Unterlippe und kniff die Augen zusammen. »Es ist wie der Unterschied zwischen der Stadt- und der Landluft.«

Er gab ihr noch einen Kuss. »Ich möchte deine *einzige* Luft sein.« Das war eine riskante Aussage, die ihn selbst überraschte. Als sie sich an ihn schmiegte, konnte er anhand ihrer Reaktion erkennen, wie sehr sie diese Worte genoss.

Während er die Hände über ihren Rücken wandern ließ, kämpfte er gegen den Drang an, sie auf der Stelle zu entkleiden und ihren nackten Körper im Abendlicht zu betrachten. Aber er spürte, dass es Regen geben würde. Sie brauchten einen Unterschlupf. Sobald er davon überzeugt war, dass sie es für die Nacht warm hatten und dass ihnen keine Gefahr drohte, würde er das nachholen, was er jetzt versäumte.

*Und noch viel mehr mit ihr anstellen.*

Eine Stunde später hatten sie Äste gesammelt und bauten sich in sicherer Entfernung vom Fuchsbau ein Tipi, um die Tiere nicht zu stören. Die Lichtung, die sie sich dafür aussuchten, war von Bäumen umgeben und erweckte den Anschein, als wäre sie nur für sie geschaffen worden. Der Boden war hart und kalt und noch leicht gefroren. Steve freute sich schon darauf, mit Shannon hierher zurückzukehren, wenn die Wildblumen blühten und wenn die Blätter im Herbst in leuchtenden Farben erstrahlten.

Emotionen wallten in ihm auf, als sie die oberen Enden der Äste mit dem rosa Seil umwickelten. *Hirngespinste.*

*Gefährliche Hirngespinste.*

Ihnen blieben nur noch zwei gemeinsame Wochen. Das Ende lauerte wie ein Bösewicht in der Dunkelheit und drohte, sie brutal voneinander zu trennen. Er hatte schon vor dem ersten Kuss gewusst, wie stark seine Gefühle waren, doch war ihm damals noch nicht bewusst gewesen, dass diese Frau ihm bis ins Mark gehen würde. Wie sollte er ihr Fortgehen überleben?

Er schnitt eine Grimasse und versuchte, diese Gefühle so tief in sein Inneres wie nur möglich zu verbannen, während er ihre Schlafsäcke in ihrem Fort ausbreitete. Sie sammelten ihre Habseligkeiten zusammen und brachten alles in ihrem neuen Unterschlupf unter. Sie hatten das Tipi gemeinsam gebaut und in seinem von der Liebe vernebelten Verstand sah er darin ein Sinnbild für ihre Beziehung. Sie hatten in den letzten Wochen den Grundstein gelegt und etwas zusammen aufgebaut. Die Kampagne, diesen Forschungstrip, sie waren als Paar mit Freunden ausgegangen. Sie schufen sich ein gemeinsames Leben, jedoch nur ein vorübergehendes. Er packte das Zelt aus und legte das wasserfeste Material über die Äste, da er die Nacht gern in dem selbst gebauten Unterschlupf verbringen wollte.

»Ich dachte, du hättest gar kein Zelt dabei.«

»Ich würde nie völlig unvorbereitet mit dir hier rauskommen«, erwiderte er schneidender, als er beabsichtigt hatte. Seine Emotionen fraßen ihn auf, und er musste einen Weg finden, sie zu unterdrücken, damit er nicht explodierte.

Shannon tanzte in ihrer hautengen Jeans und dem hübschen gelben Hoodie herum und summte oder sang verschiedene Songs, brachte die Texte völlig durcheinander und warf Blätter über den Zeltstoff. Sie wackelte mit den Hüften und warf ihm beim Singen verliebte Blicke zu und Steve konnte kaum noch die Hände bei sich behalten. Überrascht stellte er fest, dass sich seine Füße fast schon automatisch im Takt ihrer bunt zusammengewürfelten Lieder bewegten. Die Vorbereitungen für die Spendenveranstaltung boten ihm die perfekte Ausrede für spontane Tanzstunden mit Rex und den anderen, die sich eindeutig auszahlten. All seine Freunde kamen zu den Stunden, was einerseits peinlich, andererseits aber auch liebenswert war. Inzwischen konnte er kaum noch glauben, dass er sich einst wie ein Außenseiter zwischen all diesen Menschen gefühlt hatte, die jeden Tag eine Stunde opferten, um ihm das Tanzen beizubringen.

Shannon hob einen langen beblätterten Ast auf und fächelte ihm Luft zu. »Ich könnte dein ganzer Harem sein, dir Luft zuwedeln und dich mit Weintrauben füttern.«

Er nahm ihr den Ast aus den Händen, warf ihn auf ihr Tipi und drückte sie an sich. Sie presste ihre sanften Kurven an ihn, umarmte ihn, ließ seine Anspannung verfliegen, und er nahm sich vor, dieses Gefühl nie wieder zu vergessen.

»Wir haben die Gegenwart.«

»Was?« Shannon runzelte die Stirn.

Verdammt. Er hatte das nicht laut aussprechen wollen.

Steve legte ihr die Hände an die Wangen und küsste sie. »Die Gegenwart, Baby. Wir haben sie und ich will keine Sekunde davon vergeuden.«

Bei diesen Worten zog er ihr Knie an seine Hüfte und drückte sich an sie. Schon stöhnten sie beide und brauchten mehr. So lief es immer bei ihnen – ein Kuss, ein Funke, der übersprang, und sofort standen sie in Flammen. Sie zerrten an ihrer Kleidung und küssten sich gierig. Shannons Hoodie und ihr T-Shirt segelten durch die Luft, ihr BH war mit einem Ruck zerrissen, was ihm ein lautes Kichern ihrerseits einbrachte. Auch dieses Lachen war ein Teil des Ganzen – Lachen, Begierde, *Liebe.* Einen Sturm dieses Ausmaßes konnte man nicht aufhalten. Er fiel auf die Knie, und sie klammerte sich an seine Schultern, während er mit ihren Schnürsenkeln kämpfte.

»Musstest du sie ausgerechnet heute zubinden?«

»Beeil dich«, stieß sie keuchend aus und fuhr mit einer Hand durch sein Haar. »Du wirst immer mein Grizz sein, nicht wahr?«

Er erstarrte kurz. *Ja. Bleib. Bitte bleib.* »Immer, Butterfly.«

Endlich hatte er ihr die Stiefel ausgezogen, streifte seine ab und sie wanden sich beide aus ihren Jeans. Ihm blieb kaum Zeit zum Luftholen, da presste sie ihren nackten Körper schon an seinen. Er zog sie an sich, küsste sie grob und unterdrückte seine Bitte, sie möge bleiben. Sie hatten die Gegenwart. Das musste ausreichen.

»Fernbeziehung«, sagte sie zwischen den Küssen. »Das kriegen wir hin, oder? Dass wir uns alle paar Wochen sehen?«

Sie erwiderte seine fiebrigen Küsse ebenso gierig und leidenschaftlich.

»Ja. Wir kriegen das hin.« *Wir müssen das hinkriegen.*

Er spreizte ihre Beine und drang mit den Fingern in sie ein. Sie keuchte auf, und er hielt inne, musterte sie und vergewisserte sich, dass er ihr nicht wehgetan hatte. Sie bewegte das Becken, drückte sein Handgelenk nach unten und zwang ihn, tiefer in sie vorzudringen – er hatte grünes Licht. Das ließ er sich nicht zweimal sagen, und zielsicher fand er die Stellen, an denen er ihr die meiste Lust bereiten konnte.

»Komm für mich«, verlangte er. »Jetzt, Baby. Komm, damit ich dich so nehmen kann, wie du es willst.«

Eine perfekte Bewegung, und sie kniff die Augen zu und erlag ihrem Orgasmus. »Grizz!«, hallte es durch den Wald. »Oh,

Grizz.« Sie klammerte sich an seinen Hals und zuckte in seinen Armen. »Ich liebe dich.«

»Shannon.« Ihr Name kam ihm so leise und so inbrünstig über die Lippen, dass es sich anhörte, als wäre er aus den tiefsten Tiefen seiner Seele entstiegen.

Ihre Augen verdunkelten sich und sie sah ihn herausfordernd an. Als sie »Mehr« sagte, war es um seine Zurückhaltung geschehen.

Er drehte sie um und sie hielt sich an den Ästen des Forts fest. Ihm stockte der Atem. Er brauchte sie, musste in ihr sein. Sie sah ihn über die Schulter an und ihr fiel das Haar ins Gesicht. Aber er musste sie *sehen*. Er nahm ihr Haar in seine Faust und ermahnte sich, nicht daran zu ziehen, aber wie sollte er das nicht tun, wenn sie ihn ansah, als wollte sie ihn dazu auffordern? Die Adern auf seinen Händen schwollen an und zogen sich wie Schlangen über seinen Unterarm, weil er sich so verkrampfte, damit er nicht zu fest an ihren Haaren zerrte. Ihr durchdringender Blick wurde hitziger, als er in sie eindrang. Sie stöhnten beide auf. Sie war der Himmel. Sie war die Hölle. Sie war die Luft, die er atmete. Während er in sie hineinstieß und vor Liebe und Lust in einen rasenden Rhythmus verfiel, sahen sie einander weiterhin an. Endlich schloss sie die Augen und er ließ ihr Haar los. Sie legte den Kopf in den Nacken, während er sich in ihr bewegte und spürte, wie sie sich um seine Härte zusammenzog. Sie krümmte die Finger um die Äste und ihre Fingerknöchel wurden ganz weiß ob ihres heftigen Liebesspiels. Er schob ihr eine Hand zwischen die Beine und schenkte ihr die Erlösung, die sie sich herbeisehnte. Sie hielt sich mit einer Hand an ihrem Unterschlupf fest, packte mit der anderen seinen Unterarm und keuchte und stöhnte, während ihre Muskeln sich in einem himmlischen, erotischen Rhythmus um seinen Schaft zusammenzogen.

Als ihr Orgasmus abgeklungen war, legte er beide Arme um sie. Sie zitterte und war trotz der kühlen Abendluft nassgeschwitzt. Er drehte sie in seinen Armen um, streichelte ihren Rücken und küsste ihren Mund, ihren Unterkiefer, ihre Wange.

»Mehr«, verlangte sie mit zittriger Stimme.

»Nicht so.« Er deutete auf den Unterschlupf und half ihr, sich auf die Schlafsäcke zu betten, bevor er sich auf sie legte. »Ich möchte dich lieben, dir in die Augen schauen und sehen, was du empfindest.«

Er strich ihr das Haar aus der Stirn und drückte einen Kuss darauf. »Jetzt möchte ich dich liebkosen. Keine Grobheit mehr, Baby. Nicht jetzt.«

Dann senkte er den Kopf, küsste sie und genoss den sanften Druck ihrer Lippen und wie bereitwillig sie den Mund für ihn öffnete. Langsam drang er mit der Zunge vor, kostete den Augenblick aus sowie die Lust, die sich in ihren haselnussbraunen Augen widerspiegelte. Er lehnte die Stirn gegen ihre, umarmte Shannon und atmete ihren Duft ein.

»Ich liebe dich, Butterfly«, flüsterte er. »Ich werde dich immer lieben.«

Sie sog die Luft ein und ihr kamen die Tränen.

»Ich liebe dich von ganzem Herzen. Ich bin derart von dir erfüllt, dass ich nicht mehr weiß, wo ich ende und du anfängst.«

Shannon lächelte, während ihr die Tränen über die Wangen liefen. »Wir stehen das durch, nicht wahr?«

Sie war so stark und so verletzlich. Er wollte sie vor der Welt beschützen, aber er wusste, dass er sie vor allem vor seinem Flehen, bei ihm zu bleiben, beschützen musste, denn jenseits der Liebe und jenseits dieser unaufhaltsamen Verbindung gab es eine Frau, die mehr brauchte als den Berg.

Er küsste ihre salzigen Tränen weg und gab ihr einen zärtlichen Kuss.

»Ja.« Dann küsste er sie gleich noch mal. Er wusste, was die Zukunft brachte, dass er leiden würde, wenn sie ging, aber es scherte ihn nicht, es durfte ihn jetzt nicht interessieren. Sie hatten die *Gegenwart* – und sie *liebte* ihn. Großer Gott, sie *liebte* ihn. Er konnte es kaum fassen, dass diese wunderschöne, lebenslustige Frau ihn liebte. Einen Mann, der nicht tanzen konnte und der so grau und braun war, wo sie in Pink und Gelb strahlte.

Während die kühle Luft über seine Haut strich und er in ihre wunderschönen, vertrauensvollen Augen blickte, veränderte sich auf einmal etwas in ihm. Er wusste nicht, wie und ob es möglich war, aber er würde einen Weg finden, damit Shannon alles bekam – die Welt, die sie liebte, und ihn.

Er schluckte schwer, da es ihm die Kehle zuschnürte, und flüsterte: »Ich möchte dich so küssen, wie die Sonne aufgeht: langsam und sanft und dann wild und peinigend. Und wenn du schon glaubst, du hättest alles erlebt, gehe ich noch einen Schritt weiter, bis du es tief in deinen Knochen spürst. Bis unsere Liebe unausweichlich ist.« Er gab ihr einen zärtlichen Kuss. »Und dann fange ich wieder von vorn an.«

Steve besiegelte sein Versprechen mit einem Kuss, während es zu donnern begann, und er liebte sie, bis das tosende Gewitter abflaute.

# Sechzehn

Die zwei Wochen bis zur Spendenveranstaltung vergingen viel zu schnell, da ständig Pläne umgeworfen und Dinge im letzten Moment organisiert werden mussten. Steve wurde ständig für spontane Treffen mit Geschäftsinhabern in die Stadt gerufen, sodass Shannon schon befürchtete, er könnte die Sache leid sein, bevor die Spendenveranstaltung überhaupt stattgefunden hatte. Doch er kam nicht nur von jedem Treffen beschwingt zurück, sie hatte ihn sogar mehrmals beim Summen einer Melodie erwischt. Das war eine Seite von Steve, die sie nicht erwartet hatte.

Shannons Familie würde an diesem Abend eintreffen und bei Hal, Rex und Treat wohnen. Sie freute sich darauf, sie endlich wiederzusehen, dieses Event mit ihnen zu erleben und dass man sie und Steve endlich als Paar sehen würde. Gleichzeitig fragte sie sich, ob man ihr wohl ansehen konnte, wie glücklich sie war, und sie war nervös, weil sie nicht wusste, wie sich ihre Brüder verhalten würden. Cole hatte ihr jedoch versichert, dass sie sie nicht blamieren würden – was gut war, denn sie hätte ihre Brüder nur ungern ebenfalls in Verlegenheit gebracht, indem sie ihnen den Kopf wusch. Alle freuten sich auf die Spendenveranstaltung und den Scheunentanz, und Shannon versuchte, sich darauf zu konzentrieren und nicht auf die Tatsache, dass sie am folgenden Nachmittag zusammen mit ihrer Familie nach Maryland zurückfliegen würde.

Wie hatte die Zeit nur so schnell verstreichen können?

Es war ihr gelungen, ihre Datensammlung abzuschließen und gleichzeitig die Kampagne und die Spendenveranstaltung zu planen, während sie sich bis über beide Ohren verliebte. Zwar musste sie die Daten noch auswerten und ihre Erkenntnisse zusammenfassen, was sie in Peaceful Harbor machen wollte, aber der Abschluss ihres Projekts besiegelte auch das Ende ihrer Zeit mit Steve.

Sie setzte sich auf die Kante von Steves Bett und erinnerte sich an den ersten Abend, an dem er sie in sein Haus getragen hatte, und wie nervös sie gewesen war. Wie er in diesen ersten Tagen so vehement gegen seine Gefühle für sie angekämpft hatte, wie er versucht hatte, sie davon zu überzeugen, ihre ebenfalls zu ignorieren. Doch ihre Verbindung war stärker gewesen, auch wenn sie sich jetzt beinahe wünschte, sie hätte erbitterter dagegen angekämpft. Wie sollte sie einen Mann verlassen, den sie von ganzem Herzen liebte? Wie sollte sie in einem Bett schlafen, das nicht nach Steve roch? Wie sollte sie jemals Schlaf finden, wenn sie nicht in seinen starken Armen lag? Wenn er ihr keine sanften Worte ins Ohr raunte?

Als hätte er gespürt, dass sie an ihn dachte, kam Steve mit gelassenem Lächeln herein. »Hey, Butterfly.«

Wie sollte sie nur einen Vormittag überstehen, ohne sein Gesicht zu sehen? Ohne seine sexy, liebevolle Stimme zu hören?

Er beäugte ihren offenen Koffer, der leer neben der Kommode auf dem Boden stand. Sie hatte geglaubt, sie könnte schon mal packen, dann aber nicht den Mut aufgebracht, ihr gemeinsames Leben auf eine Art und Weise auseinanderzunehmen, die ihr schrecklich endgültig vorkam.

»Vielleicht solltest du für deinen nächsten Besuch ein paar Sachen hierlassen«, schlug er vor.

Sie hatten beschlossen, es mit einer Fernbeziehung zu versuchen, aber als er nur das Wort »Besuch« aussprach, kamen ihr schon wieder die Tränen.

Er hockte sich vor sie und wischte ihre Tränen weg. »Hey, Baby. Wir schaffen das. Wir können skypen und …«

»Du hasst das Internet«, unterbrach sie ihn und zog einen Schmollmund.

»Aber ich liebe dich.«

Er setzte sich neben sie und zog sie an sich. Sein Geruch bestürmte ihre Sinne und lockte neue Tränen hervor. Er küsste sie weg, doch es kamen immer mehr. Würde sie sich ab jetzt immer so fühlen und ständig weinen? Das war ihm gegenüber nicht fair. Sie schniefte und straffte leicht die Schultern. Aber es half nichts. Wie eine bedürftige Freundin kuschelte sie sich an ihn.

»Du wirst mir schrecklich fehlen. Wer soll mir denn jetzt Cupcakes kaufen?« Das war eine dumme, egoistische Frage, aber sie war zu geknickt, um noch klar denken zu können.

»Ich lasse sie dir frisch an die Wohnungstür liefern«, versprach er ihr. »Von Jazzy Joe's.«

Sie schniefte. »Woher kennst du Jazzy Joe's?«

»Meine Freundin hat mich gezwungen, mich näher mit Google zu beschäftigen.«

Das entlockte ihr ein Lächeln. Er arbeitete mit dem Internet, auch wenn es ihm keinen Spaß machte. »Aber wie bist du auf Jazzy Joe's gekommen?«

»Das war Zufall. Ich habe mir das Peaceful-Harbor-Pinterest-Board angesehen, noch so eine Sache, auf die mich meine Freundin erst gebracht hat. Schließlich muss ich doch wissen, an welchen Ort ich dich verliere.« Er küsste sie und bei seinen süßen Worten musste sie schon wieder weinen.

»Du verlierst mich doch nicht.«

Er legte ihr die rauen Hände an die Wangen. Wie sie das liebte. Auch dieses Gefühl würde ihr fehlen. Himmel, gab es denn irgendetwas an ihm, das sie nicht vermissen würde?

»Ich weiß, Baby. So hatte ich das auch nicht gemeint. Eigentlich habe ich mir das Board nur angesehen, weil ich mehr über die Gegend wissen wollte. Danach habe ich mir die Stellenanzeigen angesehen. Ich habe den Nationalparkdienst kontaktiert und sogar mit deinem Bruder Sam telefoniert und ihn gefragt, was mir noch für Jobs offenstehen. Ich dachte mir, wenn irgendjemand weiß, wo ich in meinem Berufszweig eine Stelle finden kann, dann vermutlich er.«

»Du hast mit Sam gesprochen? Und du hast nach einem Job gesucht?« Ihre Augen brannten vom Weinen.

»Ich habe es versucht. Aber du lebst in einer Kleinstadt am Meer. Einer wirklich idyllischen Stadt, das muss ich zugeben. Ich kann mir gut vorstellen, wie du dich im Sand aalst und in einem knappen Bikini schwimmen gehst, der die Männer ganz verrückt macht.«

Sie musste lachen und ihr lief eine Träne über die Wange. »Grizz ...«

Er wischte ihre Träne weg. »Es tut mir leid, Baby, aber wenn mir nicht spontan Flossen wachsen, werde ich dort wohl keinen Job finden.«

»Ich kann nicht glauben, dass du das für mich getan hast.«

»Ich habe es für uns getan. Und ich werde in den nächsten drei Wochen die Tage zählen, bis du wieder bei mir bist.« Er küsste sie ein weiteres Mal. »Komm mit, ich möchte dir etwas zeigen.«

Sie schluckte schwer gegen das enge Gefühl in ihrer Kehle an und warf ihrem unheilvollen Koffer einen bösen Blick zu. Das verdammte Ding wartete wie ein gieriger Schlund darauf, gefüllt zu werden. »Aber ich muss noch packen.«

»Ich helfe dir später dabei. Du hast schon genug getan.« Ein verschmitztes Lächeln umspielte seine Lippen. »Außerdem hoffe ich immer noch, dass du ein paar Sachen hier lässt.«

»Na ja, da ich nicht so häufig Unterwäsche trage, wirst du dich wohl kaum darauf beziehen.« Sie wischte sich mit dem Handrücken über die Wangen.

»Deine pinkfarbenen Schnürsenkel. Deinen gelben Hoodie. Dieses hellrosa T-Shirt, in dem du manchmal schläfst. Du weißt schon, das Shirt, das ich dir immer ausziehe, kaum dass du im Bett liegst.«

Sie spürte, wie ihr das Blut in die Wangen schoss. »Du willst meine Schnürsenkel?«

»Nein.« Er stand auf, nahm ihre Hand, zog sie auf die Beine und umarmte sie. »Ich will dich, aber da du woanders gebraucht wirst, muss ich damit wohl auskommen. Ich werde einen Schnürsenkel dort anbinden.« Er berührte eine Strebe des Kopfbrettes. »Und den anderen stecke ich mir in die Brieftasche. Auf diese Weise habe ich dich immer bei mir.«

Ein Schluchzen entrang sich ihrer Kehle und sie schlug eine Hand vor den Mund. »Und wieso meinen Hoodie?«

»Den hattest du an, als wir die erste Nacht zusammen in der freien Natur verbracht haben.« Er zuckte mit den Achseln. »Ich weiß, dass ich dich nicht ständig bei mir haben kann, aber ich brauche ein paar Teile von dir.«

Sie lehnte die Stirn gegen seine Brust. »Wie kann ich dich nur verlassen?«

»Das frage ich mich auch.« Er legte ihr einen Finger unter das Kinn und sah ihr in die Augen.

Sie musste nach Hause gehen. Dort wohnte ihre Familie, da fand ihr Leben statt. Jedenfalls ihr *anderes* Leben. Sie konnte nicht einfach wegziehen. Was würde passieren, wenn der Forschungsauftrag und die Kampagne zu Ende waren? Wenn sie keine Projekte mehr hatte, die sie beschäftigten?

»Wir schaffen das, Shan. Wir skypen. Wir telefonieren. Und wir werden das Beste aus unserer gemeinsamen Zeit machen.« Er küsste sie noch einmal. »Und jetzt komm. Keine Tränen mehr. Lass uns von hier verschwinden. Du packst jetzt nicht und wir reden auch nicht über Spenden, Kampagnen oder Veranstaltungen – nicht in den nächsten Stunden.«

»Aber wir sollten vorher noch einen Blick auf die Kampagne werfen.«

Die Crowdfunding-Kampagne wurde tagtäglich mit mehreren Tausend Dollar unterstützt, ein deutlicher Beweis dafür, dass man mit Social Media an die Spendenbereitschaft der Menschen appellieren konnte. Hin und wieder regte sich Steve noch über einen gemeinen Post auf, aber Shannon gelang es jedes Mal, seinen Zorn mit Geduld und Liebe zu mildern. Sie erwartete auch gar nicht, dass er die sozialen Medien jemals intensiv nutzte oder Menschen vertraute, denen er nie begegnet war, aber immerhin begriff er langsam, dass man auf diesem Weg etwas Gutes erreichen konnte.

Er führte sie aus dem Schlafzimmer. »Das habe ich gerade.«

»Du hast nachgesehen?« Sie konnte ihr Erstaunen nicht verbergen.

»Ja. Wir sind bei vierhundertfünfunddreißigtausend. Jetzt wird es aber Zeit, dass dich dein Freund an einen Ort bringt, den du nicht per Internet erreichen kannst.«

»Im Ernst? Vierhundertfünfunddreißigtausend Dollar? Grizz!« Sie fiel ihm lachend in die Arme und sie küssten sich.

Dann setzte er sie wieder ab. »Darf ich meine Freundin jetzt entführen und mit ihr etwas machen, das nichts mit einer Kampagne, dem Internet oder Dollarzeichen zu tun hat?«

»Auf jeden Fall.« Sie stellte sich auf die Zehenspitzen und küsste ihn noch einmal. Es war so schön, dass er solchen Wert darauf legte, dass sie ihre natürliche Umgebung genossen. Meist aßen sie unter freiem Himmel zu Abend. Zuletzt hatten sie eine *Pärchenzeit* eingerichtet, in der sie nächtliche Spaziergänge machten, die Sterne beobachteten und sich insgeheim etwas wünschten. Steves Liebe zur Natur hatte Shannon erkennen lassen, wie viel sie als gegeben hinnahm. Ihr üblicher Lebensstil, der kaum ohne das Internet auskam, fehlte ihr überhaupt nicht. Sie war immer derart mit den Vorbereitungen für die Spendenveranstaltung und mit der Kampagne beschäftigt gewesen, dass sie abends nichts mehr als Steve gebraucht hatte.

Sie fuhren weit aus der Stadt heraus. Steve folgte einem komplizierten Weg aus schmalen, gewundenen Straßen. Der Truck rumpelte über die unbefestigten Strecken. Anders als die bewaldete, bergige Gegend, in der Steve lebte, war dieses Gebiet flach und sah ausgedörrt aus; nur hier und da standen einige Bäume sowie stachlig aussehende grüne Büsche.

»Das sieht ganz schön unheimlich aus«, stellte Shannon fest, als sie einen steilen Hügel hinauffuhren, einen scharfen Bogen schlugen und über einen grasbewachsenen Weg auf einen anderen Hügel zuhielten. »Wo fahren wir denn hin?«

»Das wirst du schon sehen.« Er fuhr weiter, wurde jedoch langsamer, als in der Ferne eine Schlucht und große, zackige Felsen auftauchten.

So weit sie sehen konnte, erstreckten sich grobkörnige

Steinformationen. Die untergehende Sonne tauchte alles in orangefarbenes Licht, sodass die Umgebung fast schon unwirklich aussah. Karge Bäume und Büsche ragten wie ein Toupet auf der Felsformation auf, und zwei dunkle Verfärbungen dicht über dem Boden erweckten den Anschein, als würden sich dort unheilvolle Augen befinden.

»Das ist der Fifers Canyon«, sagte Steve. »Ist es nicht schön hier?«

»Unglaublich. Und es sieht völlig anders aus als auf deinem Berg. Das ist kaum zu glauben.«

Er drückte ihr Bein. »Das ist die Natur, Baby. Lass uns reingehen.«

Ihr Herzschlag beschleunigte sich. »Reingehen? Wir gehen da rein?«

»Aber sicher.« Er öffnete die Wagentür und nahm ihre Hand.

»Ähm …« Sie schluckte ihre Angst herunter. »Ich weiß nicht.«

Er löste ihren Sicherheitsgurt und schob ihre Beine zur Seite, bis sie am Rand des Fahrersitzes saß, um ihr die Hände an die Wangen zu legen. »Vertraust du mir?«

»Immer«, antwortete sie aufrichtig.

»Das wird mit das Spektakulärste, was du jemals gesehen hast.« Er hob sie aus dem Wagen, kramte hinter seinem Sitz herum und tauchte mit einer Laterne in der Hand wieder auf.

»Und die Höhle stürzt auch nicht ein?«

Steve legte ihr einen Arm um die Schultern und setzte sich in Bewegung. »Nein, und wenn doch, dann sterben wir zumindest zusammen.«

Sie keuchte auf.

»Was ist aus meiner furchtlosen Freundin geworden?«

»Die sitzt noch im Truck, wo es sicher ist.« Sie wurde langsamer und hoffte darauf, ihn davon abbringen zu können, doch er ließ nicht locker. Lachend gab er ihr noch einen Kuss und zog sie mit sich.

Sie steckte eine Hand in seine Gesäßtasche. »Wie wäre es, wenn wir ein bisschen rumknutschen?«

»Netter Versuch.« Er blieb stehen und küsste sie. Als sie stöhnte, vertiefte er den Kuss. Shannon spürte, wie ihre Anspannung nachließ, und schmiegte sich an ihn.

»Fühlst du dich besser?«, fragte er und musterte sie zufrieden. »Das ist wie Valium.«

*Wenn du dich da mal nicht täuschst.* »Ja, wenn man von Valium feucht werden würde.«

Er erstarrte, mahlte mit dem Kiefer und bohrte die Finger in ihre Schulter. Dann rückte er seine Erektion zurecht, die sich in seiner Jeans deutlich abzeichnete, schüttelte den Kopf und hielt weiter auf die Höhle zu. Sie musste einfach kichern.

»Findest du das witzig?«

»Ja, und wie«, gab sie zu.

Er drehte sich mit leuchtenden Augen zu ihr um. »Vor einer Milliarde Jahren wurde diese riesige Felsformation unter der Erdoberfläche gebildet und nach oben gepresst«, sagte er mit vor Erregung belegter Stimme. »Und das ist nichts im Vergleich zu dem, was du durch einen einzigen Kuss bei mir auslöst.«

Mit einem Mal war ihr Kopf wie leer gefegt – nur die schmutzigen Gedanken blieben noch.

Während der vergangenen Woche hatte sich eine Neuigkeit an

die nächste gereiht, und die größte davon war Steves und Shannons Entscheidung, eine Fernbeziehung zu führen. Steve hoffte, dass dieser kleine Ausflug ihnen half, mal nicht an die bevorstehende Trennung zu denken. Er hatte überlegt, ob er ihr in dieser Höhle einen Heiratsantrag machen oder sie überreden sollte, bei ihm in Colorado zu bleiben, aber sie bestand derart vehement darauf, nach Peaceful Harbor zurückzukehren – in das Leben, das sie derart durcheinandergebracht hatte, dass sie in einen anderen Teil des Landes gereist war, um herauszufinden, was sie eigentlich wollte –, dass er diese Hoffnung wieder begraben hatte.

Er half Shannon über die Felskante am Höhleneingang. Kalte Luft drang aus der Dunkelheit zu ihnen heraus. Shannon spähte ängstlich in die Finsternis.

Rasch zündete er die Laterne an, nahm Shannons Hand und drückte einen Kuss darauf. Er wollte sie in den Armen halten, bis ihre Furcht verflogen war – nein, bis sie zustimmte, bei ihm in Colorado zu bleiben. Aber wenn er dieses Thema abermals anschnitt, würde sie nur wieder zu weinen anfangen.

»Bist du bereit für dein nächstes Abenteuer, Butterfly?«

Sie blickte vertrauensvoll zu ihm auf. Er hätte nie gedacht, dass ihn irgendetwas dazu bringen konnte, auch nur in Betracht zu ziehen, den Berg zu verlassen, aber die Vorstellung, dass sich Shannon auf der anderen Seite des Landes aufhalten würde, war Grund genug. Zwar gab es in der kleinen Küstenstadt nicht die geringste Aussicht auf einen Job in seinem Berufsfeld, aber er war noch lange nicht bereit, die Hoffnung aufzugeben, dass er sie eines Tages davon überzeugen konnte, für immer in Colorado zu bleiben. Doch dafür würde sie seinen Lebensstil übernehmen müssen – und genau da lag das Problem. Wie sollte er mit ihrer Familie mithalten? Mit dem Strand und dem

Meer? Mit lebenslangen Freundschaften?

Da blieb ihnen nur eine Fernbeziehung.

*Vorerst.*

»Ich bin bei dir, Baby. Und ich kann dir versprechen, dass du das hier niemals vergessen wirst.«

Er führte sie in die Höhle und spürte, wie sie nur zögernd einen Fuß vor den anderen setzte. Um sie zu beruhigen, legte er einen Arm um sie und gab ihr einen Kuss auf die Schläfe. Er blickte lächelnd auf die Frau, von der er noch vor Kurzem gedacht hatte, sie wäre viel zu süß, viel zu freundlich und viel zu kurze Zeit hier für jemanden wie ihn. In zwei Punkten hatte er sich eindeutig geirrt. Sie war ausgesprochen süß und gesellig. Aber der dritte Punkt machte ihm zu schaffen. Ihm blieb nichts anderes übrig, als sich vorerst damit zufriedenzugeben, sie einmal im Monat zu sehen, bis sie eine andere Lösung fanden.

»Der Eingang ist schmal, aber die Höhle wird schnell breiter«, versprach er ihr, während sie tiefer hineingingen. Er konnte das klaustrophobische Gefühl nachempfinden, das einen beim ersten Betreten einer Höhle überkam. Auch in seiner Brust kribbelte es leicht.

»Es ist kühler, als ich es mir vorgestellt hatte«, sagte sie und klang schon nicht mehr so nervös. »Ich weiß, dass Höhlen anders sind als Minen, wo die Luft schlechter zirkuliert und es weniger Sauerstoff gibt, aber ich hätte nicht geglaubt, dass man so … leicht atmen kann.«

»Die meisten Höhlen haben mehr als einen Eingang, und oft gibt es viele Risse und Spalten, durch die Luft hereindringen kann.« Sie gingen über den unebenen Stein und der Weg führte sie abwärts um hervorstehende Felswände herum. Das Licht der Laterne erhellte gerade mal einen kleinen Bereich.

»Sieh mal!« Shannon zeigte zur Decke, als sie das Gebiet

betraten, das er ihr zeigen wollte. »Stalaktiten.« Sie riss die Augen auf und deutete auf eine fließende Formation, die von einem Überhang an der Decke herabhing. »Was ist das? Das sieht wunderschön aus!«

»Man bezeichnet es als Sintervorhang. Diese Gebilde entstehen aus Kalkablagerungen. Dank der Oberflächenspannung können sie an Wänden oder abfallenden Decken haften bleiben und sich nach unten ergießen. Das viele Kohlendioxid in der Luft bewirkt eine Übersättigung, woraufhin diese dünnen Ablagerungen entstehen. Die verschiedenen Farben werden durch unterschiedliche Konzentrationen organischer Säuren erzeugt.«

»Das ist ein umwerfender Anblick«, stellte sie fest.

»Genau wie du, Baby. Du hast mal gesagt, du wolltest das Herz der Berge sehen, und dies scheint mir sehr nah dran zu sein.«

Sie schlang ihm einen Arm um die Taille und lehnte sich an ihn. »Ich bin so froh, dass ich Tempests Ratschlag befolgt habe und hergekommen bin.«

Er überlegte kurz, ob er die nächste Frage tatsächlich stellen sollte. Sie war nicht nur tiefgreifend, Shannons Antwort konnte ihn auch bis ins Mark treffen, auch wenn sie ihn noch so sehr liebte. Trotz ihrer Tränen und ihres Geständnisses, dass er ihr nach ihrer Abreise sehr fehlen würde, war sie noch immer fest entschlossen zu gehen. »Hast du gefunden, was du gesucht hast? Weißt du jetzt, was du vom Leben willst?«

Sie sah ihn mit ihren wunderschönen Augen schweigend an. Spürte sie, wie sich sein Herzschlag beschleunigte? Dass er ihre Antwort kaum erwarten konnte?

Doch dann streichelte er ihre Wange und wollte sie gar nicht mehr hören. »Sprich es nicht aus, Baby. Sag mir einfach, dass du glücklich bist.«

»Grizz«, sagte sie leise. »Ich habe gefunden, was ich gesucht habe, aber dadurch ist mein Leben nur noch komplizierter geworden. Und deins gleich mit.«

»Dann bleib hier.« Er konnte nicht anders, die Worte mussten aus ihm heraus. Er wollte es wenigstens versuchen.

Sie lächelte leicht und ihre Miene wurde traurig und beinahe flehend. »Grizz …«

Er hörte die unausgesprochenen Worte. *Das hatten wir doch schon. Ich kann meine Familie und mein Leben nicht aufgeben.* Er lehnte die Stirn gegen ihre und schloss die Augen.

»Entschuldige. Ich kann mir nur nicht vorstellen, wie mein Leben ohne dich aussehen soll.« Als er die Augen wieder aufschlug, schimmerten Tränen in ihren, und er ärgerte sich, weil er zu schwach war und seine Gefühle nicht im Griff hatte. »Als du wegen der Hochzeit nach Hause geflogen bist, war es zu ruhig auf dem Berg, die Luft war zu still. Dabei waren wir damals noch nicht mal zusammen. Ich will mir gar nicht ausmalen, wie es sein wird, wenn du endgültig abreist.«

»Nicht für immer«, erwiderte sie betrübt. »Für drei Wochen, dann komme ich wieder. Und wenn ich dann nach Hause fahre, kommst du mich drei Wochen später besuchen.«

Die Reiserei … Dass er ihre übersprudelnde Art vermissen musste, ihr Liebesspiel, die Melodien, die sie ständig vor sich hin summte, ihr aufgeregtes Kreischen bei jeder Kleinigkeit … Das war nicht das Leben, das er sich für sie beide wünschte.

*Weil ich mir etwas ersehne, das ich nicht haben kann, und das habe ich von Anfang an gewusst.*

»Was machst du im Winter, wenn die Straßen nicht mehr passierbar sind und du die ganze Zeit mit mir auf dem Berg bleiben musst, Grizz? Ich weiß noch nicht mal, wie es auf dem

Berg aussieht, wenn alles verschneit ist. Wahrscheinlich drehe ich dann durch, wenn ich vom Rest der Welt abgeschnitten bin, wenn das Internet nicht mehr funktioniert und der Handyempfang spinnt. Werde ich dich dann dafür hassen, dass du mich zum Bleiben überredet hast? Oder mich, weil ich es so gewollt habe?«

»Und was ist, wenn es dir hier im Winter gefällt?«, entgegnete er und wusste ganz genau, dass sie weitaus mehr als nur den Berg meinte. Mehr als nur ihn. Er ermahnte sich, mit dem Gejammer aufzuhören und sich nicht länger wie ein liebeskranker Teenager zu benehmen.

Steve trat wilden Tieren gegenüber, unternahm tagelange Wanderungen und arbeitete bei Eis und Schnee draußen, aber wenn er versuchte, sich drei Wochen ohne Shannon vorzustellen, dann bekam er keine Luft mehr.

# Siebzehn

*Es ist so weit*, dachte Shannon, während sie aus dem Fenster zu den Bergen hinüberblickte und darauf wartete, dass Steve zurückkehrte, der an diesem Morgen um halb sechs wegen eines Notrufs hatte aufbrechen müssen. Sie hatte das Telefon nicht einmal gehört. Vermutlich hatte sie tief und fest geschlafen, während ihm ein Wanderer einen verletzten Berglöwen an einem der Aussichtspunkte meldete. Woher Steve immer genau wusste, wohin er in dieser gewaltigen Gebirgskette gehen musste, war ihr noch immer ein Rätsel. Aber dieser Berg war sein Leben, und er kannte jeden Weg, jeden Baum, wusste, wo sich das Wasser nach dem Regen sammelte, so wie sie sich auf den Nebenstraßen von Peaceful Harbor auskannte. Sie schloss die Augen und hielt das Gesicht in die Morgensonne, während sie ihren Pullover enger um den Leib zog. Es war recht kühl, aber der klare Himmel ließ darauf hoffen, dass sie einen perfekten Tag für die Spendenveranstaltung und hoffentlich später am Abend auch für den Tanz zu erwarten hatten.

Eigentlich hätte sie für den morgigen Heimflug packen sollen, aber sie hatte sich noch immer nicht dazu überwinden können. Nachdem sie am Vorabend vom Abendessen mit ihrer Familie im Haus ihres Onkels zurückgekehrt waren, hatte sie einen Versuch gestartet, aber immer, wenn sie sich der Kommode näherte und ihre Sachen in den Koffer packen wollte, fing sie an zu zittern und es schnürte ihr die Kehle zu. Nun holte sie tief Luft und wappnete sich für die Aufgabe, die sie nicht länger vor sich herschieben konnte.

Als sie von der Terrassenstufe aufstand, sah sie sich in Steves Hof um. *Unser Hof. Für mich ist es unser Hof.* Auf dem Baumstumpf, den er fürs Holzhacken benutzte, lag noch ein Stück Holz. Die Axt hatte er jedoch ordentlich in seinem Schuppen verstaut. In Steves Leben hatte alles seinen Platz. Bei ihm herrschte Ordnung, und es gab feste Abläufe, was sie irgendwie nie hinbekam. Sie empfand es als tröstlich, mit jemandem zusammen zu sein, der genau wusste, was er wollte.

*Darunter auch mich.*

Ihr Brustkorb zog sich zusammen. Sie wollte ihn ebenfalls. Sie wollte ihn so sehr, dass sie am Vorabend beinahe Ja gesagt hatte, als er sie bat zu bleiben. Aber das wäre ihnen beiden gegenüber nicht fair. Schließlich hatte sie noch immer nicht mehr über das herausgefunden, was sie vom Leben wollte, sondern sich nur verliebt und dank der Arbeit an der Kampagne erkannt, was sie gut konnte und wofür sie sich begeisterte. Aber dieses aufregende Projekt war bald zu Ende. Steve und Treat würden den Kauf des Grundstücks abschließen und damit war diese Tür wieder geschlossen. Sie würden zweihundert Morgen Land gerettet, der Gemeinde, in der Steve aufgewachsen war, etwas zurückgegeben und ein weiteres Band zwischen den Bradens und den Johnsons geknüpft haben.

Aber sie sehnte sich nach einer weiteren Bindung zwischen einer Braden und einem Johnson.

*Und er tut es auch.*

Shannon schloss die Augen und atmete tief ein. Sie hatte

sehr viel erreicht und sich in einen wundervollen Mann verliebt. Drei Wochen, in denen sie einander nicht sahen, waren kein Weltuntergang – auch wenn es sich jetzt so anfühlte.

Als sie um das Haus herumging, summte sie »Last Kiss« von Taylor Swift. Neben der Feuerstelle blieb sie stehen und dachte an den Abend zurück, an dem sie die S'Mores gegessen hatten, und an den Tag, an dem ihre geplante Überraschung misslungen war, weil sie nichts als eine dicke Rauchwolke zustande gebracht hatte. Aber Steve hatte Wort gehalten und ihr bei ihrem Campingausflug gezeigt, wie man Feuer machte. Er war so geduldig, liebevoll und …

Sie schlug die Hände vor das Gesicht, als ihr die Tränen kamen und sie sich nicht länger beherrschen konnte.

*Hör auf damit. Das reicht jetzt!* Sie durfte das nicht tun. Er sollte nicht nach Hause kommen und sehen, wie sie sich die Augen ausweinte, erst recht nicht, wo er doch wollte, dass sie bei ihm blieb, und sie wusste, dass sie das nicht konnte. Sie hatte noch nie so weit von ihrer Familie entfernt gewohnt. Sie war auch noch nie so lange fern von zu Hause gewesen, abgesehen von ihrer Collegezeit – und da hatte sie gerade mal eine Stunde von Peaceful Harbor entfernt gewohnt, zusammen mit mehreren ihrer engsten Freunde, mit denen sie aufgewachsen war. Auf keinen Fall wollte sie Gefahr laufen, ihren Job zu verlieren und ihm zur Last zu fallen, oder hier auf dem Berg festsitzen und herausfinden, dass dieses einsame Leben auf lange Sicht doch nichts für sie war. Dann würde ihr der Abschied noch zehnmal schwerer fallen. Liebe sollte doch alles überwinden und die Seele eines Menschen erfüllen – was stimmte denn nicht mit ihr? Warum machte sie sich all diese Sorgen? Sie liebte Steve von ganzem Herzen, aber reichte das wirklich aus?

Sie wischte sich die Tränen von den Wangen und reckte die geballten Fäuste gen Himmel.

»Was ist das für ein bescheuerter Test?«, stieß sie zwischen zusammengebissenen Zähnen hervor. »Warum wurde ich nicht hier geboren? Oder er dort?« Die letzten Worte knurrte sie förmlich. »Wo zum Teufel finde ich eine Antwort auf all diese Fragen? Wo bleibt dieser kosmische Mist, an den Tempest glaubt?«

Sie schlug mit den Fäusten gegen ihre Oberschenkel und schloss die Augen. Mit einem Mal schlangen sich von hinten Arme um sie und mehrere Körper drängten sich an ihren. Shannon riss die Augen auf und musste abermals weinen.

»Wir sind doch hier«, tröstete Tempest sie. »Wir haben Unmengen an Gebäck dabei. Alles, was du gern isst. Und sag nie wieder ›kosmischer Mist‹. Das ist kein Mist.«

Shannon lachte und weinte gleichzeitig. »Ich kann es nicht fassen, dass ihr hier seid und meinen Zusammenbruch mitbekommen habt.« Ihre Familie hatte sich eigentlich bei der Spendenveranstaltung mit ihr treffen wollen, aber jetzt waren sie alle hier, wo sie sie brauchte.

»Selbstverständlich sind wir hier, Schatz«, sagte ihre Mutter und strich Shannon das Haar aus dem tränenfeuchten Gesicht. »Gestern Abend beim Essen war doch offensichtlich, dass dir schon allein beim Gedanken an die Abreise das Herz bricht. Deiner Mutter kannst du nichts vormachen.«

Shannon sank in die Arme ihrer Mutter, die mit ihrer wilden blonden Mähne, einem bunten Top und weitem Rock vor ihr stand.

»Ich vermute eher, es lag daran, dass dir jedes Mal die Tränen kamen, wenn dieses Thema angeschnitten wurde«, schaltete sich Leesa ein und entlockte Shannon ein Lächeln, als sie sich aus den Armen ihrer Mutter löste.

»Wir sind hier, um dir beim Packen zu helfen«, erklärte Tempest. »Nachdem ich dich und Steve zusammen gesehen hatte, wusste ich, dass du das niemals allein schaffst. Dann hasst du mich also nicht, weil ich dich überredet habe, Maryland zu verlassen?«

»Nein. Ich liebe dich dafür umso mehr, aber ich hasse mich selbst. Ich bin nach Colorado zurückgekehrt, weil ich sehen wollte, ob diese Beziehung eine Chance hat, und jetzt ist sie so perfekt, dass ich ...« Wieder liefen ihr die Tränen über die Wangen und sie wischte sie zornig weg. »Mann! Das muss aufhören! Was ist, wenn ich einen Fehler mache, indem ich nach Hause zurückkehre, Tempe? Oder wenn wir dann nicht mehr weiterwissen?«

»Du wirst es merken, wenn du einen Fehler gemacht hast, und kannst dann wieder herkommen«, versicherte Tempest ihr.

»Meine Kleine«, sagte ihre Mutter in einem Tonfall, den Shannon aus der Zeit kannte, in der sie sich als kleines Mädchen Sorgen wegen der ganzen Fische im Meer gemacht hatte, die von den Fischern getötet wurden. »Steve und du, ihr seid ein wirklich schönes Paar, und es ist offensichtlich, dass er dich sehr liebt. Er hat dir gestern doch gesagt, dass es keine Eile hat und du dir in Ruhe überlegen kannst, was du willst. Nimm dir die Zeit zum Durchatmen und vertraue darauf, dass sich alles zum Besten wenden wird.«

»Und was die Antworten angeht, die du suchst, Shan ...« Faith berührte lächelnd ihre Hand. »Du bekommst sie, wenn du dafür bereit bist. So war es auch bei mir.«

Tempest stieß Shannon sanft in Richtung Tür. »Jetzt komm schon. Packen wir deine Sachen, damit du in drei Wochen zurückkommen kannst.«

*Uff.* »Okay, aber ich lasse meine pinkfarbenen Schnürsenkel hier. Und meinen gelben Hoodie und mein rosa Shirt ...« *Und mein Herz.*

Die Cumberland-Ranch war nicht wiederzuerkennen. Ballons und Wimpel schmückten die hohen Zäune rings um das Gelände. Ein riesiges Banner, das ein ansässiges Grafikbüro gespendet hatte, hing über dem Eingang und verkündete: SEI TEIL DER GESCHICHTE – ADOPTIERE EINEN MORGEN, und darunter stand: COLORADO-STIFTUNG FÜR DEN NATUR-SCHUTZ. Stolz wallte in Shannons Brust auf. Steve und sie hatten das erreicht. Sie hatten ihre Ideen in einen Topf geworfen und all das hier gemeinsam auf die Beine gestellt. Sie waren ein gutes Team. Ein verdammt gutes Team.

Das Event hatte um elf Uhr begonnen und fünf Stunden später herrschte noch immer reges Treiben. Geplant war, um achtzehn Uhr die Tore zu schließen, da um zwanzig Uhr die Tanzveranstaltung auf dem Festplatz anfangen sollte. Shannon stand auf dem Hügel und ließ den Blick schweifen. Um den Reitplatz, auf dem Luke und seine Frau Daisy Reitstunden auf ihren Tinker-Pferden anboten, hatte sich eine Menschentraube gebildet. Die gutmütigen Tiere sahen mit ihrem Fesselbehang, der die Hufe völlig verdeckte, den prächtigen Mähnen und den Schweifen, die im Wind wehten, während sie durch den Ring trabten, wunderschön aus. Ross und Jade untersuchten gegen Spenden Haustiere und der kleine Hal spielte in einem Laufstall neben seiner Mutter. Viele Personen mit angeleinten Haustieren warteten darauf, dass sie an die Reihe kamen, und die Schlange reichte fast bis zu Elisabeths Stand auf dem Hügel, an dem sie mit Kelsey Kuchen verkaufte – darunter auch den neuen »Flusskuchen«, der himmlisch schmeckte. Daneben verkauften Shannons und Steves Mütter unter einer Markise Erfrischungen und Rex und Treat boten Burger und Hotdogs an. Callie saß auf einer Decke und las einem Haufen essender Kinder etwas vor. Shannon beobachtete, wie ihre Mutter mit Steves plauderte, während sie Getränke und Pappteller mit den verschiedenen Speisen verteilten, und fragte sich, ob die beiden wohl gerade über sie und Steve sprachen. *Wahrscheinlich schon.* Bei diesem Gedanken musste sie lächeln, denn ihre Gedanken drehten sich auch ausschließlich um ihren attraktiven Mann. Unten am Gehege hatte Jo einen Rotschwanzbussard auf der Hand sitzen und erklärte ihren Zuhörern gerade einiges über Raubvögel. Dabei wurde sie von Cutter beobachtet, der lässig am Gatter lehnte. In wenigen Minuten würde das Rodeo anfangen. Shannon staunte noch immer darüber, wie perfekt sich alles ergeben hatte und wie viele Leute aufgetaucht waren, um sie zu unterstützen.

Ihr Blick wanderte weiter nach rechts zu dem großen, muskulösen Mann, der sie anstarrte, und ihr Herz setzte einen Schlag aus. Wie lange schaute Steve sie schon so an? Und was sagte er gerade zu ihrem Onkel Hal, der ebenfalls zu ihr herübersah? Sie machte sich auf den Weg den Hügel hinunter, als ihr Vater und ihre Brüder aus der Scheune kamen.

»Da ist ja mein Mädchen«, sagte ihr Vater und hielt sie auf. Thomas »Ace« Braden war mit seinem kurzgeschnittenen dunklen Haar, dem Oberhemd und der Anzughose das konservative Gegenteil ihrer unkonventionellen Mutter. Er nahm sie in seine starken Arme. »Ihr habt hier etwas Unglaubliches geleistet, Schatz. Mom und ich sind sehr stolz auf dich.«

»Danke, Dad.« Sie musterte ihre vier gut aussehenden Brüder und hatte das Gefühl, als würden ihre beiden Welten aufeinanderprallen. Cole war so konservativ wie ihr Vater, sowohl was seinen Kleidungsstil als auch seine Art betraf, während Sam und Ty immer Hummeln im Hintern hatten und jederzeit bereit waren, etwas Aufregendes zu unternehmen. Nate umarmte sie ebenfalls und sie drückte ihren Bruder. Obwohl er nach seinen Auslandseinsätzen mit der Army schon seit fast zwei Jahren wieder zu Hause war, verspürte sie noch immer das Bedürfnis, ihn etwas länger zu umarmen als die anderen.

»Alle hier reden nur über dich und Steve und was für ein gutes Team ihr abgebt«, stellte Nate fest. »Dann hast du jetzt wohl einen Begleiter für meine Hochzeit.«

»Davon kannst du ausgehen. Steve lässt sie schon den ganzen Tag nicht aus den Augen.« Ty hob seine Kamera und schoss ein Foto von ihr und Nate. »Die Schöne und das Biest.«

Nate tat so, als wollte er ihn schlagen, aber Cole hielt seinen Arm fest.

»Lass gut sein«, ermahnte Sam ihn lachend. »Ty geht uns heute schon den ganzen Tag auf den Keks.«

»Was?« Ty gab Sam eine Kopfnuss. »Mich hat Hal nicht beim Knutschen mit Faith in der Scheune erwischt.«

»Eifersüchtig?«, neckte Sam ihn.

Ty schnaubte. »Wohl kaum. Hast du die ganzen heißen Schnecken hier gesehen?« Sein Blick fiel auf Jo.

»Denk nicht mal dran, Ty«, schaltete sich Shannon ein. »Cutter hat schon seit zwei Wochen ein Auge auf sie geworfen.«

»Soll mich das etwa aufhalten?« Schon machte er sich auf den Weg den Hügel hinunter.

Shannon schüttelte den Kopf. »Er wird noch Ärger kriegen.«

»Verdammt«, murmelte Sam. »Ich kümmere mich darum.«

Er lief Ty hinterher.

»Das ist ja, als würde man den Bock zum Gärtner machen.« Nate joggte den beiden nach.

»Cole«, sagte ihr Vater und deutete mit dem Kinn in die Richtung, in die die anderen gegangen waren.

Cole seufzte. »Im Ernst, Pop? Nur, weil sich Ty an eine Frau ranmachen will?«

»Und dann legt er sich mit Cutter an, jemand sagt etwas, das Nate auf die Palme bringt, und Sam mischt schon allein aus Spaß an der Freude mit«, erwiderte ihr Vater. »Geh schon, Junge. Sei die Stimme der Vernunft.«

Cole verdrehte die Augen und folgte seinen Brüdern pflichtbewusst, wobei er etwas vor sich hin murmelte, das verdächtig nach *zu alt für diesen Scheiß* klang.

Lachend legte ihr Vater einen Arm um Shannon. »Denkst du, er hat es mir abgekauft?«

»Vermutlich schon.« *Im Gegensatz zu mir.* »Warum hast du ihm nicht einfach gesagt, dass du unter vier Augen mit mir reden möchtest?«

Er zuckte mit den Achseln. »Vielleicht beruhigt es mich, wenn sie aufeinander aufpassen.«

»Du hast uns gut erzogen, Dad. Die Familie kommt immer an erster Stelle.« Sie betrachtete ihre Brüder, die einander lachend auf den Rücken klopften. Ty schüttelte Cutter die Hand und dann lehnten sie sich neben Steve an den Zaun.

»Wie geht es dir wirklich?«, erkundigte sich ihr Vater. »Bist du bereit, mit uns nach Hause zu kommen, oder brauchst du mehr Zeit?«

»Was ich brauche und was ich will, hat nichts mit der Realität zu tun.« Shannon holte tief Luft und bereitete sich auf das Gefühlschaos vor, das ihr schon den ganzen Tag zu schaffen machte.

»Das ist deine Realität, Shannon. Etwas anderes zählt nicht.«

»Doch, denn zu Hause wartet mein ganzes Leben auf mich, Dad.«

Er ließ den Blick über die Personen schweifen, die sich auf den Weg zum Gatter machten. Rachel und Cal unterhielten sich mit Max und ihren Kindern und folgten der Menge. Als Max und Rachel Shannon bemerkten, winkten sie ihr zu, und sie winkte ebenfalls. Tempest trat mit einer Katze auf dem Arm aus der Scheune zu ihnen.

»Ich wusste gar nicht, dass du hier bist«, sagte Shannon.

»Ich habe nach den Pferden geschaut und diesen prächtigen kleinen Kerl entdeckt.« Sie kraulte die Katze hinter den Ohren. »Was seht ihr euch da an?«

»Shannons anderes Leben«, antwortete ihr Vater.

Er hatte schon immer die Fähigkeit besessen, genau zu wissen, was jedes seiner Kinder dachte. Früher war das fast schon unheimlich gewesen. Er musste ihre Geschwister nur auf eine bestimmte Art ansehen, und schon gestand einer ihrer Brüder etwas oder entschuldigte sich, ohne dass Shannon überhaupt wusste, was sie eigentlich angestellt hatten.

»Sieht doch gut aus«, erklärte Tempest. »Und da kommt der beste Teil davon.« Sie stieß Shannon mit dem Ellbogen an und deutete auf Steve, der auf sie zuhielt.

»Er ist wirklich in dich verliebt, Schatz«, stellte ihr Vater fest und drückte sie an sich. »Sam hat mir erzählt, dass Steve versucht hat, in Peaceful Harbor einen Job zu finden. Es tut mir wirklich leid, Liebes. Ich weiß, wie schwer es dir fällt, ihn zu verlassen. Aber er tut das Richtige. Er hat hart gearbeitet, um so weit zu kommen, und bei uns müsste er wieder ganz von vorn anfangen.« Er drückte ihr einen Kuss auf den Scheitel.

»Ich weiß, Dad.« Sie musterte bewundernd Steves zielsicheren Gang, seine breiten Schultern, seine markanten Gesichtszüge, die heute glattrasiert waren, sodass er einen völlig anderen Eindruck erweckte. Er hatte sich das Haar aus der Stirn gekämmt, und seine Augen – diese wunderschönen schieferblauen Augen, mit denen er stets mehr sagte als mit Worten – bewirkten, dass die Schmetterlinge in ihrem Bauch aufflatterten.

Bei allem, was Steve tat, dachte er an sie. *Du wolltest mit mir nach Hause kommen.* Sie schluckte schwer, da es ihr die Kehle zuschnürte, wenn sie an die kommenden Wochen dachte, und konzentrierte sich allein darauf, in diesem Augenblick nicht die Fassung zu verlieren.

Steve war noch zehn Schritte entfernt. *Atme.*

Acht. *Einatmen. Ausatmen.*

Treat kam hinter der Scheune hervor und gesellte sich zu Steve. Die beiden sprachen miteinander, aber Steves Blick haftete weiterhin an Shannon.

Sie konnte kaum noch etwas hören, so rauschte das Blut in ihren Ohren. Schon jetzt hatte sie seinen Geschmack auf den Lippen und schenkte ihm ein liebevolles Lächeln. Er stellte sich neben sie und mit einem Mal war ihre Welt wieder im Gleichgewicht. Instinktiv lehnte sie sich an ihn.

Ihr Vater beugte sich zu ihr herüber und raunte ihr ins Ohr: »Wurzeln verlaufen tief unter der Erde, Schatz, und ein bisschen Distanz kann ihnen nichts anhaben.« Seine Worte bewirkten, dass ihr die Tränen kamen.

»Ist alles in Ordnung, Baby?« Steve nahm ihre Hand und musterte sie fragend.

Sie blinzelte die Tränen weg und fragte sich, ob einem die Liebe die Sprache rauben konnte. Er war bereit, für sie den Berg aufzugeben. Als sie ihn jetzt hier auf diesem Event sah, mit dem er versuchte, das Land zu retten, das er liebte, traf sie diese Erkenntnis umso heftiger. Sie konnte es kaum fassen, dass sie noch auf beiden Beinen stand und es schaffte, die Tränen zurückzuhalten und mit halbwegs ruhiger Stimme zu sprechen. »Ja. Ich bin nur so glücklich, weil alles so gut gelaufen ist.«

»Sieh nur, was du erreicht hast. Das ist allein dir zu verdanken.« Steve machte eine ausschweifende Geste, die alles mit einbezog, und drückte sie an sich.

Sie schmiegte sich an ihn. Nur so konnte sie es überstehen. Immer nur bis zum nächsten Atemzug, bis zur nächsten Umarmung, bis zur nächsten Sekunde überstehen.

»Du hast deinen Traum wahrgemacht, Baby.«

*Und du warst bereit, deinen aufzugeben, um mir meinen zu erfüllen.* »*Wir* haben *unseren* Traum wahrgemacht«, murmelte sie.

»Wir haben das Spendenziel bereits erreicht«, erklärte Treat. »Herzlichen Glückwunsch, Shannon. Steve und du, ihr habt das möglich gemacht. Ihr schenkt Weston ein Happy End.«

Sie nickte lächelnd und versuchte zu ignorieren, dass die Nachricht über ihren Erfolg auch das Ende einer weiteren Sache bedeutete, die sie liebte.

*Und wo bleibt unser Happy End?*

# Achtzehn

Die Scheune auf dem Festplatz war hell erleuchtet, bunte Lichterketten hingen von den Deckenbalken und in den Fenstern und Türen und verliehen diesem besonderen Abend eine romantische Atmosphäre. Die Band, die auf der Bühne im hinteren Teil des Raumes stand, spielte Countrymusik. Die Frauen trugen ihre schönsten Kleider, die Männer die besten Jeans und Stiefel, und alle tanzten und amüsierten sich, aber keine war so faszinierend wie Shannon, die in ihrem kurzen pinkfarbenen Kleid über die Tanzfläche wirbelte. Die silbernen Ornamente, die die Säume zierten, funkelten im Licht, und sie stampfte zusammen mit Jewel, Faith und Leesa im Takt der Musik mit ihren rosa-weißen Cowboystiefeln auf den Boden.

Sie war wunderschön. Sie war die Seine. Und sie würde ihn verlassen.

Sam trat neben Steve. »Meine Schwester kann verdammt gut tanzen, was?«

»Ich wüsste nicht, was sie nicht kann.« Er verschränkte die Arme und war nervöser als jemals zuvor. Zwar lernte er jetzt seit Wochen tanzen, und Rex und die anderen hatten ihm mehrfach versichert, er wäre ziemlich gut – doch er war sich nicht sicher, ob *ziemlich gut* auch gut genug für Shannon war. Schließlich sollte diese Nacht unvergesslich werden.

»Oh, ich wüsste schon etwas: wichtige Entscheidungen treffen«, meinte Sam mit ernster Miene. »Sie ist hierher zurückgekehrt, weil sie in dich verschossen war. Jetzt ist sie ganz und gar in dich verliebt und hat Angst, etwas falsch zu machen.«

»Sie kann überhaupt nichts falsch machen. Nichts kann etwas an meinen Gefühlen für sie ändern.«

»Darum geht es auch gar nicht. Das Problem ist eher, dass sie nicht weiß, womit sie fertig wird.« Sam deutete quer durch den Raum auf Tempest.

Tempest winkte und kam auf sie zu. Sie hatte sich das blonde Haar zu einem Pferdeschwanz gebunden, sodass man ihren langen, anmutigen Hals bewundern konnte. Im Gegensatz zu ihrer Schwester war Tempest steifer und schien sich ihrer Umgebung ständig bewusst zu sein, während Shannon fröhlich von einem Augenblick zum nächsten lebte. Außer in letzter Zeit, da ihr jedes Mal Tränen in die Augen traten, wenn die Sprache auf ihre Abreise kam.

»Warum tanzt du nicht, Sam?«, fragte Tempest.

»Faith amüsiert sich mit ihren Freundinnen. Außerdem weiß ich, dass Steve nicht tanzt, daher dachte ich, ich leiste ihm Gesellschaft.«

»Wer hat dir erzählt, dass ich nicht tanze?«, fragte Steve.

»Shannon natürlich«, antwortete Sam. »Sie hat uns sogar gebeten, dich nicht damit aufzuziehen.«

Steve wurde ganz warm im Bauch, weil sie derart an ihn gedacht hatte. Er konnte den Blick nicht von ihr abwenden, während sie sich im Takt der Musik bewegte. Sie bemerkte, dass er sie beobachtete, und winkte ihm kurz zu, wobei sie süß, sexy und auch ein wenig scheu wirkte. In ihren Augen schimmerte Traurigkeit, aber vor allem Liebe. Sie machte sich Sorgen, weil sie ihn bald verlassen würde, aber vielleicht auch, weil sie sich ohne ihn auf der Tanzfläche amüsierte. *Keine Sorge, Baby. Du wirst schon bald in meinen Armen liegen.*

»Tempe, erzähl Steve von Shannon und wichtigen Entscheidungen«, bat Sam seine Schwester.

Tempest presste die Lippen aufeinander und kniff die Augen zusammen. »Das steht mir nicht zu, Sam, und dir auch nicht.«

Sam wandte sich kichernd an Steve. »Eines kann ich dir versichern: Sie hat eine Heidenangst, ihre sichere kleine Heimatstadt für immer zu verlassen.«

»Sam«, tadelte Tempest ihn. Ihr Blick wurde sanfter, als sie Steve ansah. »Das ist ein großer Schritt für sie. Sie braucht einfach Zeit.«

»Keine Sorge, Tempe. Von mir bekommt Shannon alles, was sie braucht. Auch Zeit, selbst wenn es mir noch so schwerfällt.« Er hatte noch einige Überraschungen für sie geplant, bevor sie morgen ins Flugzeug steigen würde, und als Mack ihn zu sich heranwinkte, wusste er, dass eine davon fertig war.

Das Lied endete, während Steve mit Mack sprach. Er sah, wie Shannon die Tanzfläche verließ und von ihrer Familie umringt wurde. Ihr Blick huschte nervös durch die Scheune, und er wusste, dass sie nach ihm Ausschau hielt. Er hob eine Hand, und als sie ihn entdeckte, leuchteten ihre Augen. *Bald, Baby.*

»Danke für den Schlüssel, Mack«, sagte Steve. »Und dass du bei allem anderen mitgeholfen hast.«

»Gern geschehen, Kumpel«, erwiderte Mack. »Es ist unglaublich, was in wenigen Wochen so alles passieren kann.«

Steve musste an Shannon denken und nickte. »Ja, da hast

du allerdings recht.«

Rex trat mit seinem Baby im Arm auf die Bühne und griff nach dem Mikrofon. Das Glucksen des kleinen Hal drang aus den Lautsprechern und alle drehten sich zur Bühne um. Leises Lachen hallte durch die Scheune, als sich Steve den Weg zu Shannon bahnte.

Rex drückte seinem Sohn einen Kuss auf den Kopf. »Mein Junge hat an diesem besonderen Abend offenbar auch etwas zu sagen«, meinte er, was den Zuhörern ein weiteres Lachen entlockte. »Ich denke, ich spreche hier für alle, wenn ich mich bei Steve, Shannon und Treat dafür bedanke, dass sie das Event auf die Beine gestellt und dafür gesorgt haben, dass wir alle Teil der Bemühungen sind, Westons Erbe zu erhalten. Wie wäre es mit einem tosenden Applaus, um die drei Gründer der Colorado-Stiftung auf die Tanzfläche zu locken?«

Alle jubelten und klatschten.

Shannon schüttelte verwirrt den Kopf, als Treat und Max auf die Tanzfläche traten und Steve ihre Hand nahm.

»Du musst das richtigstellen, Steve«, protestierte sie.

»Du warst ebenso ein Teil davon wie ich und Treat. Herzlichen Glückwunsch, Butterfly. Wir drei sind jetzt Partner, wenn dir das recht ist.«

»Aber …« Sie schüttelte den Kopf und hatte schon wieder Tränen in den Augen. Zwar wollte er sie nie wieder weinen sehen, doch diesmal waren es wenigstens Freudentränen.

»Ich liebe dich, Baby.«

Sie schlug eine Hand vor den Mund und versuchte, die Tränen webzublinzeln.

Sanft legte er ihr eine Hand an die Wange. »Möchtest du das denn? Möchtest du Teil dessen sein, was wir erschaffen haben?«

Sie nickte energisch und sah ihn liebevoll an. »Aber wie ...«

»Dafür musst du nicht vor Ort sein. Treat und ich waren uns einig, dass wir das ohne dich niemals geschafft hätten. Du bist das Herz und die Seele des Ganzen, und wir werden alles daran setzen, damit du uns weiterhin erhalten bleibst.«

Jetzt weinte sie doch und er gab ihr einen zärtlichen Kuss. Inzwischen waren alle Augen auf sie gerichtet und er reichte ihr stolz den Arm. »Ich glaube, das ist unser Tanz.«

»Du tanzt doch gar nicht«, flüsterte sie. »Und das musst du auch nicht ...«

»Für dich würde ich durchs Feuer gehen, Baby.« Er führte sie mitten auf die Tanzfläche, und seine Nerven waren zum Zerreißen gespannt, während er im Geist die Tanzschritte durchging.

»Grizz?« Sie sah sich nervös um. Alle schienen nur auf das zu warten, was er als Nächstes tun würde.

Steve legte einen Arm um sie und bewegte sich im Takt der Musik. »Triple Step, Baby. Du musst schon mitmachen.«

»Heiliger Strohsack«, murmelte sie, als sie über die Tanzfläche schwebten, und weinte vor Freude gleich neue Tränen. »Du kannst tanzen? Wie ...?«

Er wirbelte sie herum und ihr Lachen war Musik in seinen Ohren.

»Du kannst tanzen!« Sie schaute sich um und erklärte stolz: »Er kann tanzen!«

Alle jubelten und applaudierten und immer mehr Paare schlossen sich ihnen an und bedachten sie mit unterstützenden Worten – *Ich wusste, dass du es kannst! Du hast das toll gelernt. Heb mir einen Tanz auf. Endlich dürfen wir darüber reden!* Da wurde Steve erst bewusst, dass die meisten Menschen in Weston längst Bescheid wussten. Aber sie hatten sein Geheimnis gewahrt und so dafür gesorgt, dass er Shannon damit überraschen konnte.

»Wie hast du das geschafft?«, wollte sie wissen und er erzählte ihr die ganze peinliche Geschichte.

»Bitte entschuldige, dass ich dich wegen der angeblichen Besprechungen angelogen habe, aber ich musste mich danach richten, wann die anderen Zeit hatten.«

»Oh, Grizz! Ich liebe dich so sehr! Es war die Sache wert.« Sie warf ihm die Arme um den Hals und küsste ihn.

Rex kam mit Jade und dem kleinen Hal im Arm angetanzt und räusperte sich, damit sie sich voneinander lösten.

»Die Geschichte von Steves Tanzstunden wird garantiert in den kommenden Generationen bei jeder Familienfeier erzählt«, neckte er sie.

Wenn es nach Steve ginge, würden er und Shannon diese Geschichte bei den Familienfeiern höchstpersönlich erzählen.

Jetzt, wo die Katze aus dem Sack war, wollten alle Frauen mit Steve tanzen. »Na, dann los!«, drängte Shannon ihn und so wurde er von Jade an Savannah an Rachel und schließlich an Jo weitergereicht.

»Ist das zu fassen?«, meinte Jo beim Tanzen. »Ich suche nach dem Richtigen und deine Seelenverwandte schlendert einfach in dein Leben?« Aber Shannon schlenderte nicht einfach, sie stellte die Essenz des Lebens dar. Sie flatterte, stürmte oder stolzierte, aber schlendern lag ihr nicht im Blut. Lächelnd dachte er an die Worte seines Vaters. Sie hatte tatsächlich jeden Aspekt seines Lebens und seines Wesens durchdrungen.

Er tanzte mit Shannons Mutter und danach mit so gut wie jeder weiblichen Bewohnerin der Stadt, bis er schließlich vor der einzigen Frau neben Shannon stand, mit der er wirklich tanzen wollte.

»Mom?«

Seine Mutter strahlte ihn an. »Steven«, sagte sie herzlich. »Ich hätte nie gedacht, dass ich den Tag erlebe, an dem mein stattlicher Sohn über die Tanzfläche schwebt. Ich bin so stolz auf dich, Liebling.«

»Tanzt du mit mir?« Sie nahm seine Hand, und als er sie auf die Tanzfläche führte und den Blick seines Vaters bemerkte, wallte Stolz in ihm auf. *Jeder Mann sollte mit seiner Mutter tanzen.* Das war ein ungewöhnlicher und untypischer Gedanke, wie er sie in letzter Zeit häufiger hatte – er dachte an die Zukunft und eine eigene Familie, und jetzt auch noch an etwas, das er irgendwann an einen eigenen Sohn weitergeben wollte.

»Du kannst wirklich gut tanzen, Steven«, stellte seine Mutter fest. »Als ich hörte, dass du Shannon zuliebe Tanzstunden nimmst, wusste ich, dass sie die Richtige ist. Ich freue mich so sehr für dich. Und ich kann mir vorstellen, dass es dir schwergefallen ist, Rex um Hilfe zu bitten.«

»Wenn es um Shannon geht, ist mir nichts zu schwer. Und, Mom? Ich habe mich neulich geirrt.«

»Was genau meinst du?« Sie beäugte ihn verwirrt.

»Ich dachte, wenn Shannon zurück nach Peaceful Harbor geht, kann ich einfach mit dem weitermachen, was ich am meisten liebe. Aber *sie* ist es, was ich am meisten liebe. Sie ist das Wichtigste in meinem Leben.«

»Ich weiß, Schatz.« Sie blickte lächelnd zu ihm auf, und in ihren Augen lag Wissen, das Steve erst noch erlangen musste. »Du wirst schon einen Weg finden. Ihr beide findet eine Lösung. Wenn der richtige Zeitpunkt gekommen ist, werdet ihr es wissen.«

Sein Blick wanderte zu Shannon, die sich gerade mit ihrem Vater, Ty und Tempest unterhielt. Sie stand ihrer Familie so nahe, dass er sich fragte, ob sie jemals bereit sein würde, so weit von ihnen entfernt zu leben. Er hatte sich vorgenommen, sie nicht unter Druck zu setzen, aber je näher der Abschied rückte, desto schwerer fiel es ihm, sich daran zu halten.

»Und was ist, wenn wir das nicht zur selben Zeit feststellen?«, fragte er mit einem Kloß im Hals.

»Dann wirst du dein Leben ändern, um dich an ihres anzupassen.«

Als das Lied endete, berührte er den Schlüssel in seiner Tasche. *Das ist längst geschehen.*

Das Mondlicht fiel zwischen den Baumwipfeln hindurch, als sie den Berg wieder hinauffuhren. Es war ein perfekter Abend gewesen, den Shannon nie vergessen würde.

»Du hast für mich tanzen gelernt«, sagte sie, als Steve ihre Hand nahm. »Mit Hilfe meiner Familie.« Sie konnte noch immer nicht glauben, dass er sich deswegen an Rex gewandt hatte. Wie gern hätte sie bei diesen Tanzstunden Mäuschen gespielt.

»Ja.« Er drückte ihre Hand.

»Und Treat und du, ihr habt mich zum Partner gemacht.« Auch das erstaunte sie noch immer. Treat und Steve hatten ihr erzählt, dass sie mit dem Gedanken spielten, das Geschäftsmodell, das sie zu dritt für die Stiftung entwickelt hatten, auf ganz Colorado auszudehnen und noch mehr Land zu kaufen. Auf der rechtlichen Seite gab es da zwar noch einigen Klärungsbedarf, aber die Vorstellung, daran beteiligt zu sein und weiterhin das zu tun, was ihr in den letzten Wochen so viel

Freude bereitet hatte, war sehr aufregend.

»Ja, das haben wir.«

Sie betrachtete den Mann, der anscheinend immer und jederzeit an sie dachte. »Das ist eine große Verantwortung.«

»Ja, und du wirst morgen auf dem langen Flug genug Zeit haben, um darüber nachzudenken, aber heute Nacht möchte ich dir etwas zeigen«, erklärte er und parkte den Truck vor seinem Haus.

Er beugte sich zu ihr herüber und küsste sie. Als er die Wagentür öffnete, drang lautes Dröhnen zu ihnen herein, und sie wollte ihn schon fragen, was das war, aber er hatte die Tür bereits wieder geschlossen und ging um den Truck herum. Jetzt fiel ihr auch auf, dass er sich geschmeidiger bewegte, seitdem er tanzen gelernt hatte. Sie musste an die Ausreden für seine geheimen Tanzstunden denken, sein gelegentliches Summen, die Art, wie er anscheinend nur mit Mühe die Füße hatte stillhalten können, wenn sie in der vergangenen Woche um ihn herumgetanzt war. Wie hatte ihr das alles nur entgehen können?

Steve öffnete die Beifahrertür, und sie musste sich die Ohren zuhalten, um den Lärm zu ertragen. Er grinste sie breit an und half ihr, sich ihren Pullover überzuziehen.

»Was ist das für ein Krach?«, brüllte sie über das Getöse hinweg.

»Mach die Augen zu, Baby«, sagte er, nachdem sie ausgestiegen war.

»Sonst sagst du mir immer, ich soll die Augen aufmachen. Was hast du vor, Grizz?«, fragte sie, kam der Aufforderung jedoch nach.

Er legte zur Sicherheit einen Arm um sie und führte sie hinter das Haus.

»Nur eine kleine Überraschung für meinen Lieblingsmenschen.«

Der Lärm wurde immer lauter. Dann spürte sie Steves Wange an ihrer und hörte seine tiefe Stimme. »Mach die Augen wieder auf, Butterfly.«

Sie schlug die Augen auf und atmete mehrere Schneeflocken ein. *Schnee!*

Staunend hob sie die Hände und betrachtete das Winterwunderland, das sich vor ihr erstreckte. Sie musste blinzeln, um keine der kalten Schneeflocken in die Augen zu bekommen, die aus der Schneekanone geschossen kamen. Der ganze Garten war mit lockerem weißem Schnee bedeckt, ebenso die Terrasse und die Stufen, auf denen sie so gern saß, um den Sonnenaufgang zu beobachten. Schnee bedeckte die Spitzen der Äste, und als sie den Kopf in den Nacken legte, landeten Schneeflocken auf ihren Wangen. Und da stand ihr Ritter in seiner schneeweißen Rüstung und hatte Schneeflocken auf dem Kopf.

»Grizz!«, kreischte sie über den Lärm hinweg und fiel ihm in die Arme.

Er fing sie auf und taumelte nach hinten. Sie mussten beide lauthals lachen. »Jetzt weißt du, wie es hier im Winter aussieht.«

Sie löste sich von ihm und versuchte, den lockeren Schnee zu einem Schneeball zusammenzupressen, mit dem sie Steve bewarf. Darauf folgte die wohl schlechteste Schneeballschlacht aller Zeiten, da die Schneebälle sofort wieder auseinanderfielen. Lachend tobten sie durch den Schnee, bis sie völlig außer Atem waren und ihre Haut von der Kälte rot angelaufen war. Er stieß sie sanft in den Schnee und sie breitete die Arme aus.

»Mein kleiner Schneeengel«, sagte er und küsste sie.

»Du liebst mich.« Sie strahlte so sehr, dass ihre Wangen wehtaten.

»Mehr, als du ahnst«, erwiderte er und küsste sie abermals, und schon hatte sie die Kälte vergessen. Wieder einmal bewirkte ein Funke, dass sie beide lichterloh brannten, und Steve hob sie hoch und warf sie sich wie einen Kartoffelsack über die Schulter.

»Grizz!« Sie lachte noch immer, als er die Schneekanone abstellte, sie in die Arme nahm, küsste und ins Haus trug.

Im Wohnzimmer setzte er sie auf dem Boden ab und sie fielen förmlich übereinander her. Ihre Kleidung war völlig durchnässt. Steve zog ihr den Pullover aus und warf ihn zur Seite, um sich dann mit dem Verschluss ihres Kleides abzumühen. Schließlich gab er es auf und zog ihr das Kleid einfach über den Kopf. Sie hatte absichtlich auf Unterwäsche verzichtet, um ihn an ihre erste gemeinsame Nacht zu erinnern. Er trat vor sie und betrachtete sie mit einem raubtierhaften Blick, den er über ihren ganzen Körper wandern ließ. Als er ihre Brüste anstarrte, spürte sie, wie allein beim Gedanken an seine Berührungen ihre Brustwarzen steif wurden.

»Grizz«, hauchte sie.

»Sch. Ich werde in unserer letzten gemeinsamen Nacht nichts überstürzen.«

Seine Worte waren einerseits erregend, machten sie andererseits aber auch traurig. *Unsere letzte gemeinsame Nacht.* Sein Blick wanderte weiter nach unten und verharrte dort. Sie zitterte vor Lust, dabei hatte er sie noch nicht einmal berührt. Er packte mit beiden Händen seinen Hemdkragen und riss sich das Hemd vom Leib, sodass die Knöpfe durch die Luft flogen.

Als sie zitternd eine Hand nach ihm ausstreckte, spannte er die Bauchmuskeln an. Er ergriff ihr Handgelenk und zog sie an sich. Wie sie es liebte, wenn er die Kontrolle übernahm.

»Ich habe mich die ganze Nacht danach gesehnt, dich zu

berühren.« Er gab ihr einen tiefen, leidenschaftlichen Kuss.

Sie sah zu, wie er quälend langsam seine Jeans öffnete und dabei ein wenig dunkles Schamhaar und seine pralle Härte entblößte, die sich unter dem Stoff abzeichnete. Dabei verzehrte sie sich so sehr nach ihm, dass sie es kaum noch aushalten konnte. Sie hatte ihn mit all den Frauen tanzen sehen und dabei nur daran gedacht, dass sie später gemeinsam nach Hause fahren und sich lieben würden. Sie erschauderte, als er die Hose über seine Hüften und an seinen starken Beinen herunterschob, und bewunderte seinen prächtigen Körper. Er war wunderschön.

Als er sich ganz entkleidet hatte, legte er ihr einen Finger unter das Kinn. Einen Finger. Eine einfache Berührung – und sie spürte sie am ganzen Körper und vor allem zwischen den Beinen. Sie sahen einander in die Augen, und ein sexy Lächeln umspielte seine Lippen, als er näher kam. Mit einem ungestümen Brummen zog er sie an sich, legte ihr eine Hand auf den Rücken und strich mit der anderen so verführerisch über ihren Oberkörper. Seine Härte drückte sich gegen ihren Bauch, die kleinen Haare an seinen Beinen kitzelten an ihren Oberschenkeln und seine Hand glitt über ihre Hüfte und umfasste ihre Pobacke – sehr fest.

»Ich liebe dich, Butterfly«, sagte er so leise, dass sie ihn kaum hören konnte. In seinen Augen spiegelte sich nichts als Liebe wider, und sie wusste, dass er dasselbe in ihren sah.

Sie schnappte nach Luft, als er die Finger zwischen ihre Beine schob und ihre feuchte Mitte streichelte.

»Ich tanze so gern mit dir«, murmelte er und drang mit den Fingern in sie ein.

Shannon kaute auf ihrer Unterlippe herum, während er seine Finger quälend langsam bewegte.

»Ich habe es genossen, dich in diesen scharfen Stiefeln

tanzen zu sehen.« Er drückte ihr einen Kuss auf den Mundwinkel. »Und dich aus der Ferne zu begehren.« Er küsste den anderen Mundwinkel und strich mit den Fingern über diese magische Stelle in ihrem Inneren, die sämtliche Nervenenden in Erregung versetzte. Sie ließ von ihrer Unterlippe ab und er grinste sie zufrieden an.

»Die Art, wie du die Hüften bewegst, ist reiner Sex.« Er legte die andere Hand auf ihre Pobacken, zog sie an sich, bis sich ihre Oberschenkel berührten, und streichelte ihren Hintern.

Sie schloss flatternd die Augen und er eroberte ihren Mund mit einem langsamen, genüsslichen Kuss. Dabei bewegte seine Zunge sich im selben Rhythmus, in dem er die Finger in sie hineinstieß. Shannon spannte die Beinmuskeln an und stieß das Becken vor. Sie war bereits kurz davor zu kommen.

»Mach die Augen auf, Baby«, verlangte er leise. »Sieh mich an.«

Sie schlug die Augen auf und sah ihm ins Gesicht. Sein verführerischer Blick schien sie zu durchbohren, während er sie geschickt an den Rand der Ekstase brachte. Ihre Lider fielen wieder zu.

»Augen auf«, forderte er und presste seine Erektion fest gegen ihren Oberschenkel.

Sie zwang sich, die Augen offen zu lassen, seinem gierigen Blick standzuhalten, doch als er mit einem Finger von hinten in sie eindrang, geriet ihre Welt aus den Fugen und sie kniff die Augen zu.

»Augen auf, Baby«, ermahnte er sie leise, aber entschieden. Mühsam schlug sie die Augen auf, während die Wogen der Lust über sie hereinbrachen.

»Komm«, verlangte er rau, schob den Finger tiefer in ihren

Hintern und drückte mit dem Daumen ihre Klitoris. Eine Woge aus Hitze und Kälte riss sie mit sich und sie kam heftig, klammerte sich keuchend an ihn und wimmerte unverständliche Worte. Er erstickte ihre Schreie mit einem liebevollen Kuss und schien ihren Körper von allen Seiten zu bestürmen. Nach und nach wurde sein Kuss langsamer und sinnlicher, bis sie in seinen Armen lag und ihre Stiefel polternd zu Boden fielen.

Er ließ sie aufs Bett sinken und legte sich auf sie. »Ich brauche mehr von dir.«

»Du bist ganz schön gierig. Was ist, wenn ich mehr von dir brauche?« Sie stieß ihn spielerisch von sich weg und er ließ sich bereitwillig auf den Rücken sinken.

»Nimm es dir, Baby«, erklärte er mit heiserer Stimme. »Ich gehöre ganz dir.«

»Ich wollte dich schon den ganzen Abend.« Sie küsste ihn, drehte sich um und leckte genüsslich über seine Spitze, was ihr ein kehliges Stöhnen einbrachte.

Er legte ihr eine Hand zwischen die Beine, und sie hielt inne und genoss die erregende Berührung. *Unsere letzte gemeinsame Nacht.* Sie zwang sich, nicht länger daran zu denken.

»Ich will dich verwöhnen«, verkündete sie frech. »Und dann will ich, dass du mich hart nimmst, damit ich dich noch lange nach meiner Abreise spüren kann.«

Bei ihren hemmungslosen Worten schoss sein Becken in die Höhe und er schob seine Finger wieder in sie. »Liebe mich, Baby, und ich verspreche dir, dass ich dich lieben werde, bis du mich noch im Schlaf spürst.«

Sie nahm seine Härte ganz in den Mund, und er drehte sie beide auf die Seite, damit er noch tiefer in sie eindringen konnte.

»So ist es gut, Baby. Liebe mich, als wolltest du nie mehr

damit aufhören.« Er packte ihre Hüften, und dann lag sein Mund an ihrer Mitte und er stieß die Zunge in sie hinein.

»Oh Gott!« Sie kniff die Augen zu. »Grizz.«

Er bewegte die Hüften, und sie verwöhnte ihn mit der Hand und dem Mund, während er sie leckte. Als er sich auf den Rücken legte, kauerte sie sich auf allen vieren über ihn und nahm ihn wieder in den Mund. Dann spürte sie seine Lippen an ihrem Hintern und stöhnte laut. Er leckte sie dort, drang mit einem Finger ein und brachte die Lippen wieder zu ihrer Mitte. Sekunden später kam sie, spürte dabei, wie er weiter anschwoll, und streichelte ihn schneller. Er spannte die Muskeln an und seine Hände hielten inne, als sein salziger Samen in ihre Kehle schoss. Stöhnend presste er den Mund wieder auf sie und leckte sie, bis sie auch den letzten Rest aus ihm herausgepresst hatte.

Danach zog er sie an seine Brust, wischte ihr mit dem Daumen über die Unterlippe und fuhr sich mit dem Unterarm über den Mund, bevor er sie leidenschaftlich küsste. Eine gefühlte Ewigkeit küssten sie sich, Shannon hatte jegliches Zeitgefühl verloren. In ihrem Kopf ging alles durcheinander, ihr Körper war herrlich erschöpft, und dennoch wollte sie mehr von ihm. Er legte sich auf sie und küsste sie fest und leidenschaftlich, dann wieder sanft und sinnlich.

»Ich liebe dich so sehr«, flüsterte er ihr ins Ohr.

Sie schlang die Beine um seine Taille, als er in sie eindrang und sie abermals küsste. Der Kuss war besitzergreifend und ihre Emotionen ließen ihr Liebesspiel immer wilder werden. Steve liebte sie bis in die frühen Morgenstunden, und dann schliefen sie noch einmal miteinander, bis sie beide durch und durch befriedigt waren und sich vor Erschöpfung nicht mehr bewegen konnten.

Während sie in den Schlaf sank, betete sie, dass ein Wunder

geschehen würde, dass sie beim Wachwerden feststellen würde, dass die Zeit zurückgedreht worden war und sie noch ein paar gemeinsame Wochen erwarteten …

# Neunzehn

Am nächsten Morgen wurde Steve schlagartig wach und stellte fest, dass er allein zwischen den Laken lag. *Es ist viel zu früh.* Er schüttelte den Kopf, um richtig wach zu werden, und sprang aus dem Bett.

»Shan«, rief er und zog sich rasch eine Jeans und ein T-Shirt an.

Im Haus war es viel zu ruhig. So würde es immer sein, sobald sie abgereist war. Ihm lief es eiskalt den Rücken herunter. Zähneknirschend öffnete er die Hintertür.

Shannon saß auf den Stufen und hatte sich in eine Decke gewickelt. Neben ihr lag eine leere Pop-Tarts-Verpackung. Sie trug eines seiner Sweatshirts, das ihr viel zu groß war, und sah einfach hinreißend aus. In den Händen hielt sie eine dampfende Tasse Kaffee. Lächelnd ließ er sich neben ihr nieder und schlüpfte unter ihre Decke, um sich vor der kalten Morgenluft zu schützen.

Sie legte seufzend den Kopf auf seine Schulter.

»Ist alles in Ordnung, Baby?«

Sie trug eine Flanellschlafanzughose, die sie hier lassen wollte, und ihre Wanderstiefel ohne die Schnürsenkel, die er für sich beansprucht hatte. Als er einen Streifen nackter Haut aufblitzen sah, erinnerte er sich an den ersten Morgen nach ihrer Rückkehr nach Colorado, an dem ihm bereits klargeworden war, dass er ihr niemals widerstehen können würde.

»Ja. Ich wollte mir nur den Sonnenaufgang ansehen.«

»Du hättest mich wecken können.« Er drückte einen Kuss auf ihre Schläfe.

»Du warst so lange wach. Ich habe gerade darüber nachgedacht, wie anders alles zu Hause sein wird. Wenn es beim Aufwachen nach Meer riecht und mir nicht die kühle Bergluft in die Nase steigt. Zu Hause kann ich von meiner Wohnung aus alles zu Fuß oder mit dem Auto in zwei Minuten erreichen. Es wird mir komisch vorkommen, wieder dort zu sein.«

»Es ist dein Zuhause. Du wirst dich schnell wieder einleben.« Seine Worte klangen aufmunternd, dabei war er eigentlich der Ansicht, ihr Zuhause wäre jetzt hier bei ihm. Doch er war entschlossen, das nicht auszusprechen und auch keinen Druck auf sie auszuüben.

»Kann schon sein, aber ich bin mir da nicht mehr so sicher.« Sie nippte an ihrem Kaffee. »Ich mag es, wie die Berge morgens langsam zum Leben erwachen. Zu Hause ist immer alles sofort da, man hört den Verkehr, Menschen, Geräusche. Ich wusste von Anfang an, dass ich dich vermissen würde, aber als ich heute Morgen im Bett lag, wurde mir bewusst, dass mir auch all das hier fehlen wird.«

Sie hatte sich ebenso wie er in die Gegend verliebt. Er drückte sie an sich und versuchte, die Worte, die ihm seit Tagen auf der Zunge lagen, nicht auszusprechen, da er sie nicht immer wieder bitten wollte zu bleiben. »Ich weiß, Baby.«

»Es kommt mir so vor, als hätte ich endlich herausgefunden, wer ich bin und was ich mag.« Sie drehte sich zu ihm um und schenkte ihm ein liebevolles Lächeln. »Wen ich liebe«, fügte sie hinzu. »Ich wusste, dass ich dein Bett nie wieder verlassen würde, wenn wir heute Morgen noch einmal miteinander schliefen, darum bin ich lieber aufgestanden.«

Sein Brustkorb zog sich zusammen, und er wünschte sich, sie wäre im Bett geblieben. »Es ist unser Bett, Baby.«

»Unser Bett«, flüsterte sie.

»Auch die Füchse werden mir fehlen«, erklärte sie kurz darauf. »Ich würde sie so gern aufwachsen sehen.«

»Ich werde dir ständig Fotos schicken«, versprach er ihr und fürchtete sich schon jetzt vor den bevorstehenden drei einsamen Wochen.

Sie hob den Kopf von seiner Schulter. »Danke. Würdest du mich auch über Jo und Cutter auf dem Laufenden halten? Sie haben gestern sehr oft miteinander getanzt, und ich wüsste zu gern, was daraus wird. Und wieso ist Cal eigentlich nicht mit Rachel zusammen? Was geht da vor sich?«

Er musste grinsen. Das war mal wieder typisch für Shannon, dass sie an so vieles gleichzeitig dachte.

»Keine Ahnung, aber du bleibst garantiert mit ihnen in Kontakt und wirst es herausfinden.«

Sie schwieg einige Zeit, und als die Sonne schon fast ganz aufgegangen war, fragte sie: »Du weißt doch, dass ich dich liebe?«

»Ja.«

»Und du weißt, dass ich nur nach Hause zurückkehre, weil ich muss? Ich kann nicht einfach alles aufgeben und …«

Sie verstummte und die Realität machte sich in ihrem Schweigen bemerkbar. Shannon würde in wenigen Stunden abreisen und letzten Endes war es allein ihre Entscheidung.

Später am Nachmittag trafen sie sich mit Shannons Familie am Flughafen von Weston. Wenigstens mussten sie nicht zum Flughafen nach Denver fahren. In Weston gab es nur ein Gate und Steve konnte bis zum Boarding bei Shannon bleiben. Alle versuchten mehr als offensichtlich, ihre gute Laune zu demonstrieren, dennoch hing die Traurigkeit wie eine dunkle Wolke über der ganzen Gruppe. Steve und Shannon hatten die letzten Stunden damit verbracht, sich entweder zu versprechen, trotz der Entfernung füreinander da zu sein, oder schweigend ins Leere zu starren und ihren Gedanken nachzuhängen. Nun, wo ihre gemeinsame Zeit nur noch Minuten anstelle von Stunden andauern würde, hatte Shannon mit jeder verstreichenden Sekunde das Gefühl, als würde die Schlinge um ihren Hals enger zusammengezogen. Sie sah zu Steve hinüber, der sich gerade mit ihren Eltern, Cole und Leesa unterhielt. Steve rang die Hände und wirkte bedrückt. Ihre Blicke trafen sich und die Liebe in seinen Augen und die Distanz zwischen ihnen war schlichtweg unerträglich. Sie wollte in seinen Armen sein.

»Shannon sagte, du kommst uns in sieben oder acht Wochen besuchen«, meinte ihr Vater gerade zu Steve.

»Ja, Sir. Das ist unser Plan.«

*Unser Plan ist schlecht.* »Entschuldige uns kurz, Dad, aber unser Flug wird bald aufgerufen. Darf ich dir Steve für ein paar Minuten entführen?«

»Aber sicher, Schatz.« Ace umarmte Steve. »Wir freuen uns darauf, dich bald wiederzusehen.«

»Danke. Ich freue mich auch schon darauf.«

»Okay, jetzt gehört er mir.« Shannon zog ihn zu einer Bank am Fenster, und sobald er die Arme um sie legte, spürte sie, wie sie sich ein wenig entspannte.

»Ich konnte es kaum erwarten, dich in den Armen zu halten«, gestand er ihr. »Aber ich wollte dich auch nicht von deiner Familie weglocken.«

»Du bist der Einzige, in dessen Nähe ich sein möchte.« Sie legte ihm eine Hand an die Brust und konnte seinen Herzschlag fühlen.

Er sah ihr in die Augen und plötzlich überkam sie tiefe Traurigkeit. Sie lehnte die Stirn gegen seine und fing an zu weinen.

»Ich würde nach Peaceful Harbor ziehen, wenn ich dort einen Job finden würde.«

»Das weiß ich doch.«

Er legte ihr eine Hand in den Nacken und flüsterte: »Geh nicht.«

Sie hielt den Atem an. Steve hatte sie so oft gebeten, bei ihm zu bleiben, allerdings nicht mehr in letzter Zeit. Ihr Herz drohte zu zerspringen, als sie ihm in die Augen sah. »Wir haben die Gegenwart. Da waren wir uns doch einig. Ich muss zurück zu …«

»Deiner Wohnung, deinem Job, deinen Freunden. Ich weiß.« Er mahlte mit dem Kiefer. »Verdammt noch mal, Shan. Ich würde mitkommen, wenn es mir möglich wäre. Bitte bleib hier. Du kannst hier problemlos Arbeit finden. Bleib bei mir. Wir können einfach deine Sachen holen.«

»Wir …« *Ja, was? Wir waren uns einig? Wir hatten uns darauf geeinigt, uns nicht zu verlieben?*

Er holte tief Luft und legte ihr die Hände auf die Wangen. Sie liebte das so sehr, diese besitzergreifende Geste, mit der er sie zwang, ihm in die Augen zu sehen.

»Was ist, wenn die Gegenwart nicht reicht?«, fragte er. »Was ist, wenn ich auch die Zukunft will, nicht nur morgen und nächste Woche, sondern *für immer*?«

Sie zitterte am ganzen Körper und weinte bitterlich. »Steve, wir hatten uns doch geeinigt …«

Shannons Flug wurde aufgerufen. Sie musste gehen.

»Wir hatten uns versprochen, dass unsere gemeinsamen Wochen reichen müssen, Shan. Wir waren uns einig. Das weiß ich auch. Ich verstehe dich und es tut mir leid. Aber wir sind auch nur Menschen. Fehlerhaft. Erinnerst du dich? Wir haben einen Fehler gemacht und können ihn korrigieren. Wir brauchen mehr. Ich brauche mehr.«

»Shan, Liebes.« Ihre Mutter winkte sie zur Schlange, die sich viel zu schnell bewegte. Wieso ging es am Flughafen auf einmal so schnell? Die anderen standen dort und beobachteten sie. Warteten auf sie. Sam tippte auf seine Uhr und machte einen Kussmund. Faith nutzte die Gelegenheit und küsste ihn. In den kommenden drei Wochen würde Shannon Steve nicht so küssen können.

»Verdammt. Bitte entschuldige, Baby. Ich hatte mir vorgenommen, dich nicht unter Druck zu setzen.«

Sie konnte nicht mehr klar denken. Ihre Gedanken wirbelten durcheinander, und ihre Familie winkte sie zu sich, rief ihren Namen und stellte sich für das Boarding an.

Steve nahm sie in die Arme und drückte sie so fest an sich, dass sie fast keine Luft mehr bekam. Vielleicht lag es aber auch daran, dass ihr Brustkorb vor Verzweiflung wie zugeschnürt war, sie wusste es nicht genau.

Wieder kam die Ansage über Lautsprecher, und sie klammerte sich an Steve und hatte gleichzeitig Angst, ihn loszulassen und ihn festzuhalten.

»Es tut mir leid, Baby. Ich kann mir einfach keinen Tag ohne dich vorstellen.« Er legte ihr die Hände auf die Schultern und drückte sie ein Stück von sich weg. Sie hätte sich am liebsten in ihm verkrochen.

»Ich sollte dich nicht so bedrängen. Du hast recht. Wir schaffen das. Drei Wochen sind nicht das Ende der Welt.«

Da war sie sich nicht so sicher.

»Shannon!«, brüllte Sam und winkte sie zu sich. Der Rest ihrer Familie war bereits verschwunden.

Es war so weit. Sie musste gehen.

*Wie kann das sein?*

»Gib mir einen Abschiedskuss, Baby.«

*Grizz.* Sie bekam keinen Ton heraus, umklammerte ihn wortlos, stellte sich auf die Zehenspitzen und gab ihm einen tränensalzigen Kuss.

»Ich liebe dich, Baby.« Er geleitete sie zum Boarding. »Ruf mich an, wenn du gut zu Hause angekommen bist, damit ich mir keine Sorgen machen muss.« Er umarmte sie noch einmal und raunte ihr ins Ohr: »Du hast meine Welt auf den Kopf gestellt, Butterfly. Mir ist völlig schleierhaft, wie ich so lange ohne dich leben konnte, und ich werde die Minuten zählen, bis du wieder in meinen Armen liegst.«

Dann stand sie in der Schlange und folgte Fremden durch den Gang zum Flugzeug.

»Da bist du ja.« Tempest presste sich an die Wand und wartete auf sie. »Alles in Ordnung?«

*Nein.* Hatte sie es laut ausgesprochen? Sie blickte über die Schulter auf die Menschenmenge hinter sich. »Ich kann das nicht«, sagte sie und blieb wie angewurzelt stehen. Andere Fluggäste prallten gegen sie und schoben sie immer weiter von

Steve weg.

»Was ist?«, fragte Tempest. »Hast du was vergessen?«

Shannon wirbelte herum und bahnte sich einen Weg durch die Menge. »Grizz!«, schrie sie. »Grizz!«

»Shannon!«, rief Tempest ihr hinterher.

Aber Shannon lief weiter, drängelte sich zwischen Familien und Paaren durch und entschuldigte sich immer wieder. Sie konnte das Gate schon erkennen und lief mit rasendem Herzen weiter, bis sie den engen Tunnel wieder verlassen hatte.

»Grizz!«, rief sie und sah sich im Wartebereich um. Ihr sackte das Herz in die Hose.

Und dann sah sie ihn neben einer Bank am Fenster stehen, wo er auf etwas in seiner Hand herabblickte. Ihr kamen die Tränen, und sie musste sich an die Brust fassen, weil sie befürchtete, ihr Herz könnte herausspringen.

»Grizz!«

Er drehte sich um und sah sie mit traurigen Augen an. Sie rannte zu ihm und er kam ihr entgegen. Dann lag sie in seinen Armen, und er küsste sie, hielt sie fest, fragte sie, was los war, und küsste sie wieder.

»Hast du etwas vergessen?«

»Ja«, antwortete sie weinend. »Ich habe vergessen, dass das hier mein Leben ist. Es ist meine Entscheidung, und ich will, dass mein Leben hier bei dir ist. Ich entscheide mich für dich, Grizz. Ich will dich.«

Er wirbelte sie lachend herum und küsste sie abermals.

»Bist du dir auch wirklich sicher, Baby?«

»Ja! Ich will nicht nur heute und morgen, ich will die Ewigkeit mit dir, Steven Johnson. Vermutlich wirst du mir ein Schneemobil kaufen müssen, damit ich nicht durchdrehe, aber ja, ich bin mir sicher.«

»Das Schneemobil wirst du nicht brauchen, Butterfly.« Er zeigte ihr, was er in der Hand hielt.

Sie starrte den silbernen Schlüssel an und begriff nicht, was er ihr damit sagen wollte. »Was ist das?«

»Der Schlüssel zu Macks Haus. Gleich am Rande der Stadt. Ich habe es für uns gemietet. Ich kann von dort aus fahren, und wir wohnen in meiner Hütte auf dem Berg, wann immer dir danach ist.«

Sie konnte ihr Schluchzen nicht unterdrücken. »Du hast ein Haus gemietet? Am Stadtrand? Aber du wohnst doch so gern auf dem Berg.«

Er zuckte mit den Achseln, als wäre das keine große Sache, aber sie wusste genau, wie viel ihm das Leben auf dem Berg bedeutete, und wollte nicht zulassen, dass er für sie alles aufgab, was er liebte. Wahrscheinlich ging er, ebenso wie alle anderen, davon aus, dass sie für ihn alles aufgab, doch in Wahrheit war *er* alles für sie. Ein Leben ohne Steve war für sie schlichtweg nicht vorstellbar, nicht einmal für drei Wochen. Sie liebte ihn, und sie liebte den Mann, der er war, was auch seine Liebe zur Natur mit einschloss. Nein, sie konnte nicht zulassen, dass er sich davon abwandte.

»Du brauchst Menschen, Baby, und ich brauche dich.«

»Und ich liebe dich viel zu sehr, als dass ich zulassen könnte, dass du dein Leben auf dem Berg aufgibst. Wir finden einen Kompromiss. Wir könnten beispielsweise unter der Woche auf dem Berg und an den Wochenenden in der Stadt wohnen. Oder im Sommer auf dem Berg und im Winter in der Stadt. Oder …«

Er erstickte ihre nächsten Worte mit einem liebevollen Kuss. Als sie wieder in seinen kräftigen Armen lag und seinen Herzschlag spürte – und sich vorstellte, wie ihre Familie im

Flugzeug auf dem Weg zu ihrem *anderen* Zuhause saß und sich vermutlich ob ihrer späten Entscheidung zuprostete –, begriff Shannon endlich die Bedeutung der Worte, die ihr Vater am Vortag zu ihr gesagt hatte.

*Wurzeln verlaufen tief unter der Erde, Schatz, und ein bisschen Distanz kann ihnen nichts anhaben.*

Gestern hatte sie geglaubt, er hätte sich auf ihre Beziehung zu Steve bezogen und darauf, dass diese nicht unter der Entfernung leiden würde. Doch sie hatte sich geirrt. Er hatte ihr damit sagen wollen, dass alles, was sie kannte und liebte, nicht einfach verschwinden würde, nur weil sie wegzog.

Steve sah ihr tief in die Augen. »Mir ist völlig gleichgültig, wo ich nachts schlafe, solange ich neben dir liege. Lass uns nach Hause gehen, Baby.«

*Nach Hause.* Sie nahm seine Hand. »Können wir auf dem Weg noch einen Zwischenstopp einlegen, Grizz?«

Er schenkte ihr sein hinreißendes Lächeln und gab ihr so zu verstehen, dass er genau wusste, was sie vorhatte. Tat er das nicht immer?

»Pop-Tarts oder Bäckerei?«

»Letzteres. Ich habe Appetit auf pinkfarbenes Frosting.«

# Epilog

Es hatte eine Zeit gegeben, in der hätte Steve sich nicht vorstellen können, sich jemals im Takt irgendeiner Musik zu wiegen, erst recht nicht zu einem Jimmy-Buffett-Song, wie ihn Sam und Ty gerade auf ihren Gitarren spielten. Aber er hätte auch nie geglaubt, mal am Strand von Peaceful Harbor, Maryland, zu sitzen und mehrere Hundert Meilen von seinen geliebten Bergen entfernt zu sein. Shannon hatte sein Leben nicht nur verändert, sie war zu seinem Lebensinhalt geworden. Als er nun an diesem kühlen Septemberabend gemeinsam mit der Frau, die er liebte, dabei zugesehen hatte, wie ihr Bruder Nate und seine Jewel barfuß auf Rosenblättern standen und am Strand im Sonnenuntergang ihre Ehegelübde sprachen, stellte er fest, dass er das ebenfalls wollte. Er wollte, dass Shannon seine Frau wurde, dass er ihr Mann war und dass sie einander vor all den Menschen, die sie liebten, das Eheversprechen gaben.

Das Lagerfeuer knisterte und Funken stoben auf und erhellten die Gesichter von Shannons Familie. Ihre Mutter Maisy legte lächelnd den Kopf auf Aces Schulter und ließ den Blick über ihre Kinder schweifen. Man konnte ihr deutlich den Stolz und die Liebe ansehen. Auf einer Decke ihnen gegenüber hielten Cole und Leesa neben Jewels Mutter Anita Händchen.

Tempest und Faith teilten sich die Decke mit Sam und Ty, während Jewels jüngere Geschwister Patrick, Krissy und Taylor einige Meter weiter mit einem leuchtenden Ball spielten. Vom Wasser trug eine kühle Brise den salzigen Geruch der See und den süßen Duft der Rosenblätter zu ihnen herüber.

»Kuss! Kuss! Kuss!«, verlangten alle.

Nachdem die Sonne untergegangen war und der Wind aufgefrischt hatte, flogen immer mehr Rosenblätter davon. Der Wein, den Steve und die anderen getrunken hatte, zeigte langsam Wirkung, und es wurden zunehmend peinlichere Familiengeschichten erzählt.

Auch davon wollte Steve mehr. Shannon hatte ihm die Augen geöffnet, und so langsam begriff er, was er in seinem einsamen Leben auf dem Berg alles verpasst hatte.

Er stellte sein Weinglas ab und legte Shannon die Hände an die Wangen. Als er in ihre wunderschönen haselnussbraunen Augen blickte, die ihn amüsiert musterten, erklärte er: »Ich liebe dich, Butterfly«, und drückte ihr einen feuchten, schmatzenden Kuss auf die Lippen.

Um sie herum jubelten alle und Shannon kicherte.

»Erinnere mich daran, Rosenblätter zu kaufen«, meinte Steve, was weiteres Gelächter hervorrief.

Ein einsames Blütenblatt flatterte auf Steves Fuß. Er legte es auf Shannons Zehen und küsste sie zärtlich, bevor das Gejohle erneut beginnen konnte. An diesem Abend liefen sie alle barfuß, wie sie es auch bei der Hochzeit gewesen waren. Die Männer hatten ihre grauen Hosen hochgekrempelt und trugen dazu weiße Oberhemden, während die Frauen schöne Herbstkleider anhatten. Shannons Kleid war selbstverständlich pink und sie trug einen kecken silbernen Zehenring mit einem von einem Herzen umrahmten S.

Er berührte Shannons Zehen mit den seinen und musterte die vielen nackten Füße. »Jetzt weiß ich auch, warum Shannon ständig barfuß läuft.«

»Das liegt an Peaceful Harbor«, erklärte Ty. »Wenn ich klettere, fehlt es mir, barfuß zu laufen, und wenn ich barfuß bin, vermisse ich meine Kletterschuhe.«

»Wo wir gerade beim Klettern sind«, schaltete sich Nate ein. »Erinnert ihr euch, wie Ty und ich uns Fallschirme gebastelt haben und aufs Dach geklettert sind?«

»Meinst du die Müllsäcke?«, fragte Cole. »Die, wegen denen ich Ärger gekriegt habe?« Er warf seinem Vater einen wütenden Blick zu.

»Hey, komm mir nicht so, mein Sohn«, brummte Ace. »Wenn ich mich recht erinnere, hast du zugegeben, dass es deine Schuld war.«

»Du wusstest, dass es nicht meine Schuld gewesen ist«, gab Cole zurück.

»Das ist richtig, aber du bist mit dieser lächerlichen Geschichte zu mir gekommen, dass Ty gehört hätte, was du vorhast, und er und Nate schneller gewesen wären.« Ace schüttelte lachend den Kopf. »Du hast mir sogar gesagt, ich solle dich bestrafen, weißt du das noch? Du hast dich ehrenwert verhalten. Wie hätte ich deinem Stolz da einen Dämpfer verpassen können?«

Leesa umarmte Cole. »Mein Held.«

Cole rieb sich mit einer Hand über das Gesicht und warf Ty einen amüsierten Blick zu, der mit breitem Grinsen weiter Gitarre spielte.

»Sie sind in den Rosenbüschen gelandet und konnten tagelang nicht richtig laufen«, rief Tempest ihnen in Erinnerung. »Das Universum sorgt immer für Gerechtigkeit.«

Steve drückte Shannons Hand und beugte sich zu ihr hinüber. »Ja, das tut es.«

»So ein Quatsch«, protestierte Shannon mit verschmitztem Grinsen. »Ich hatte mir in den Kopf gesetzt, dich zu bekommen, und habe dich schließlich dazu gebracht.«

»Und wie läuft es für dich?«, erkundigte sich Sam.

»Ich könnte nicht glücklicher sein«, antwortete Shannon.

»Und was hat dein Mann dazu zu sagen? Wie gefällt dir das Leben an der Seite unserer Schwester?«, wollte Ty wissen.

»Ach, bitte.« Shannon winkte ab. »Ihr wisst doch ganz genau, wie toll ich bin.«

Steve und ihre Brüder lachten los. Er kannte sie inzwischen gut genug, um zu wissen, dass sie eigentlich gar keine Antwort hören wollten. Das war alles Teil der Großfamiliendynamik, der Shannon hatte entkommen wollen. Aber letzten Endes gab es vor den Menschen, die sie am meisten liebten, kein Entrinnen. Sie hatte Steve anvertraut, dass es auch eigentlich gar nicht darum gegangen war. Sie hatte nur ihren eigenen Weg finden müssen, bevor sie sich in ihrer Mitte wieder richtig wohlfühlen konnte.

»In unseren Häusern wird es nie langweilig«, erklärte Steve. Sie schliefen etwa jede dritte Nacht in ihrem Haus am Stadtrand. Er hatte sich erstaunlich gut an das Leben in der Stadt gewöhnt – viel besser als Shannon. Ihr fehlte das Leben auf dem Berg zu sehr, als dass sie länger fernbleiben konnte.

»Sie geht dir also auf die Nerven«, stellte Ty augenzwinkernd fest.

»Auf gar keinen Fall«, widersprach Steve. »Das Zusammenleben mit Shannon ist wirklich schön. Ich bin der glücklichste Mann der Welt. Sobald sie einen Weg eingeschlagen hat, lässt sie sich durch nichts mehr davon abbringen.« Sie hatten den

Kauf des Cumberland-Grundstücks endlich abgeschlossen und Shannon ganz offiziell zur Partnerin der Stiftung gemacht, die in ganz Colorado tätig werden würde. Sie arbeitete nun in Teilzeit für die Stiftung, lernte bei Jo die Falknerei und forschte für ein ansässiges Unternehmen. Steve hatte sie noch nie so glücklich gesehen.

»Sie hat ihre Berufung gefunden, und dank eurer wunderschönen, brillanten und zugegebenermaßen ein klein wenig zudringlichen Schwester haben wir uns ein unglaubliches Leben aufgebaut.« Steve zog Shannon an sich, atmete den Blumenduft ihres Shampoos ein und den Geruch nach *Zuhause*. »Ich liebe dich, Baby, und ich möchte nicht das Geringste an dir ändern.«

»Danke, Grizz.« Sie schob die Hände in sein Haar, das inzwischen wieder länger war und sich zerzausen ließ. »Ich möchte auch nichts an dir ändern.«

»Das hast du längst getan«, meinte Sam lachend.

»Nur auf die allerbeste Weise.« Steve schenkte ihr ein liebevolles Lächeln. »Und sie hat mich nicht verändert, sondern mich nur daran erinnert, wer ich war – und wer ich für sie sein will.«

Tempest seufzte verträumt. »Hoffentlich werde ich auch mal so glücklich. Wenn ich Cole, Nate, Sam und jetzt auch noch Shannon so verliebt sehe, sehne ich mich umso mehr nach einem Seelenverwandten.«

»Würdest du öfter mit mir ausgehen, könnte ich dich garantiert umstimmen«, warf Ty ein. »Wir könnten in Bars gehen und feiern. Dann würdest du nie sesshaft werden wollen.«

»Jetzt möchte ich mich nur umso schneller verlieben.« Tempest wandte sich an Steve und Shannon. »Ich freue mich sehr für euch.« Dann sprach sie zu allen: »Dies ist ein guter

Zeitpunkt, um euch mitzuteilen, dass ich meine Musiktherapie-praxis erweitere und ab nächsten Monat auch in Pleasant Hill arbeiten werde.«

»Oh, Tempe«, rief ihre Mutter aus. »Das ist ja wunderbar, Liebling.«

»Danke, Mom. Cole hat mich dort einigen Ärzten empfohlen, und ich dachte, es könnte nicht schaden, mein Netzwerk zu erweitern und neue Leute kennenzulernen.« Tempest nickte, als wollte sie sich selbst davon überzeugen, dass das eine gute Idee war. »Ich habe unsere Cousine Jillian angerufen, und sie hat mir angeboten, bei ihr zu übernachten, wenn ich nicht ständig hin- und herfahren will. An guten Tagen dauert die Fahrt zwar nur eine Stunde, aber wenn viel Verkehr herrscht, kann es sich auch in die Länge ziehen.«

»Das ist ja super«, sagte Shannon. »Ich bereue es nicht im Geringsten, weggezogen zu sein, auch wenn ich euch alle sehr vermisse, wie ihr ja dank meiner Skype- und FaceTime-Anrufe wisst.«

»Wir lieben diese Anrufe«, erklärte ihr Vater. »Auch wenn es mir nicht ganz geheuer ist, dass mein kleines Mädchen so weit weg wohnt, weiß ich doch, dass Steve auf dich aufpasst.«

»Das tut er«, gab Shannon zu. »Aber ich kann auch auf mich selbst aufpassen, weißt du?«

»Wie damals, als du dich aus dem Haus geschlichen hast, um dich mit diesem Tommy oder Timmy zu treffen, oder wie immer der Junge hieß?«, warf Ty ein.

Shannon verdrehte die Augen. »Er hieß Franky. Und ihr wart wirklich nicht nett.«

»Deine Brüder haben nur auf dich aufgepasst«, schaltete sich ihre Mutter ein.

Wieder verdrehte Shannon die Augen. Sie hatten schon das

ganze Wochenende über Geschichten aus ihrer Vergangenheit erzählt und Steve konnte gar nicht genug bekommen. Vor seinem inneren Auge entstand ein immer deutlicheres Bild des Mädchens, das sie gewesen war.

»Was ist passiert?«, hakte er nach.

»Ich bin aus dem Fenster geklettert.« Shannon deutete auf das Fenster im ersten Stock ihres Elternhauses, das hinter ihnen an der Promenade lag. »Das war gar nicht mal so leicht. Ich habe mehrere Bettlaken verknotet, sie an mein Bett gebunden, bin runtergeklettert und musste die letzten zwei Meter sogar noch springen. Dann bin ich den ganzen Weg zum Bootshaus seines Vaters gerannt. Als ich dort ankam, war ich so nervös und außer Atem, dass ich schon dachte, ich müsste mich übergeben. Ich war erst dreizehn und wusste, dass ich dort meinen ersten Kuss bekommen würde.«

Sam räusperte sich und Shannon warf ihm einen vernichtenden Blick zu.

»Einen Kuss, Sam. Nichts weiter.« Sie wandte sich erneut Steve zu. »Jedenfalls drückte ich die Tür auf und es war stockdunkel im Bootshaus. Ich ging zitternd wie Espenlaub hinein und habe irgendwas geflüstert, ich weiß aber nicht mehr, was ...«

»Du hast gesagt ...« Sam sprach mit hoher Stimme weiter, »›Franky-spanky, ich bin da.‹«

Er brach in schallendes Gelächter aus.

Shannon schlug die Hände vor das Gesicht. »Wie peinlich!«

»Franky-spanky?« Steve beäugte sie fragend.

»Mann! Das war ein Witz!« Sie starrte Sam erbost an. »Ich ging hinein und auf einmal standen diese Holzköpfe da. Nate hatte Franky im Schwitzkasten, und Franky sah aus, als würde er gleich in Ohnmacht fallen. Es war schrecklich.«

»Danach hattest du einen Monat Hausarrest«, fügte Ty hinzu.

Shannon seufzte laut.

»Ich denke, es ist Zeit für einen Themawechsel.« Tempest nahm Ty die Gitarre ab und spielte einen Song.

Steve stand auf und reichte Shannon die Hand.

»Darf ich um den Tanz bitten, meine Schöne?«

Sie sprang auf. »Du darfst mich um jeden Tanz bitten.«

»Ich möchte mit meinem *Ehemann* tanzen«, erklärte Jewel in ihrem knielangen weißen Hochzeitskleid und zog Nate auf die Beine. Er kam der Aufforderung bereitwillig nach und betrachtete sie mit einem liebevollen Blick.

Cole und Leesa taten es ihnen ebenso wie Shannons Eltern nach. Ty reichte Jewels Mutter Anita die Hand, die sie anmutig ergriff. Steve hielt Shannon in seinen Armen, tanzte mit ihr im Mondschein und stellte wieder einmal fest, wie glücklich er war. Nicht nur, weil er sich in diese unglaubliche Frau verliebt hatte, sondern auch, weil seine Freunde ihm das Tanzen beigebracht hatten, sodass sie sich jetzt an ihn schmiegen konnte. *Wunderbar.*

»Ich kann es nicht fassen, dass sie die Franky-Geschichte erzählt haben.« Shannon schaute Steve in die Augen und sah darin Nervosität aufflackern, was im Allgemeinen bedeutete, dass er sich gleich durch das Haar fahren würde. »Ist alles in Ordnung?«

»Ich wünschte, ich hätte dich damals gekannt«, meinte er nachdenklich.

»Warum? Denkst du, ich hätte dann mit dir im Bootshaus rumgeknutscht? Übrigens haben wir ihn alle Franky-spanky genannt, weil sein kleiner Bruder ihn immer so gerufen hat.«

Er gab ihr einen zärtlichen Kuss. »Rumknutschen im Bootshaus klingt sehr verlockend, aber das ist nicht der Grund dafür. Du hast mal gesagt, du würdest dir wünschen, dass wir uns schon viel länger kennen. Das wünsche ich mir ebenfalls, Shan. Ich wäre gern der Erste gewesen, der dich geküsst hat, dein erstes Date ...«

Seine Ernsthaftigkeit bewirkte, dass sie dahinschmolz. »Du warst der Erste, der Shmores mit mir gegessen hat, hast mir mein erstes Happy Pack ausgegeben und warst noch bei einigen anderen heißen Dingen der Erste, die wir hier lieber nicht erwähnen.« Sie bekam rote Wangen. »Und du bist nicht nur der Erste, sondern auch der Einzige, in den ich mich verliebt habe, und das ist viel wichtiger.«

»Da hast du recht, Baby. Und du sollst wissen, dass ich begreife, wie wichtig dir deine Familie ist. Falls du jemals hierher zurückziehen möchtest, dann kriegen wir das hin. Ich finde einen Weg. Ich möchte, dass du glücklich bist, und ich gebe mein Bestes, um dein Leben so schön wie möglich zu gestalten.«

»Ich weiß, dass du alles für mich tun würdest, aber ich mag unser Leben in Colorado. Mehr brauche ich nicht, nur ein paar Tage hier und da, um meine Familie zu sehen. Du hast doch gemerkt, wie sehr mir der Berg gefehlt hat, als wir versucht haben, in die Stadt zu ziehen. Ich möchte gar nicht von dem Ort wegziehen, an dem wir uns ineinander verliebt haben. Mein Herz gehört jetzt auch dem Berg.«

»Ich möchte, dass es für immer ist, Baby. Ich will alles. Familienfeiern, eine eigene Familie.« Er zog ein mit rotem Samt bezogenes Schächtelchen aus der Hosentasche.

»Grizz?«, fragte sie mit zittriger Stimme.

Er nahm einen wunderschönen rotgoldenen Ring mit winzigen Schmetterlingen aus Weiß- und Gelbgold am Band und einem tropfenförmigen Diamanten in der Mitte heraus.

Shannon legte eine Hand auf die Brust und starrte ihn fassungslos an. »Ich bekomme keine Luft mehr.«

Steve ging auf ein Knie und nahm ihre linke Hand. Sie zitterte am ganzen Körper und war sich nur beiläufig bewusst, dass sich ihre ganze Familie um sie versammelte. »Heirate mich, Butterfly. Sei für immer die Meine und lass mich der Deine sein. Ich möchte dich im Hochzeitskleid sehen und mit unseren Babys in deinem Bauch. Ich möchte mit dir alt und grau werden, mir deine endlosen Sätze anhören und mit dir in meinen runzligen, arthritischen Armen aufwachen.«

»Grizz«, wisperte sie. Ihr liefen die Tränen über die Wangen. Sie hatte von diesem Augenblick geträumt, aber diese Träume waren nichts im Vergleich zu der Liebe, die sie erfüllte, als sie Steve nun in die Augen blickte. Seine Hände zitterten ebenso wie ihre. »Kinder«, wiederholte sie leise. »Du möchtest Kinder?«

»So viele du willst, Butterfly.«

Sie schluckte schwer. »So viele ich will? Süße Mini-Grizzes? Können wir ihnen Happy Packs kaufen, mit ihnen Shmores essen und ihnen das Tanzen beibringen?«

»Baby«, sagte er und stand auf. »Wenn du mich heiratest, gibt es nichts, was wir nicht tun können.«

»Wir brauchen mehr Platz. Nicht jetzt, aber wenn wir Kinder haben. Vielleicht können wir ja anbauen. Heiraten! Wir werden heiraten, Grizz!«

Er hielt ihr den funkelnden Ring hin. »Dann ist das ein Ja?«

Sie schob ihren Finger in den Ring und sprang kreischend in seine Arme. »Ja! Ein doppeltes, dreifaches Ja! Ein …«

Ihre nächsten Worte gingen im wundervollsten Kuss aller Zeiten unter. Einem Kuss, der voller Versprechungen, Hoffnungen und Träume war und der von dem einzigen Mann kam, mit dem all das Realität werden konnte.

# *Danksagung*

Ein Buch schreibt man nicht ganz allein, daher stehe ich bei meinen Fans, meinen Freunden und meiner Familie in der Schuld, die mich tagtäglich inspirieren und unterstützen. Mein besonderer Dank gilt meinem Fanklubmitglied Alexis Bruce für die irrsinnig witzigen Brainstorming-Sitzungen, Molly Izod Finney und Jo Venison, die mir erlaubt haben, ihre Namen für den Charakter Jo Finney zu verwenden, und Ana Paula Medeiros, der ich unsere Superheldin Shanna verdanke. Bitte bleibt mir weiterhin erhalten. Ihr könnt nie wissen, wann ihr mal in einem meiner Bücher landet, was mehrere Mitglieder meines Fanklubs bestätigen können. www.Facebook.com/groups/MelissaFosterFans

Sehr dankbar bin ich auch Shannon Pascone für die Wortfindungen »Shmores« und »Happy Pack« sowie Aurelia Kucera für das Fachwissen hinsichtlich allem, was mit Biologie, Füchsen und Forschung zu tun hat.

Falls Sie mir noch nicht auf Facebook folgen, sollten Sie das unbedingt nachholen! Wir unterhalten uns dort angeregt über unsere liebenswerten Helden und frechen Heldinnen und ich halte meine Fans über Neuerscheinungen, besondere Angebote und Events auf dem Laufenden.

Wenn Sie sich für den Familienstammbaum, Erscheinungstermine, Serienübersichten und Ähnliches interessieren, sollten Sie

unbedingt meine »Reader Goodies«-Seite (in englischer Sprache) besuchen!
www.MelissaFoster.com/Reader-Goodies

Wie immer gilt mein Dank auch meinem wunderbaren Team aus Lektorinnen und Korrektorinnen: Kristen Weber, Penina Lopez, Jenna Bagnini, Juliette Hill, Marlene Engel, Lynn Mullan und Justinn Harrison, genauso wie meinem deutschen Team: Anna Wichmann, Rabea Güttler und Judith Zimmer. Und natürlich meinem Herzallerliebsten Les.

Lesen Sie hier einen Auszug aus dem nächsten Band, der Liebesgeschichte von Tempest Braden, und danach blättern Sie weiter zum Cowboy Cal Hayden in *Endlich Liebe*.

# Melodie der Liebe

## Die Bradens (Peaceful Harbor)

LOVE IN BLOOM – HERZEN IM AUFBRUCH

### Eins

»Es gibt zwei Arten von Menschen auf dieser Welt, Tempe.« Jillian Braden spazierte mit einem Glas in der Hand auf ihren himmelhohen Absätzen durch die Küche. »Solche wie mich, deren Gehirne nie zur Ruhe kommen, und solche wie dich, deren Gehirne ohne Schlaf nicht funktionieren.« Sie legte Tempest das weiche lilafarbene Tuch um den Hals und bauschte ihr das lange blonde Haar zurecht. Den Schal hatte sie für Tempests sechsjährige kleine Patientin gemacht, die gerade eine Chemotherapie durchstehen musste. »Ich liebe dich, wie du bist. Also mach dir keine Gedanken.«

»Ich möchte nur nicht, dass du mich für undankbar hältst.« Tempest stellte ihren Gitarrenkoffer ab und umarmte ihre zierliche Cousine, bei der sie in den letzten drei Wochen gewohnt hatte. »Danke für den Schal. Der wird ihr sicher gut gefallen.« Bewundernd betrachtete sie das Tuch und steckte es in ihre Tasche. Später am Vormittag würde sie es der kleinen Mary mitbringen.

Tempest war kürzlich aus ihrer Heimatstadt Peaceful Harbor in das eineinhalb Autostunden entfernte Pleasant Hill umgezogen und arbeitete hier nun stundenweise als Musiktherapeutin im Krankenhaus. Jillian hatte sie freundlicherweise fürs Erste bei sich wohnen lassen. Dabei waren sie und ihre Cousine so unterschiedlich wie Tag und Nacht. Die Modedesignerin Jillian verkaufte ihre ungewöhnlichen Kreationen in ihrer ebenso ausgefallenen wie exklusiven eigenen Boutique. An ihren Kollektionen arbeitete sie meist nachts, schlief nur hier und da ein paar Stunden und wirbelte dennoch energiegeladen durch ihre prallgefüllten Tage. Tempest hingegen funktionierte nur nach mindestens sieben Stunden Schlaf und mithilfe von viel Kaffee, Ruhe und Rückzugsmöglichkeiten.

Jillian trank ihre zuckerfreie Cola aus und stellte das leere Glas in die Spüle. Es war halb acht morgens und sie hatte die ganze Nacht an einem neuen Entwurf gefeilt. Leider lag ihr Atelier genau über dem Gästezimmer, in dem Tempest derzeit wohnte, und Jillian tanzte gern bei der Arbeit. Seit drei Wochen lebten sie jetzt unter einem Dach, und wenn Tempest nicht bald wieder ordentlich schlafen konnte, würde sie anstelle der ruhigen Melodien, die ihre Therapiepatienten brauchten, demnächst wutstrotzende Rocksongs schreiben.

»Was hast du denn jetzt vor?« Jillian bauschte noch einmal Tempests Haar.

Sie gehörte zu den Menschen, von denen man sich gerne

anfassen ließ, sich freundlich und liebevoll berührt, aber niemals betatscht fühlte. Um diese Fähigkeit beneidete Tempe sie immer ein wenig. Sie selbst war nicht kühl, keineswegs, aber sie war eher zurückhaltend. Zurückhaltend im Leben, zurückhaltend mit ihren Gefühlen, zurückhaltend in allem, was sie tat und dachte. *Zu* zurückhaltend. Inzwischen war sie näher an dreißig als an zwanzig und fühlte sich nicht nur in ihrer kleinen Heimatstadt eingeengt, sondern zugegebenermaßen auch von ihrer eigenen bedachtsamen Art. Der Umzug nach Pleasant Hill sollte ihr helfen, beruflich neue Schwerpunkte zu setzen. Und vielleicht, nur vielleicht würde die neue Stadt sich auch positiv auf ihr brachliegendes Sozialleben auswirken. Zumindest wenn sie je genug Schlaf bekam, um ausgehen und Leute kennenlernen zu können.

»Ich suche mir ein günstiges, ruhiges Zimmer, bis ich weiß, ob aus meiner Geschäftsidee etwas wird, und ich mir etwas Eigenes leisten kann. Oder eben auch nicht«, sagte Tempest ein wenig niedergeschlagen. »Ich kann ja keine langfristigen Verträge unterschreiben, solange nicht klar ist, wie es hier für mich weitergeht.« Neben dem Teilzeitjob im Krankenhaus, wo sie die kleinen Patienten der Kinderabteilung mit ihrer Musik unterstützte, bot sie an zwei Tagen in der Woche im Gemeindezentrum Musikkurse für Vorschulkinder an. Irgendwann wollte sie ganz von solchen Kinderkursen leben können. Derzeit arbeitete sie an vielen Wochenenden auch noch weiter mit einer Patientin in Peaceful Harbor, deren Behandlung noch nicht abgeschlossen war.

»Ich bitte dich. Wenn die Mütter hier dich erst kennen, werden sie mit ihren Kindern Schlange stehen. Schau dir mal die Pinnwand bei Emmaline an. Dort hängen immer jede Menge Anzeigen. Ich wette, günstige Zimmerangebote sind auch dabei.« Jillian betrachtete in der Tür der Mikrowelle ihr Spiegelbild und strich sich den fransigen braun-bordeauxfarbenen Pony aus dem Gesicht.

Emmaline O'Connor und Jillian waren zusammen aufgewachsen. Emmaline betrieb im Stadtzentrum ein Café, das passender Weise ihren Namen trug. Tempest ging gerne dorthin, denn mit seiner familiären Atmosphäre erinnerte es sie an zu Hause.

»Prima Idee. Im Emmaline's habe ich immer nur Kaffee oder ein Frühstück im Kopf. An die Pinnwand habe ich gar nicht gedacht.« Tempest nahm ihre Gitarre und hängte sich ihre Tasche um. »Alles Gute für deinen Entwurf.«

»Heute wird nichts mehr entworfen. Erst mal schlafe ich zwei Stunden, dann kommen ein paar Kundinnen zur Anprobe ins Geschäft.« Jillian machte sich auf den Weg zur Treppe. »Geh bloß nicht allein zu irgendwelchen zwielichtigen Vermietern. Ruf mich an, falls du dir ein Zimmer ansehen willst. Wenn ich keine Zeit habe, leihe ich dir gern einen meiner Brüder.«

Tempe lachte, während Jillians Stimme oben an der Treppe verhallte. Dem überentwickelten Beschützerinstinkt ihrer Cousine und ihrer Cousins würde sie wohl kaum entkommen. Dieser Charakterzug lag ihnen im Blut. *Genau wie mir die Zurückhaltung.* Sie begrub diesen Gedanken ganz weit unten, denn sie fürchtete, dass es schwer werden würde, ihre Übervorsichtigkeit abzulegen. Und als ausgebildete Therapeutin wusste sie natürlich, dass sie ihrem Aufbruch zu neuen Ufern damit im Wege stand. Sie hatte ihre jüngere Schwester Shannon ermutigt, das Nest zu verlassen und nach Colorado zu ziehen. Inzwischen war Shannon verliebt bis über beide Ohren und wohnte mit ihrem Traummann zusammen, mit Steve Johnson.

Falls sie selbst sich irgendwann überwinden konnte, selbst ein paar Risiken einzugehen, fand sie vielleicht eines Tages ebenfalls ihr Glück.

»Tempe!«, rief Jillian von oben.

»Ja?«

»Vergiss nicht, wir treffen uns morgen um fünf mit Jax und Nick in Tully's Taverne.«

»Ich arbeite bis fünf, also komme ich ein bisschen später.«

»In Ordnung. Aber nicht kneifen!«

Tempe verzog das Gesicht. Jillians Einladungen, sie zur Happy Hour zu begleiten, hatte sie in den letzten drei Wochen fast immer ausgeschlagen und lieber den Frieden und die Ruhe im Haus ausgekostet. Dabei war sie im Grund sehr gerne mit ihren Cousinen und Cousins zusammen und Nick hatte sie seit Monaten nicht gesehen. »Ich komme. Versprochen. Und jetzt muss ich los!«

Es war Anfang September. Bald würden die Blätter ihr prächtiges Herbstkleid anlegen und sie würde ihre Pullover und Strickmützen aus dem Schrank holen. Mit dem Wind im Gesicht ging sie zu ihrem Wagen. Nach den heißen Spätsommertemperaturen hier in Maryland war die frische Brise eine willkommene Abwechslung. Tempest legte ihre Gitarre in den Kofferraum und setzte sich ans Steuer. Auf dem Weg in die Stadtmitte summte sie die Melodie des Liedes, das sie gerade für einen kleinen Jungen schrieb, der im Koma lag.

Während es in Peaceful Harbor herrliche lange Strände gab, lag Pleasant Hill inmitten einer weitläufigen Landschaft aus Hügeln und Wiesen. Viel größer als ihr Heimatort an der Küste war Pleasant Hill nicht, aber doch viel geschäftiger. Backsteinhäuser und schicke Geschäfte säumten die breiten, mit Backsteinen gepflasterten Gehwege. An fast jeder Ecke standen auf kleinen Rasenflächen Holzbänke unter Bäumen, die wohltuenden Schatten spendeten.

Tempe bog mitten im Zentrum in eine hübsche Sackgasse mit viel üppigem Grün ein und parkte hinter dem Café. Wieder einmal staunte sie über die vielen Luxuskarossen auf den städtischen Parkplätzen. Aus Peaceful Harbor war sie eher Pick-ups, Jeeps und Cabrios mit Sandhäufchen auf den Stoßstangen gewöhnt. Etwas wehmütig dachte sie an ihr ruhiges Apartment mit Blick aufs Wasser, wo sie oft draußen gesessen, Gitarre gespielt und dabei den Duft des Ozeans in der Nase gehabt hatte. Aber sicher würde es ihr auch hier gut gefallen, wenn sie irgendwann Zeit fand, die ganz andere Umgebung zu genießen. Sie hatte ein pralles Notizbuch voller Ideen für Liedertexte, brauchte aber unbedingt Ruhe und Muße, um weiter daran arbeiten zu können.

Tempe folgte einem Paar in das Café und atmete das köstliche Aroma frisch gerösteten Kaffees ein. Dazu kam der Duft von noch warmem, hausgebackenem Brot. Auf einer gigantischen Tafel waren mit pinkfarbener Kreide die Kaffeeangebote des Tages aufgelistet. Die Frühstückskreationen standen in Grün darunter, dazwischen gab es fröhliche kurze Sprüche in Blau. »Finde deinen Glücksort« stand da. Und: »Erschaff dir dein Leben!« Gemälde von Künstlern aus der Region schmückten die sonnengelben Wände. Der schmale Raum war mit runden Tischchen möbliert. Im hinteren Teil führte eine Wendeltreppe zu einer Galerie mit weiteren Sitzplätzen. In dem Café war immer viel los, sonst hätte sie ihre Lieder vielleicht hier schreiben können.

»Morgen, Tempe.« Emmaline, eine quirlige Brünette, winkte ihr von der Theke aus zu, wo sie gerade einen Kaffee zubereitete. »Jilly hat mir vor ein paar Minuten geschrieben. Die

Pinnwand ist dort drüben.« Sie zeigte auf eine Korktafel voller Zettel und Notizen auf der anderen Seite der Kasse.

»Danke.« Tempe schüttelte den Kopf über ihre übereifrige Cousine und schob sich um ein älteres Paar und eine Gruppe Frauen herum, um besser auf die Pinnwand sehen zu können. An bunten Reißzwecken hingen dort alle möglichen Jobangebote, Zimmeranzeigen und allerlei Zu-verkaufen-Aushänge. Ein Flyer, auf dem die Eröffnung der Kinderabteilung einer Kunstboutique angekündigt wurde, stach ihr ins Auge. Sie riss sich einen der Papierstreifen mit Uhrzeit, Datum und Adresse ab und steckte ihn in ihre Handtasche. Vielleicht konnte sie der Inhaberin vorschlagen, bei der Eröffnung Gitarre zu spielen. Sie musste für ihre Kindermusikkurse werben und Netzwerken war das A und O. Tempe ging auf, dass das Café der perfekte Ort sein könnte, um vielbeschäftigte Mütter auf sich aufmerksam zu machen, die für eine Pause unter der Woche sicher dankbar waren. Es konnte nicht schaden, ein paar Flyer zu drucken und sie hier und anderswo in der Stadt zu verteilen.

Von einem Aushang für ein Herbstkonzert riss sie ebenfalls einen Streifen ab. Offenbar gab es hier jede Menge Gelegenheiten, ihre Arbeit bekannt zu machen, und außerdem einiges zu unternehmen – vorausgesetzt sie fand einen Ort, wo man sie auch schlafen ließ. Zwischen einem Zettel mit einem gebrauchten Auto und einem Aufruf zum Blutspenden lugte ein weißes, mit Buntstiften umrandetes Blatt Papier hervor. Von den süßen kindlichen Verzierungen angezogen, schob sie die anderen Zettel beiseite und las den in einer fahrigen Schrift verfassten Aushang. *Zimmer frei. Ruhige Umgebung. Keine College-Kids. Keine Partys.*

Das klang perfekt.

»Jilly sagt, du suchst ein Zimmer.« Emmaline drückte ihr

einen Kaffeebecher in die Hand.

Tempest musste nicht erst probieren, um zu wissen, dass es ihre Lieblingssorte war. Ein Vanillelatte mit einem Touch Caramel. »Ja, und es soll günstig und ruhig sein.«

»Etwas Günstiges«, sagte Emmaline, »findest du eher am Stadtrand. Ist Jillys verrückter Arbeitsrhythmus dir auf die Nerven gegangen? Ich könnte wetten, das Mädel hat seit der Highschool nicht mehr geschlafen.«

Tempest lachte. »Sie ist wirklich ein Energiebündel und ich brauche einfach meine Ruhe. Deshalb ...« Sie zeigte auf das Angebot, das ihr Interesse geweckt hatte. »Das hier sieht recht vielversprechend aus.«

Emmaline schnalzte leise mit der Zunge. »Die meisten Leute, die hier Zettel anpinnen, kenne ich persönlich. Aber über den Typ, der *den* aufgehängt hat, weiß ich nicht viel. Er ist ziemlich verschlossen. Hat einen süßen kleinen Jungen, aber ... Ach, ich weiß nicht.«

»Denkst du, mit ihm stimmt irgendwas nicht?«

»Schwer zu sagen.« Emmaline beugte sich näher und raunte: »Er ist ein *Künstler*«, als ob das ihre Bedenken erklären würde. »Er lebt zurückgezogen am Stadtrand. Viel mehr kann ich dir nicht sagen. Er ist einfach nur ... Ach, keine Ahnung. Vielleicht bin ich ein bisschen zu kritisch. Ich finde ihn mysteriös. Ja, ich glaube, das ist der richtige Ausdruck.«

Tempest atmete auf. »Ein zurückgezogen lebender, mysteriöser Künstler mit einem süßen Kind? So einer könnte der perfekte Hausgenosse für mich sein.«

Sie plauderten noch eine Weile, und Tempest versprach, Jillian von Emmaline zu umarmen. Dann ging sie zu ihrem Wagen und rief die Nummer auf der Zimmeranzeige an.

»Ja?« Eine tiefe, etwas barsche Stimme tönte aus der

Leitung.

»Hi.« Der abweisende Ton überraschte Tempest, doch sie wollte keine voreiligen Schlüsse ziehen. »Ich rufe wegen des Zimmers an. Ist es noch zu haben?«

»Ja. Es ist ein einzelnes Zimmer bei uns im Haus. Vierhundertfünfzig pro Monat. Sie sind keine College-Studentin, oder?«

»Nein. Und Sie hoffentlich kein Serienkiller.«

Einen Moment lang herrschte Stille und sie hielt den Atem an. *Mr. Ruppig ist offenbar nicht zu Scherzen aufgelegt.*

»Nein, heute mal nicht.«

Seine Stimme klang so stark und gleichzeitig so düster, dass sie nun doch erwog, sich von Jillian begleiten zu lassen. *Der Typ hat an einem öffentlichen Ort einen Zettel aufgehängt und laut Emmaline hat er einen kleinen Sohn. Sicher verscharrt er auf seinem Grundstück am Stadtrand keine Leichen.* Sie dachte an ihren Cousin Nick, einen von Jillians älteren Brüdern, der genauso brummig sein konnte, wie dieser Mann sich anhörte, aber keiner Fliege etwas zuleide tun würde. Es sei denn, jemand bedrohte seine Familie. Dann konnte man für nichts garantieren.

»Möchten Sie sich das Zimmer ansehen?«, fragte er.

»Gern.« Ihr Herz hämmerte wie wild. Sie vereinbarten einen Termin nach ihrer Arbeit im Krankenhaus, tauschten ihre Namen aus und sie notierte sich die Adresse. »Prima. Dann bis heute Abend.« Das Smartphone behielt sie nach dem Anruf gleich in der Hand. Für eine kurze Online-Recherche. Sie gab *Künstler Nash Morgan* in das Suchfeld ein.

Die wenigen Artikel, die sie fand, waren über vier Jahre alt. Darin wurden einige seiner Werke beschrieben, die in Galerien an der Ostküste zum Verkauf standen. Die Abbildungen der

detailreichen Skulpturen aus Holz und Metall fand sie
atemberaubend. Sie suchte nach noch älteren Artikeln und
hoffte auf ein Foto des talentierten Künstlers. Doch das einzige
im Netz auffindbare Bild war mehr als zehn Jahre alt. Nash
Morgan saß in verwaschenen Jeans und einem grauen T-Shirt
auf der Motorhaube eines Pick-ups. Am Handgelenk trug er
mehrere Lederbänder und an seinem rechten Ringfinger
schimmerte ein silberner Ring. Unter einer Washington-
Nationals-Baseballmütze lugte straßenköterblondes Haar
hervor. Er hatte einen kleinen, schönen Mund, der sich an den
Mundwinkeln nach oben kräuselte, und frische Stoppeln auf
Kinn und Wangen. Die Wimpern an seinen eher kleinen,
dunklen Augen waren so dicht, dass sie fast wie angeklebt
wirkten.

*Künstler und dann auch noch gut aussehend, eine
unwiderstehliche Kombination.*

Sie legte ihr Telefon auf den Beifahrersitz und sagte sich, so
sollte sie über den Mann, der ihr Vermieter werden könnte,
nicht denken. Auf dem Weg zum Krankenhaus sah sie ihn
trotzdem immer wieder vor sich. Dass der freundlich blickende
Typ auf dem Foto und der abweisende Kerl, mit dem sie gerade
gesprochen hatte, ein und dieselbe Person sein sollten, wollte ihr
nicht in den Kopf.

Nash Morgan schob seinen dreijährigen Sohn Phillip auf seiner
Hüfte zurecht, griff hinter sich und schloss das Tor. Die
Hühner stoben gackernd und flügelschlagend auseinander. Er
stellte Phillip auf den Boden, und sein Sohn schüttelte den Kopf

und zuckte die Achseln, als würden sie das schon seit zwanzig Jahren machen und er fände es unfassbar, dass die Hühner immer noch davonliefen. Nash wuschelte dem Kleinen durch die wilden, dunklen Locken, was ihm einen ernsten, erwartungsvollen Blick einbrachte. Phillip streckte die Hand aus, und Nash freute sich über den Eifer, mit dem sein Sohn stets die allabendlichen Aufgaben anging. Aus seinem großen Eimer reichte er ihm einen kleinen und nickte in Richtung des Hühnerstalls.

Phillip erwiderte das Nicken und stapfte in seinen Gummistiefeln in den Verschlag, um die Eier einzusammeln. Nash rückte seine Baseballmütze zurecht und hörte zu, wie sein Sohn ein Ei nach dem andern mit einem »Hm-hm« in den Minieimer legte.

Er holte tief Luft und hoffte zum millionsten Mal, dass er genügend für seinen Kleinen tat. Er war Phillips einziges Elternteil. Oder vielmehr das einzige, das ihn haben wollte. Immer wenn er sich diese Tatsache bewusst machte, überkam ihn ein Gefühl, als würde jemand mit den Fingernägeln über eine Schultafel kratzen.

Sein Telefon klingelte und Larry Roberts Nummer erschien auf dem Display. Nash stieß einen Fluch aus. Larry besaß eine Galerie in North Carolina und hatte ihm zu seinem Durchbruch verholfen – dem Erfolg, der ihm in seinem Künstlerleben noch viele weitere hätte bescheren sollen. Doch nach Phillips Geburt hatte er nur noch wenige Auftragsarbeiten annehmen können. Larry eröffnete gerade eine weitere Galerie in Virginia und wollte dort gern ein paar von Nashs Arbeiten anbieten. Nash hatte ihm bereits gesagt, dass daraus nichts werden würde, aber Larry ließ nicht locker.

Er schluckte den bitteren Geschmack der Enttäuschung

hinunter, ließ den Anruf auf die Mailbox laufen und schaute hinüber zu der Scheune, in der er sich eine Schreinerwerkstatt eingerichtet hatte. Dort stellte er die Möbel her, die er in der Stadt verkaufte. Seine Künstlerwerkstatt hatte er vor fast drei Jahren abgeschlossen und seine unvollendeten Stücke dort eingelagert. Falls es ihm je gelang, sie fertigzustellen, waren sie sicher absolut galerietauglich. *Tagträume.* Eine Zeit lang hatte er nicht nur Träume gehabt, sondern sie sogar gelebt. Aber das war lange her, und es war sinnlos, sich über etwas den Kopf zu zerbrechen, was einfach nicht sein konnte. Oder vielleicht erst, wenn Phillip viel älter war.

Gebückt trat er ebenfalls in den Hühnerstall und schaute nach, ob die Tiere genügend Futter und Wasser hatten. Dann überprüfte er die Nester und sammelte die wenigen Eier ein, die Phillip übersehen hatte. Phillip lehnte sich an sein Bein und gähnte. Dass jemand sein Kind nicht von ganzem Herzen liebte, war für Nash kaum vorstellbar. Aber Phillips Mutter Alaina war drei Monate nach der Geburt ihres Sohnes gegangen. Sie hatte Nash das alleinige Sorgerecht überlassen und er hatte nie wieder etwas von ihr gehört. Kein Tag verging ohne Sorge, welche Folgen das Verschwinden der Mutter für seinen Sohn haben würde. Ans Licht würden sie vermutlich erst viel später kommen.

»Gut gemacht, Phillip.« Er sprach den Namen seines Sohnes so schnell aus, dass er fast wie »Flip« klang. Dann setzte er den Eimer ab, legte die Arme um seinen Jungen und flüsterte ihm ins Ohr. »Ich hab dich lieb, kleiner Mann.« Er küsste ihn auf die Wange, dann schwang er ihn herum und wurde mit dem süßesten nur denkbaren Kichern belohnt.

Nash nahm die Eimer und machte sich auf den Weg zu den Ziegen. Big und Little liefen hinter ihm und Phillip her, als sie wie jeden Abend gemeinsam den Ziegenstall ausfegten. Phillip füllte, genau wie sein Vater, einen Wassereimer und begleitete jeden Handgriff mit einem »Hmhm«. Nash warf einen Becher Hafer in die Krippe und wartete, während Phillipp dasselbe tat. Big knabberte an Phillips Shirt und der Junge beugte sich hinab und küsste die Ziege auf den Kopf.

»So, fertig, Kumpel.« Nash war im ländlichen Virginia aufgewachsen. Die meisten seiner Freunde hatten auf einer Farm gelebt, und er war fest überzeugt, dass der Umgang mit Tieren Phillip Verantwortungsbewusstsein lehren würde. Zudem liebte der Kleine Tiere aller Art, von Eichhörnchen über Ziegen bis hin zu Würmern. Nash war das nur recht. Seiner Erfahrung nach konnte man Tieren viel eher trauen als Menschen.

Das Geräusch von Reifen auf dem Kies der Einfahrt ließ ihn aufblicken. Er nahm Phillip auf den Arm, schloss das Ziegengehege und schnappte sich die Eimer.

»Besuch«, sagte er und stapfte mit Phillip Richtung Haus. Dabei fiel sein Blick auf den Prius, der hinter seinem alten Pickup parkte. Einen so durstigen Truck fuhr er nur ungern, aber er brauchte die Ladepritsche für den Transport seiner Möbelstücke. Nash hoffte, dass Tempest Braden, die Frau mit dem Hybridfahrzeug, die sich das Zimmer ansehen wollte, keine fanatische Bäume-Umarmerin war. Verdammt, er hoffte, sie war von der stillen Sorte, damit er so tun konnte, als würde sie gar nicht bei ihnen wohnen.

Phillip runzelte die Stirn und schlang die Arme fest um Nashs Hals. An Besucher war er nicht gewöhnt und die Interessenten, die das Zimmer bislang besichtigt hatten, hätte Nash nur ungern in die Nähe seines Sohnes gelassen. Sie waren zu forsch und viel zu laut gewesen oder hatten einen wenig vertrauenerweckenden, flatterhaften Eindruck gemacht. Er wünschte sich einfach eine ruhige, verlässliche Person, die pünktlich ihre Miete zahlte, damit er ein paar neue Werkzeuge anschaffen und etwas für Phillips Zukunft zurücklegen konnte. Nash hielt den Kleinen ein wenig fester, dann ging er der hochgewachsenen blonden Frau entgegen, die gerade aus ihrem Auto stieg.

Der federleichte Rock flatterte ihr um die Knie. Große pinkfarbene Rosen mit blassgrünen Blättern sahen aus wie zufällig auf den dünnen weißen Stoff gestreut. Der Rocksaum war mit einer Spitzenborte besetzt. An einer anderen Frau hätte dieses verspielte Kleidungsstück wahrscheinlich mädchenhaft gewirkt. Aber sie hatte unendlich lange Beine, trug zu dem Rock ein kurvenumschmeichelndes, ärmelloses Top und sah aus, als wären Süß und Sexy an der Kreuzung auf die sündige Versuchung geprallt.

Als er näherkam, drehte sie sich zu ihm um. Nash blieb wie angewurzelt stehen. Die Strahlen der tief stehenden Sonne ließen ihr langes Haar in verschiedenen Blondtönen schimmern. Es fiel ihr stufig über die Schultern. Ihre Nase zeigte ein klein wenig nach oben und sie hatte ein reizendes, rundes Kinn. So viel natürliche Schönheit hatte er noch nie gesehen.

Sie legte den Kopf schief und lächelte. »Nash?«

Er musste sich kurz schütteln, um wieder klar denken zu können. Dann zwang er seine Beine, sie zu ihr zu tragen. »Ja. Tempest?«

Sie ging ihm den Hügel hinauf entgegen. »Danke, dass ich heute gleich kommen durfte.« Sie spähte in die Eimer. »Ich hoffe, ich störe nicht.«

»Wir sind gerade mit der Abendrunde fertig. Haben Sie uns gut gefunden?« Aus der Nähe war sie sogar noch schöner. Ihr

Haar war ein wenig zerzaust, so als hätte sie es den ganzen Tag über nicht gebürstet, und in ihren hellblauen Augen glitzerten kleine weiße Sprenkel um die Pupillen wie Sternenstaub. Dass eine Frau Nashs Aufmerksamkeit erregt hatte, war lange her, und er mahnte sich zur Zurückhaltung. Auf keinen Fall wollte er Phillips Leben unnötig verkomplizieren. Noch nicht einmal für eine Frau mit derart spektakulären blauen Augen.

»Ja. Ihre Beschreibung war perfekt.« Sie lächelte Phillip an. Als sie weitersprach, wurde ihre Stimme weich wie eine Sommerbrise. »Wie heißt du denn, du kleiner Schatz?«

Phillips Finger gruben sich in Nashs Hals. Nash nickte ihm ermutigend zu.

»Flip«, antwortete Phillip.

Tempests Augen weiteten sich amüsiert. »Flip? Das ist ein ungewöhnlicher Name.« Ihr schönes Lächeln ließ ihr Gesicht leuchten. »Ich bin Tempest, aber alle nennen mich Tempe. Schön, dich und deinen Dad kennenzulernen.«

Als sie ihr Lächeln Nash zuwandte, wurde ihm heiß. Er liebte das Meer und wusste, dass das Wort *Tempest* einen gewaltigen Sturm beschrieb, den alle Seeleute fürchteten. Welche Art Sturm diese liebenswerte Schönheit mit der sanften Stimme entfachen konnte, ahnte er bereits. Aber sich einfach mitreißen zu lassen, durfte er sich nicht erlauben.

»Mein Sohn heißt eigentlich Phillip.« Das sagte er schneller als beabsichtigt und merkte, dass der Name sich deshalb auch aus seinem Mund wie *Flip* anhörte. Zudem hatte seine Antwort deutlich unfreundlicher geklungen als geplant. In seinem Bemühen, der Anziehungskraft dieser Frau zu widerstehen, erschien er vermutlich wie ein echter Kotzbrocken.

»Okay. Flip.«

Wenn sie ihn sagte, klang der Name so süß, dass er sie nicht korrigieren wollte.

»Flip«, wiederholte Phillip.

»Kommen Sie. Ich zeige Ihnen das Zimmer.« Auf dem Weg ins Haus umwehte ihn ein Hauch ihres blumigen Parfüms. Es war lange her, dass er etwas so Feminines gerochen hatte. Vielleicht war es doch keine so gute Idee, jemanden bei ihnen einziehen zu lassen.

Ende des Auszugs

Wenn Ihnen die Vorschau gefallen hat, erwerben Sie *Melodie der Liebe* bei Ihrem Online-Buchhändler und lesen Sie weiter!

# Endlich Liebe

## Eine Braden-Kurzgeschichte

Seit der Cowboy Cal Hayden sie zum ersten Mal gesehen hat, geht Rachel Gray ihm nicht aus dem Kopf. Es war Liebe auf den ersten Blick. Doch er ist ein bedachtsamer, verantwortungsbewusster Mann. Auf eine Beziehung will er sich erst einlassen, wenn er mit ganzem Herzen und ganzer Seele bei der Sache sein kann. Während der schweren Krankheit seines Vaters hat er sich erst einmal aufopfernd um seine Familie gekümmert. Jetzt, wo sein Vater gestorben ist und seine Mutter langsam wieder ins Leben zurückfindet, muss Cal sich jedoch fragen, ob er vielleicht zu lange gewartet hat.

Erfahren Sie in *Endlich Liebe* mehr über zwei liebenswerte Singles aus dem Freundeskreis der Bradens und freuen Sie sich auf ein Wiedersehen mit Ihren Lieblingsfiguren aus der Reihe »Love in Bloom – Herzen im Aufbruch«. Endlich gibt es auch Neuigkeiten zum mit Spannung erwarteten Babyglück der Bradens in Trusty, Colorado!

Erwerben Sie *Endlich Liebe* direkt hier!

Bei Aufprall Liebe
Endlich Liebe (Kurzgeschichte)

## Die Bradens (Peaceful Harbor)

Geheilte Herzen
Voller Einsatz für die Liebe
Liebe gegen den Strom
Vereinte Herzen
Melodie der Liebe
Sieg für die Liebe

Bisher erschienen in englischer Sprache/bald auf Deutsch:

## The Remingtons

Spiel der Herzen
Im Dschungel der Liebe
Herzen in Flammen
Herzen im Schnee
Liebe zwischen den Zeilen

## The Bradens & Montgomerys (Pleasant Hill and Oak Falls)

Embracing her Heart
Anything for Love
Trails of Love

...

Entdecken Sie Melissa Fosters Bücher auch auf:
www.melissafoster.com/herzen-im-aufbruch